Michael Frayn

Das verschollene Bild

Roman

Aus dem Englischen
von Matthias Fienbork

Carl Hanser Verlag

Die Originalausgabe erschien erstmals 1999 unter
dem Titel *Headlong* bei Faber and Faber in London.

1 2 3 4 5 03 02 01 00 99

ISBN 3-446-19778-8

Satz: Satz für Satz. Barbara Reischmann, Leutkirch
Druck und Bindung: Friedrich Pustet, Regensburg
Printed in Germany

Zielsetzungen und Annäherungen

Ich habe eine Entdeckung anzuzeigen. Viele bedeutende Kunstschätze der Welt sind im Laufe der Jahrhunderte bekanntlich verlorengegangen. Einen glaube ich gefunden zu haben. Im folgenden möchte ich den Beweis für meine Behauptung liefern.

Allerdings befinde ich mich in einem Dilemma. Sollte meine Behauptung von der Fachwelt nicht akzeptiert werden, habe ich mich blamiert. Falls doch ... wird es noch schwieriger. Die Umstände der Entdeckung sind dergestalt, daß ich nicht nur als Trottel dastehen muß, sondern zudem noch als verabscheuenswerter Fiesling.

Ich brauchte kein Wort darüber zu verlieren, und niemand würde je davon erfahren. Doch als seriöser Kunsthistoriker, ja nur als normaler, gesitteter Mensch habe ich die Pflicht, meinen Fund zu Protokoll zu geben, damit meine Kollegen, heute und in späteren Jahren, ihn beurteilen können. Und ich muß die verworrenen Umstände meiner Entdeckung so umfassend und so wahrheitsgetreu wie nur möglich schildern, denn nur über eine genaue Untersuchung dieser Umstände wird man zu einem Urteil gelangen.

Nun ja, vielleicht ist es besser, als Dummkopf oder als Gauner dazustehen, als überhaupt nicht bekannt zu sein.

Trotzdem: keine schöne Aussicht. Ich werde hier ein paar unangenehme Dinge erklären müssen, die mich bedrücken. Schlimmer noch ist die quälende Unsicherheit, was ich eigentlich getan habe.

So, wo fange ich an?

Am besten erkläre ich, worum es sich bei diesem Schatz eigentlich handelt. Und schon ergibt sich eine Schwierigkeit, denn er hat keinen Namen. Ich könnte ihn einfach beschreiben, und zu gegebener Zeit werde ich das auch tun, aber es würde nicht viel bringen, wenn ich es schon an dieser Stelle versuchte, denn er ist noch nie beschrieben worden, und niemand hatte je auch nur die leiseste Vorstellung, wie er aussehen könnte.

Funktionieren wird das wohl nur, wenn ich gar nicht erst versuche, die Sache im verklärenden Rückblick zu schildern. Ich werde mich an den Anfang zurückversetzen müssen und alles noch einmal durchleben, Schritt für Schritt, und genau beschreiben, was in mir vorging, als ich vor diesem Puzzle stand, und was ich in den jeweiligen Situationen getan, für welche der Möglichkeiten, die sich damals anboten, ich mich entschieden habe.

Das hat durchaus Nachteile. Manchmal wird mein Tonfall unpassend leger klingen. Aber so war es eben. Alle unsere Handlungen stellen sich im Licht späterer Ereignisse wahrscheinlich als furchtbar unpassend heraus.

Also, noch einmal von vorn.

Zurück in das vergangene Jahr. Das letzte Jahr ist Gegenwart. Es ist Vorfrühling. Ein besonders passender Ausgangspunkt, wie sich bald zeigen wird.

Was ist das erste Anzeichen dafür, daß etwas Ungewöhnliches bevorsteht?

Ich vermute, ein altes Stück Schnur.

Dieselbe Schnur übrigens, mit der die Geschichte enden wird.

1

Erster Anblick und Ausblick

Frühjahr, genau. Heute ist einer dieser zaghaft hoffnungsvollen ersten Apriltage, die Uhren haben schon ihren großen Sprung nach vorn gemacht, aber das Wetter und die mißtrauischeren Bäume sind noch nicht mutig genug, sich ihnen anzuschließen, und Kate und ich sind in einem Auto unterwegs, das vollgestopft ist mit Eßsachen und Büchern und alten Kochtöpfen und ausrangiertem Hausrat. Wir fahren in nördlicher Richtung, hinaus aufs Land.

Aber wo ist das Land? Gute Frage. Ich persönlich glaube, daß es bei Edgware anfängt und bis nach Cape Wrath hinaufreicht, aber so genau kenne ich mich da nicht aus. Anders als Kate. Für sie fängt das Land, das richtige Land erst an, wenn wir mindestens zwei Stunden gefahren sind, die Autobahn verlassen und die Straße nach Lavenage erreicht haben. Selbst dann ist sie noch skeptisch, und ich weiß auch, warum. Alles ist noch so ordentlich und aufgeräumt, als wäre es nur ein Landschaftsbild in einem Museum. Die Hecken sind sauber geschnitten. Es gibt zu viele Pferdeställe und Reitschulen. Manchmal dringen eindrucksvolle Schwaden von Mistgestank und verrottendem Grünzeug an unsere Nasen, aber noch immer kommen wir an den falschen Häusern vorbei – Häusern, wie man sie in der Gegend von Edgware findet –, und auch die Leute sehen nicht richtig aus. Man sieht ohnehin nicht viele Menschen, wenn sie nicht gerade, wie wir, in vorbeifahrenden Autos sitzen. Viele Autos sind zwar für das Landleben gedacht – besonders eckige, hochrädrige Fahrzeuge, damit man ja nicht mit der Maul- und Klauenseuche in Berührung kommt –, aber die Insassen sehen beunruhigend nach Städtern aus. Und wenn wir, was selten passiert, ihnen so nahe kommen, daß wir sie riechen können – an der Tankstelle in Cold Kinver beispielsweise oder in Castle Quendon, wo wir biologisches Gemüse einkaufen –, riechen sie nicht nach Erde oder

Mist oder angefaulten Rüben. Diese Leute riechen nach überhaupt nichts, genau wie wir und unsere Londoner Bekannten. Ich finde das genauso irritierend wie Kate. Man fährt doch nicht hundert Meilen, nur um Leuten zu begegnen, die hundert Meilen fahren, um Leuten wie uns aus dem Weg zu gehen.

Das Land – was *wir* Land nennen – fängt an, sobald wir die Straße nach Lavenage verlassen haben und kurz hinter Busy Bee Honey auf den Feldweg eingebogen sind. Nach zwei Meilen verläuft der Weg durch eine kleine, vergessene Bodensenke. Hier kümmert man sich schon lange nicht mehr um den Zustand der Hecken. Auf dem Stück, wo eine Herde echter Kühe regelmäßig zwischen Weide und Melkstall hin und her pendelt, hat man eine halbe Meile lang Morast und Kuhscheiße unter den Reifen. Hinter dem Gebüsch zur Linken liegen Backsteine und zerbrochene Kacheln, aus denen Brennesseln und uralte löchrige Emailtöpfe wachsen. Rostiges Wellblech klappert an verlassenen Bruchbuden auf den Feldern. Flechtenbedeckte Gatter, die schief in kaputten Angeln hängen, werden von rostigem Stacheldraht gehalten. Unsere Wachsamkeit läßt allmählich nach. Das hier ist echtes Land. Hier haben wir uns ein Häuschen gekauft.

Schweigend nähern wir uns unserem Ziel. Jetzt beschäftigt uns nicht mehr die Frage, ob die Umgebung authentisch ist. Wir überlegen, was wir bei unserer Ankunft wohl vorfinden werden. Wir sind zum erstenmal in diesem Jahr hier. Wie feucht wird das Bett sein? Wie kalt die Küche? Werden die Kochtöpfe noch da sein? Was werden die Mäuse alles aufgefressen haben? Werden sie sich wieder über die Bettwäsche hergemacht, das Stromkabel angenagt haben?

Dieser Besuch ist anders als sonst. Diesmal kommen wir nicht fürs Wochenende oder für mehrere Tage. Wir wollen mindestens zwei Monate bleiben, vielleicht sogar drei oder vier. Ob wir so viel Realität so lange aushalten?

Auch in anderer Hinsicht wird dieser Besuch aufregend sein – wegen des länglichen Tragekorbs zwischen dem ganzen Krimskrams auf dem Rücksitz, der von zwei Sicherheitsgurten festgehalten wird. Leise Geräusche kommen von dorther. Kate dreht sich um und wirft einen Blick hinein.

»Das Babypuder hast du eingepackt?« fragt sie.

»Wir hätten sie vorher wecken sollen. Du wirst sie füttern müssen, bevor wir Feuer gemacht haben.«

Tja, was wird Tilda vom Landleben halten? Wird sie mit den Mäusen zurechtkommen? Wird sie die Kälte und die Feuchtigkeit genauso anregend finden wie wir? Wie wird sie sich hier draußen in der Natur fühlen?

Ich halte in dem Tümpel an, der sich in der Bodensenke am Waldrand bildet, wo wir den toten Landstreicher gefunden haben.

»Sollen wir umdrehen?« frage ich. »Wieder nach Hause fahren?«

Kate schaut mich an. Zu spät fällt mir ein, daß sie darin einen neuerlichen Beweis für meine mangelnde Zielstrebigkeit sehen wird, für meine angebliche Sprunghaftigkeit. Diesmal sagt sie aber nur: »Ich füttere sie im Wagen, solange du auslädst. Wir können den Motor laufen lassen.«

Also fahren wir weiter, und über den Vorschlag, die Expedition abzubrechen, wird nicht weiter diskutiert. Und dann sind wir da. Kein Schild weist den Weg zu unserem Haus, links geht einfach ein schmaler Weg ab, und nun wissen wir, daß wir angekommen sind. Besucher können das natürlich nicht wissen. Da wir hier in der Gegend aber niemanden kennen, der den Wunsch haben könnte, uns zu besuchen, ist das kein Problem.

Langsam fahren wir den holprigen Weg entlang. Hinter den Holunderbüschen, aus denen wir in diesem Sommer hoffentlich Holunderwein machen werden, begrüßt uns allerdings nicht die vertraute grüne Tür, sondern ein altes Stück Schnur.

Auf dem echten Land gibt es viel Schnur. Das echte Land erkennt man unter anderem daran, wieviel damit zusammengehalten wird. Nicht nur Strohballen. Vielleicht gar keine Strohballen – zusammengebundene Ballen habe ich noch nie gesehen. Was für Ballen auch? Aber sonst alles mögliche: schwarze Plastikplanen, hellblaue Plastiksäcke, Gatter, Hosen, landwirtschaftliche Geräte –

alles, was vor der Erfindung der Plastikschnur mit Bindfaden oder rostigem Draht zusammengehalten wurde. Sie knickt und fasert aus, aber niemand schmeißt sie weg, und da sie aus Plastik ist, verrottet sie nicht. Manchmal ist sie pink und manchmal orange, so daß sie sich gut gegen die ländlichen Grün- und Brauntöne abhebt. In unserem Fall ist es eine pinkfarbene Schnur, mit der die Hecktür eines klapprigen Landrovers zusammengehalten wird.

Die Authentizität dieses Fahrzeugs steht außer Frage. Es ist so ländlich wie eine Rübe.

Kate und ich schauen uns an. Ein Besucher! Aber nicht irgendein Bekannter aus London – ein richtiger Landmensch. Vielleicht strecken die Nachbarn schon nach zwei Jahren erste Fühler aus.

Ich steige aus, um die Lage zu erkunden, und bewege mich, noch immer in den falschen, nicht landgemäßen Schuhen, vorsichtig an den Pfützen vorbei. Lautes Gebell ertönt, und zwei Hunde, groß wie ausgewachsene Schafe, kommen um das Haus gestürmt. Ich wundere mich ein bißchen, daß mich Wachhunde von meinem eigenen Grundstück verscheuchen wollen, nein, nicht ein bißchen, sondern eher sehr, weiche also zurück und trete mitten in die Dreckpfütze, der aus dem Weg zu gehen ich mir so viel Mühe gegeben habe. Was die Hunde angeht, habe ich mich aber geirrt: Sie verscheuchen mich nicht. Sie heißen mich auf dem Land willkommen, stupsen mir ihre nasse Schnauze munter in die Lende und legen ihre Pfoten zutraulich auf meinen Pullover. Als dann noch ihr Besitzer um die Ecke biegt, scheint es fast, als gehörte ich so selbstverständlich zu dieser ländlichen Szene wie er. Und einen echteren Landmenschen haben Kate und ich noch nie gesehen.

»Bei Fuß!« ruft er mit unangestrengter Grundbesitzerstimme, und die Hunde parieren aufs Wort. Ich bin ebenfalls versucht, mich zu seinen Füßen zu legen, finde aber, daß der Boden ein bißchen zu matschig ist, jedenfalls solange ich meine Arbeitsklamotten noch nicht anhabe. Statt dessen nehme ich die Hand, die er mir hinhält.

»Tony Churt«, sagt er. »Nachbar von Ihnen.«

Er hat den Griff eines Mannes, der es gewohnt ist, angeschossenen Vögeln den Hals umzudrehen. Er ist größer als ich, und bis sich unsere Blicke treffen, habe ich viel Zeit, schmutzige Stiefel, eine schmutzigbraune Cordhose und ein schmutzigbraunes kariertes Jackett zu registrieren. Sein schmutzigbrauner Pullover hat Löcher, und das beinahe aufdringliche schmutzige Grün seines Flanellhemds wird von der schmutzigbraunen Krawatte neutralisiert. In der Armbeuge hält er ein vorschriftsmäßig aufgeklapptes Jagdgewehr. Sein langes Gesicht, das sich bis unter eine schmutzigbraune Mütze hinzieht, ist das einzige an ihm, was nicht ganz in das vorherrschende Farbschema paßt. Es ist rauh und blaugrau und voller schuppig getrockneter Schnittwunden, die er sich beim Rasieren geholt hat.

»Dachte, Sie sind vielleicht hinter dem Haus«, sagt er. »Skelton hat erzählt, daß Sie kommen wollten.«

Mr. Skelton, wie er bei Kate und mir heißt, ist der Mann, der hier in der Gegend Pumpen und Sickergruben repariert. Wir hatten ihn angerufen, um einen Termin mit ihm zu vereinbaren. Ich stelle Kate vor. Tony Churt lüftet die schmutzigbraune Mütze, so daß für einen kurzen Moment seine schütteren schmutzigbraunen Haare zu sehen sind.

»Schön, Sie endlich kennenzulernen«, sagt er. »Habe schon viel über Sie gehört.«

»Von Mr. Skelton?« fragt Kate. Und warum auch nicht? Wer sich mit anderer Leute Sickergruben auskennt, hat vielleicht einiges zu erzählen.

»Von allen.« Allen? Von der Frau im Zeitungsladen, die weiß, welche Zeitung wir lesen? Von Charlie Till, der weiß, welche Sorte Freilandeier wir bevorzugen? »Wir freuen uns alle, daß Sie jetzt hier wohnen. Richtiger Gewinn.«

Das Land drückt uns also endlich an seinen schmutzigbraunen Busen. Und Tony Churt hat einen schwachen Geruch, den ich sofort beruhigend authentisch finde. Es ist das Erkennungszeichen, das wir bei den anderen Leuten, denen wir nahe genug gekommen sind, immer vermißt haben. Aber ich kann nicht genau sagen, was es ist. Natürlich Hund und der etwas teerige Geruch von gewachsten Regenjacken. Auch die Derbheit, die mit einer bestimmten Sorte von grobem Stoff einhergeht. Und noch etwas anderes. Etwas Strenges, Abgehärtetes. Kernseife und kaltes Wasser, vielleicht.

»Laura und ich wollen Sie mal einladen«, sagt er. »Zum Abendessen, was meinen Sie?«

»Sehr nett von Ihnen.«

»Nichts Besonderes. Einfach so. Wir erzählen Ihnen, was hier los ist, und Sie erzählen uns, was draußen in der großen weiten Welt alles passiert. Man verliert hier ein bißchen den Kontakt. Montag in einer Woche? Dienstag? Wann würde es Ihnen passen?«

Ich erwähne Tilda.

»Mitbringen! Klar doch! Wir haben viel Platz, Sie können sie überall hinpacken. Sie wissen, wo Upwood ist? Also dann, Montag in einer Woche. So gegen acht? Paßt Ihnen das zeitlich in den Kram? Könnte sein, daß wir Sie bei der Gelegenheit um einen kleinen Rat bitten, wenn Sie nichts dagegen haben.«

Ein kleiner Rat. Natürlich. Während ich zurücksetze, damit Tony wegfahren kann, geht im Auto ein furchtbar lauter Wecker los. Unser schlaues Töchterchen will uns darauf aufmerksam machen, daß jemand in unser Leben einbricht.

Wissen wir, wo Upwood ist? Ja, das wissen selbst wir. Es ist das große Haus, halb verborgen unter den Bäumen am oberen Ende unseres Tals. Und jetzt wissen wir natürlich auch, wer Tony Churt ist. Ihm gehört das Tal.

Nun ja, nicht ganz. Zum Beispiel nicht das Land rings um unser Haus. Unser Grundstück grenzt an das seine. Die gemeinsame Grenze ist nicht so lang, daß man sich beim Abschreiten die Füße wundlaufen würde, aber sie verbindet. Wir sind Nachbarn. Kollegen.

Nachdem ich drei Heizlüfter in Gang gesetzt habe und Tilda satt vor dem Kamin schläft, in dem ein großes Holzscheit prasselt, und vier Ölöfen den Rest des Hauses mit einem heimeligen Paraffingestank erfüllen, stellen wir fest, daß wir erstaunlich guter Dinge sind. Im Schlafzimmer gibt es allerdings neue feuchte Flecken und an manchen Wänden sonderbare Verfärbungen, die Mäuse haben sich über die Handtücher hergemacht und im Kühlschrank ihren Dreck zurückgelassen. Auch noch andere, erstaunlichere Veränderungen sind herausgekommen. Ich will eine Hose anziehen, die im Schlafzimmerschrank hängt, und merke, daß ich sie nicht zukriege. Sie ist in der feuchten Luft eingelaufen. Oder bin ich etwa dicker geworden? Überträgt sich Kates Leibesfülle auf mich? Ich sehe ihr zu, langsam und schwerfällig bewegt sie sich beim Auspacken der Windeln. Drei Monate nach der Geburt, und noch immer kugelrund. Ihr Gang hat etwas Wogendes. Wirklich, sie wogt! Ich lache. Sie lächelt und signalisiert mir mit einem Stirnrunzeln, daß sie wissen will, worüber ich lache. Ich sage nichts, aber als sie dann auf der langen Bank vor dem Kamin sitzt und Tilda beobachtet, während der graue Frühlingsabend draußen vor den Fenstern in tiefer Nacht verschwindet und wir drei unsere kleine Welt ausfüllen, trete ich von hinten an Kate heran, beuge mich über sie, nehme ihr volles Gesicht in die Hände und hebe es an, um sie zu küssen. Irgendwie finde ich es nicht schlecht, daß es so viel von ihr zu lieben gibt. Ich bin auch nicht sehr böse, daß sie jetzt etwas mehr von mir hat.

»Jetzt werden wir also vom Landadel vereinnahmt«, sage ich und setze mich neben sie. »Unsere ganzen linken Vorurteile den Bach runter. Total korrumpiert.«

»Wir könnten sagen, daß Tilda krank ist.«

»Willst du nicht hingehen?«

»Willst du?«

Ich? Selbstverständlich! Warum denn nicht. Gesellschaftliches Abenteuer. Menschlicher Kontakt. Leben.

»Es macht sicher keinen Spaß«, sagt Kate.

»Bestimmt nicht. Es wird grauenhaft sein.«

Sie schweigt, was ein Zeichen dafür ist, daß sie anderer Meinung ist. Sie glaubt also auch, daß es grauenhaft sein wird, aber sie weiß, daß ich eigentlich sagen möchte, daß es herrlich grauenhaft sein wird, also amüsant, und das ist gar nicht nach ihrem Geschmack. Sie weiß auch, daß ich mich entschieden habe. Ausnahmsweise. Und daß meine Entscheidungen sich manchmal von ganz allein aufheben, aber kaum je durch äußeren Druck.

»Komm schon«, sage ich. »Er war doch nett. Hat dir zuliebe sogar seine Mütze abgesetzt.«

»Ich verstehe nicht, warum er uns einlädt.«

»Er hat gesagt, daß er unseren Rat braucht.«

»Ja.«

»Du brauchst dich doch nicht verpflichtet zu fühlen.«

Was für einen Rat könnte er von uns haben wollen? Sicher keinen Rat in moralischen Dingen. Auch nicht in Sachen Ackerbau und Viehwirtschaft. Zerbricht er sich den Kopf über eine kleine, aber knifflige Frage von Etikette oder Rangordnung? Darf der Lord Lieutenant die geschiedene Ehefrau des Cousins zweiten Grades von Königin Elisabeth zum Dinner einladen? Soll er zum Jagdball einen Kummerbund tragen?

Oder will er auf philosophischem Gebiet kompetent beraten werden? Plagt ihn eine erkenntnistheoretische Frage? Ob er je wirklich erfahren kann, ob seine Pächter Gefühle haben? Ist alles um ihn herum – sein Grundbesitz, sein braunkariertes Jackett, sein Landrover – in Wahrheit ein Traum?

Nein. Kate und ich wissen, an welcher Sorte Rat er interessiert ist. Er will Kates Urteil hören. Er besitzt ein Gemälde, das in der Familie seit jeher als Constable, Tintoretto, Rembrandt usw. betrachtet wurde. Eine Vase, einen Krug, einen Porzellanhund, eine Wedgwood Figur, von der er natürlich nicht einen Moment glaubt, daß sie von Interesse oder Wert ist, aber trotzdem wäre er dankbar, wenn Kate einen Blick darauf werfen könnte. Und sei es nur, damit die Frage ein für allemal geklärt ist, usw. usw.

»Ich werde mit ihm reden«, beruhige ich sie.

Schweigen. Sie denkt, daß ohnehin immer ich rede. *Ich* meine, ich werde ihm erklären, daß sie Ferien hat, Mutterschaftsurlaub, und daher nicht um kunsthistorische Expertisen gebeten werden sollte. Und selbst wenn sie nicht Ferien hätte, selbst wenn ihre Gedanken nicht zuallererst dem Baby gälten, selbst wenn sie im Hamlish in ihrem Büro säße, wo man sie dafür bezahlt, daß sie über Kunst nachdenkt – so geht sie mit Kunst nicht um. Sie liefert keine Expertisen. Sie ist nicht dieser Typ Kunsthistorikerin, ganz egal, was die Frau im Zeitungsladen oder der Mann, der die Sickergruben repariert, ihm erzählt haben mögen.

Nach wie vor Schweigen. Ich weiß, was sie denkt. Sie denkt, daß er vielleicht *meine* Ansichten über Kunst hören will. Vielleicht, denkt sie ironisch, besitzen die Churts ein Gemälde, von dem sie immer geglaubt haben, daß es vom Meister des gestickten Laubs stammt, von einem Künstler, mit dessen Namen wir uns auf heikles Terrain begeben. Ich werde mich dazu nicht äußern. Ich werde weiterhin schweigen, genau wie sie. Aber ich finde es nicht sehr nett von ihr, das Thema, und sei es noch so wortlos, ausgerechnet jetzt zur Sprache zu bringen. Ich habe ihr in der jüngsten Zeit keinen Anlaß für Kritik gegeben. Im Gegenteil, ich habe sie gerade geküßt, plötzlich und überraschend, wie sie es mag. Aber ich werde nichts sagen. Kein Wort. Ich werde sie einfach anstupsen und mit meinem Lachen auf andere Gedanken bringen.

»Komm schon«, sage ich. »Erzähl ihm einfach, daß es ein Constable ist. Vielleicht lädt er mich zur Jagd ein.«

Wieder Schweigen. Mir wird sofort klar, daß selbst eine scherzhaft gemeinte Andeutung, ich könnte eventuell etwas finden, was interessanter ist als die Arbeit an meinem Buch, Kate mißtrauisch stimmen muß. Sie war ohnehin schon äußerst beunruhigt, als ich unversehens von der Philosophie abließ und mich der Kunstgeschichte zuwandte oder jedenfalls dem Bereich, wo sich Philosophie und Kunst treffen, so als würde ich unerlaubt in ihr Territorium eindringen. Noch argwöhnischer reagierte sie auf meine Entscheidung, mich für ein Jahr beurlauben zu lassen, um ein Buch über den Einfluß des Nominalismus auf die niederländische Malerei des fünfzehnten Jahrhunderts zu schreiben. Ausgesprochen erschrocken war sie, als ich sieben Monate später das Buch beiseite legte, um einen längeren Artikel über einen bestimmten Maler dieser Periode zu schreiben, der mir völlig verkannt erschien. Und nicht erleichtert, sondern noch mehr erschrocken war sie, als ich zwei Monate später verkündete, daß der Meister vom gestickten Laub alles andere als unterschätzt sei und daß ich überhaupt keine Talente mehr an ihm entdecken könne. Ich beendete diese außereheliche Affäre ebenso plötzlich, wie sie begonnen hatte, und wandte mich wieder dem Nominalismus zu – und jetzt bleiben mir nur noch fünf Monate, um das Buch fertigzustellen, bevor meine Arbeit im Institut wieder anfängt. Acht von vierzehn Monaten Freiheit sind vorbei. Kate hat den Verdacht, daß erheblich weniger als acht Vierzehntel des Buches geschrieben sind. Sie befürchtet, daß ich bis September niemals Fuß in der Kunstgeschichte fassen werde. Sie glaubt, daß ich mich verzettele. Und daß ich es zu nichts bringe, während ihr Ansehen in der vergleichenden christlichen Ikonographie von Jahr zu Jahr wächst, langsam und stetig, genau wie das Standardwerk auf diesem Gebiet, an dem sie arbeitet. Und deshalb sind wir auch aufs Land gefahren – um sicher zu sein vor Freunden und Bekannten, Bibliotheken und Galerien, die mir irgendwelche Flausen in den Kopf setzen könnten. Wir werden kochen, uns um Tilda kümmern und schreiben. Nichts wird uns ablenken, nichts uns aus dem Haus locken, denn dort draußen kann man nur in den Matsch fallen, und sprechen kann man nur mit Schafen und Kühen. Und jetzt, kurz nach unserer Ankunft, erwäge ich scherzhaft, mich als kleiner Landadliger aufzuführen. Kein Wunder, daß sie schweigt.

Ich stupse sie wieder an und gebe einen Themenwechsel bekannt. »Die Ikonographie von Sportsakkos. Warum zeigt das braunkarierte Sportjackett von Tony Churt deutlich, daß er ein Landbesitzer ist, während mein graues Pfeffer-und-Salz-Jackett mich als städtischen Intellektuellen ausweist? Warum steht die Abgetragenheit meiner Jacke für aufrechte Gesinnung und Armut, während die Abgetragenheit seiner Jacke für beschränkte Intelligenz und Reichtum steht?«

Kate sagt nichts, das aber sehr viel umgänglicher. Der Anfall von Panik und Mißtrauen hat sich gelegt.

»Überhaupt«, sage ich, »das ganze Anwesen ist ikonographisch hochinteressant. Der klapprige Landrover, das windschiefe Tor – alles zeugt von ironischem Understatement. Man riecht das Geld förmlich. Wir könnten gemeinsam eine Untersuchung über die ikonographische Bedeutung einer alten pinkfarbenen Plastikschnur schreiben.«

»Hat er denn Geld?« fragt Kate.

»Bestimmt.«

Wir starren weiterhin gemeinsam in den Kamin.

»Der Name ist bestimmt noch so eine Ironie. Tony Churt. In Wahrheit heißt er Sir Tony. Er heißt Lord Churt.«

»Wirklich?«

»Keine Ahnung. Für mich ist er nach wie vor Tony.«

Tilda rührt sich, beruhigt sich wieder. Wir sehen sie an. Sie ist süß.

»Du wirst so dick wie ich«, sagte Kate, den Blick noch immer auf Tilda gerichtet, aber ich glaube, sie meint mich. Eine Zweideutigkeit, die mich irgendwie rührt.

Ich sage nichts. Dann werde ich eben dick, wie sie und Tilda. Na schön. Meinetwegen. Ich bin ein phlegmatischer, fröhlicher, eher korpulenter Typus. Das sind wir alle drei. Ich werde mein Buch beenden, ganz gleich, was Kate denkt. Alles wird gut. Ich weiß es. Woher ich das weiß? Tja, woher weiß ich, daß die Sonne warm ist, Apfelsinen orange sind und Tilda süß ist? Es gibt eine einfache, aber philosophisch ziemlich profunde Antwort auf all diese Fragen:

Ich weiß es eben.

Das ironische Understatement der Churtschen Ikonographie begegnet einem schon auf der Zufahrt, bei der Annäherung an das Haus. Sie sind so bescheiden wie wir: es gibt kein Hinweisschild. Wahrscheinlich sind sie überzeugt, daß jedermann, den sie sehen wollen, schon weiß, wo sich ihr Haus befindet und wie es heißt, und sie sind viel zu bescheiden, als daß sie vor anderen Leuten damit angeben würden. Für den Rest der Welt lautet die Botschaft, die wir durch den Regen auf einem abblätternden Holzschild im Scheinwerferlicht sehen, ganz schlicht: »Privat. Kein Zutritt.«

Dieser Stil setzt sich fort in den Schlaglöchern und Pfützen auf dem holperigen Weg, über den sich unser kleines Auto ziemlich erschrocken voranquält. Kate hält die kostbare Fracht auf dem Rücksitz mit einer Hand fest. »Hast du unsere Stiefel mitgenommen?« fragt sie.

»Drinnen im Haus brauchen wir doch keine«, beruhige ich sie.

Das Haus, das wir schließlich erreichen, besteht, phänomenologisch gesprochen, aus einer Lampe im Dunkeln und dem, was sie bescheint – eine Tür, die so breit ist, daß sie, zusammen mit dem Hundegebell dahinter, einen Bauernaufstand in Schach halten könnte. Das Wasser, das durch eine löchrige Dachrinne auf den Kies platscht, spritzt auch auf meine regennassen Haare.

Dann geht die Tür auf, und wir werden umringt von einer ungestümen, hechelnden Hundeschar, wir schieben uns vorbei, tätscheln schnaubende, niesende, unruhige Köpfe, während wir gleichzeitig unsere kleine menschliche Fracht hochhalten und dem Hausherrn die Hand schütteln. »Spinnt ihr?« schreit er, was sich entweder auf die Hunde oder auf uns bezieht. »Kommen Sie rein, kommen Sie rein, hier draußen friert man sich ja zu Tode ...! Laßt sie gefälligst in Ruhe ...! Achten Sie nicht auf die Viecher, boxen Sie sich einfach durch ...! Das in dem Tragekorb ist doch nicht euer Abendessen, ihr blöden Affen!«

Ich war nicht ganz sicher, ob Tony Churt – oder Tony, wie ich zu ihm sagen würde, als wäre er einer von vielen Bekannten – oder Mr. Churt, immerhin ist er mindestens fünfzehn Jahre älter, oder Sir Tony oder Lord Churt – nein, Tony Churt –, also, ob Tony Churt sich für den Abend umziehen würde. Anzug, Samtjackett oder gar schwarze Krawatte, wer kennt schon die hiesigen Gepflogenheiten? Soweit ich erkennen kann, hat sich aber, abgesehen von leichten Nuancen des einen oder anderen Brauntons, seit unserer letzten Begegnung nur eines verändert. Er trägt keine Stiefel, sondern braune Pantoffeln. Und möglicherweise hat er sich beim Rasieren an ein paar anderen Stellen geschnitten. Ich bin insgeheim etwas erleichtert, denn ich habe absichtlich dieselben Sachen an wie neulich – Cordhose und Tweedjacke. Sonst hätte ich im Pyjama kommen müssen, da ich nichts anderes mitgenommen habe. Tony Churt – nein, nein: Tony –, Tony trägt allerdings eine Krawatte – und zwar in einem festlichen Ockerton, wie ich bei näherem Hinsehen feststelle. Er hat sich also doch etwas anderes angezogen, denn ich bin sicher, daß es beim letztenmal mehr ein Sienaton war. Ich dagegen trage den Hemdkragen herausfordernd offen, wie Shelley. So bin ich eben. Wenn es ihm nicht paßt, kann ich es auch nicht ändern. Ich habe nicht die Absicht, mich für Tony, für Tony Churt, für Tony zu ändern. Und außerdem habe ich die beiden Krawatten, die ich besitze, in London gelassen.

Tilda bekommt das Kinderzimmer angeboten, das aber meilenweit entfernt ist und seit Ewigkeiten leer steht, weil Tonys beiden Söhne schon längst erwachsen und aus dem Haus sind. Also wird sie in der Bibliothek einquartiert, wo Laura extra die Heizung angestellt hat, wie Tony uns erklärt, aber ich sehe Kate an, daß sie eine Unterkühlung befürchtet. Tildas Korb steht auf dem großen Tisch, unter den Augen mehrerer silbergerahmter Churts und Angehöriger des Hauses Windsor, letztere zum Teil bescheiden verborgen hinter eigenhändigen Widmungen. Ich werfe rasch einen Blick auf die Buchregale. Zahlreiche ledergebundene Exemplare künden vom gefräßigen Appetit früherer Generationen auf Genealogien und lokale Sehenswürdigkeiten. In der Folgezeit scheint sich das literarische Interesse der Churts zunächst auf Reisetagebücher und Sportlermemoiren zu reduzieren, dann auf ein paar Taschenbuchthriller, und in den letzten dreißig, vierzig Jahren ist, soweit ich sehe, nichts mehr hinzugekommen. Unser neuer Bekannter ist offenkundig kein Bücherfreund.

Wir schließen den Babyalarm an und ziehen uns in ein großes, düsteres Zimmer zurück, wo mehrere Lichtquellen das schwere

Mobiliar und einen fadenscheinigen Teppich hervorheben. Kate und ich setzen uns in die beiden Ecken eines langen Sofas, das ein Trödler vermutlich als bequem und eingewohnt bezeichnen würde. Tatsächlich scheint der Polsterbezug von den Hunden soweit dekonstruiert worden zu sein, daß er farblich zur Umgebung paßt. Die Hunde lassen sich wärmend auf unseren Füßen nieder, während uns der Hausherr aus einer Karaffe etwas Undefinierbares einschenkt. Wir nippen höflich daran. Es schmeckt ... ja, wie? Abgestanden. Braun.

»Fragen Sie mich nicht, was es ist«, sagt Tony. »Irgendein Zeug, das Laura im Großmarkt an der Umgehungsstraße besorgt hat. Ich erkläre ihr immer, sie soll die Getränke bei Sainsbury's kaufen, da weiß man, was man hat, da weiß man, daß sie nicht nur Batteriesäure in Flaschen gefüllt haben. Aber sie hält sich einfach nicht dran. Tiefgefrorene Sachen? Genau dasselbe. Sie wissen, wo? War früher ne Fabrik. Für Unkrautvernichtungsmittel. Die Ärmste. Ein halber Zentner hiervon, ein halber Zentner davon, Großhandelspreise, und dann schleppt sie das ganze Zeug ins Haus. Tja, was würden wir ohne sie machen?«

Ich hoffe, er meint Großmärkte, vermute aber, er meint Frauen. Ich weiche Kates Blick aus.

»Weiß der Himmel, wo sie bleibt.« Er schaut auf seine Uhr. »Sie muß doch nicht für zwanzig kochen.«

»Können wir irgendwie helfen ...?«

»Nein, nein. Sie wird sich daran gewöhnen müssen. Früher kam eine Hilfe aus dem Dorf. War dann aber irgendwie beleidigt. Und hat zwanzig Pfund aus Lauras Tasche gestohlen. Zwanzig Pfund stehlen *und* beleidigt sein. Bißchen viel, finden Sie nicht?«

Um dieses bedrückende Bild der armen Laura loszuwerden, die sich schwerbeladen in die Küche schleppt und mit Säge und Hackebeil darangeht, ein ganzes tiefgefrorenes Schaf in Portionen zu zerlegen, schaue ich mich im Zimmer um und versuche zu erraten, was Kate begutachten soll. Über dem Kamin hängt etwas Ahnenporträtartiges, dezent nachgedunkelt vom Rauch der Jahrhunderte. Hinten an der Wand sind Drucke von Rennpferden und Jagdszenen zu erkennen, wie man sie in den Grillrooms von Vorstadthotels findet, wobei diese hier, wie ich beruhigt feststelle, stockfleckiger sind und mit Fliegendreck beschmiert. In einer Nische hängen ein paar moderne Stilleben und Landschaften. Falls jemand, so unwahrscheinlich das sein mag, an *meiner* Meinung interessiert sein sollte, würde ich sagen, daß sie von einem Mitglied der örtlichen Sektion des Landfrauenverbands stammen. Ich finde, daß die Churts die ikonographische Ironie ein klein wenig übertrieben haben. Ich werfe Kate einen Blick zu. Sie ist ebenfalls dabei, die Kunstwerke zu begutachten. Sie sieht mich an und schaut rasch wieder weg. Offenbar geht es ihr ähnlich wie mir. Das stilvolle Understatement der Churts grenzt ans Aufdringliche.

Im Halbdunkel hinter uns geht eine Tür auf. Tony blickt hoch, und seine joviale Gutsherrenmiene verändert sich leicht. Seine Stimme klingt etwas schärfer.

»Probleme?« fragt er. Die Hunde und ich springen höflich auf. »Was hast du denn um deine Hand?«

»Rate mal«, sagt Laura. »Skelton muß unbedingt diesen blöden Herd reparieren.«

Sie tritt in das Licht, das den Kamin umgibt. Ich bin einigermaßen überrascht. Ich hatte wenn nicht eine alte Schachtel, so doch ein altmodisches Accessoire erwartet, wie das Sofa oder wie Tony. Aber sie paßt überhaupt nicht zur Ikonographie. Sie ist höchstens halb so alt wie er, bedeutend jünger als ich, sogar jünger als Kate. Sie ist schlank, hat dunkles Haar und trägt nicht Braun, sondern Scharlachrot – eine dunkle Samthose, darüber einen weiten scharlachroten Pullover mit hohem Kragen. Sie lächelt uns zu, hält uns aber nicht die Hand hin, vielleicht weil sie mit Küchenkrepp umwickelt ist. »Wie schön, daß Sie gekommen sind!« sagt sie. »Ganz toll. Wirklich super.« Es ist völlig klar: Sie ist alles andere als erfreut, uns zu sehen.

Mißtrauisch betrachtet sie das Glas, das Tony ihr reicht. »Was ist das denn?« sagt sie. »Doch nicht dieses selbstgebraute Zeug, das Skelton dir angedreht hat?«

»Ich dachte, du hast es aus diesem gräßlichen Laden in Lavenage mitgebracht.«

»Was stand denn drauf?«

»Nichts. Kein Etikett. Deshalb habe ich es ja in die Karaffe umgefüllt.«

Diskret stelle ich mein Glas hinter eine der womöglich unschätzbaren Porzellanfiguren. Mir war nicht klar, daß Skelton nicht nur Sickergruben leert, sondern auch alkoholische Getränke in Flaschen abfüllt. Ich nicke höflich in Richtung Lauras umwickelter Hand. »Haben Sie ...?«

»Keine Sorge«, sagt Tony. »Sie ist einfach nur ungeschickt. Wenn sie nicht gerade die Hand auf die heiße Herdplatte legt, dann fällt sie die Treppe runter. Wenn sie nicht die Treppe runterfällt, rutscht sie auf dem Fußboden aus, weil kein Teppich dort liegt, wo einer liegen müßte, oder wenn doch, dann bleibt sie mit dem Fuß an einer Ecke hängen.«

Er mustert sie dabei. Mir fällt auf, daß er überhaupt wachsam ist. Er hat uns vorhin beobachtet, um zu sehen, wie wir auf seine Possen reagieren. Jetzt beobachtet er Laura, weil er sich über sie ärgert, und er ist neugierig, ob es ihm gelingt, ihr eins auszuwischen.

»Oder in der Mitte«, sagt sie und schenkt uns ein kleines, verkrampftes Lächeln. Er hat es geschafft.

»Genau«, sagt er. »Herde, Treppen, Teppiche – es gibt immer irgend etwas. Alles hat sich gegen sie verschworen. Sie hat es wirklich schwer!«

Außerdem traut er ihr nicht. Sie hat es schwer, gewiß, aber er auch. Er hat Angst, daß sie ihm davonläuft. Vielleicht mit mir, denke ich plötzlich. Ich sehe die Geschichte schon vor mir. Sie ist nur allzu plausibel. Impotenter älterer Mann, frustrierte junge Ehefrau. Auf einmal taucht dieser komische Intellektuelle auf. Jemand, der ganz anders ist. Keine braune, sondern eine graue Tweedjacke. Und mehr in ihrem Alter. Jemand, mit dem sie reden kann. »Ein Philosoph?« höre ich sie schon seufzen. »Mit einem Philosophen habe ich noch nie zu tun gehabt.«

Damit beginnt eine große, tragische Saga. Was es mir zumindest ersparen könnte, mein Buch zu schreiben. Und ich muß gestehen, diese Frau hat etwas Beunruhigendes. Der weite scharlachrote Pullover beschäftigt jedenfalls meine Phantasie.

Ich werfe Kate einen Blick zu und signalisiere, daß ich versuchen werde, nicht zu lächeln. Sie unterdrückt ebenfalls ein Lächeln.

Laura hält eine Zigarettenschachtel hoch. »Was dagegen?«

»Natürlich haben sie was dagegen«, sagt Tony.

Und natürlich hat er recht. »Natürlich nicht«, sage ich.

»Wenn du nicht so viel Asche auf den Teppich fallen lassen würdest, hätte er nicht so viele Löcher«, sagt Tony.

»Die meisten Löcher in diesen Teppichen waren schon da, bevor Zigaretten erfunden wurden«, sagt Laura. »Sie sind also ein großer Kunstexperte.«

Durch die Rauchwolke hindurch sieht sie mich an, will, allerdings reichlich spät, höfliches Interesse an den Gästen bekunden. Ich nicke zu Kate hinüber. »Sie. Nicht ich.«

Laura wendet Kate den Blick zu. »Aha, toll«, sagt sie. Kate sagt natürlich nichts, schaut bloß, als hätte man sie bei einer etwas unziemlichen Handlung erwischt.

»Sie ist am Hamlish«, erkläre ich. Weiß der Teufel, warum, aber in dieser fremden Umgebung habe ich einfach das Bedürfnis, unser Leben zu rechtfertigen. »Abteilung für Kirchengeschichte, vergleichende christliche Ikonographie.«

»Wow«, sagt Laura. »Kennen Sie unseren kleinen Mann hier?«

Kate schaut sie verwundert an. Ich vermutlich auch. Hier in der Gegend gibt es also einen Ikonographen? Einen kleinen Mann, der herumläuft und einem erklärt, was diese geheimnisvollen Schlüssel und Löwen zu bedeuten haben?

»Er ist wirklich ein Schatz«, sagt Laura. Ich schließe daraus, ebenso instinktiv, wie es Laura wahrscheinlich eingefallen ist, daß sie nicht den lokalen Ikonographen meint, sondern den lokalen Pfarrer. Doch sie wendet sich schon wieder mir zu. »Und was machen Sie?«

»Er ist Philosoph«, sagt Kate.

»Mein Gott«, sagt Laura, »ich habe noch nie mit einem Philosophen zu tun gehabt.«

Sehen Sie? Es geht schon los. Obwohl ich nicht gedacht hatte, daß wir durch Schwaden von Zigarettenrauch miteinander sprechen würden. Oder daß mein Part von meiner Frau bestritten würde.

»Er hat sich aber auf Kunstgeschichte verlegt«, erklärt Kate, die sich nun, da über mich geredet wird und nicht mehr über sie, bemerkenswert gesprächig zeigt. »Er schreibt ein Buch über den Einfluß des Nominalismus auf die niederländische Malerei im fünfzehnten Jahrhundert.«

Laura sieht mich beeindruckt an. »Wo sind eure Gläser?« ruft Tony, die Karaffe in der Hand, ungeduldig dazwischen. Aber Laura läßt sich nicht ablenken. »Der Einfluß wovon ...?«

»Nominalismus«, wiederhole ich, und im selben Moment ist mir, als würde alle Bedeutung aus dem Wort fließen. Ich bemühe mich, das Leck zu stopfen, und sei es nur zu meiner eigenen Sicherheit. »Der Nominalismus ist eine Lehre, die besagt, daß die Wirklichkeit nur aus lauter Einzeldingen besteht.«

Laura schenkt mir ihre volle Aufmerksamkeit. Über den Nominalismus wollte sie immer schon Bescheid wissen. Mir bleibt wohl nichts anderes übrig, als ein ausführliches Tutorium zu halten.

»Die Allgemeinbegriffe sind von Menschen erdachte Bezeichnungen, in denen wir einander ähnliche Einzeldinge nach ihren gemeinsamen Merkmalen zusammenfügen. Das einzelne ist als solches wirklich. Die Beziehung zwischen den Dingen besteht nur in unserem Kopf. Im wesentlichen ist der Nominalismus ein Angriff auf die Scholastik ... den Platonismus. Historisch ist er deswegen wichtig, weil er das Signal für den Ausgang aus dem Mittelalter gegeben hat. Formuliert wurde er von Wilhelm von Occam. Im vierzehnten Jahrhundert.«

Sie bläst den Rauch aus, den sie verzückt angehalten hat. »Wow!« sagt sie. Ich bin nicht sicher, ob das, was in ihren Augen liegt, wirklich Bewunderung ist. Ich hatte nicht gedacht, daß ihre unerfüllte

Sehnsucht nach philosophischer Unterweisung uns so bald in technische Einzelheiten führen würde.

»Perlen vor die Säue«, sagt Tony. »Sie kapiert kein Wort.«

»Von wegen«, sagt Laura. »Ich bin fasziniert. Und er hatte wirklich einen so kolossalen Einfluß, dieser …?«

»Nominalismus. Ja. Er hatte in ganz Europa erstaunlich großen Einfluß. Auch auf die niederländische Malerei. Jedenfalls ist das meine Theorie.« Aber während sie mich anblickt und ich meine Theorie entwickle, werde ich mit jedem Moment unsicherer. »Schauen Sie sich Rogier van der Weyden an oder Hugo van der Goes, dann sehen Sie diese ungeheure Konzentration auf einzelne Gegenstände, auf Dinge, die nicht Ausdruck abstrakter Ideen sind, sondern sie selbst, nur sie selbst, nicht mehr und nicht weniger …«

Nach ihrem Gesichtsausdruck zu schließen, bin ich nicht sicher, ob sie von Hugo van der Goes gehört hat. Vielleicht ist ihr nicht einmal Rogier van der Weyden ein Begriff.

»Oder nehmen Sie Jan van Eyck«, erkläre ich versuchsweise. »Der berühmte Spiegel. Die Lampe, die Holzschuhe … Im Arnolfini-Doppelporträt … in der National Gallery …«

Ich bin nicht *hundertprozentig* sicher, ob ihr die National Gallery ein Begriff ist.

»Er ist aber nicht sehr weit gekommen mit seinem Buch«, wirft Kate überflüssigerweise ein. »Er hat sich vom Meister des gestickten Laubs ablenken lassen.«

Lauras Blick wandert von Kate zu mir.

»Weil Friedländer ihn einfach abtut«, glaube ich verrückterweise erklären zu müssen.

Lauras Blick wandert von mir zu Kate und dann wieder zu mir.

»Max Friedländer«, füge ich hinzu. »Die große Autorität auf dem Gebiet der frühen Niederländer.«

»Aber dann wurde ihm doch klar, daß Friedländer recht hat«, sagt Kate.

Laura wendet sich wieder Kate zu. »Wie schön, daß Ihr Mann auf demselben Gebiet arbeitet wie Sie.«

»Nun ja …« sagt Kate und schaut mich an. Ein heikles Thema. Ich greife rasch ein, um Laura in eine andere Richtung zu lenken.

»Kates Fachgebiet ist ausschließlich die Ikonographie von Kunstwerken«, erkläre ich.

»Während Martin sich nur mit Ikonologie abgibt.«

Lauras Kopf fliegt hin und her, und ihre Augenbrauen gehen immer weiter in die Höhe.

»Sie findet, daß die Ikonologie keine richtige Disziplin ist …«

»Er findet, daß bloße Ikonographie unter seiner Würde ist.«

Laura schaut Tony an – so wie ich Kate anschaue –, um zu sehen, ob er die Feinheiten unseres Gesprächs auskostet. Doch er starrt nur gedankenverloren in seinen Aperitif. »Gibt es bald Essen?« fragt er.

Ich überlege, ob ich versuchen soll, Laura den Unterschied zwischen Ikonographie und Ikonologie zu erklären. Ich könnte ihr erzählen, daß die Ikonographie sagt, daß ein durchgesessenes Sofa und ein mit Strippe zusammengehaltenes Auto Symbole von Armut sind. Die Ikonologie lehrt, daß die Ikonographie im Zusammenhang mit Stil und künstlerischer Absicht gedeutet werden muß – daß die wahre Bedeutung das Gegenteil von dem sein kann, was man sieht. Die Ikonographie, könnte ich weiter erklären, sagt uns, daß Lauras Miene üblicherweise als Ausdruck von Interesse betrachtet wird. Mit Hilfe der Ikonologie können wir wiederum verstehen, daß in diesem speziellen Zusammenhang Lauras Miene eher ein Ausdruck von Spott ist.

Doch ich sage nur: »Diese Unterscheidung geht auf Panofsky zurück.«

Ihr hilfloser Gesichtsausdruck veranlaßt mich, noch ein wenig auszuholen.

»Erwin Panofsky«, helfe ich nach.

Das waren zwei Silben zuviel. Lauras höflich demonstriertes Interesse platzt wie eine Seifenblase. »Entschuldigung«, sagt sie und läuft hustend hinaus.

»Mein Gott«, sagt Tony, »jetzt haben Sie sie wieder in die Küche getrieben.«

Wir lehnen uns zurück, warten, betrachten die Rennpferde. Wow, wie Laura sagen würde. Das wird ja ein toller Abend. Ich mache den Fehler, Kates Blick aufzufangen, und spüre in diesem Moment, wie ein hysterisches Lachen in mir aufsteigt, das ich nicht beherrschen kann. Ich springe plötzlich auf, als hätte ich Durchfall.

»Ich schau mal nach Tilda«, murmele ich.

»Laß mich lieber«, sagt Kate und springt ebenfalls wie elektrisiert hoch, vermutlich von dem gleichen Anfall gepeinigt, aber eine Sekunde zu spät, denn ich bin schon auf der Schwelle, stürze rücksichtslos weiter, suche ein Zimmer, irgendein Refugium, wo ich mich ausschütten kann. Doch in diesem Moment höre ich ein Geräusch von der Küche her, durch die geöffnete Tür.

Schluchzen.

Sofort erstirbt mein Lachen. Mir wird klar, daß ich mit meiner Ikonologie völlig danebenliege. Ich habe die Ikonographie völlig falsch interpretiert. Laura ist eine einsame junge Frau, eingeschlossen in diesem abgelegenen Gebäude, allein mit ihrem grauenhaft unsensiblen Mann. Sie wendet sich an einen der seltenen Besucher, um für einen kurzen Moment menschliche Nähe zu finden, um einen Blick auf die große glanzvolle Welt zu erhaschen, und was passiert? Der Besucher spricht über Dinge, die sie, wie er genau weiß, in ihrer Schlichtheit nicht verstehen kann. Er läßt sie gnadenlos abblitzen. Deshalb ist sie aus dem Zimmer gelaufen. Sie war in Tränen.

Ich nehme an, ich sollte so tun, als hätte ich nichts gehört. Aber das menschliche Mitgefühl ist größer als Takt. Ich will gerade anklopfen, um zu signalisieren, daß ich in der Nähe bin, da beginnt das Schluchzen von neuem, noch heftiger.

Meine Hand erstarrt. Das ist kein Schluchzen, wie mir jetzt klar wird. Ich höre es ganz genau.

Es ist ein hysterisches Lachen, genau wie meines.

Ich weiß nicht, was das Problem in der Küche gewesen sein mochte. An dem Fasanenbraten ist nichts auszusetzen, jedenfalls nichts, was nicht bis morgen, wenn Mr. Skelton den Herd repariert hat und das Essen noch einmal aufgewärmt ist, in Ordnung sein wird. Und obwohl das Eßzimmer groß genug ist, daß alle Churts hineinpassen, die je gelebt haben, seit es Churts in Upwood gibt, ist die Raumtemperatur keineswegs unangenehm, sofern man seinen Stuhl an einen der Heizlüfter rückt und die Füße unter einen der Hunde schiebt. Und vermutlich geben auch die Zigaretten, die Laura zwischen den Gängen anzündet, ein bißchen Wärme ab.

Sie hat sich längst wieder gefangen. Genau wie Kate und ich. Tatsächlich steuern wir beide nicht sehr viel zum Abend bei. Nach unserem Vortrag über Nominalismus und Panofsky scheinen unsere Ressourcen erschöpft zu sein. Was aber nicht sonderlich tragisch ist, denn nun, da die Churts die höfliche Befragung der Gäste hinter sich gebracht haben, bestreiten sie das Gespräch allein, und offenbar ganz gern. Nach ein paar Gläsern Wein sind sie, jeder auf seine Weise, etwas mitteilsamer geworden. Das einzige, worüber sie sich ausschweigen, ist der Grund für die Einladung. Es kann kaum um die Bilder im Eßzimmer gehen, bei denen es sich zum größten Teil um stockfleckige Darstellungen von Segelschiffen in voller Takelage handelt, die zu studieren wir inzwischen reichlich Zeit hatten.

Vielleicht hatten sie einfach die freundliche Absicht, uns jede romantische Vorstellung vom Landleben zu nehmen. Sie werfen uns häppchenweise die schlechten Nachrichten hin und sind bald einer, bald gegensätzlicher Meinung, wie zwei phasenverschobene Motoren, während Kate und ich, ähnlich wie Laura vor dem Essen, das Hin und Her mehr oder weniger stumm verfolgen.

»Da kommen Sie also aus der Stadt und glauben bestimmt, daß Sie in einem Paradies gelandet sind«, sagt Tony.

»Dabei geht es hier zu wie auf einem Schlachtfeld«, ruft Laura. »Sie brauchen nur zur Tür rauszuschauen – dann pfeifen Ihnen schon die Kugeln um den Kopf.«

»Lauter Spinner wohnen hier in der Gegend!«

»Naturschützer!« sagt Tony. »Das ist das Problem.«

»Ja, weil du sie dazu treibst«, ruft Laura. »Du bist der allergrößte Spinner!«

»Ganz und gar nicht. Niemand kümmert sich mehr um den Naturschutz als ich. Aber die Leute hier verstehen nicht, sie kriegen es einfach nicht in ihre Dickschädel rein, daß man nicht stillstehen darf, wenn man die Natur erhalten will. Man darf nicht zurückgehen. Man muß voranschreiten. Immer voran! Das ist das Gesetz des Lebens! Das gnadenlose Gesetz des Lebens! Aber das kapieren meine lieben Nachbarn eben nicht!«

»Sie wollen verhindern, daß er eine Motocrossanlage baut.«

»Eine Motocrossanlage?« sagt Kate, nun doch so überrascht, daß sie den Rhythmus der Unterhaltung unterbricht. »Sie meinen ...?«

»Ja!« ruft Laura. »Halbstarke, die am Sonntagnachmittag mit ihren Motorrädern durchs Gelände donnern.«

»Zweitausend Pfund Pacht pro Quartal, mein Schatz!«

»Geld, Geld! Er denkt immer nur ans Geld.«

»Irgend jemand muß doch daran denken.«

»Auf dem ganzen Grundstück wimmelt es schon von Fasanen. Man kann noch nicht mal die Auffahrt runtergehen, ohne daß sie einem zwischen den Beinen herumflattern und einen ankreischen! Gegrillter Fasan, gekochter Fasan, gebratener Fasan, tiefgefrorener Fasan – irgendwann werden wir selber herumflattern und kreischen!«

»Was willst du denn sonst essen? Gegrillten Spatz?«

»Ich finde es total ekelhaft, Tiere zu halten, nur damit man sie schlachten kann.«

»Ich mach es doch nicht zu meinem Spaßvergnügen!«

»Nein – Jeepladungen voll japanischer Geschäftsleute, die überall rumballern. Wir könnten genausogut auf dem Rummelplatz wohnen.«

»Zweihundert Pfund pro Gewehr und Tag! Sagen wir zehn Gewehre, wenn es wirklich gut läuft, und hundert Vogeltage pro Jahr ...«

»Warum verkaufst du den ganzen Besitz nicht einfach, dann hast du Ruhe«, ruft Laura.

Tony verstummt plötzlich.

»Dieses Motocrossgelände …« fängt Kate an, aber Tony setzt schon zu einer ausführlichen Rechtfertigung an.

»Zufällig gehört mir dieses Anwesen«, sagt er langsam. »Ich habe mich nicht darum gerissen. Es hat sich einfach so ergeben, genau so, wie manche Leute feststellen, daß sie ein großes Gehirn haben oder ein schwaches Herz oder klasse Titten. Nun gut, mir gehört das Anwesen, sie hat die Titten, Sie beide haben den Grips. Wie es eben so geht. Hätte ja auch sein können, daß Laura den Grips hat und Sie beide das Anwesen und ich die Titten. Weil das aber nicht so ist, bin ich derjenige, der sich um den Besitz kümmern muß. Denn ich beabsichtige, auch weiterhin der Besitzer zu sein. Ich wurde in die Welt gesetzt, um dieses Anwesen zu besitzen. Was ist daran so schlimm? Alle Dinge müssen einen Besitzer haben. Das macht sie lebendig, dadurch bekommen sie eine Bedeutung, nur so kann man ein menschliches Gesicht mit ihnen verbinden. Wenn wir nichts anderes von den Kommunisten gelernt haben, dann das.«

Er wendet sich an mich: »Sie sind doch der Philosoph, stimmt's?«

»Also«, fange ich an, »es geht hier wirklich um eine interessante Frage …«

Er hört schon nicht mehr hin. »Wie dem auch sei«, sagt er, »ich werde ganz bestimmt nicht auf der faulen Haut liegen und zusehen, wie alles den Bach runtergeht.«

»Aber genau das passiert die ganze Zeit«, ruft Laura. Sie wendet sich an mich. »Er hat eine bemerkenswerte Fähigkeit, sich hirnrissige Projekte auszudenken, in die er sein Geld stecken kann.«

»Wie bitte? Ich bin einer der wenigen, die Lloyds überlebt haben.«

»Sie haben dich rausgeworfen.«

»Ich bin aus eigenem Entschluß gegangen, bitte schön.«

»Und diese Offshore-Geschichte?«

»Ich weiß nicht, wovon du redest. Denk an die Sache mit den Arabern. Das stand doch auch an.«

»Ja, aber daraus ist auch nichts geworden. Sie sind alle im Gefängnis gelandet.«

»Zu dem Zeitpunkt war ich schon längst ausgestiegen.«

Langsam denke ich, daß ich mit meiner Ikonologie komplett danebenliege. Ich habe die Symbole falsch interpretiert, von der Plastikschnur bis zu den Löchern im Teppich. Hier braucht es wirklich keine -ologie, ein bißchen von Kates -ographie reicht völlig. Der Symbolismus ist nicht ironisch, sondern real. Die Churts haben kein Geld. Sie besitzen nur ein unermeßlich geldfressendes Grundstück und eine ebenso unermeßliche Inkompetenz.

Laura, stellt sich heraus, hat eigene Ideen. »Ich finde, er sollte einen Konzertveranstalter ansprechen«, sagt sie. »Man könnte ein großes Popfestival auf die Beine stellen. New Age, so was in der Richtung. Paar Kreise in das Getreidefeld ziehen. Zehntausend Leute, pro Kopf zehn Pfund. Man braucht nur eine Lautsprecheranlage und Miettoiletten. Die Leute würden mit Schlafsäcken kommen.«

»Und wo soll das alles stattfinden?« sagt Tony. »Auf dem Rasen vor dem Haus?«

»Nein. Nicht vor dem Haus. Auf dem großen freien Feld.«

»Welches große freie Feld?«

»Auf der anderen Seite des Wäldchens. Wo die Scheune eingestürzt ist. Dort wohnt doch niemand.«

»Sie meinen, das Feld hinter unserem Haus?« fragt Kate.

»Ja, genau«, sagt Laura. »An dem Wochenende könnten Sie ja nach London fahren.«

Ich sehe Kate an, daß sie in aller Stille beschlossen hat, bei den örtlichen Naturschützern mitzumachen. Aber ich kann nicht behaupten, daß ich sonderlich beunruhigt bin. An dem wunderbar verwahrlosten Zustand, in dem sich das Feld befindet, wird sich auf lange Sicht nichts ändern. Das gilt für den ganzen Besitz. Popfestivals, Motocrossgelände – aus all diesen grandiosen Ideen wird nie etwas werden.

Eigentlich empfinde ich so etwas wie Sympathie, fast Dankbarkeit. Es ist ihre Hilflosigkeit, es sind ihre beschränkten Verhältnisse, die uns die Realität dieses versteckten Fleckchens Land erhalten. Aber wir können nichts tun. Ich sehe auf meine Uhr und fange an, die üblichen Aufbruchssignale auszusenden.

»Also, es war wirklich sehr nett«, sage ich bedauernd, »aber Tilda wird jeden Moment aufwachen. Letzte Nacht haben wir kaum geschlafen. Und morgen müssen wir früh raus ...«

Warum hat man immer eine Erklärung zuviel? Aber Kate und ich sind bereits aufgestanden.

»Hat er Ihnen schon das Bild gezeigt?« sagt Laura.

Aha. Also doch.

Zumindest haben wir die ganzen Nettigkeiten nicht umsonst über uns ergehen lassen.

Es befindet sich im Frühstückszimmer. Nein, das wird seiner majestätischen Präsenz nicht gerecht. Es füllt das Zimmer völlig aus.

Das ist jedenfalls mein erster Eindruck, denn das Frühstückszimmer ist vergleichsweise bescheiden. Der Platz reicht für höchstens eine Handvoll Churts, wenn sie am Morgen zu Cornflakes und gesottenen Nierchen herunterkommen, wohingegen das Bild völlig unbescheiden ist. Es hängt in dem eiskalten Zimmer in einem prunkvollen vergoldeten Rahmen über dem abgedeckten Kamin und bedeckt fast die ganze Wand zwischen Decke und Kaminsims. Das Gemälde selbst ... nun ja ... Wir vier und die Hunde, die zur Besichtigung mitgekommen sind, betrachten es respektvoll, aber nicht unangestrengt, denn wir stehen viel zu dicht davor. Es hängt etwas nach vorn geneigt, so als hinge es in einem breiten Treppenhaus und wir würden ihm entgegensteigen. In seiner gegenwärtigen Position wendet es sich vor allem an die Hunde. Ich trete etwas zurück und gehe in die Hocke, mehr auf Augenhöhe der Hunde.

Tony und Laura sehen mir zu. Meine respektvoll gebeugte Haltung weist mich als Autorität aus.

»Was würden Sie denn sagen?« fragt Tony.

Was ich sagen würde? Was soll ich schon sagen. Mir fällt nichts ein. »Siebzehntes Jahrhundert?« sage ich vorsichtig.

»Stimmt«, sagt Tony. »1691.«

»Vermutlich italienisch.«

»Giordano. Der Giordano von Upwood.«

»Ah ja«, pflichte ich bei, als hätte ich das im nächsten Moment ebenfalls gesagt. Ich will gar nicht meinen Scharfsinn herauskehren, sondern nur dem Ruhm des Künstlers und seinem Werk höflich meinen Respekt erweisen. Und mir ist, als hätte ich tatsächlich in irgendeinem Zusammenhang von Giordano gehört, wenngleich nicht von dem in Upwood.

»Na, was schätzen Sie?« sagt Tony.

Ich sehe Kate an, um die Frage an sie weiterzugeben, bin aber nicht sehr zuversichtlich. »Nicht meine Zeit«, sagt sie achselzuckend.

Meine natürlich auch nicht. Einer der Hunde gähnt und legt sich zum Schlafen hin. Seine offensichtlich auch nicht. Der andere niest gedankenvoll. Insgeheim schließe ich mich seinem Urteil an. Doch die abweisende Reaktion von Kate und unserer beiden kritischen Freunde auf dem Fußboden zwingt mich, eine etwas ausführlichere Einschätzung abzuliefern.

Na schön, was ich davon halte? Gut ... gehen wir systematisch vor, wie Kunsthistoriker das tun würden, denn irgendwie bin ich ja dabei, auf meine bescheidene Weise einer zu werden. Was haben wir hier?

Eine von zahlreichen Figuren bevölkerte mythologische Szene bei Nacht. Nach den Gewändern zu urteilen, eine antike Szene.

Was ist das Sujet? Mehrere bewaffnete Männer, die sich Anweisungen und Verwünschungen zurufen, nach links, nach rechts, anscheinend ohne auf die anderen zu hören, tragen, nach den deutlich hervortretenden Muskeln zu urteilen, eine ziemlich schwere Last, eine füllige Frau, deren Gewand etwas verrutscht ist, so daß man ihr linkes Knie und die rechte Brust sieht. In der Dunkelheit lodern

Flammen, und am nächtlichen Himmel sind Geistererscheinungen zu erkennen. Die Männer stehen mit den Beinen im Wasser, die Ruderer legen sich ins Zeug. Richtig, die gewichtige Person wird gerade in einem Boot abgesetzt. Es ist die Frau eines griechischen Reeders, die zu einer Mittelmeerkreuzfahrt aufbricht. Quatsch, konzentrier dich auf die Ikonographie! Die Figur, die über ihnen schwebt und auf das Meer hinausweist, ist Cupido. Also geht es hier irgendwie auch um Liebe. Ich glaube, Cupido zeigt in Richtung Troja.

»Die Entführung der Helena?« sage ich vorsichtig.

»Der Raub der Helena«, verbessert mich Tony.

»Raub?« sagt Laura. »Ich finde nicht, daß es nach Raub aussieht.«

»Ratto di Elena«, sagt Tony mit fester Stimme. »Steht hinten drauf. Der Raub der Helena.«

»Sie drückt nicht gerade auf ihr kleines Spraydings«, sagt Laura. »Sie sprüht ihnen nicht gerade Gas in die Augen.«

»Raub«, sagt Tony. »So haben wir es immer genannt.«

Ich glaube nicht, daß der Giordano, an den ich mich blaß erinnere, ein Maler ist. Hat er nicht Opern komponiert? Aber vielleicht ist es doch ein und derselbe. Vielleicht ist das Gemälde so etwas wie eine verdinglichte Oper. Die Männer rufen sich keine Kommandos zu, sondern singen. Das würde erklären, weshalb sie einander nicht zuhören. Wer gemeinsam mit anderen singt, hört die anderen nicht. Und da wir jetzt wissen, worum es geht, können wir auch ohne Untertitel erraten, daß sich die Tenöre über den richtigen Kurs nach Troja streiten, vielleicht macht ein Bariton gerade den Vorschlag, sicherheitshalber ein paar Schwimmwesten mitzunehmen.

»Ganz hervorragendes Stück«, sagt Tony. Es klingt nicht prahlerisch, sondern eher so, als habe er sich bescheiden in die Rolle dessen gefügt, den das Schicksal zum Hüter dieses Gemäldes ausersehen hat.

»Stimmt«, murmele ich und fahre fort, das Bild respektvoll anzustarren, um Kates Gesichtsausdruck nicht zu sehen. Ich muß sagen, manchmal geht sie in ihrer Ehrlichkeit wirklich etwas zu weit.

»Konnten echt malen damals«, sagt Tony. »Dramatik. Große Gefühle. Keine Hemmungen, in die Vollen zu gehen.«

Diese Angst hatte Signor Giordano gewiß nicht. Bei den Gefühlen bin ich mir aber nicht so sicher, jedenfalls was den Sopran angeht. Die Helena singt nicht. Laura hat recht: Sie ist bemerkenswert kühl und beherrscht. Sie findet die Situation weder erfreulich noch unangenehm, ja nicht einmal überraschend. Man hat den Eindruck, als wäre es für sie ganz normal, daß sie mitten in der Nacht von merkwürdigen Burschen weggeschafft wird und daß ihretwegen Kriege geführt werden. Die rechte Hand hat sie erhoben, was darauf hindeutet, daß sie vermutlich doch etwas beschäftigt. Vielleicht hat sie es mit den Bronchien. Wenn ich auch noch die andere Brust der grimmigen Kälte im Frühstückszimmer der Churts aussetze, denkt sie, werde ich die erste Liebesnacht unter trojanischen Sternen vielleicht mit einem schlimmen Husten und einer triefenden Nase verbringen müssen.

»Na?« sagt Tony, »was meinen Sie?«

»Prachtvoll«, sage ich. »Wirklich sehr ... sehr ...« Sicher sehr irgend etwas. Aber ich habe keine Ahnung, was genau. Es ist so ganz anders als der Meister des gestickten Laubs. Und sehr komisch. Je mehr ich überlege, was es so sehr ist, desto komischer finde ich es. Schon wie es an der Wand hängt, gewissermaßen mit den Ellbogen auf dem Kaminsims, wie ein Barmann, der gerade nichts zu tun hat und sich über den Tresen beugt, um ein bißchen zu plaudern. Offenkundig gehört es nicht hierher – der stolzeste Besitz der Churts von Upwood hängt an Haken, die für ein viel kleineres Bild gedacht sind. Gibt es hier kein Treppenhaus, wo es hinpaßt? Was hat es ausgerechnet in einem Frühstückszimmer verloren? Es ist nicht die Sorte Bild, dem man nach einer Nacht, in der man Mr. Skeltons Selbstgebrautem heftig zugesprochen hat, als erstes begegnen möchte.

»Gibt jedenfalls einen kontrastreichen Hintergrund zu Cornflakes und gekochten Eiern ab«, sage ich schließlich.

Tony starrt mich verdutzt an, weiß nicht, was er mit dieser Formulierung anfangen soll.

»Frühstück«, erkläre ich. »Haben Sie nicht gesagt, daß dies das Frühstückszimmer ist?«

»Wir frühstücken in der Küche«, sagt Laura. Die Vorstellung, das Frühstück in einem Frühstückszimmer einzunehmen, ist offenbar naiv und abwegig. »Dieses Zimmer wird nicht benutzt.« Laura friert. Kate friert. Ich friere. Es ist nicht nur kalt im Zimmer, sondern auch feucht. Sie sitzen also im Salon, die Rennpferde vor Augen, und schließen den imposanten Giordano von Upwood in das feuchte und dunkle Zimmer ein, wo er unbemerkt vor sich hin schimmelt? Wirklich liebenswerte Exzentriker, die beiden!

Offenbar ist Tony aber nicht an einer Identifizierung interessiert.

»Ich meine, wieviel?« sagt er. »Wieviel bringt es? Wie sieht der Markt aus?«

»Keine Ahnung. Warum? Wollen Sie es verkaufen?«

»Vielleicht. Wenn der Preis stimmt. Bricht mir das Herz, es nach all den Jahren wegzugeben, aber solche unangenehmen Entscheidungen gehören eben zum Leben.«

»Hier hat ja doch niemand was davon«, sagt Laura.

»Also, was würden Sie sagen?«

Ich sehe Kate an. »Ich hole jetzt Tilda«, sagt sie und läßt mich allein zurück.

»Rufen Sie doch bei Sotheby's oder Christie's an«, sage ich. »Die können jemanden vorbeischicken, der es sich ansieht.«

»Denen traut er nicht«, sagt Laura.

»Und ob ich denen traue! Ich traue ihnen zu, daß sie mir und dem bedauernswerten Tropf, der es kauft, jeweils zehn Prozent abziehen und obendrin noch die Mehrwertsteuer. Hören Sie mir auf mit Sotheby's! Denen habe ich den Strozzi verkauft. Und Christie's haben den Tiepolo gekriegt.«

Tiepolo? Sie hatten einen *Tiepolo*? Mein Gott.

»Und kommen Sie mir nicht mit Händlern.«

»Denen vertraut er erst recht nicht!« sagt Laura.

»Bin reingelegt worden.«

»Mit dem Guardi? Klar, weil du dich mit einem dubiosen Typ eingelassen hast.«

Und einen Guardi! Was ist denn noch alles durch ihre Finger gegangen?

Tony wendet sich wieder an mich. »Na los, sagen Sie schon! Ungefähr!«

Kein Wunder, daß er abgezockt wird, wenn er sich von Leuten wie mir beraten läßt. Trotzdem versuche ich mal eine grobe Schätzung. Erst das Grundsätzliche. Ich glaube, daß solche Schinken bei Innenarchitekten durchaus beliebt sind. Verkauft wird nach Fläche, wie Acker- oder Weideland. Was kostet der Quadratmeter Historiengemälde, Öl auf Leinwand? Sicher nicht weniger als hundert Pfund. Und welches Format haben wir hier? Ungefähr meine Größe und etwas breiter. Sagen wir einsachtzig mal zweizwanzig. Vier Quadratmeter. Macht wieviel? Viertausend Pfund. Absurd.

Na schön. Sagen wir dreitausend, klingt besser. Der Rahmen ist bestimmt ein paar hundert wert. Und die entblößte Brust steigert wahrscheinlich den Marktwert. Das nackte Knie womöglich auch. Einen Zehner für den unnachahmlichen Gesichtsausdruck. Aus Höflichkeit gegenüber meinen Gastgebern zweitausend dazu. Abzüglich einen Tausender, damit es realistischer wird ... Das sind jetzt wieviel?

»Keine Ahnung«, sage ich schließlich. »Bei einem Niederländer aus dem fünfzehnten Jahrhundert könnte ich Ihnen unter Umständen helfen. Ein Italiener aus dem siebzehnten Jahrhundert – da können Sie mich genausogut etwas über Fasanenzucht fragen.«

»Niederländer?« sagt Laura. »Sie meinen Holländer?«

»Nun ja, im fünfzehnten Jahrhundert waren Flandern und Brabant Teil der Niederlande.« Wieder höre ich die Pedanterie in meiner Stimme, den Erwin im Panowsky. Doch diesmal ist es Tony, der lacht.

»Wie? Belgien?« sagt er. »Was anderes als Pralinen und Bier haben die Belgier noch nie produziert.«

Soviel zu meiner kleinen Affäre mit dem Meister des gestickten Laubs. Soviel auch zum Meister der Lucia-Legende. Oder zu van Eyck, van der Weyden, van der Goes, Memling, Massys, Gerard David, Dirck Bouts …

»Aber das dort ist einer von Ihren Holländern«, sagt Tony. »Schlittschuhläufer und so.«

Ich drehe mich um. Vor der Durchreiche steht eine kleine Winterlandschaft. Das Bild erinnert mich an den Deckel einer großen Pralinenschachtel, obwohl es ganz bestimmt nicht aus Belgien kommt, aber es hat einen eigentümlich schokoladigen Ton, vom zugefrorenen See bis zu den sonnenhellen Winterwolken. Es gefällt mir gut.

»Holländisch, ja, zweifellos«, versichere ich. »Sehr hübsch. Aber wirklich nicht meine Zeit. Ebenfalls siebzehntes Jahrhundert. Von wem ist es?«

Er nimmt das Bild und dreht es um. »Steht nicht da. Was schätzen Sie? Ein-, zweitausend?«

»Schon möglich.«

»Drei-, viertausend?«

»Wer weiß?« sage ich. Wer weiß denn, warum es an der Durchreiche lehnt und nicht an der Wand hängt? Nach welchem Prinzip in diesem Haus Bilder gehängt werden, ist wirklich schwer zu durchschauen. Wer weiß, warum es neben der Schlittschuhläuferszene noch ein anderes kleinformatiges Bild gibt, das flach auf dem Rücken liegt? Zelte und Fahnen sind darauf zu sehen, drei Reiter und ein Mädchen mit einem Krug, das den Männern einen Becher reicht, und durch den rauchverhangenen Hintergrund preschen noch weitere Reiter. Mir geht der Name Philips Wouwerman durch den Kopf. Ebenfalls ein Holländer aus dem siebzehnten Jahrhundert. Gut. Schön. Aber nicht mein Ding.

»Dieses hat einen Vermerk«, sagt Tony. Ich drehe das Bild um. Ich hatte recht – ich hätte den Namen aussprechen und meine Kennerschaft unter Beweis stellen sollen. »Wouwerman: Drei Reiter in einer Kampfpause.«

Tony schaut mich erwartungsvoll an.

»Bedaure«, sage ich. »Auch hier kann ich Ihnen nicht weiterhelfen. Außerdem ist nicht klar, was unter ›Wouwerman‹ zu verstehen ist. Schule, Umkreis oder nach Art von. Vielleicht besagt es auch überhaupt nichts.«

»Wouwerman bedeutet also nicht Wouwerman?«

»Das ist das einzige, was es jedenfalls *nicht* bedeutet«, erkläre ich. »Dieser Vermerk wurde viele Jahre vor dem heute geltenden Verbraucherschutzgesetz geschrieben. Wenn hier bloß ›Wouwerman‹ und nicht ›Philips Wouwerman‹ steht, dann gibt es einen Menschen auf der Welt, von dem man annehmen kann, daß er es sicher *nicht* gemalt hat, und das ist Wouwerman.«

»Vielleicht ist es ein Rembrandt«, sagt Laura.

»Möglich. Aber wenn Sie wirklich meinen Rat wollen – sprechen Sie mit Sotheby's oder Christie's. Bezahlen Sie die Kommission. Ich könnte mir vorstellen, daß es sich lohnt.«

Kate erscheint mit dem Tragekorb. »Ich dachte, wir gehen.«

»Stimmt«, sagt Laura, »nichts wie weg hier. Sonst kriegen wir noch Tuberkulose, wie die Schafe.«

Dankbar strebe ich zur Tür.

»Tut mir leid, daß wir Ihnen nicht helfen konnten«, sage ich. »Trotzdem, war ein sehr netter Abend ...«

Aber Tony ist stehengeblieben.

»Momentchen noch«, sagt er. »Wo ist das andere?«

»Welches andere?« fragt Laura.

»Es gab doch drei von diesen Holländern.«

»Ach ja«, sagt Laura. Sie geht zum Kamin, über dem der Giordano hängt, und stellt die Abdeckung beiseite. »Sorry, aber es hat genau in die Öffnung gepaßt. Durch die Vögel im Schornstein kommt immer so viel Ruß herunter.«

Sie ruckelt an einer großen, ungerahmten Holzplatte.

»Es ist höllisch schwer«, sagt sie. Ich trete hinzu, will helfen. »Warten Sie«, sagt sie. »Sie machen sich die Hände schmutzig.«

Sie findet eine alte Zeitung unter der leeren Kohlenkiste und wischt damit über das Holz. Dann hieven wir das Bild gemeinsam aus der Kaminöffnung und stellen es auf den Tisch.

Dort steht es jetzt, und in dem eiskalten Frühstückszimmer, inmitten der Stühle, während Laura noch die dreckige Zeitung in der Hand hält, mit der sie das Holz abgewischt hat, und Tony mir über die Schulter blickt, noch immer auf ein Urteil hoffend, und Kate auf der Schwelle steht und den Tragekorb geduldig hin und her schaukelt, sehe ich es zum erstenmal. Mein Schicksal. Meinen Triumph, meine Ungewißheit, meine Niederlage.

Ich erkenne es sofort.

Ich sage: ich erkenne es. Ich habe es nie zuvor gesehen. Ich habe noch nicht einmal eine Beschreibung gesehen. Meines Wissens ist es auch nirgendwo beschrieben worden. Niemand weiß, wer (abgesehen vom Künstler selbst) das Bild jemals gesehen hat.

Und ich sage: sofort. Das Bild ist nicht gereinigt, und im ersten Moment, bis sich meine Augen an das Dunkel gewöhnt haben, sehe ich nur die Schicht aus Schmutz und Firnis. Aber wie lange dauert so ein Moment? Das menschliche Auge erkennt mit einem einzigen Blick nur sehr wenig. Klar und deutlich nimmt es nur das wahr, was auf die Fovea trifft, diese stecknadelkopfgroße Grube in der Netzhaut. Wenn ich das Bild mit gestrecktem Arm vor mir halte, wie ich es gerade tue, damit es nicht umkippt, dann sehe ich im Grunde nur einen Ausschnitt von zwei, drei Zentimetern Durchmesser. Ich sehe Details.

Welches Detail sehe ich als erstes? Ich weiß es nicht. Vielleicht das Licht auf den jungen grünen Blättern, die gerade von der Sonne beschienen werden. Vielleicht die tanzende Figur, die den Fuß gerade anhebt und für alle Ewigkeit in dieser lächerlichen Haltung festgehalten wird. Vielleicht auch nur den Fuß. Aber schon macht mein Auge, was das menschliche Auge immer macht, wenn es die Umgebung wahrnehmen will. Es springt hin und her, auf und ab, immer wieder, fünfzig-, sechzig-, siebzigmal pro Sekunde, und versammelt die zahllosen Ausschnitte zu einer immer wieder verbesserten Annäherung an das Ganze. Für ein Bild dieser Größe, etwa einszwanzig mal einsfünfzig, dürfte selbst der flüchtigste Blick ein paar Sekunden dauern.

Und in diesen ersten Momenten betrachte ich schon nicht mehr das Bild, sondern die akkumulierten Erinnerungen daran.

Und schon rührt sich etwas in mir. In meinem Kopf, in meinem Bauch. Es ist, als würde die Sonne hinter den Wolken hervortreten und die graue Welt, die ich vor mir sehe, einen goldenen Ton annehmen. Auf meiner Haut spüre ich die Sonnenstrahlen, deren Wärme meinen ganzen Körper wohlig durchflutet.

Woher weiß ich, was ich da vor mir sehe? Es ist wie mit der Farbe von Orangen, wie mit dem Liebreiz von Tilda – ich weiß es einfach. Friedländer, der große Max Friedländer, hat das sehr schön ausgedrückt. »Die richtigen Bestimmungen«, schreibt er, »pflegen sich spontan und prima vista einzustellen. Man erkennt einen Freund, ohne je festgestellt zu haben, worin das Besondere seiner Gestalt bestünde, mit einer Sicherheit, die Lektüre und Auswendiglernen des genauesten Steckbriefes nicht zu geben vermag.« Friedländer hat natürlich sein ganzes Leben unter Freunden zugebracht. Bei mir ist es nur die wenige Zeit, die ich in den letzten fünf Jahren erübrigen konnte. Und ohnehin bin ich mit diesem Bild weitab von meinem Spezialgebiet. Trotzdem weiß ich: Es ist ein Freund. Nein, es ist der lange vermißte Bruder eines Freundes. Ein verschollenes Kind, das wieder in unser Leben eintritt, so wie die Toten in unsere Träume zurückkehren.

Das sehe ich durch das verschmierte Fenster der Zeit:

Ich schaue von einer waldigen Höhe in ein Tal hinunter, das sich von unten links diagonal durch das Bild erstreckt; ein Fluß windet sich durch das Tal, vorbei an einem Dorf, an einem Schloß, das auf einem Felsen thront, bis zu einer fernen Stadt am Meer, dicht an einem hohen Horizont. Links neben dem Tal ein zerklüfteter Gebirgszug mit schroffen Gipfeln. In den hohen Seitentälern liegt noch immer Schnee. Es ist Frühling. Auf den Bäumen unterhalb der Schneegrenze schimmert das erste Aprilgrün. In den höheren Lagen ist die Luft noch kalt, aber je weiter man in das Tal hinunterkommt, desto milder wird es; die kühlen, brillanten Grüntöne verwandeln sich in ein immer tieferes Blau, und für den Betrachter, dessen Blick in immer südlichere, sonnigere Regionen streift, wird aus April allmählich Mai.

Auf einer Lichtung sehe ich einige plumpe Figuren, die blühende weiße Zweige von den Bäumen brechen oder gerade dabei sind, einen derben Holzschuhtanz zu tanzen. Ein Dudelsackspieler sitzt auf einem Baumstumpf. Man glaubt fast, das strenge pentatonische Schnarren zu hören. Die Leute tanzen, weil wieder Frühling ist und weil sie den Winter überstanden haben.

Weiter hinten wird eine Viehherde über steile Berghänge auf die Alm getrieben.

Direkt vor mir, halb verborgen von Büschen, nur von einem Vogel beobachtet, der auf einem Ast sitzt, entdecke ich einen kleinen pummeligen Mann mit zwei wilden Osterglocken, der seine komische Schnute einer kleinen pummeligen Frau auf die komische Schnute drückt.

Und wieder schweift der Blick weiter, und das Herz mit ihm, hinaus in die unendliche Tiefe des Bildes, in immer tieferes Blau, in das blaue Meer und den blauen Himmel darüber. Die letzten Wolken lösen sich im warmen Westwind auf. Ein Segelschiff nimmt Kurs auf den warmen Süden.

Doch ich sehe schon nichts mehr, kann nichts mehr aufnehmen. Mein Auge schießt vor lauter Aufregung viel zu schnell hin und her, und quälende Gedanken gehen mir durch den Kopf. Es ist doch so offensichtlich. Es ist so sonnenklar, was das für ein Bild ist, daß es nicht wahr sein kann, sonst hätte es schon längst jemand erkannt. Ja, wer hat es sonst noch gesehen? Selbst diese beiden Dummköpfe müßten wissen, worum es sich handelt.

Ich wage es nicht, an den Namen des Malers zu denken, weil es einfach nicht sein kann.

»Sehr hübsch«, sage ich höflich und lege das Bild hin. »Wirklich sehr reizvoll. So, irgendwo hatte ich doch meinen Mantel ...«

Ich bin schon dabei, die Situation genauso blitzschnell zu erfassen, wie mein Auge das Bild registriert hat. Ich darf es nicht mehr anschauen. Ich habe den ersten, entscheidenden Eindruck gewonnen (und wie lange habe ich wohl dagestanden und es angestarrt?). Ich darf keine plötzlichen Bewegungen mit den Gesichtsmuskeln machen. Meine Stimme darf nicht zittern, ich darf keine unnötigen Wörter aussprechen. Werde ich diese eiserne Selbstdisziplin durchhalten? Alles in mir drängt mich, laut zu jubeln, allen von der sensationellen Entdeckung zu berichten, die ich gerade gemacht habe. Aber ich mag Kate nicht einmal mit stummen Blicken dazu bringen, sich das Bild anzusehen, weil sie es noch schneller als ich erkennen und in ihrer direkten, treuherzigen Art einfach ausposaunen würde.

Ich darf nicht einmal nachdenken, unter keinen Umständen, man könnte es mir ansehen. Ich muß hier verschwinden und an einem Ort, wo mich niemand beobachten kann, alles in Ruhe überdenken. Aber Tony zögert noch. Er richtet das Bild wieder auf und mustert es traurig: »Auch Schrott?«

»Keines Ihrer Bilder ist Schrott«, höre ich mich sagen und schaffe es sogar, in meine Heuchelei noch ein kleines bißchen Ungeduld zu legen. »Es sind alles interessante Bilder.«

»Nicht einmal signiert«, sagt Tony. Nein, es ist nicht signiert. Sonst würde er das Bild auch nicht so berühren, denn die Alarmsirenen wären schon längst losgegangen und die Wachleute kämen angerannt.

Laura beugt sich herüber, wirft einen Blick auf die Rückseite. »Dort steht etwas«, sagt sie hoffnungsvoll.

Ich hatte nicht einmal daran gedacht, nachzuschauen. Jetzt bringe ich es nicht fertig. Ich will nicht wissen, was auf dem Zettel steht. Ich will nicht mit ansehen müssen, daß dieses heilige Objekt durch eine falsche Zuschreibung entweiht wurde. Noch grauenhafter wäre es, wenn meinen grandiosen Geistesblitz schon jemand anderes gehabt hätte. Doch das ist im Grunde undenkbar. Nicht einmal diese beiden Clowns würden das Bild als Schutz vor dem Ruß im Frühstückszimmer verwenden, wenn sie auch nur die leiseste Ahnung hätten, was es ist.

Aber ich muß wohl wissen, was auf dem Zettel steht.

»Martin«, sagt Kate und schickt ein stummes Ausrufezeichen hinterher, während ich mich vorbeuge, um genauer hinzuschauen. Vorwurfsvoller kann sie es kaum ausdrücken. Mir wird klar, daß sie möglichst schnell aus diesem furchtbaren Haus verschwinden will.

Auf dem vergilbten Zettel, der fast so dreckig wie das Bild ist, steht nur eine einzige getippte Zeile sowie ein handschriftlicher Zusatz in Klammern.

»Vrancx: Pretmakers in een Berglandschap (um 1600 gemalt).«

Falsch! Gott sei Dank! Maler und Datierung. Ob auch der Titel falsch ist, kann ich nicht sagen, da niemand weiß, welchen Titel das Werk hat.

»Böhmische Dörfer für mich«, sagt Tony.

Also. *Pretmakers* in einer Berglandschaft ... Was sind *pretmakers*?

»1600«, sagt er. »Bißchen näher an Ihrer Zeit dran?«

»Noch immer ein Jahrhundert zu früh.«

»Euch Burschen kann man es aber auch nie recht machen. Sie wissen also nichts über diesen Mr. Vrancx?«

»Nicht viel.«

»Aber wenn da nicht ›Charlie Vrancx‹ steht ...«

»Sebastian, glaube ich.«

»... dann ist es ohnehin nicht von ihm.«

»Stimmt, höchstwahrscheinlich nicht«, sage ich bedauernd. Aber wahrheitsgemäß, denn es spricht tatsächlich nicht viel dafür. Daß Sebastian Vrancx dieses Bild gemalt hat, ist so unwahrscheinlich wie die Quarktheorie für einen Mondgeologen. Meine wahrheitsgemäße Antwort ist Teil einer Strategie, die langsam Form annimmt. Ich überlege: ich werde nicht lügen, aber auch keine unnötigen Wahrheiten aussprechen ... Ich darf aber nicht denken, darf nicht denken! Und doch denke ich. In einem einzigen Moment – der so lang ist, daß die Hunde aufgestanden und wir alle zu Kate und

Tilda hinaus in die Eingangshalle gegangen sind – habe ich mein ganzes Leben neu geplant.

Ich werde mir das Bild verschaffen. Das ist mein großes Projekt. Ich weiß nicht, wie, aber ich werde es schaffen. Das steht für mich schon eindeutig fest.

»Ein zweiter Rembrandt, vielleicht«, sagt Laura, während sie mir den Mantel bringt.

»Hoffentlich haben wir Sie mit unseren Familienschnappschüssen nicht gelangweilt«, sagt Tony und hilft mir hinein.

»Nein, nein. Es war sehr interessant. Schade nur, daß wir Ihnen nicht helfen konnten.«

»Sie können sich gar nicht vorstellen, wie das ist«, sagt er, »etwas verkaufen zu wollen, von dem man überhaupt nichts weiß. Man weiß nur, daß man ganz allein dasteht. Man ist der einsamste Mensch von der Welt.«

Er öffnet die große Haustür, die Hunde stürzen bellend hinaus in die Nacht, wir treten über die Schwelle, verabschieden uns, und plötzlich tut er mir leid. Seine Stimme klingt so enttäuscht. Aus der kaputten Regenrinne tropft noch immer das Wasser, und die weißgestrichene Tür haben die Hunde mit ihren Pfoten so zerkratzt, daß man das blanke Holz sieht. Auch die Frau an seiner Seite ist in Gedanken schon davongelaufen in die Nacht, genau wie die Hunde. Alles um ihn herum löst sich auf, unwiderruflich, gnadenlos.

»Er hat gedacht, Sie kennen vielleicht jemanden«, sagt Laura. »Einen Giordano-Spezialisten. Womöglich sogar einen privaten Kaufinteressenten. Er geht immer so umständlich vor.«

Der einsamste Mensch von der Welt. Und bald wird er ein weiteres Stück aus seinem Besitz aus der Hand geben. Falls ich es einrichten kann. Denn der zweiteinsamste Mensch von der Welt bin im Moment ich. Wir beide stehen einsam in der Arena, und ich werde ihn bezwingen.

Ich bin wild entschlossen. Ich werde ihm dieses Bild abknöpfen. Er wird es nicht verhindern können. Denn sein Besitzanspruch ist in einer Sprache geschrieben, die er nicht lesen kann, weil er in seiner Notlage nur eine Sprache versteht – Geld. Wenn er wüßte, worum es sich bei dem Bild handelt, würde er seine Forderung hochschrauben. Und wenn seine Forderung nicht erfüllt würde, würde er es jedem verkaufen, der ein entsprechendes Angebot macht – einer Schweizer Bank, einem amerikanischen Investment-Trust, einem japanischen Gangster. Das Bild würde noch weiter in der Dunkelheit verschwinden, überhaupt kein Tageslicht mehr erblicken.

Bei einem Anstieg der Energiepreise würde er es für Brennholz verkaufen.

Und überhaupt, es gehört mir ebensogut wie ihm. Niemand besitzt ein Kunstwerk. Man kann den Holzgrund besitzen, man kann die Farbe besitzen, aber nicht das schimmernde Grün, nicht die komischen Schmollmünder, nicht die Abfahrt des Segelschiffs.

Also werde ich es ihm wegnehmen. Aber nicht auf betrügerischem Weg. Ich werde nicht die Methoden anwenden, zu denen er selbst greifen würde, sondern unerschrocken und taktisch klug vorgehen, in voller Übereinstimmung mit dem Kriegsrecht.

Ich weiß, wie sehr er mich und all meine Kenntnisse und Beziehungen verachtet, von denen er gehofft hatte profitieren zu können. Ich werde die Farbe ausspielen, in der er sich besonders stark wähnt. Ich werde ihm eine Lektion in den Rittertugenden Unerbittlichkeit und Stil erteilen.

Leben ist Veränderung – so hat er es doch selbst verkündet. Und dazu gehört, wie er feststellen wird, auch eine Veränderung der Eigentumsverhältnisse. Dazu gehört auch der Untergang der einen Klasse und der Aufstieg einer anderen.

Und schon bekomme ich kalte Füße. Ich erschrecke. Das Wasser steht mir bis zum Hals.

Aber noch mehr erschreckt mich die Höflichkeit, mit der er uns verabschiedet und sich anschickt, die massive Tür zu schließen.

»Ich werde Ihren Rat befolgen«, sagt er ergeben, »und wegen meiner alten Dame bei Sotheby's anrufen.«

Ich hatte meinen entsetzlich vernünftigen Vorschlag schon längst vergessen. Wie in einem blitzartig sich abspulenden Film sehe ich, wie sich der Sotheby's-Mensch nach beendeter Inspektion der *Helena* zum Gehen wendet und sich dann wieder umdreht, weil sein Blick auf den abgedeckten Kamin gefallen ist ... Und ich stelle fest, daß sich der Aktionsplan in meinen Gedanken und auf meiner Zunge abzeichnet.

»Warten Sie noch ein paar Tage«, sage ich mit einem leisen Lächeln. »Sie haben recht, Sie sind in einer stärkeren Position, wenn Sie wissen, welche Alternativen Sie haben. Vielleicht fällt mir noch jemand ein, der sich das Bild anschauen könnte.«

Wir stapfen an den Pfützen vorbei zu unserem Auto. Der Regen hat aufgehört, und die erste richtige Frühlingsnacht hat die zart gekleideten Bäume mit silbrig funkelnden Sternen behängt.

Bald werde ich endlich mit Kate sprechen können. Wie ein Mann, der zum erstenmal den Namen seiner Geliebten flüstert, werde ich ihr von dem süßen Geheimnis berichten, das in mir brennt.

Aber nein. Ich sage kein einziges Wort. Schweigend sitzen wir im Auto, das den holprigen Weg entlangschlingert.

Noch immer schießen mir die Gedanken durch den Kopf. Und mir wird immer klarer, daß ich unmöglich mit der aufsehenerregenden Neuigkeit herausplatzen kann. Nicht einmal gegenüber Kate. Am allerwenigsten ihr gegenüber. Sie wird mir nicht glauben. Niemand würde mir glauben. Nicht die leichtgläubigste Kunstliebhaberin, nicht die vertrauensvollste Ehefrau. Und Kate ist weder die leichtgläubigste Kunstliebhaberin noch die vertrauensvollste Ehefrau. Als Expertin auf diesem Gebiet muß sie vorsichtig sein, als Ehefrau betrachtet sie meinen Hang zu – wie sie findet – urplötzlichen, spontanen Anfällen von Begeisterung ohnehin mit großer Skepsis. Sie wird darin nur eine Ausflucht sehen, einen Vorwand, der mir dazu dient, mich vor der Arbeit an meinem Buch zu drücken. Ihr gegenüber werde ich fast genauso vorsichtig sein müssen wie gegenüber Tony Churt. Vorerst stütze ich mich auf mein Gedächtnis, auf ein Interesse an einer Sache außerhalb meines kleinen Fachgebiets, das zu kultivieren ich begonnen habe. Bevor ich ein Wort zu Kate sage, muß ich sorgfältig recherchieren. Ich werde ihr ein vollständig dokumentiertes Dossier vorlegen müssen.

Aber warum ist *sie* so schweigsam? Ist es nur dieser fürchterliche Abend, der mir im nachhinein in einem anderen Licht erscheint, aber nicht ihr? Ist sie sauer, weil ich sie so lange habe warten lassen? Mißtrauisch, weil ich Laura auf so peinlich übertriebene Weise entgegengekommen bin? Verletzt, weil wir, die Churts und ich, über ein zweitklassiges Gemälde gequatscht haben, statt das einzigartige und wunderschöne Kind zu bewundern, das sie im Hintergrund gewiegt hat?

Oder findet sie mein Schweigen verdächtig? Ich beeile mich, es zu beenden.

»Wow«, bemerke ich. »Wie unsere charmante Gastgeberin sagen würde.«

»Was?« sagt Kate. Stimmt, etwas nagt an ihr. Nicht verstehen wollen ist ein schlechtes Zeichen.

»Die beiden«, erkläre ich, obwohl es ganz unnötig ist. »Das Haus. Der Abend.«

»Was ist damit?«

»Wow! Findest du nicht?«

Wieder Schweigen. Herzzerreißend, besonders jetzt, da wir geschlossener und einmütiger denn je auf den gemeinsamen Feind reagieren sollten. Zum Verrücktwerden, jetzt, da mir das Herz so voll ist. Dann plötzlich: »Was hast du damit gemeint, daß du jemanden kennst, der sich den Giordano anschauen könnte?«

Aha. Das ist also das Problem.

»Nichts. Wollte nur zu einem gutnachbarlichen Verhältnis beitragen.«

»Aber du kennst niemanden, der über Giordano Bescheid weiß!«

»Nein?«

»Vor heute abend hattest du nicht mal von ihm gehört.«

Mir war natürlich so. Allerdings hatte ich auch geglaubt, daß er der Komponist von *Andrea Chénier* ist, also sage ich nichts weiter dazu.

»Was heißt hier gutnachbarlich?« insistiert sie. »Ihm zu erklären, daß du jemanden kennst, obwohl das gar nicht stimmt?«

»Ich könnte mich ein bißchen umsehen. Vielleicht finde ich wen.«

»Wo denn?«

»Im Holzschuppen?« sage ich. »Hinter dem Herd?«

Doch mein Scherz besänftigt sie nicht. Sie weiß, etwas ist im Busch. Vor den Churts könnte ich es verbergen, aber nicht vor ihr. Ohnehin kann ich die wachsende Erregung in mir nicht lange unterdrücken. Ich muß Kate mit weiteren Andeutungen neugierig machen. Das Rätsel des nicht vorhandenen Giordano-Experten dient mir als Metapher für das wahre Rätsel.

»Übrigens«, sage ich, »ich glaube, daß ich auf dem richtigen Weg bin. Ich denke, daß sich tatsächlich ein geeigneter Kandidat in unserem Haus finden wird.«

Ich meine natürlich – aber das kann sie nicht verstehen –, daß *ich* in unserem Haus sein werde, daß *ich* als der hilfsbereite Experte auftreten werde. Das ist der Plan, der in mir reifte, als wir uns von den Churts verabschiedeten. Ich habe nicht die leiseste Ahnung, wie ich vorgehen werde. Ein paar Stunden mit einem Standardnachschlagewerk, ganz klar. Aber dann? Ein falscher Bart? Sonnenbrille und ausländischer Akzent? Oder sollte ich das Bild mitnehmen, damit es meine angebliche Kontaktperson bei sich zu Hause inspizieren kann? Ich weise darauf hin, daß dieser Mensch nicht möchte, daß seine Identität bekannt wird. Das stimmt ja auch – er möchte es nicht. Aber warum nicht? Welchen Grund soll ich Tony Churt nennen?

Weil er ein geheimnisvoller Kunstsammler ist. Jawohl. Jeder hat doch von geheimnisvollen Kunstsammlern gehört. Schließlich hatte Tony Churt gehofft, von mir einen Käufer vermittelt zu bekommen, und er wird nicht überrascht sein, wenn ich jemanden auftreibe, der ein bißchen publicityscheu ist. Mit gutem Grund vielleicht. Der Mann ist ein König der Unterwelt, ein Bandenchef mit einer Ader für die grandiosen Schinken des Seicento. Und wenn schon kein ausgemachter Gauner, dann immerhin ein dubioser Typ. Das müßte Tony Churt mit seiner fatalen Schwäche für dubiose Unternehmungen doch faszinieren. Zumal, wenn dieser dubiose Typ viel Geld anbietet, bar auf die Hand.

Kate läßt meine rätselhafte Andeutung kalt. Zu Hause angekommen, gibt sie Tilda die Brust, Mutter und Tochter in demonstrativ stummer körperlicher Vereinigung, aus der ich ausgeschlossen bin. Das Thema hängt in der Luft, bis Tilda wieder schläft und wir uns vor dem Heizöfchen ausziehen.

»Ich weiß, du willst zu allen nett sein«, lenkt sie ein, vielleicht besänftigt durch Tilda, die neben dem Bett in ihrem Körbchen liegt, »auch wenn das in der Praxis meistens nicht viel heißt. Aber wenn du nicht aufpaßt, werden sie uns ein zweitesmal einladen.«

Genau. Aber ich sage nur: »Ich habe die beiden Wärmflaschen auf deine Seite gelegt.«

Eine noch unangenehmere Interpretation geht ihr durch den Kopf: »Du meinst doch nicht etwa, daß wir uns mit einer Gegeneinladung revanchieren müssen?«

»Um Gottes willen, nein«, sage ich. Das wird völlig unnötig sein, hoffe ich. Ich möchte in *ihrem* Haus aus und ein gehen, nicht in unserem, der zuverlässige lokale Experte, der mit ungewollten Kunstwerken genauso kompetent umgeht wie Skelton mit der Sickergrube und den Aperitifs oder der sympathische kleine Mann in der Pfarrei, der seine Gemeinde betreut und die Sterbenden tröstet. Jawohl, ich werde zu den kleinen Männern dieser Gemeinde gehören. »Ich denke, ich kann meinen Drogenbaron dazu kriegen, daß er für die *Helena* noch etwas mehr rausrückt«, höre ich mich in nicht allzu ferner Zukunft zuversichtlich erklären. »Ach übrigens, wollen Sie, daß er sich auch die beiden Holländer mal ansieht …?«

Aber bevor wir dieses Stadium erreichen, ist noch viel zu tun. Zuallererst *Pretmakers*. Das ist leicht, denn in der Küche, neben den anderen Standardwerken zur flämischen Malerei, steht auch ein holländisches Wörterbuch ... *Pretmaker, pretmakerij*: Spaßmacher, fröhlich sein, sich vergnügen. Diese ernsten, plumpen Figuren auf der Lichtung amüsieren sich also! Bei diesem Gedanken kann ich mir ein bißchen *pretmakerij* nicht verkneifen.

Der nächste Schritt ist schon schwieriger. Ich muß alles herausfinden, was es über meine fröhliche Schar und ihren Schöpfer herauszufinden gibt. Ich muß den Fall so gründlich klären, daß Kate überzeugt ist. Wir haben all die Bücher mitgebracht, von denen wir dachten, daß wir sie eventuell brauchen, aber keiner von uns hat geahnt, daß wir mit diesem speziellen Maler oder dieser speziellen Zeit zu tun haben würden. Ich muß in Bibliotheken und Buchhandlungen gehen. Hier in dieser gottverlassenen Gegend gibt es weder Bibliotheken noch Buchhandlungen. Ich muß in die Stadt zurück, von der wir uns gerade für drei Monate verabschiedet hatten. Ich muß es tun. Zwischen uns muß es erst schlimmer werden, ehe es besser werden kann.

Ich warte, bis meine Hand auf dem Schalter der Nachttischlampe liegt.

»Fährst du mich morgen früh zum Bahnhof?« frage ich. »Muß ein paar Sachen nachschlagen. Ich werde rechtzeitig zurück sein, damit ich Abendessen machen kann.«

Ich warte gerade so lange, daß sie den unschuldigen Ausdruck in meinem Gesicht sehen kann, bevor – klick, jetzt ist es dunkel – die Enttäuschung auf ihrem sichtbar wird. Stumm dreht sie sich zur Seite. Sie weiß, daß ich wieder eine fixe Idee habe, einen Vorwand, um abtrünnig zu werden.

Plötzlich kommt mir zum erstenmal der Gedanke, daß sie möglicherweise die *Helena* für meine neue Liebe hält. Ich lache im Dunkeln still in mich hinein. Dann denke ich an die *pretmakers* und an die schwerfälligen Vergnügungen, denen wir vier uns an diesem Abend in unserer Hügellandschaft hingegeben haben. Ich lache wieder. Aber nicht einmal die wortlosen Erschütterungen des Bettes provozieren Kate zu Fragen.

Ich liege die halbe Nacht da, achte auf die leisen Geräusche aus Tildas Körbchen, höre, wie sie unruhig wird und dann wieder zurücksinkt in tiefen Schlaf. Auch ich schlafe unruhig, hin und her gerissen zwischen alptraumhaft wirrer Begeisterung und grauenhaft klaren Zweifeln. Als Tilda um drei Uhr aufwacht und gefüttert werden will, bin ich mir meiner Identifizierung nicht mehr so sicher. Nichts scheint sicher zu sein.

Eine dunkler Gedanke geht mir immer wieder durch den Kopf: *Der Prolog ist beendet.* Der Prolog wozu? Ich weiß es nicht. Zu meinem neuen Unternehmen. Zu unserer Ehe. Zum Leben überhaupt. Schluß mit der *pretmakerij.* Jetzt wird es ernst.

2

Was ist zu sehen?

Es gibt einige Gemälde in der Geschichte der Kunst, die sich, genau wie manche Menschen auch, aus der kleinen, engen Welt befreien, in die sie hineingeboren wurden. Sie verlassen das Elternhaus und lösen sich von den Traditionen, die sie geprägt haben und der sie zunächst ihre Bedeutung zu verdanken schienen. Sie wachsen über ihre Zeit, über ihre Umgebung hinaus und erlangen weltweite, unvergängliche Berühmtheit. Sie werden Teil jener gemeinsamen Währung von Namen und Bildern und Geschichten, die für eine ganze Kultur gültig ist.

Dafür gibt es gute und schlechte Gründe und manchmal auch überhaupt keinen ersichtlichen Grund. So ist es schon immer gewesen, noch vor dem Zeitalter der Rotationspresse und der Farbphotographie. So ist es einer geheimnisvoll lächelnden Toskanerin ergangen und einem vergnügten Holländer, einem Strauß provenzalischer Sonnenblumen und einem Liebespaar in marmorner Umarmung. Bereits in der Antike ist derlei vorgekommen, beispielsweise im Fall der knidischen Aphrodite von Praxiteles. Aber heute, da Bilder so leicht und präzise vervielfältigt werden können, im Zeitalter des Massentourismus und der allgemeinen Schulbildung, da sich Urlauber und Schülergruppen in den großen Museen der Welt drängen und man ein Gemälde kaufen und auf der Rückseite einen Gruß nach Hause schicken kann für den Preis der Briefmarke, die man daraufklebt, haben einige dieser Bilder noch größere Verbreitung gefunden als je zuvor.

Zu diesen Werken zählt auch ein Landschaftsbild von Bruegel, das unter dem Titel *Jäger im Schnee*, manchmal auch als *Heimkehr der Jäger*, bekannt geworden ist. Die erschöpften Männer mit ihrer Hundeschar stapfen in Wartezimmern von Krankenhäusern, in Studentenwohnheimen und auf Weihnachtskarten von den winterlichen Hügeln hinter uns hinunter ins verschneite Tal. Sie halten den Kopf gesenkt, ihre Beute ist mager. Nur einen Fuchs haben sie erlegt. Die drei Jäger werden nicht freudig begrüßt. Die Frauen, die draußen vor dem Wirtshaus mit dem windschiefen Schild ein Feuer machen, blicken nicht auf, ebensowenig wie der pflügende Bauer innehält und Ikarus bemerkt, der auf diesem älteren Werk Bruegels, das Auden fast so berühmt gemacht hat wie die *Jäger*, in den Fluten verschwindet. Was an diesem Bild so fasziniert, ist die Landschaft, die sich am Fuß der Anhöhe erstreckt: das verschneite, in sich gekehrte Dorf, die kleinen Figuren, die sich vorsichtig auf dem Eis bewegen, der bleierne Himmel über der weißen Ebene mit den zugefrorenen Gewässern, die schwarze Elster vor dem weißen Hintergrund, die den Blick des Betrachters auf die zerklüfteten Gipfel auf der anderen Seite des Tals lenkt, und in der Ferne die Stadt am winterlichen Meer.

Daß ich mich an all diese Details erinnere, zeigt, welchen Eindruck dieses Gemälde auf mich gemacht hat. Doch es sind weniger die Details als vielmehr die winterliche Atmosphäre, an die ich mich erinnere. So genau beschreiben kann ich es nur, weil ich gerade in der Cafeteria der National Gallery sitze und die Abbildungen in den Büchern über Bruegel studiere, die ich im Museum und in anderen Buchhandlungen auf dem Weg hierher gekauft habe. Eines können diese Reproduktionen aber nicht zeigen: die ungeheure Präsenz, die von dem Original ausgeht.

Es hängt im Kunsthistorischen Museum in Wien, einem imposanten Bauwerk, das in der bombastischsten Periode des neunzehnten Jahrhunderts errichtet wurde. Die Gemälde befinden sich im ersten Geschoß, und der Besucher, der das gigantische Treppenhaus ehrfürchtig hinaufsteigt, geht, hier oben angelangt, fast in die Knie. Das Format der *Jäger* paßt gut in dieses Ambiente. Die Abbildungen in meinen Büchern liegen vor mir auf dem Tisch, und ich schaue auf sie herunter, wie ich in einem Labor auf eine Probe unterm Mikroskop herunterschauen würde. Das Original hängt ungefähr in Augenhöhe und mißt 117 × 160 cm, ist also etwa so groß wie ein Fenster, durch das man in eine andere Welt hinausblickt. Man wird aus der warmen, behaglichen Welt hinausgezogen in eine unwirtliche, kalte Landschaft zu einer rauheren Zeit, in der ein warmer Herd im Haus und die im Herbst gesammelten Vorräte ein kostbares Gut sind. Man spürt die Stille in diesem verschneiten Tal, die eigentümlich gedämpfte Atmosphäre, und erlebt den Winter.

Das Bild existiert nicht für sich allein. Wenn man schließlich vor den *Jägern* steht, wie ich vor sieben Jahren an einem heißen Sommernachmittag, erfüllt von einer meiner richtungweisenden Anwandlungen von Begeisterung, hat man es nicht nur mit diesem einen Werk zu tun. Wenn man sich umdreht, sieht man überall Bruegels: etwa ein Drittel seiner bekannten Werke ist hier in diesem Saal versammelt. Und jeder vergoldete Rahmen ist ein Fenster, durch das man auf verschiedene Aspekte von Bruegels Welt blickt. Links hinten bieten sich Aussichten, die fast so bekannt sind wie die, vor der man gerade steht. Durch ein Fenster sieht man den Turm zu Babel, der bis an die Wolken stößt und dessen Fundament unter der Last des gigantischen Mauerwerks nachgibt, so daß er sich leicht zur Seite neigt wie der Schiefe Turm von Pisa. Hinter dem nächsten Fenster strömen die Bewohner eines ummauerten flämischen Städtchens an einem kühlen Frühlingstag hinaus zum Kalvarienberg, um einer, wie sie hoffen, höchst unterhaltsamen Hinrichtung beizuwohnen. Fasziniert drehen sich manche um, als sie feststellen, daß die Hauptpersonen mitten unter ihnen sind: die beiden Diebe, mit erfreulich schreckensbleichem Gesicht auf dem Karren, während Christus, was die Schaulust noch steigert, unter der Last des Kreuzes zusammenbricht. Hinter anderen Fenstern sieht man spielende Kinder, eine ländliche Hochzeitsgesellschaft, ausgelassen tanzende Bauern, eine Schar von Soldaten, die mit erhobenen Lanzen warten, während ihre Kameraden, einem Befehl Herodes' gehorchend, ein verschneites flämisches Dorf heimsuchen und alle männlichen Kinder hinmetzeln.

Doch zurück zu den *Jägern*. Neben ihnen hängen noch zwei ähnlich große, aber nicht ganz so bekannte Landschaften. Links zeigt sich wieder ein Flußtal, nicht das gleiche, aber offensichtlich im gleichen Teil der Welt, wieder von oben gesehen, wieder von Berggipfeln gesäumt, aber diesmal an einem schönen Herbsttag, die Bäume schon rotbraun gefärbt und die Reben in den Weinbergen lesebereit. Diesmal sind es nicht Jäger, die den Hang hinuntergehen, sondern Hirten, die das Vieh von der Sommeralm ins Tal treiben, vor dem Einbruch des Winters, wie ihn die *Jäger* dann erleben. Links von der *Rückkehr der Herde* kommt schließlich ein drittes Flußtal in der gleichen Berggegend, ebenfalls von oben gesehen, ebenfalls gesäumt von einem zerklüfteten Gebirge. Diesmal ist es ein stürmischer Tag im Frühjahr, dunkle Wolken jagen über den Himmel, und Schiffe werden auf der breiten Flußmündung hin und her geworfen. Die Bauern im Vordergrund sind gerade dabei, die Bäume zu beschneiden, bevor die jungen Triebe hervorbrechen, die Erde ist regenschwer, und das Dorf zu Füßen des Hügels scheint an diesem *Düsteren Tag* im Schlamm zu versinken.

Diese drei Bilder gehören erkennbar zusammen, und es gibt noch zwei Bilder aus dieser Serie, die es an einen anderen Ort verschlagen hat. Wenn man in die Prager Nationalgalerie geht – oder in seinem Bruegel-Buch eine neue Seite aufschlägt, wie ich es gerade mache –, begegnet man einem vierten Fluß und einer vierten Berglandschaft, und zwar an einem strahlenden Sommertag. Wir sind auf einem Feld und beobachten die *Heuernte.* Die Bauern kehren mit Körben voll Kirschen und Bohnen in ihr Dorf zurück. Und noch eine Seite weiter, oder beim nächsten Besuch im New Yorker Metropolitan Museum, fällt der Blick auf ein fünftes Tal. Die Landschaft ist sanfter, das Wetter wärmer. Es gibt keine hohen Berge und nur die Andeutung eines Flusses, der in ein ruhiges, von vielen Schiffen befahrenes Meer mündet. Das ist die *Kornernte.* Die Männer binden um die Mittagszeit bei großer Sommerhitze den reifen Weizen zu Garben oder liegen schlafend unter einem schattigen Baum, und die Frauen schneiden große Brotlaibe für das Vesper auf.

Jede dieser fünf Darstellungen (mit Ausnahme der *Heuernte*, deren unterer Rand offenbar beschnitten wurde) ist signiert und datiert. Alle sind 1565 entstanden, innerhalb eines einzigen Jahres, und sie zeigen den Verlauf eines Jahres, die Jahreszeiten, die jeweils durch die typischen bäuerlichen Tätigkeiten und das Wetter charakterisiert werden. Der *Düstere Tag* stellt das Frühjahr dar, die *Heimkehr der Herde* den Herbst und die *Jäger im Schnee* den Winter. Doch für den Sommer gibt es seltsamerweise zwei Darstellungen – die *Heuernte* und die *Kornernte.*

Vier Jahreszeiten, fünf Bilder.

Nun ja, warum nicht? Daß man die schönste Zeit des Jahres in zwei verschiedenen Szenen darstellt, ist nicht ganz abwegig. Aber selbst wenn man von diesem Schwerpunkt einmal absieht, sind die Bilder eigenwillig verteilt. Die *Jäger* zeigen den tiefsten Punkt im tiefsten Winter, vielleicht einen Januartag. Der *Düstere Tag* steht am Beginn des Frühjahrs, besser gesagt am Ausgang des Winters, da die üblichen Frühlingssignale noch nicht zu sehen sind, also etwa Anfang März, vielleicht nur vier, sechs Wochen nach der voraufgegangenen Szene. Und dann kommt lange nichts, und erst drei Monate später erscheint das erste der beiden Sommerbilder, denn Heu wird frühestens im Juni geerntet.

Diese eigenartige Anordnung läßt die Vermutung zu, daß hier nicht zu viele Bilder vorhanden sind, sondern zu wenige. Die Folge scheint nicht vollständig zu sein.

Für mein weiteres Schicksal ist nun entscheidend, was da genau fehlt.

Obwohl die Bilder vier unterschiedliche Jahreszeiten darstellen und oft als *Jahreszeiten* bezeichnet werden, ist keineswegs erwiesen, daß sie in diesem Sinne gedacht waren. Wir wissen nur, daß sie 1566, ein Jahr nach ihrer Entstehung, im Inventar der Gemälde erwähnt wurden, die sich im Besitz des Antwerpener Kaufmanns Nicolaes Jongelinck befanden. Sie erscheinen unter einem Sammeltitel, jedoch nicht als *Jahreszeiten*, sondern als *De Twelff maenden* – Die zwölf

Monate. Wenn das so ist und die fünf Bilder nicht vier, sondern zwölf Themen haben, dann fehlt freilich mehr als nur ein Bild.

Wie viele? Laut Inventar besaß Jongelinck sechzehn Gemälde von Bruegel, von denen, abgesehen von den *Twelff maenden*, nur zwei namentlich genannt sind – *Der Turmbau zu Babel* und *Die Kreuztragung*. Das heißt, das Inventar enthält vierzehn namenlose Bilder. Mindestens fünf davon (nämlich die fünf erhaltenen) müssen zu der Monatsserie gehören, vielleicht sind es alle vierzehn oder irgendeine Zahl dazwischen. Vierzehn Darstellungen für zwölf Monate ist noch ungewöhnlicher als fünf, und die meisten anderen Möglichkeiten sind auch nicht viel besser. Die plausibelste Einteilung dürfte so aussehen: zwei unspezifizierte Werke und zwölf Bilder für jeweils einen Monat.

In diesem Fall wären nicht weniger als sieben Bilder der Folge verschollen. Denkbar ist das durchaus. Am Ende von Bruegels Leben ging es drunter und drüber in den Niederlanden, die einen achtzig Jahre währenden Krieg gegen die spanische Besatzung führen sollten. Von Bruegel sind nur fünfundvierzig authentische Gemälde auf uns gekommen, aber wir wissen, daß es noch mehr gegeben haben muß, weil wir die Kopien und Stiche haben, die von diesen Werken angefertigt wurden.

Doch ob von dieser Serie tatsächlich sieben Werke fehlen oder neun oder sechs oder fünf oder vier – niemand weiß das genau. Ich sitze jetzt im Lesesaal der London Library, hinter mir die grün schimmernden Bäume draußen auf dem St. James's Square, und überfliege die sieben Standardwerke über Bruegel, die auf meinem Tisch liegen, bevor ich nach St. Pancras zurückhetze, damit ich, wie versprochen, das Abendessen machen kann. Je mehr ich lese, desto unsicherer wird alles. Diese Unsicherheit macht mich furchtbar nervös. Ich muß wissen, was fehlt. Ich muß es ganz genau wissen.

Ich erfahre, daß bis auf ein paar Daten aus offiziellen Dokumenten kaum etwas über Bruegel bekannt ist. 1551 wurde er in die Malergilde von Antwerpen aufgenommen. Von 1552 bis 1554 bereiste er Italien. 1563 zog er nach Brüssel und heiratete die Tochter seines vormaligen Lehrers. 1569 starb er. Wir wissen nicht, in welchem Alter er sein geheimnisvolles Dasein beendete, weil niemand weiß, wann es begonnen hat. Geboren wurde er vermutlich zwischen 1525 und 1530, aber es kann genausogut 1522 oder auch 1520 gewesen sein.

Es existieren zwei in Kupfer gestochene Bildnisse (das eine von Lampsonius, das andere von Sadeler), aber keine Briefe und keine Erinnerungen von unmittelbaren Zeitgenossen. Praktisch die einzige Quelle mit biographischen Hinweisen ist das *Schilder-Boeck* des Malers Karel van Mander, ein Buch mit anekdotischen Lebensbeschreibungen europäischer Maler von der Antike an, nach Art von Plinius und Vasari. Am interessantesten ist der Abschnitt über deutsche und niederländische Maler. Über Bruegel heißt es lapidar: »Er war ein sehr stiller und verständiger Mann, der nicht viel Worte machte, aber in Gesellschaft sehr zu Späßen aufgelegt war.« Zusammen mit einem befreundeten Kaufmann namens Hans Franckert, für den er viel arbeitete, besuchte er Jahrmärkte und Hochzeiten. »Sie kamen in Bauerntracht verkleidet und brachten Geschenke wie die anderen und taten dabei, als gehörten sie zur Verwandtschaft der Braut oder des Bräutigams. Großes Vergnügen bereitete es Bruegel, die Art der Bauern beim Essen, Trinken, Tanzen, Springen, Freien und anderen spaßhaften Dingen zu beobachten ...«

Was gibt es sonst? Nicht viel. »Es bereitete ihm Vergnügen, die Leute durch allerlei Spuk und Lärm, den er ausheckte, zu erschrecken.« In Antwerpen lebte er mit einer Dienstmagd zusammen, von der er sich aber trennte, weil sie eine große Lügnerin war. Er heiratete dann eine andere Frau und mußte auf Drängen der Schwiegermutter, die ihn nicht in der Nähe der Dienstmagd wissen wollte, nach Brüssel ziehen. Seiner Frau vermachte er eines seiner Bilder, andere mußte sie auf sein Geheiß vernichten.

Van Manders Buch erschien 1604, fünfunddreißig Jahre nach Bruegels Tod, und da der Autor während Bruegels Schaffenszeit meist in anderen Städten lebte, dürfte er ihm persönlich kaum begegnet sein. Seine Schilderung ist also mit Vorsicht zu genießen.

Selbst Bruegels Name gibt Rätsel auf. Laut van Mander soll er sich nach dem Dorf Brueghel bei Breda in Nordbrabant genannt haben, in dem er geboren wurde. Dieser Ort gehört heute zu Holland. Doch nach Friedrich Grossmann, einem der Bruegel-Forscher, deren Bücher aufgeschlagen vor mir auf dem Tisch liegen, gibt es zwei Dörfer, die »Brueghel« oder »Brogel« heißen, und beide liegen nicht bei Breda. Das eine liegt fünfzig Kilometer östlich von Breda, das andere sechzig Kilometer weiter südöstlich, in der Nähe der Stadt Brée, die im sechzehnten Jahrhundert Breede, Brida oder (lateinisch) Breda hieß. Doch wenn das Bruegels Geburtsort war, dann war er kein Holländer, sondern Belgier, und wenn Tony Churts einfühlsames Urteil stimmt, dann hat er entweder Schokolade oder Bier produziert oder irgendwelche völlig unwichtigen Sachen.

Auch die Schreibweise seines Namens gibt Rätsel auf. Der *Bethlehemitische Kindermord* im Kunsthistorischen Museum ist nicht von Pieter Bruegel – dessen Version hängt in Hampton Court –, sondern eine Kopie von Pieter Brueghel mit einem H in der Mitte. Pieter Brueghel mit H ist nicht identisch mit Pieter Bruegel ohne H, sondern der Sohn unseres Mannes, und deshalb wird er, zur besseren Unterscheidung, meistens Pieter Brueghel der Jüngere genannt. Andererseits existiert auch ein Brueghel der Ältere mit H, und das ist Jan Brueghel, der jüngere Sohn unseres Meisters, der der Ältere genannt wird, um ihn wiederum von dessen Sohn zu unterscheiden, Jan Brueghel dem Jüngeren. Außerdem gibt es noch einen Abraham Brueghel, der Sohn von Jan Brueghel dem Jüngeren, und Ambrosius Brueghel, ein zweiter Sohn von Jan Brueghel dem Älteren – so daß wir insgesamt fünf Maler namens Brueghel haben, alle mit H, und alle sind Nachkommen unseres mysteriösen Meisters.

Die einzig klare Unterscheidung zwischen ihm und allen seinen Nachkommen besteht darin, daß sein Name ohne H geschrieben wird. Wilhelm Glück, einer der größten Bruegel-Forscher, schreibt ihn jedoch mit H. Freilich hat Bruegel bis 1559 seinen Namen selbst so geschrieben. Dann, im Alter von 29 oder 30 oder 34 oder 37 oder 39 Jahren, als er unter dem Firmennamen Brueghel längst bekannt war, signierte er seine Werke nur noch mit Bruegel. Warum? Niemand weiß es.

Aber warum eigentlich nicht? Der Name ist schneller buchstabiert, und man braucht etwas weniger Tinte. Doch schon ergibt sich ein weiteres Rätsel. Wenn ihm die neue Schreibweise besser gefiel, warum hat er seinen Söhnen, die im darauffolgenden Jahrzehnt geboren wurden, nicht diesen Namen gegeben? Warum verdonnerte er alle seine Nachkommen zu dem H, das er selber nicht haben wollte?

Niemand weiß es.

Irgendwo in diesem großen Jahreszyklus fehlt etwas. Darüber sind sich fast alle Experten einig.

Nur was? Das kommt darauf an, was die fünf erhaltenen Bilder darstellen, und darüber sind sich die Experten alles andere als einig.

Ich sitze mit meinem Stapel Fachliteratur im Zug, frustriert, weil für die zwölf Bücher, die ich wegen der Querverweise parallel lese, nur auf meinem Schoß Platz ist, und zugleich gut gelaunt, weil die Autoren in einem zweiten Punkt übereinstimmen: die Lösung des Problems liegt in der *Ikonographie*. Bruegels Darstellung der saisontypischen Tätigkeiten, erklären sie, gründe nicht auf eigenen Erlebnissen oder eigener Beobachtung des bäuerlichen Alltags, obwohl er, wie van Mander berichtet, doch so viel herumgeschnüffelt hat. Es sind Symbole. Es sind die Tätigkeiten, die in den illustrierten Stundenbüchern traditionell den jeweiligen Jahreszeiten zugeordnet werden. »Eine selbstgenügsame, bukolische, ewig gleichbleibende Welt«, sagt Wieck in seiner Untersuchung über diese mittelalterlichen Bestseller, »in der die harte Arbeit und die krasse Armut, die zur Realität dieses Lebens gehörten, kaum je durchscheinen.«

Kate und ich können also gemeinsam an die Lösung des Problems gehen. Über die Ikonographie der Stundenbücher weiß sie mindestens so viel wie die Autoren, die ich auf meinen Knien balanciere. Die verschiedenen Typen des Stundenbuchs sind ihr so vertraut, wie mir die Werke von Occam vertraut sind. In gewissem Sinne habe ich sie ja über ein Stundenbuch kennengelernt – auf einem Flug nach München. Sie war unterwegs zu verschiedenen süddeutschen Archiven und Klöstern, um dort Handschriften einzusehen, darunter auch den berühmten *Flämischen Kalender* in der Bayerischen Staatsbibliothek. Gern denke ich an Lufthansa und meine bewundernswerte Unerbittlichkeit zurück, mit der ich Kate, die sich mit ihrem altmodischen Füller bekleckert hatte, sofort mein Erfrischungstuch, eine Papierserviette und sogar mein Taschentuch aufdrängte. Und an den schönen Vormittag in einem plastikblumengeschmückten Zimmer auf dem Rathaus von Camden Town, zwei Monate, eine Woche und drei Tage später, als sie wieder ihren Füller benutzte und ihn mir lieh, weil ich nichts zu schreiben mitgebracht hatte.

Tatsächlich werde ich zwei Fliegen mit einer Klappe schlagen, da der Umstand, daß sie bei der Lösung der ikonographischen Probleme assistiert, mir vielleicht auch hilft, ihr von meiner Entdeckung zu berichten, was mir immer schwerer fällt, je länger ich darüber nachdenke. Mir wird klar, daß jede dramatische, überraschende Erklärung ihren Widerstand provozieren muß, selbst wenn ich meinen kleinen Vortrag argumentativ überzeugend vortrage. Besser, sie dirigiert mich durch das unwirtliche Terrain, ohne zu wissen, wohin uns der Weg führt, dann wird sie, Schritt für Schritt, von ganz allein auf meine Entdeckung stoßen.

Aber es ist schwer, den richtigen Zeitpunkt zu finden, um die Angelegenheit zur Sprache zu bringen. Natürlich ging es nicht, als ich aus dem Bahnhof trat und sah, wie sie auf und ab ging und Tilda beruhigte. Nicht im Auto während der Fahrt. Nicht beim Abendessen (das sie trotz meiner wiederholten Zusagen natürlich schon gemacht hatte), nicht später, als sie mir haarklein erzählte, wann Tilda schlief und wann sie aufwachte, wieviel sie trank und was Mr. Skelton über die Sickergrube sagte, und nicht in einer Situation, in der sie sorgsam vermied, mich zu fragen, was ich in London gemacht hatte oder was in den beiden Plastiktüten war, die ich angeschleppt hatte.

Und jetzt, am nächsten Morgen, arbeitet Kate am einen Ende des Küchentischs, während ich gegenüber sitze und meine Bücher, so gut es geht, hinter meinem aufgeklappten Laptop verstecke, fast so, wie ich sie im Zug auf dem Schoß balanciert hatte, denn ich will nicht, daß sie die Titel oder irgendwelche verräterischen Abbildungen sieht. Und sie strengt sich an, nicht zu mir herüberzuschauen, weil sie ahnt, daß ich mich nicht mit dem Nominalismus beschäftige oder dessen Einfluß auf die niederländische Malerei, und sie will es auch gar nicht genau wissen, um nicht eventuell feststellen zu müssen, daß sie zu Recht von mir enttäuscht ist.

Habe ich Angst davor, daß sie meine Begeisterung nicht teilen wird? Eigentlich nicht – ich möchte mir nur die Enttäuschung ersparen, die ich in dem Fall empfinden würde. Ich möchte die Erinnerung an den strahlend blauen Himmel hinter ihr, vor dem Fenster von Sitz 25A während des Fluges LH4565, genausowenig verlieren, wie sie die Erinnerung an mein kühnes Lächeln, mit dem ich ihr den Packen Lufthansa-Servietten reichte, verlieren soll.

Doch. Ich habe Angst. In den nächsten Wochen werde ich ihre moralische Unterstützung brauchen und außerdem ihre Einwilligung, weil ich mir, zur Untermauerung meiner Entdeckung, eine Menge Geld von unserer Bank leihen möchte. Und wenn sie meine Identifizierung im entscheidenden Moment zurückweist, weiß ich nicht, wie es weitergehen soll.

Ich wünschte, ich hätte ihre praktische Hilfe schon jetzt. Denn in diesem Moment geht es nicht um Ikonologie, sondern um simple Ikonographie. Die Fülle der Deutungsmöglichkeiten ist erschrekkend. Auf dem Tisch vor mir liegen Friedländer (natürlich), Glück, Grossmann, Tolnay, Stechow, Genaille und Bianconi. Sie zitieren einander und noch andere Verfasser, die in der London Library nicht vorhanden sind – Hulin de Loo, Michel, Romdahl, Stridbeck und Dvořák –, und weisen auf die widersprüchliche Ikonographie der Stundenbücher hin: so etwa in den beiden Breviarien des Simon

Bening aus der ersten Hälfte des sechzehnten Jahrhunderts, in den Stundenbüchern von Hennessy und da Costa, im Breviarium Grimani, ebenfalls von Simon Bening und dessen Vater Alexander, obschon der eigentliche Kalender Gerard Horenbout zugeschrieben wird, und »unserem« *Flämischen Kalender* der Bayerischen Staatsbibliothek.

Welchen Monat stellen die *Jäger im Schnee* dar? Laut Hulin de Loo symbolisieren verschneite Landschaften den Februar, während Tolnay darauf hinweist, daß die Schneelandschaft bei da Costa den Dezember illustriert, bei Hennessy auch den Januar. Der Januar ist bei Hennessy auch der Monat der Jagd (allerdings werden Hasen gejagt und nicht Füchse, was offenbar eine persönliche Themenvariante bei Bruegel ist). Glück schlägt ebenfalls Januar vor. Aber was rösten die Frauen am Feuer draußen vor dem Wirtshaus? Glück denkt an Maiskolben, was für Januar spräche. Tolnay glaubt, daß es ein Schwein ist, aber Schweine werden bei Hennessy und da Costa im Dezember dargestellt.

Die *Jäger* könnten also einen von drei Wintermonaten darstellen. Ebenso schwierig ist die Zuordnung des *Düsteren Tages.* Unter den Bauern, die die Bäume im Vordergrund beschneiden, sieht man drei, die nicht arbeiten. Einer von ihnen ißt etwas Flaches, Eckiges, das wie eine Matze oder ein Stück Pizza aussieht, und hält ein zweites Stück in die Höhe – vielleicht, damit es ihm nicht von dem Kind weggeschnappt wird, das eine Papierkrone auf dem Kopf hat und eine Laterne trägt. Tolnay glaubt, daß es sich um eine Waffel handelt, und zusammen mit der Laterne ergibt das eine Anspielung auf den Karneval im Februar. Romdahl ist der gleichen Auffassung. Dem widerspricht Hulin de Loo, der die *Jäger* dem Monat Februar zuordnet, andererseits aber glaubt, daß die Papierkrone das Kind als Bohnenkönig identifiziert, der Anfang Januar gefeiert wird – also *vor* den *Jägern.* Michel schließt sich dieser Interpretation an. Glück ordnet die Szene dem März zu, und auch Stechow erklärt, daß bei Hennessy (freilich nicht in anderen Kalendern) der Monat März durch das Beschneiden der Bäume dargestellt wird.

Für den *Düsteren Tag* kommen also drei Monate in Frage – und die Reihenfolge der beiden Bilder könnte auch umgekehrt sein. Bei der *Heuernte* sind die Möglichkeiten etwas eingeschränkter. Es kommen nur zwei Monate in Frage. Für Hulin de Loo, Michel und Glück ist es der Juni, der Monat, der eindeutig durch die Körbe mit Bohnen und Kirschen identifiziert wird, die von den Bäuerinnen ins Tal getragen werden. Bei Hennessy und Grimani ist die Heuernte, die die Bildmitte beherrscht, das Hauptthema des Juli. Stechow weist darauf hin, daß *Hooimaand* (Heumond) die flämische Bezeichnung für Juli ist. Für Michel und Glück ist der Juli der Monat der *Kornernte.* Stechow erinnert daran, daß August der *Oegtmand* (Erntemond) ist – der Monat, der laut Tolnay in allen Stundenbüchern durch erntende, vespernde und ausruhende Bauern dargestellt wird. Das Boulespiel in der Bildmitte läßt aber auch die dritte Möglichkeit zu, nämlich September.

Schließlich die *Heimkehr der Herde.* Offenbar taucht dieses Thema in den Kalendern nicht auf, aber Tolnay glaubt, daß es eine Bruegelsche Version der *Heimkehr von der Jagd* sein könnte, die im *Flämischen Kalender* im November gezeigt wird. Michel und Glück stimmen ihm zu, und Hulin de Loo weist auf die kahlen Bäume hin und meint den kalten Wind spüren zu können, der durch das Bild weht. Beides steht für November. Andererseits weist Tolnay auf die reifen Weintrauben und die Vogelfallen im Tal hin, beides traditionelle Elemente des Oktober. Auch für Stechow kommen zwei Monate in Frage, aber keinesfalls drei.

Welche Monate sind auf den fünf vorhandenen Landschaften also dargestellt? Von der Ikonographie her kommt, soweit ich sehe, eigentlich jeder Monat in Frage.

Bis auf zwei. Zwei Monate werden von keinem der Experten identifiziert, wie viele Bilder der Serie auch fehlen mögen.

April und Mai.

Zum erstenmal wage ich ... ja, an dieses Bild zu denken, an diesen unbekannten, nicht identifizierten Stoff. An die *Pretmakers*, wie es auf der Rückseite heißt. An das Bild, das mir gehören wird. An den schlammigen Boden, an das zart schimmernde Grün in den kahlen braunen Bäumen, an die kleine Stadt am Horizont, deren Bewohner bestimmt schon draußen sitzen, auf den Plätzen und Straßen, um die ersten warmen Sonnenstrahlen zu genießen.

Für März ist es zu spät, für Juni zu früh. Ja, genau. Es muß also April oder Mai sein. Und wieder spüre ich diese unbezähmbare Erregung in mir, diese große Unruhe.

Also: April oder Mai. Es paßt. Die Frage ist nur: welcher der beiden Monate ist es?

Aber ist das so wichtig? Der eine ist so gut wie der andere, und der Fund selbst ist ein Wunder.

Es gibt jedoch eine Möglichkeit, die noch wunderbarer wäre, so wunderbar, daß ich im Moment gar nicht daran denken mag. Ich muß erst genau wissen: April oder Mai?

Ich versuche, mich daran zu erinnern, welches Wetter dargestellt ist. Nicht eindeutig. Dort, wo der Betrachter steht, ist April, in der Ferne ist Mai.

Was gibt die Ikonographie her?

»Im Kalender«, höre ich mich plötzlich sagen. Kate schaut hoch. »Der Kalender in einem Stundenbuch. Welche Zeichen stehen für April und Mai?«

Sie runzelt die Stirn. Wird sie fragen, wozu ich das wissen will? Wenn ja, muß ich es ihr sagen. Und zwar nach demselben Grundsatz wie bei Tony Churt: keine Lügen, keine unnötigen Wahrheiten. Aber auch sie hält an ihrer Strategie fest: keine provozierenden Fragen.

Warum bringt man sich mit Menschen, die man liebt, in derart lächerliche Situationen?

»Bei Kalendern kenne ich mich nicht so besonders aus«, sagt sie zögernd. »Genaugenommen habe ich mich nur mit den Gebetstexten beschäftigt.«

Ich warte darauf, daß sich die Nebelwand akademischer Vorsicht legt.

»Die Zeichen für April und Mai?« wiederholt sie schließlich. »Du meinst Stier? Zwillinge?«

»Nicht die Sternzeichen ... Wieso, haben sie Sternzeichen?«

»Manche Kalender ja.«

Daraufhin versuche ich mich zu erinnern: treiben sich im Hintergrund der *Pretmakers* irgendwelche Ochsen oder Zwillinge herum?

»Ich meine, was sind die traditionellen Tätigkeiten?«

Wieder runzelt sie die Stirn. Um sich an etwas zu erinnern, das für sie so elementar ist wie die Buchstaben des Alphabets, muß sie doch nicht so lange die Stirn runzeln! Ich glaube, sie will, ohne mich direkt zu fragen, allein herausfinden, was ich vorhabe. Bestimmt ahnt sie, daß es etwas mit dem letzten Bild bei den Churts zu tun hat, das sie nicht gesehen hat. Sie will es ebenfalls identifizieren, hat aber keine anderen Anhaltspunkte als die Bemerkungen, die ich fallenlasse. Vielleicht schafft sie es ja – und dann denke ich in einem Anfall von Panik und Erleichterung, daß sie es vielleicht schon geschafft hat.

»Im April«, sagt sie, »wird manchmal gepflanzt und gesät.«

An pflanzende oder säende Bauern kann ich mich nicht erinnern. »Und im Mai?«

»Schafe werden auf die Weide getrieben. Kühe werden gemolken.«

»Werden auch Kühe auf die Weide getrieben?« Ich denke an die winzige Herde im Hintergrund, die im Oktober oder November, dort aber im Vordergrund, wieder ins Tal getrieben wird.

»Möglich, aber mir fällt gerade kein Beispiel ein.«

Sie fängt Feuer. Ich erkenne es an der Art, wie sie beim Reden den Kopf bewegt.

»April und Mai sind vielleicht ein Sonderfall, denn diese beiden Monate werden oft durch Vergnügungen dargestellt und nicht durch Arbeiten. Es ist richtig auffällig. Das ganze Jahr hindurch placken sich die Bauern ab, und wenn schließlich Frühling wird, kreuzen die Edelleute auf, denen das Land gehört, und jetzt, wo schöneres Wetter ist, kommen sie nach draußen ins Freie und vergnügen sich.«

»Genau wie wir«, sage ich eifrig, angesteckt von Kates Eifer.

»Ja, obwohl mir gerade kein Kalender einfällt, wo Sickergruben repariert werden.«

»Die Ärmsten. Und was ist sonst noch angesagt?«

»Im April gehen sie auf die Falkenjagd.«

»*Nicht* wie wir.«

»Nein. Und sie pflücken Blumen.«

»Wir haben auch die eine oder andere Blume gepflückt, damals.«

Sie schaut weg. »Und außerdem wird geflirtet.«

»Auch daran erinnere ich mich dunkel«, sage ich leise, aber in diesem Moment erinnere ich mich an das komische Paar mit den Osterglocken und den erwartungsvoll gespitzten Schnuten. »Alles im April? Ich frag mich nur, was sie dann im Mai noch so machen.«

»Sie reiten. Feiern das Maifest. Gehen auf die Jagd. Sind noch immer verliebt. Musizieren.«

»Da fällt mir ein – die Mäuse haben ein Lautsprecherkabel durchgeknabbert«, sage ich, aber was ich höre, ist der monotone Klang der Dudelsäcke und das schwere Gestampfe der Tanzenden, und was ich rieche, ist der betäubende Duft des Weißdorns, den die Leute pflücken, die man hinter den Tanzenden sieht.

»Es gibt eine schöne Maidarstellung von Simon Bening, im Stundenbuch von da Costa«, sagt Kate. »Zwei Paare fahren Boot auf einem Kanal in Brügge. Ein Mann rudert, einer spielt Flöte, eine Frau begleitet ihn auf der Laute. Sie bringen die jungen grünen Zweige nach Hause, die sie gepflückt haben, und über dem Bootsrand hängt eine Flasche Wein zum Kühlen im Wasser.«

Richtig, jetzt erinnere ich mich wieder. Irgendwo im Mittelgrund war Wasser. Ein Teich, glaube ich, am Ufer fröhliche Leute bei einem Spiel. Aber noch immer bin ich nicht sicher, ob die Ikonographie auf April oder Mai verweist. Das Bild ist ikonographisch so uneindeutig wie all die anderen Bilder. Immerhin sind meine Tanzenden keine Edelleute.

»Und die Bauern?« frage ich. »Spielen sie Laute, und machen sie Bootsfahrten? Oder machen sie den Frauen mehr auf bäuerliche Art den Hof?«

»Die Bauern?« Kate runzelt wieder die Stirn. »Ich glaube nicht, daß auf einem der Kalender flirtende Bauern gezeigt werden. Das widerspräche der damaligen Moral. Nur Edelleute amüsieren sich. Die Bauern arbeiten.«

Wir vertiefen uns wieder in unsere jeweiligen Bücherstapel. Diese kleine Abweichung von der Regel scheint mir nicht sehr bedeutsam zu sein. Doch beim Weiterlesen merke ich, daß irgend etwas anders geworden ist. Die Buchstaben vor meinen Augen verschwimmen. Das Licht der Überzeugung scheint etwas weniger hell. Ich muß jeden Absatz zweimal lesen, weil mir immer wieder diese irritierende Überlegung durch den Kopf geht: allen Bildern dieser Folge, darin sind sich sämtliche Experten einig, liegt die Ikonographie der Stundenbücher zugrunde – doch auf meinem Bild sind Tätigkeiten dargestellt, die in dieser Ikonographie nicht vorkommen.

Ein banaler Aspekt, für den es womöglich ein Dutzend Erklärungen gibt. Ich streiche ihn aus meinen Gedanken.

Doch er kommt zurück. Ein altbekanntes Gefühl beschleicht mich. Ich spüre einen Stein in meinem Herzen, der immer schwerer wird. Könnte es sein, daß ich mich wieder einmal verrannt habe? Eine denkbare Erklärung für die Diskrepanz ist quälend simpel: mein Bild gehört nicht in einen Jahreszyklus von Bruegel, sondern zeigt eine Berglandschaft mit fröhlichen Menschen, so wie es auf dem Zettel steht, und stammt von einem Schüler von Sebastian Vrancx.

Eine simple Erklärung, aber das heißt noch lange nicht, daß sie zutrifft. Doch alles ist anders geworden. Ich weiß überhaupt nicht, warum ich jemals geglaubt habe, es könnte ein Bruegel sein. Mir fällt kein einziger objektiver Grund ein. Es war nur ein plötzlicher Blutandrang im Kopf.

Und ich sage: *mein* Bild. Dabei gehört es Tony Churt.

Ja, zumindest bin ich wieder nüchtern, bevor irreparabler Schaden angerichtet wurde. Kate hat mir die Chance gegeben, alles noch einmal zu überdenken, solange das möglich ist. Sie eröffnet mir einen Ausweg aus dem schwindelerregenden Unternehmen, in das ich mich hineinmanövriert habe, vielleicht habe ich die ganze Zeit unbewußt einen Ausweg gesucht. Wieder einmal bedanke ich mich bei der Lufthansa. Zumindest sollte ich es tun. Aber irgendwie bin ich sauer auf die Lufthansa, völlig ungerechtfertigt. Wenn ich das nächstemal nach München fliege, dann mit einer anderen Fluggesellschaft.

Ich merke, daß Kate mich beobachtet. »Was ist los?« fragt sie.

»Wie meinst du das?« entgegne ich. »Nichts ist los. Was soll schon los sein.«

So, wie sie mich anschaut, weiß ich aber, daß sie, angespornt durch mein Verhalten, noch immer überlegt, was ich auf dem letzten Bild gesehen haben könnte. Inzwischen könnte ich es ihr ruhig sagen, denke ich.

Doch ich schweige. Ich kann ihr nicht gestehen, wie töricht ich gewesen bin.

Ich schiebe Grossmann, Glück und die anderen beiseite, nehme meinen Laptop, gehe zu »Datei öffnen« und tippe »c:\nominalismus«.

Ein kurzer Rückschlag. Die Wahrheit, die schlichte Wahrheit, holt mich mitten in der Nacht ein, in einer der dunklen Stunden vor Tildas Sechs-Uhr-Mahlzeit. Wenn man in dieser Phase aufwacht, stellt man oft fest, daß sich innere Gewißheit und Überzeugung in Zweifel und Skepsis verwandelt haben. Allerdings besteht umgekehrt auch die Möglichkeit, daß Zweifel und Skepsis, mit denen man schlafen gegangen ist, sich während der Nacht in Sicherheit und Überzeugung verwandeln.

Die Erkenntnis, mit der ich aufwache, ist einfach die: was immer auf meinem Bild dargestellt ist, es stammt nicht von einem anonymen Schüler eines total unbekannten Malers!

Es stammt nicht aus der Werkstatt von Vrancx oder aus dem Umkreis von Vrancx oder von einem seiner Schüler. Es ist auch kein

Vrancx. Ich weiß es ganz genau, auch wenn ich nichts über Vrancx, nichts über seine Werkstatt, seinen Umkreis und seine Schüler weiß. Der Gedanke, der mir mitten in der Nacht kam, sieht so aus: Wenn dieses erstaunliche Bild tatsächlich von Vrancx oder aus seinem Umkreis wäre, dann müßte mir der Maler ein Begriff sein, nicht nur mir, sondern der ganzen westlichen Welt, einschließlich der Schülergruppen und der amerikanischen Touristen, die sieben Kulturstädte in sieben Tagen abhaken.

Denk an Friedländer, der so schön beschrieben hat, wie und mit welcher Gewißheit man einen Freund erkennt! Entscheidend ist der allererste Eindruck, an dem sich auch trotz ungewöhnlicher Details nichts ändert – trotz falschem Bart, Sonnenbrille und ausländischem Akzent. Mit solchen kleinen Ungereimtheiten kann man sich später beschäftigen, nachdem man den Freund umarmt und mit Freudentränen begrüßt hat.

In Wahrheit ist es genau umgekehrt: alles, was gegen meine Identifizierung spricht, bestärkt sie. Die Frage ist nicht, ob das wirklich mein alter Freund ist, der mit roter Perücke dasteht, mir zuwinkt und gebrochen Englisch spricht. Die Frage ist vielmehr, wer es denn sonst sein könnte, wenn nicht mein alter Spezi, der mich immer wieder verblüfft? Niemand sonst würde sich so verrückt aufführen.

Sehen wir es mal so. Angenommen, Sebastian Vrancx oder ich oder sonst jemand hätte beschlossen, den Jahreslauf in einer Serie von Bildern zu malen, und zwar in Anlehnung an die Ikonographie der Stundenbücher. April und Mai würden wir natürlich durch pflügende oder melkende Bauern oder verliebte Edelleute darstellen. Und genau das ist der Grund, warum es im Wiener Kunsthistorischen Museum nicht einen eigenen Saal oder in der London Library nicht ein ganzes Bücherregal über Sebastian Vrancx oder mich gibt, wohl aber über Pieter Bruegel. Denn nur Bruegel besaß die Originalität und Kühnheit, von den Vorbildern abzuweichen und sie für seine Zwecke zu adaptieren. Diese Veränderungen sind absolut charakteristisch. So jagen die Jäger im Winter bei ihm nicht wie sonst Hasen, sondern gehen auf die Fuchsjagd, überdies erfolglos, und im Herbst kehren nicht wie sonst die Jäger, sondern die Hirten heim.

Und wenn ich es mir recht überlege, zeigt er in zwei anderen Bildern des Zyklus Bauern, die sich amüsieren! Im winterlichen Dorf, in das die Jäger zurückkehren, vergnügen sich die Leute beim Schlittschuhlaufen. Im sommerlichen Dorf hinter dem Kornfeld schwimmen die Leute und spielen Boule oder widmen sich dem etwas brutaleren Huhnschlagen, das darin besteht, daß man mit Stöcken nach Hühnern oder Gänsen wirft und das Tier behalten darf, wenn man es zu packen kriegt, bevor es sich wieder aufrappeln kann. Das Tanzen und Küssen im Frühling ist also nichts anderes als ein weiterer Beweis Bruegelscher Souveränität.

Indirekt arbeiten Kate und ich an dieser Sache tatsächlich zusammen, denn sie hat, ohne es zu wissen, meine intuitive Identifizierung bestätigt. Es ist Bruegel, daran habe ich überhaupt keinen Zweifel mehr.

Was mich zu der ungelösten Frage zurückbringt: April oder Mai?

Ich drehe mich auf die linke Seite: April. Ich drehe mich auf die rechte Seite: Mai.

»Ich kann dir nicht helfen«, sagt Kate leise in die Dunkelheit hinein, »wenn du mir nicht sagst, worum es geht.«

»Schon gut«, erwidere ich flüsternd. »Ich denke nur nach. Übrigens hast du mir schon geholfen.«

Noch eine Andeutung zum Herumrätseln, falls auch sie nicht schlafen kann. Ich zwinge mich, ruhig zu liegen. Wenn ich nicht aufpasse, wecke ich Tilda auf, und ihr kann ich auch nichts erklären. April … Mai … Mir ist, als würde ich sofort den Verstand verlieren, wenn ich mich nicht auf die linke Seite drehe … auf die rechte Seite … Wenn ich nur auf beiden Seiten gleichzeitig liegen könnte, dann würde ich schon wieder einschlafen.

Vorsichtig steige ich aus dem Bett und suche in der Dunkelheit nach einem Pullover, den ich mir über den Schlafanzug ziehen kann. Ich merke, daß Kate mir fragend den Kopf zuwendet.

»Will nur rasch was nachschlagen«, flüstere ich.

In der kalten Küche schalte ich den Heizlüfter ein und hole den Bücherstapel heran.

Wo sind wir? Ja. *De Twelff Maenden* in Jongelincks Inventar der sechzehn Gemälde von Bruegel. Die Liste wurde aufgestellt, weil Jongelinck diese Werke im Jahr 1566 der Stadt Antwerpen als Bürgschaft für einen gewissen Daniel de Bruyne übergab, der sechzehntausend Gulden Weinsteuer schuldete. Hat de Bruyne das Geld je gezahlt? Wurde das Pfand ausgelöst? Wir wissen es nicht. Und nun geht die Geschichte weiter. 1594, achtundzwanzig Jahre später, als Bruegel schon längst gestorben war, machte die Stadt Antwerpen dem Statthalter der Niederlande, Erzherzog Ernst von Habsburg, ein Geschenk, darunter auch *»6 Taffeln von den 12 monats Zeiten«*. Waren diese sechs Bilder Teil von Jongelincks Bürgschaft gewesen? Offenbar ja, denn im Nachlaßinventar des Erzherzogs von 1595 erscheinen *»Sechs Taffell, von 12 Monathenn des Jars von Bruegel«*.

Also: ein Vierteljahrhundert nach Bruegels Tod existierten sechs Bilder der zwölf Monate. Sechs von zwölf – war die Hälfte bereits abhanden gekommen? Oder waren es sechs von sechs, weil es ohnehin nie zwölf gegeben hatte?

Ich bin nicht der erste, der auf diesen Einfall gekommen ist. Tolnay hatte schon 1935 überlegt: »Alles wird klar, wenn man sie mit den Miniaturen vergleicht, die sie inspiriert haben. Dann bemerkt man, daß Bruegel in jedem Bild Szenen aus zwei aufeinanderfolgenden Monaten verbindet.«

Sechs Bilder, in denen jeweils zwei Monate dargestellt sind – das ist, nach Tolnay, die Lösung des ikonographischen Rätsels. Ich bleibe einen Moment bei diesem Gedanken. Sechs Bilder: drei in Wien, eins in Prag, eins in New York, und eines wird sehr bald hier an dieser Wand in diesem Zimmer hängen, ein, zwei Tage lang, bevor es seinen rechtmäßigen Platz in der National Gallery einnehmen wird. Eines von sieben fehlenden Bildern aus Bruegels großer Landschaftsserie gefunden zu haben wäre eine ruhmreiche Leistung, in der ich mich bis ans Ende meiner Tage würde sonnen können. Aber das *eine* Werk gefunden zu haben, das den Zyklus vervollständigt …

All das ging mir durch den Kopf, während ich mich mit den ikonographischen Fragen herumschlug. In meiner Naivität, ich muß es gestehen, war mir schon im Frühstückszimmer der Churts klar, daß nur ein Bild fehlt. Der Haken ist nur, daß niemand, bis auf Bianconi, die Auffassung Tolnays teilt. Ungeduldig arbeite ich mich durch die übrigen Bände. Glück beharrt im Pluralis majestatis auf zwölf. Stechow hält es 1970 für »immer wahrscheinlicher«, daß es ursprünglich zwölf waren. Grossmann, auf den Stechow sich beruft, erklärt das gleiche noch im Jahr 1973. Und Friedländer, mein verehrter Max, spricht noch 1976 in der englischen Ausgabe seiner *Altniederländischen Malerei* von zwölf Bildern.

Genaille geht in die andere Richtung. Ihn irritiert, daß im Wiener Inventar von 1653 nur fünf Bilder genannt werden, weshalb er annimmt, daß es überhaupt nie mehr als fünf gegeben hat. Glück räumt ein, daß die Zwölferserie wahrscheinlich nie vollendet wurde – und das beunruhigt mich –, enthält sich allerdings jeder Vermutung, wie viele Bilder Bruegel denn tatsächlich gemalt hat. Grossmann berichtet – und das beunruhigt mich noch mehr – von einem jüngeren Gemäldeinventar in Brüssel, dem zu entnehmen ist, daß zu einer Zeit, als mindestens fünf, vielleicht sogar sechs der Bilder in Wien waren, sechs weitere Bilder noch in Brüssel existierten.

Zwölf? Oder sechs? Fehlen sieben, oder fehlt eins? Wird die Lücke bald zu einem Siebtel oder komplett geschlossen? Ich sitze am Küchentisch, bedrängt von diesem furchtbaren neuen Zweifel, der mich nicht mehr losläßt.

Als ich das Bild bei den Churts zum erstenmal sah, schien alles so simpel, weil ich genau zu wissen glaubte, wie viele Bilder aus der Folge fehlen. Für mich stand eindeutig fest: nicht sieben. Oder neun oder sechs oder fünf oder vier. Es fehlte nur eins.

Woher rührte diese Gewißheit? Was hatte ich an diesem schönen Sommertag vor sieben Jahren in Wien gesehen, daß ich mir so sicher war? Den Museumskatalog vermutlich. Oder eine dieser Tafeln mit Erläuterungen, wie man sie in Museen findet. Das war, bevor ich mich ernsthaft für Kunstgeschichte zu interessieren begann. Genau, diese Stunde im Bruegel-Saal, damit hat es angefangen. Und mein weiteres Schicksal wird davon abhängen, ob es mir gelingt, die Details von damals zu rekonstruieren. Aber wie mit so vielen Dingen, die man im Hinterkopf hat und die einem klar und einfach erscheinen, bis man sie genauer anschaut, kommt mir die ganze Klarheit und Einfachheit abhanden, je länger ich hier sitze und lese.

Ich muß nach Wien fliegen und mir alles noch einmal ansehen. Oder ein Exemplar des Katalogs auftreiben. Wo in England findet man einen Wiener Katalog? Bestimmt nicht im Bioladen in Castel Quendon, das steht schon mal fest. Auch nicht in dem kleinen Laden neben der Tankstelle in Cold Kinver.

Die Tür geht auf. Kate steht blinzelnd auf der Schwelle und sieht mich irritierter denn je an, wartet auf eine Erklärung.

Doch ich sage nur: »Kannst du mich nach dem Frühstück zum Bahnhof bringen?«

Um Viertel nach elf liegt der Katalog vor mir. Ich bin in der Kunstbibliothek des Victoria & Albert Museum, sitze an einem schweren, seriösen Arbeitstisch, der mit seiner Lederauflage sehr nach Wissenschaft aussieht, umgeben von Studenten, die ihre Doktorarbeit über Escher und Cimabue und Eisenbahnreklame schreiben, und von Kunsthändlern, die sich über Provenienzen und Identifizierungen kundig machen wollen.

Mit meinem rudimentären Deutsch brauche ich fast den ganzen Tag, um aus den extrem verschachtelten Formulierungen schlau zu werden. Klaus Demus, einer der Autoren des Katalogs, legt eine akribische Untersuchung der zeitgenössischen Dokumente vor, deren altertümliches Deutsch ich noch weniger verstehe. Eines von Grossmanns Argumenten entkräftet er durch Einfügung eines fehlenden »und«, während er bei Glück ein unzutreffendes »mit« durch »von« ersetzt. Er weist nach, daß ein im Jahre 1660 in Wien (auf französisch) geschriebener Brief, in dem von *»six pièces de l'ancien Bruegel qui représentent la diversité des douze Mois de l'Année«* die Rede ist, ebenso wie die spanische Übersetzung, in der gleichfalls zwölf Monate erwähnt werden, korrekter ist als die lateinische und flämische Fassung, in der von sechs Bildern für sechs Monate die Rede ist. Das bei Grossmann zitierte Brüsseler Inventar, dem zufolge in Brüssel zur selben Zeit sechs Bilder existieren, bezeichnet Demus als »Irrlicht«. »Nach dieser, wie wir glauben, dauerhaften Reparatur der schwachen Stellen der Überlieferung« betrachtet er die Identität der *Twelff maenden* mit den Wiener *six pièces*, die die zwölf Monate des Jahres darstellen, als gesichert.

Am späten Nachmittag finde ich im *Burlington Magazine* einen nicht weniger eindrucksvollen Artikel von Buchanan, der das Problem ähnlich beurteilt. Grossmann und Stechow halten weiterhin an zwölf Bildern fest. Aber auch Glück kommt 1953 auf sechs Bilder, da es ihm fraglich erscheint, daß die Stadt Antwerpen dem Erzherzog eine unvollständige Serie geschenkt haben soll.

Langsam kommt Bewegung in die Sache, auch wenn die ikonographischen Rätsel nach wie vor ungelöst sind. Tolnay läßt seine Monatspaare mit Dezember/Januar beginnen. Demus weist aber darauf hin, daß das Jahr traditionell im März anfing. Glück, der ebenfalls feststellt, daß das niederländische Jahr zu Ostern begann, identifiziert den *Düsteren Tag* mit März/April und die *Heuernte* mit Mai/Juni – aus seiner Sicht gibt es also keine Lücke für April und Mai, und er vermutet, daß auf dem fehlenden Bild November und Dezember dargestellt sind. Buchanan weist allerdings darauf hin, daß sich auf einer Zeichnung von Pieter Stevens nach dem *Düsteren Tag* die Worte Februarius und Mert finden. Nach Ansicht von Demus lösen sich alle Schwierigkeiten, wenn man annimmt, daß der Bildzyklus den Jahreslauf nicht streng nach Monaten oder Doppelmonaten einteilt. Er verweist darauf, daß nach älterer Tradition das Jahr in sechs Teile geteilt war, und glaubt mit Genaille, daß jedes Bild den »charakteristischen Moment« einer jeden Jahreszeit festhält. Nach Novoty zeigen die vorhandenen Bilder »Vorfrühling«, »Frühsommer«, »Hochsommer«, »Herbst« und »Tiefer Winter«.

Es fehlt also der Frühling. Mein Bild ist der Frühling, das steht für mich völlig fest, wenn ich je daran gezweifelt habe. Es kommt noch etwas hinzu. Der Julianische Kalender, der bis 1582 galt, begann am 25. März. Genaugenommen zeigt mein Bild den Zeitraum vom 25. März bis zum 25. Mai. Mit anderen Worten, das fehlende Bild, das Bild, das ich entdeckt habe, ist nicht bloß eines aus der Folge. Es ist das *erste.* Mit ihm beginnt der Zyklus.

Bevor ich die Bibliothek verlasse, werfe ich noch einen Blick auf das Regal, in dem die Kataloge der Auktionshäuser stehen. Nicht, daß ich an Geld denke, aber wie kann man in diesem Fall nicht neugierig sein? Ist natürlich schwer, etwas Vergleichbares zu finden. Seit die *Kornernte* im Jahre 1919 in Paris vom Metropolitan Museum erworben wurde, ist kein größeres Gemälde von Bruegel mehr auf den Markt gekommen. Ein kleines, sehr frühes Werk, die *Landschaft mit Christus, der den Aposteln erscheint,* das sich hundertfünfzig Jahre im Privatbesitz befunden hatte, wurde 1955 von Tolnay identifiziert und 1989 bei Sotheby's für 780 000 Pfund Sterling versteigert. 1990 wurde eine Kopie der *Volkszählung zu Bethlehem* von Pieter Brueghel d.J. in New York für 1,2 Millionen Pfund Sterling verkauft.

Über eine Million Pfund für eine *Kopie.* Also für ein Original ... ein Original, das den großen Jahreszyklus eröffnet und vervollständigt ...

Doch ich denke nicht an Geld. Wirklich nicht.

3

Der Aktionsplan

»Soll ich dich wieder zur Bahn bringen?« fragt Kate beim Frühstück am nächsten Morgen, unbeteiligt und ohne mich anzusehen.

»Nein, nein«, beruhige ich sie. Nicht daß sie einen beruhigten Eindruck macht, was ja auch ganz verständlich ist, denn auch heute habe ich nicht vor, mich mit den Dingen zu beschäftigen, mit denen ich mich ihrer Ansicht nach beschäftigen sollte. »Vielleicht mache ich einen Spaziergang. Wenn du nichts dagegen hast.«

Sie äußert sich nicht dazu. Fragt nicht, wohin ich gehe oder ob sie mitkommen kann. Egal – bald wird sich alles klären. Vielleicht schon nach meinem Spaziergang, wenn alles klappt.

Ohnehin ahnt sie vermutlich, wohin ich gehe. Ich habe mir überlegt, daß ich zu Fuß hingehen werde, querfeldein, und nicht das Auto nehme, dann sieht es mehr nach einem spontanen Einfall aus. Es hat etwas von der Schwierigkeit, ein zufälliges Zusammentreffen mit der Frau herbeizuführen, in die man verknallt ist. Soweit ich mich an diese Phase meines Lebens erinnere. Mich ins Auto zu setzen und die Auffahrt der Churts entlanggeprescht zu kommen, um ihnen zu berichten, daß ich eventuell einen Käufer für die *Helena* gefunden habe, könnte ein verdächtig großes Interesse signalisieren. In dieser Angelegenheit, sage ich mir, kommt es entscheidend darauf an, sich ganz normal und unauffällig zu verhalten. In *welcher* Angelegenheit? In dieser betrügerischen Aktion, wenn man es unbedingt definieren will. Nein, das ist lachhaft. Ich mache nichts anderes als das, was ein Maler macht – Bruegel in seinem Jahreszyklus beispielsweise. Ich konstruiere ein plausibles Szenario. Es wird unkomplizierter und natürlicher aussehen, wenn ich so tue, als würde ich auf einem meiner Spaziergänge zufällig vorbeischauen. Ich tauche irgendwo aus dem Wald hinter dem Haus auf. An meinen Stiefeln wird Schlamm kleben, das ist ein sympathischer Zug. Und es bedeutet, daß ich sie an der Tür ausziehen und in Socken mit Tony sprechen muß. Eine witzige kleine Genreszene. Vielleicht laufen wir uns ja über den Weg, zwei Landaristokraten, von denen der eine in Gedanken beim Nominalismus ist, der andere, mit einem Gewehr im Arm, über die Lebenserwartung von Fasanen nachsinnt und wie man sie verkürzen kann.

Ich komme vom Tal herauf, stapfe über das große Feld, auf dem Laura ihr New Age Festival abhalten will. In welcher Phase des Jahreszyklus sind wir eigentlich? Die ersten rauhen Vorboten des Frühlings sind in einer spektakulären Abfolge von Regengüssen, Kälteeinbrüchen, Gewittern und jähen Schneeschauern über uns hinweggefegt, und das nächste Bild mit der großen Verwandlung der Natur liegt noch vor uns. Wir befinden uns in einem nicht im Bild festgehaltenen Niemandsland dazwischen, das Wetter ist launisch, der Himmel blau und weiß über grüner und brauner Erde. Die Ikonographie hilft auch nicht viel weiter – sie ist noch unklarer als bei Bruegel. Und überhaupt, von Ikonographie kann hier keine Rede sein. Ich sehe keine Bauern bei der Feldarbeit, keine Edelleute, die sich verlustieren, sondern nur Kühe, die mich traurig anstarren und dumpfe Monologe über ihr Dasein führen und dann mit der einzigen traditionellen Tätigkeit fortfahren, die diesen und jeden anderen Monat des Jahres charakterisiert – mit der Produktion von Kuhfladen.

Unser Tal ist echtes Land, und ich habe es in den zwei Jahren, seitdem wir regelmäßig herkommen, richtig liebgewonnen. Aber es ist langweilig, verglichen mit den Tälern in den Niederlanden. Wenn man Bruegel glauben darf, hat fast jedes Tal dort sein zerklüftetes Bergmassiv, Flüsse winden sich an Dörfern und hoch oben thronenden Burgen vorbei, und in der Ferne sieht man das Meer. Der Frühling dort ist frühlingshafter als bei uns. Aber natürlich darf man Bruegel nicht wörtlich nehmen. Er macht das, was ich auch in meinem Deal mit Tony Churt vorhabe: er erfindet etwas, er schafft eine Fiktion. Grossmann ist mit Novotny der Meinung, daß die Monatsbilder Mischlandschaften darstellen, deren zusammengefügte

Elemente entweder erfunden sind oder an unterschiedlichen Orten beobachtet wurden. Diese zerklüfteten Gebirgszüge sind Bruegels Erinnerungen an seine Italienreise. »Als er in den Alpen war, soll er all die Berge und Felsen verschluckt und sie, nach Hause zurückgekehrt, auf Leinwände und Holzbretter wieder ausgespien haben ...«, heißt es bei van Mander.

Auf der Anhöhe am Waldrand bleibe ich stehen, drehe mich um und betrachte die unspektakuläre Landschaft, in der ich lebe. Keine Burgen, keine schroffen Berggipfel. Nur sanfte Hügel und Wälder. Trotzdem eine Landschaft. Form und Charakter erhält sie von all den Landschaftsdarstellungen, die ich im Laufe der Jahre gesehen habe. Welcher Künstler hat als erster die Landschaft wahrgenommen und sie als solche gemalt? Novotny zufolge war es Bruegel, der in seinem grandiosen Jahreszyklus zum erstenmal in der abendländischen Malerei die Landschaft in den Rang eines eigenständigen Sujets erhoben hat.

Zunächst diente sie als Hintergrund für religiöse Begebenheiten. Memling stellt seine *Sieben Freuden Mariä* von 1480 in eine Szenerie von zwei Tälern und Berggipfeln und Burgen und einem Fluß, der sich in Richtung Meer windet. Im frühen sechzehnten Jahrhundert holte Joachim Patinir die Landschaft in den Vordergrund und degradierte die Heiligen zu Statisten. Patinir hat die Elemente dieser wunderbaren Welt gewissermaßen erfunden, diese an Träume erinnernden Szenerien aus Alpengipfeln und flämischen Dörfern, deren Täler sich in gestaffelten blauen Ebenen bis ans Meer erstrecken, bis an den Horizont, der fast am oberen Bildrand verläuft. Bruegel hat bloß die Heiligen weggelassen.

Vor Bruegel und Patinir wäre das Tal, in dem ich stehe, aus künstlerischer Sicht ebenso uninteressant gewesen, wie es heutzutage aus ökonomischer Sicht uninteressant ist. Dieses Stück Land, auf dem ein paar Kühe weiden, wäre damals nur eine *low-budget location* für ein Wunder oder eine Märtyrerszene gewesen, in der Tony Churt als reicher Feudalherr selbstbewußt im Vordergrund gekniet hätte.

Ich patinire die Landschaft, die vor mir liegt, ich bruegelisiere sie. Eine kleine Übung für mein Projekt. Ich male ein Gebirge hinein. Einen Fluß, ein Dorf, eine Burg. Figuren hinzu, die saisontypische Tätigkeiten verrichten. Im Mittelgrund sind zwei Jungs von der benachbarten Gesamtschule gerade dabei, gegen ein geringes Taschengeld die Fasanen zu füttern. Im Vordergund sieht man zwei Investmentbanker und den Chef des örtlichen Bauaufsichtsamts, die im Begriff sind, die Fasanen zu schießen, die die Jungen gefüttert haben. Durch das Burgfenster sieht man Tony Churt, der gerade seinen Antrag auf Genehmigung einer Motocross-Anlage schreibt.

Die sechs Monatsdarstellungen von Bruegel sind aber nicht bloß ein Abbild des ständigen Kreislaufs unserer Existenz. Sie bieten uns die Möglichkeit, ihr zu entfliehen. Sie sind Reiseführer, mit denen wir uns aus dem flachen Land des kalten, nassen Nordens wegdenken können an ferne Gestade, wo die Sonne scheint und alles anders ist. Das gilt auch für das Bild, das ich male. Ich lege die großen Diagonalen fest, die den Blick des Betrachters in die Weite führen. Für die letzten winterlich kahlen Zweige nehme ich Asphalt und verkohltes Elfenbein, das die niederländischen Maler für Braun und Schwarz verwendeten, umhülle sie mit Grünspan und Malachit, die für Grüntöne genommen wurden, und trage mit Bleiweiß die Sonnenreflexe auf. Die Frühlingsblumen sprießen in komplizierten Mischungen aus rotem Quecksilbersulfid und Krapplack, giftgelbem Arsensulfid und Auszügen aus Ginster, Safran, Gelbkraut, Aloe und Färbereiche. Fein zerriebenes Kupferkarbonat, den Azurit, das berühmte Bergblau, nehme ich für die gestaffelten Ebenen des Hintergrunds, der sich Blau auf Blau bis zum fernen Meer erstreckt, wo mein Segelschiff wartet.

Ich sehe mich schon in dem sonnendurchfluteten Land, das vor mir liegt, in der Hand mein Bild, das ich dem frei erfundenen Kaufinteressenten anbieten will, dann aber, wie ich Tony Churt umstandslos erkläre, bei uns zu Hause ein paar Tage lang an die Wand hängen werde, weil es mir so gut gefällt. Schließlich verliebe ich mich in das Bild, besorge mir von irgendwoher mehrere tausend

Pfund, um meinen Käufer abzufinden, denn ich will das Bild jetzt doch für mich behalten, werde neugierig, lasse es von Spezialisten untersuchen, stelle verblüfft fest, daß ich einen der kunsthistorisch aufsehenerregendsten Funde dieses Jahrhunderts gemacht habe, reagiere mit typischer Bescheidenheit auf die Anerkennung, die mir von Öffentlichkeit und Fachwelt gleichermaßen gezollt wird, schaue kindlich staunend und mit heroischem Gleichmut auf die gigantischen Summen, mit denen man mich lockt, ringe mich zu dem Entschluß durch, daß ich das Werk einer staatlichen Institution übergeben muß, wo es in der Obhut von Fachleuten ist und von einer breiteren Öffentlichkeit bewundert werden kann, verlange großmütig, daß es im Land bleiben soll, auch wenn das ein beträchtliches finanzielles Opfer bedeutet, stelle einen außergewöhnlich großen Teil des Erlöses für die Künstlerförderung zur Verfügung, lasse vielleicht sogar, ganz unaufgefordert, Tony Churt einen kleinen Betrag zukommen ...

Blau auf Blau. Grob geriebener Azurit für die dunklen Blautöne, den feineren vermische ich mit Bleiweiß für die helleren Töne am Horizont ...

Doch zurück zum Vordergrund. Zuerst muß ich den Giordano loswerden. Das wahre Jerusalem, wohin mein Schiff mich bringt, ist ohnehin nicht Geld oder Ruhm oder irgendein anderer Hafen, an dem es unterwegs anlegen könnte – es ist die Chance, sich der Welt, die uns geboren hat und in deren Schuld wir alle stehen, erkenntlich zu zeigen, indem ich ihr eines ihrer verschollenen Wunder zurückgebe ...

Nein! Zurück mit dem Azurit auf die Palette! Erst ein paar dunkelbraune Schatten, in denen die *Helena* verschwinden kann.

Tony Churt begegnet mir zwar nicht im Waldstück unterhalb seines Hauses, dafür stoße ich auf zwei Fasane, die ebenso überrascht sind wie ich. Mein sorgfältig inszenierter Spaziergang zerschlägt sich ohnehin, als ich feststelle, daß sich ein rostiger Stacheldrahtzaun über den Pfad spannt und auch hier ein Schild den Zutritt verwehrt. Ich weiß zufällig, daß es ein öffentlicher Weg ist, und normalerweise würde ich jetzt erst recht über den Zaun klettern und weitergehen, aber in dieser Situation scheint es mir klüger, zur Straße abzubiegen und die Zufahrt entlangzugehen. Ich hätte also genausogut das Auto nehmen können.

Bei Tageslicht ist das Haus noch weniger einladend als im Dunkeln. Aus der Regenrinne schießt keine Wasserfontäne mehr, aber auf dem Kiesweg vor der Tür ist noch immer dieser große See, und grüne Schlieren markieren Risse und Löcher in der Mauer. Im Hof sehe ich lauter kaputte oder unbenutzte Sachen – einen eingestürzten Holzhaufen, einen ausrangierten Traktor, einen Taubenschlag ohne Tauben und dreckige schwarze Plastikplanen. Lautes Gebell ertönt, noch bevor ich den schützenden Graben vor der Eingangstür erreicht habe, eine Hundemeute kommt herbeigelaufen und stürzt sich abermals auf mich, und dann öffnet Laura, diesmal mit scharlachroten Gummihandschuhen statt scharlachrotem Pullover, die Tür und streicht sich die Haarsträhnen aus der Stirn, doch die sorgfältig aufgelegte Schlammpatina auf meinen Stiefeln ist längst in einer allgemeinen Dreckschicht verschwunden. »Ist Tony zufällig da?« rufe ich über den Lärm hinweg. »Ich bin gerade in der Nähe, und ...«

Sie hält mir die Tür auf – eher widerstrebend, wie mir scheint – und weist die Hunde erfolglos zurecht. Ich bin nicht ganz sicher, ob sie mich wiedererkennt, obwohl ich ihr neulich abend ja hinreichend Anlaß geboten habe, über mich zu lachen. Doch als Tony schließlich erscheint und die Hunde zusammenstaucht, macht er unverblümt klar, daß er weiß, wer ich bin und weshalb ich gekommen bin.

»Ich war gerade in der Nähe ...« hebe ich zögernd wieder an.

»Einen Käufer gefunden?« fragt er sofort.

Ich empfehle dem Himmel meine Seele. »Tjaa ...« fange ich vorsichtig an. Ich will mein Projekt so behutsam wie möglich auf den Weg bringen.

»Kommen Sie mit in mein Büro«, sagt er. Er ist braun gekleidet und graugesichtig wie eh und je und hatte offenkundig noch mehr Probleme mit seinem Rasierapparat, aber die Lesebrille auf seiner Nase gibt ihm einen unerwartet intellektuellen Touch. Vielleicht hat er sich ebenfalls ein paar kunsthistorische Fachbücher vorgenommen. Laura ist wortlos verschwunden. Ich ziehe die Stiefel aus und folge Tony, der in Pantoffeln den Korridor entlangschlurft, in ein kleines Zimmer, das so braun ist wie all die anderen. Ein geöffneter Aktenschrank fließt über von Papieren, Umschlägen und Mappen, die zum Teil mit pinkfarbenem Bindfaden verschnürt sind. Die Hunde tapsen mit ihren dreckigen Pfoten über die Dokumente, die auf dem Boden liegen, und lassen sich in einem Nest aus Kontoauszügen nieder. Tony räumt einen Stapel Rechnungen von einem abgeschabten Ledersessel und bietet mir den Platz an.

»Das hier ist die Befehlszentrale«, sagt er. »Hier werden alle Geschäfte abgewickelt. Auch unsere Sache muß professionell aufgezogen werden. Wenn Sie mein Kunstagent sein wollen, müssen wir uns zusammensetzen und einen Deal ausarbeiten, von dem beide Seiten etwas haben.«

Er hockt sich auf die Schreibtischkante. Ein kleiner Stapel von Dokumenten segelt lautlos in den Papierkorb. Tony schiebt die Lesebrille in die Tasche. Die Verhandlungen können beginnen.

»Sie haben es sich also noch einmal überlegt?«

»Tjaa«, sage ich wieder, und wieder zögere ich. Bis jetzt habe ich mein Leben lang am Ufer des Konkreten gestanden, in den seichten Gewässern der Ehrlichkeit herumgeplanscht. Jetzt ist der Moment gekommen, da ich in die offene See der Fiktion hinausschwimmen muß. Ich muß mich von der wahrheitsgetreuen Darstellung lösen und anfangen, mein Bild zu malen, genau wie Bruegel.

Aber ich schaffe es nicht. Mir fehlen die Worte. Sich eine Geschichte auszudenken ist keine Lüge, das weiß ich wohl. Aber plötzlich sieht es doch einer Lüge auffallend ähnlich und auffallend unähnlich allem, was ich in meinem ganzen Leben je getan habe.

Ich blicke zum Fenster hinaus. Meine Phantasie ist eingefroren.

Das einzige, womit ich mein grotesk langes Schweigen beenden könnte, wäre ein ehrliches Geständnis, daß ich keinen Käufer für ihn gefunden habe und auch niemals finden werde, weil ich nicht die geringste Ahnung habe, wo ich suchen soll.

Und dann erinnere ich mich daran, daß er schon vor mir davongesegelt ist. Er hat sich ebenfalls eine Story zurechtgelegt, hat selber ein kleines Bild gemalt.

Gestern in London habe ich nicht nur über Bruegel nachgelesen. Ich habe mich auch über Giordano informiert, da er den Weg zu meiner Beute bewacht.

Er kam offenbar aus Neapel, wie bunte Eiskrem. Mit Vornamen hieß er Luca, und sein Spitzname lautete *Fa Presto*, weil sein Vater ihn mit diesem Ruf ständig angetrieben und weil er tatsächlich sehr schnell gearbeitet hat. Für ein großes Altarbild brauchte er nicht länger als einen Tag, und in seinen dreiundsiebzig Lebensjahren bedeckte er weite Teile Süditaliens und Spaniens mit Urteilssprüchen von Paris und Salomon, mit Anbetungen von Hirten und Weisen sowie Apotheosen des Jupiter. Sein Lieblingsthema jedoch war der Geschlechtsakt, beziehungsweise die letzten Momente davor, wobei die Frauen sich gern in der einen oder anderen Form wehren und sträuben und die Männer in der einen oder anderen Form Druck oder Zwang ausüben.

Um eine Spur vom Upwood-Giordano zu finden, mußte ich vom V & A in die Witt Library in Somerset House fahren, wo sämtliche Werke der abendländischen Kunst aus den letzten acht Jahrhunderten in Form von Abbildungen aus Katalogen von Museen und Auktionshäusern inventarisiert werden. Der fleißige Neapolitaner nimmt einigen Raum ein. Die Vergewaltigung Lukretias durch Tarquinius, die Entführung der Europa durch den Stier, den Raub der Proserpina durch Pluto, den Raub der Sabinerinnen durch die Römer und diverse Mehrfachvergewaltigungen von Nymphen durch Götter und Kentauren und einige glückliche Rettungen in letzter

Sekunde – all das kann man hier aus den verschiedensten Blickwinkeln studieren. Und man kommt sich vor wie in der Gerichtsmedizin.

Besonders zahlreich vorhanden ist jedoch die Entführung der Helena durch Paris. Die Gemälde werden nach Format (hoch oder quer) und Anzahl der dargestellten Figuren eingeteilt, aber alle Kategorien zusammengenommen, dürfte unser flinker Luca die Begebenheit nicht weniger als neunmal im Bild festgehalten haben – die Dame wird von links nach rechts entführt, von rechts nach links, auf den Betrachter zu, vom Betrachter weg, mit entblößtem Knie, mit entblößtem Busen. Die Helena im Musée des Beaux-Arts von Caen, so schien mir, übersteht ihre Pein in der griechischen Mythologie nur, um bei Christie's von Tarquinius vergewaltigt zu werden.

Unter all diesen Helenen in monochromem Vorkriegsbraun fand ich eine Helena, wie ich sie kannte und wie sie meiner Ansicht nach ausgesehen haben muß: Sparta nach rechts verlassend, ein Knie landwärts und eine Brust seewärts in den Wind gerichtet, mit einem Gesicht, dem man die Angst vor einer Erkältung deutlich ansieht. Die Abbildung stammte jedoch nicht aus einem Werk über die Schätze von Upwood, sondern aus dem Auktionskatalog der Kunsthändler Koch & Söhne (Berlin-Charlottenburg) von 1937.

Der berühmte Giordano von Upwood, seit vielen Generationen im Besitz der Churts, wurde also erst 1937 erworben. In Berlin, vermutlich in einer arisierten Galerie, bei einer Versteigerung von Gemälden, die vermutlich auf die gleiche Weise den Besitzer gewechselt hatten.

Es geht mich nichts an, was die Churts 1937 in Berlin gemacht haben – offenkundig nichts, worauf sie stolz sind. Oder vielleicht haben sie das Gemälde noch später erworben. Vielleicht war es ein Berliner, der es 1937 ersteigert hat. Ich stelle mir vor, daß einer der neuen Gauleiter das Gemälde für seine Prunkvilla erworben hat. In diesem Fall ist Tonys Vater 1945 mit den alliierten Verbänden nach Berlin gekommen und hat es einfach geplündert oder einer hungernden Kriegerwitwe für Zigaretten und Pulverkaffee abgekauft.

Mit anderen Worten: Ich brauche keine Gewissensbisse zu haben. Wenn die Churts die Helena aus der Hand der Deutschen befreien können, kann ich die *Pretmakers* aus der Hand der Churts befreien. So einfach ist das. Moralisch wären wir quitt.

Und wenn Tony Churt sich für sein Bild eine Vergangenheit ausdenken kann, dann wird mir für das Bild gewiß eine Zukunft einfallen. Das gibt mir Kraft und den entscheidenden Anstoß. Ich werde mich von Tony Churt doch nicht austricksen lassen!

Kühn schwimme ich hinaus in tiefes Wasser.

»Ich war gestern in London«, erkläre ich beiläufig und wende mich, nachdem ich lange Zeit den Himmel betrachtet habe, wieder vom Fenster ab, so als hätte ich nur überlegt, ob ich die Sache überhaupt erwähnen sollte. »Ich hab mit jemandem gesprochen, der jemanden kennt, der eventuell interessiert sein könnte.«

Tony runzelt die Stirn. »Etwa ein Händler?« fragt er mißtrauisch.

»Nein, nein, ein Sammler. Soll ein großer Giordano-Fan sein.«

»Hat er Geld?«

»Soweit ich gehört habe, scheint Geld keine Rolle zu spielen. Hat Geld wie Heu.«

Na also, es geht doch. Die Worte kommen mir über die Lippen. Und mir scheint, es ist kein schlechter Anfang. Ich bin beeindruckt von mir. Ich habe dick aufgetragen, damit er die Pille, die ich ihm nunmehr verabreiche, leichter schluckt.

»Scheint allerdings ein geheimnisvoller Typ zu sein«, sage ich ernst. »Zeigt sich nicht gern in der Öffentlichkeit. Sehr scheu.«

Drücken sich die Leute so aus? Mir fällt auf, daß meine Sätze ohne Subjekt daherkommen. Ich passe mich Tony an. Er mustert mich nachdenklich.

Und durchschaut mich. Auf einmal ist meine ganze Unerschrockenheit wie weggepustet. Panik steigt in mir hoch. Ich bin bei dem Versuch erwischt worden, meinen Nachbarn zu betrügen. Wie soll ich mich nach all dem in der Gegend noch zeigen können? Wie werde ich dieses Zimmer verlassen?

»Sie meinen, er möchte nicht persönlich herkommen und sich das Bild ansehen?«

»Weiß nicht.« Ich stochere blind herum. »Vielleicht ... möglicherweise ...«

»Nehmen Sie es mit«, sagt er energisch. »Ihr Bekannter soll es ihm zeigen.«

Ich bin zu sehr mit Luftholen beschäftigt, als daß ich antworten könnte. Tony mißversteht mein Schweigen.

»Für Sie ein bißchen umständlich vielleicht«, sagt er. »Aber es könnte sich lohnen. Wenn wir die Sache unter uns regeln, könnte für Sie was dabei herausspringen. Kein Auktionshaus, keine Händler. Von Mann zu Mann. Privater Deal unter Freunden. Passen Sie auf, Sie machen folgendes. Sie bringen die alte Dame zu Sotheby's, lassen sie schätzen und nehmen sie wieder mit, ja? Sicherheitshalber wird man dort zehn Prozent abziehen, also erhöhen Sie die Summe ein bißchen. Dann schlagen Sie noch mal zehn Prozent drauf, denn Ihr mysteriöser Freund muß ja kein Aufgeld entrichten. Zusätzlich die Mehrwertsteuer, die Sie beide sparen. Sie sagen mir, wo Sie angekommen sind, und wenn es halbwegs vernünftig klingt, kriegen Sie von mir grünes Licht. Und die Kommission teilen wir uns.«

Ich starre ihn an. Ich habe große Mühe, ihm zu folgen. Ich bin kein einfacher Landmensch wie er. Besonders das mit der Kommission. Welche Kommission?

»Die neun oder zehn Prozent, die fällig gewesen wären, wenn ich direkt zu Sotheby's oder zu einem Kunsthändler gegangen wäre«, erklärt er. »Also, Sie kriegen fünf Prozent, ich fünf, und wir sind beide zufrieden.«

Aha. Wenn ich recht verstanden habe, sagt er folgendes: Da ich ein persönlicher Bekannter von ihm bin und einen besonders guten Käufer für ihn aufgetrieben habe, der aus unerfindlichen Gründen bereit ist, sehr viel Geld zu bezahlen, obwohl die ganze Sache unter dubiosen Umständen abgewickelt wird, und da ich überdies bereit bin, die gesetzlich vorgeschriebene Mehrwertsteuer zu umgehen, will er mir *die Hälfte* der Summe geben, die er einem Kunsthändler bezahlen müßte.

»Faires Angebot?« fragt er und schaut mich an. Zweifellos nicht. Auch wenn es mir, ehrlich gesagt, fair erscheint, denn ich bin schließlich kein guter Bekannter und habe ihm auch keinen Käufer vermittelt, und bei der Aufteilung der Kommission übers Ohr gehauen zu werden würde mein Gewissen auch hinsichtlich des kleinen Nebengeschäfts erleichtern, von dem er noch nichts weiß. Um glaubhafter zu wirken, scheint es mir sinnvoll, ein wenig zu handeln.

»Fünf Prozent?« sage ich. »Ich hatte mehr an sieben gedacht.«

»Sieben?« ruft Tony scheinbar schockiert. Es macht ihm Spaß, mit mir zu rangeln. »Ich bitte Sie! Sie haben keine Galerie, die Sie unterhalten müssen. Sie haben keine Vorzimmerpuppe, die Sie zum Essen einladen müssen.«

Stimmt. »Sechs«, sage ich.

»Fünfeinhalb«, sagt er.

Ich beuge mich der Stärke seiner Persönlichkeit. »Einverstanden, fünfeinhalb.«

Tony ist so begeistert über seinen Triumph, daß er kaum an sich halten kann. Er springt auf. Noch mehr Dokumente segeln in seinen Papierkorb.

»Wollen Sie sie sofort mitnehmen?«

Es ist wie in einem dieser Träume, wo man plötzlich feststellt, daß man fliegen kann. Ich bemühe mich um eine sanfte Landung und klopfe mit vielsagender Miene auf meine Taschen.

»Geld?« sagt er. »Geben Sie's mir, wenn Sie sie verkauft haben. Mein Gott – wir sind doch Freunde, Nachbarn, wegen der paar tausend brauchen wir nicht so ein Theater zu machen.«

In Wahrheit hatte ich noch gar nicht an das Geld, geschweige denn an Kreditvereinbarungen gedacht.

»Ich meine«, sage ich, »ich kann das Ding schlecht in die Tasche stecken. Dafür ist sie nicht groß genug. Ich bin zu Fuß da.«

»Nehmen Sie den Landrover.«

Ich zögere. Ein verlockendes Angebot, und sei es nur, weil ich die Chance habe, das Frühstückszimmer zu betreten, noch einmal einen verstohlenen Blick auf die vortreffliche Kaminabdichtung zu werfen. Dann sehe ich mich schon zu Hause vorfahren. Kate schaut zu, während ich die mit Plastikschnur gesicherte Tür des Landrover öffne ... und den *Raub der Helena* auslade. Nicht die Sorte Überraschung, die bei Kate besonders gut ankommen würde. Ich glaube, es bedarf einiger Vorbereitungen und Verhandlungen, bevor ich loslegen kann. Außerdem muß ich noch mit meiner Bank sprechen. Sich jetzt ein bißchen zu zieren könnte sich später auszahlen.

»Ich glaube, ich sollte erst herausfinden, ob dieser Bursche wirklich interessiert ist.«

»Wie Sie wollen. Sie können das Ding jederzeit abholen.«

Die Hunde stehen auf, um mich zur Tür zu bringen. An der Schwelle bleibt ihr Herr stehen, als wären ihm plötzlich Zweifel gekommen.

»Ich meine, Ihnen vertraue ich ja«, sagt er. »Aber ich kann doch davon ausgehen, daß Sie die Ware erst aushändigen, wenn Sie das Geld haben.«

»Selbstverständlich.«

»Klingt irgendwie nicht ganz koscher, der Mann. Vertrauenswürdig?«

»Ich kenne ihn nicht«, sage ich vorsichtig. »Ich weiß überhaupt nichts über ihn.«

Nein, das ist zu simpel. Ich muß etwas über ihn wissen, irgendeine Kleinigkeit, irgendein buntes Detail, an dem Tonys Phantasie sich entzünden kann. Ich habe einen meiner Gedankenblitze.

»Ich weiß nur, daß er Belgier ist«, sage ich.

Ich habe genau auf den richtigen Knopf gedrückt. Tony ist hellauf begeistert.

»Das genügt!« ruft er. »Richten Sie ihm aus, ich will Bargeld sehen! Belgische Banknoten auf den Tisch!«

Er begleitet mich, noch immer lachend, hinaus in die Diele.

»Ich weiß nicht, was daran so komisch sein soll«, sagt Laura, die gerade dabei ist, einen Teppich mit einer Art Zementkleber zu fixieren. »Schon zum zweitenmal in dieser Woche ist mir dieses Mistding unter den Füßen weggerutscht. Hätte mir fast den Hals gebrochen.«

»Wir haben über Geschäftliches gesprochen, Schätzchen«, sagt Tony.

Ich versuche zu erkennen, was am oberen Ende der Treppe hängt, dort, wo von Rechts wegen die Helena von Troja hängen sollte. Doch das Bild ist so klein, daß man ein Fernglas braucht, um auf die Entfernung etwas zu sehen. Ich bin mir unserer neu geknüpften Freundschaft so sicher, daß ich mich bei meinem Geschäftspartner erkundigen werde, nach welch eigenwilligem Prinzip in seinem Haus gehängt wird.

»Warum hängen Sie die Dame nicht so, daß alle sie sehen?« frage ich.

»Wie bitte?« fährt Laura mich an und richtet sich erstaunt auf.

»Die Helena! Warum schaut sie nicht von dort oben zu uns herunter?«

»Sie haben einen guten Blick«, sagt Tony. »Früher hing sie nämlich über der Treppe. Ich erinnere mich, in meiner Kindheit hing sie dort. Seitdem ist sie viel unterwegs gewesen.«

»Seine Mutter hat sie sich gegrapscht«, sagt Laura.

»Ich würde es nicht unbedingt ›grapschen‹ nennen.«

»Als deine Mutter mit Dicky durchgebrannt ist. Sie haben die Helena und das halbe Familiensilber mitgenommen.«

»Sie war sauer wegen der Eigentumsregelung«, erklärt Tony.

»Und Dicky mußte den Kopf hinhalten, als die Sache mit dem Rennparcours schiefging.«

»Immerhin hat er meinen Vater in Geschäftsdingen beraten ...«

»Ohne ihn hätte dein Vater einpacken können.«

»Das ist eine lange Geschichte, Schatz, und du hast echt keine Ahnung, was gelaufen ist.«

»Jedenfalls sehr passend«, sage ich, damit die Ehe wieder ins Lot kommt, »daß sie die *Helena* mitgenommen haben.«

Die beiden sind so wütend, daß sie nicht nachfragen, aber wenigstens habe ich sie zum Schweigen gebracht.

»Helena und Paris haben den ganzen Schatz von Menelaos mitgenommen, als sie abgehauen sind«, erkläre ich.

Ob sie dieses pikante Detail schon wußten oder jetzt zum erstenmal davon hören, ob ihnen Menelaos überhaupt ein Begriff ist, kann man unmöglich sagen. Einer der Hunde ist jedenfalls so höflich, daß er sich in einer Weise kratzt, die auf ein gewisses Interesse schließen läßt.

»Das Entscheidende ist doch«, sagt Tony zu mir, »daß sie wieder da ist.«

»Nicht seine Mutter«, erklärt Laura.

»Nicht meine Mutter, nein«, sagt Tony nachdrücklich. »Meine Mutter ist tot, Gott hab sie selig.«

»Und deshalb ist das verdammte Ding wieder bei uns gelandet.«

Diktiert Laura, welche Bilder in diesem Haus wo gehängt werden? Ist das die Antwort auf meine Frage? Ich überlege, was wohl passiert wäre, wenn die Schwiegermutter bei ihnen gelandet wäre. Hätten sie die Dame ebenfalls in das Frühstückszimmer gesperrt? So niedrig gehängt, daß ihre Knie durchgesackt wären?

»Jedenfalls«, sagt Tony, während er mir die Tür öffnet, »jedenfalls brauchst du dich nicht mehr lange mit ihr herumzuärgern.«

»Daß er sie noch nicht längst verkauft hat, liegt nur daran, daß sie nicht hier war«, sagt Laura. »Alles andere hat er nämlich schon verkauft. Und immer läßt er sich dabei übers Ohr hauen.«

»Deshalb vertraue ich mich ja Mr. Clay an. Du willst doch nicht behaupten, daß er mich übers Ohr hauen wird?«

»Ich an Ihrer Stelle würde es tun!« ruft Laura mir zu, während Tony schon die Tür hinter sich zuzieht und Laura aus meinem Gesichtsfeld verschwindet. »Erteilen Sie ihm eine Lektion!«

Ich weiche Tonys Blick aus, gehe ein paar Schritte weiter, um die große Pfütze und die Hunde herum, die sich netterweise anschicken, sie auszutrinken. Doch dann sehe ich, daß er die Hunde anschaut.

»Keine Ahnung vom Geschäft, die Ärmste«, klagt er. »Versteht einfach nicht, daß alles in der Welt über persönliche Beziehungen läuft.«

Mir kommt der Gedanke, daß man Lauras Bemerkung als Angriff auf seine Autorität deuten könnte und daß Tony noch loyaler zu unserem Bündnis stehen wird, wenn ich diesen Angriff zurückweise.

»Ich möchte nicht, daß Sie meinetwegen Schwierigkeiten bekommen«, sage ich. »Ich meine, wenn Ihre Frau findet, daß ich besser nicht mit hineingezogen –«

»Ach Gott, Sie sollten sie einfach nicht beachten!« sagt er. »Machen Sie's so wie ich. Wär ja noch schöner.«

Ich produziere ein Lächeln männlicher Solidarität. Grauenhaft. Ich werde vor Scham sterben. Aber erst später.

Mein Lächeln ist ein solcher Erfolg, daß Tony sich in neue Tiefen des Vertrauens stürzt. Er macht ein ernstes Gesicht.

»Ehrlich gesagt«, erklärt er, »ihr Burschen seid hier nicht furchtbar beliebt. Kommt an den Wochenenden angetanzt, nehmt uns in Lavenage die Parkplätze weg und macht aus dem Lebensmittelgeschäft einen Bioladen. Aber ich sage, wenn sie bereit sind, mit anzufassen und zu helfen, dann sind sie unsere Nachbarn, dann gehören sie zu uns.«

»Vielen Dank«, sage ich. »Sehr nett von Ihnen. Ich bin sehr gerührt.« Entdecke ich ein winziges Zögern in meiner Stimme? Werde ich fragen, ob ich eine Petition für seine Motocross-Anlage unterschreiben darf? Nein, ich beschränke mich darauf, noch einmal gerührt und dankbar zu lächeln. »Und ich sage Bescheid, sobald ich mit unserem belgischen Freund etwas vereinbart habe.«

Damit stapfe ich los. Doch vor Begeisterung über den erzielten Fortschritt bin ich so benebelt, daß ich spontan beschließe, die nächste Phase schon jetzt in Angriff zu nehmen. Ich bleibe stehen und drehe mich wieder um.

»Ach übrigens«, rufe ich, erstaunlich überzeugend, als wäre es mir erst jetzt eingefallen, »was ist mit Ihren beiden Holländern? Soll ich ihn fragen, ob er sie sich ebenfalls anschauen will?«

»Warum nicht?« ruft Tony. »Was haben wir schon zu verlieren?«

Was er zu verlieren hat? Noch weiß er es nicht. Im Prinzip ist es nicht viel anders, als würde ich einem Kind einen Lutscher wegnehmen. Ich hätte schon längst Betrüger werden sollen.

Jetzt verstehe ich den Ausdruck »auf Wolken schweben«. Mir ist, als glitte ich mühelos wie ein Luftkissenfahrzeug über die Tümpel und Schlaglöcher der Zufahrt. Als ich am Ende auf die Straße einbiege, läßt das weiche, wolkige Gefühl unter den Füßen plötzlich nach, verwandelt sich in ein schreiendes, flatterndes und emporfliegendes Etwas, und nachdem der Fasan vom Zaun weggeflogen ist, kann ich eine Weile nicht atmen, so tief sitzt der Schreck.

Schon gut, schon gut, sage ich mir, irgendwann werde ich schon wieder denken können. Habe kapiert. War bestimmt nicht die letzte Überraschung.

Ich darf mir dieses ungewöhnliche Projekt, das mich verunsichert, nicht länger als Betrugsmanöver denken, nicht einmal im Scherz. Davon kann nämlich keine Rede sein. Es ist ein Dienst an der Allgemeinheit, ein Beitrag zum Gemeinwohl, der sich durchaus mit dem vergleichen kann, was Rockefeller oder Getty geleistet hat. Daß Tony Churt so hemmungslos bereit ist, die *Helena* an jemanden zu verkaufen, den er für einen Verbrecher halten muß, zeigt ganz deutlich, vor welchem Schicksal ich mein Bild bewahren werde. Wenn es auf der Welt gerecht zuginge, müßte mein Name in großen lateinischen Lettern über dem Portal des Museums eingemeißelt werden, in dem das Bild einmal untergebracht sein wird.

Es ist lächerlich, aber irgendwie bin ich erleichtert, seit ich weiß, daß der Käufer, den ich gefunden habe, ein wenn auch schattenhafter Belgier ist. Er ist für mich ein bißchen konkreter geworden, hat etwas von seiner Nichtexistenz abgeschüttelt. Er *muß* existieren, und sei es nur, weil ich die Aussicht, daß Tony Churt von einem Volk, das er so sehr verachtet, am Ende gedemütigt wird, doch sehr befriedigend fände.

Wenn ich sage, oder ihn glauben mache, daß ich einen schattenhaften Belgier aufgetrieben habe, dann ist das – streng logisch gesehen – ja auch wahr, denn ich habe tatsächlich einen schattenhaften Belgier gefunden. Einen Belgier, der entschieden schattenhafter ist als mein Sammler. Über ihn wissen wir zumindest, daß er reich ist, während wir über die finanziellen Verhältnisse Bruegels überhaupt nichts wissen. Außerdem ist es natürlich eine klassische falsche Tatsachenbehauptung, die ich in meinem Grundkurs Logisches Denken als Beispiel anführen sollte, obschon die absurde Erregung, die mich beim Stolpern durch den Wald packt, nicht zuletzt von der Ahnung herrührt, daß ich nie mehr werde unterrichten müssen.

Sofern ich im Wald bin, denn ich bin viel zu sehr mit meinen Gedanken beschäftigt, als daß ich meine Umgebung wahrnehme. Ich überlege schon, wie ich meinen großen Dienst an der Öffentlichkeit in die Tat umsetzen werde. In meinem Kopf schält sich ungefähr folgender Plan heraus. Ich werde die *Helena* und die beiden Holländer von Sotheby's schätzen lassen und Tony Churt über das Ergebnis wahrheitsgemäß informieren. Bis hierhin ist alles unkompliziert und eindeutig. Doch nun verlassen wir die Autobahn. Wenn Tony mit dem Schätzpreis einverstanden ist, werde ich die Bilder für ihn verkaufen. Da mein guter Belgier zwar reich und entgegenkommend, aber doch nicht real genug ist, um reales Geld produzieren zu können, werde ich sie so verkaufen, wie sie jeder andere an meiner Stelle verkaufen würde. Ich werde einen Händler finden, der bereit ist, sie für den Schätzpreis zu kaufen, abzüglich seiner üblichen zehn Prozent. Dann kreuze ich wieder bei Tony auf, berichte ihm, daß ich den Belgier dazu gebracht habe, den vollen Schätzpreis zu zahlen, und überreiche ihm die Summe abzüglich der fünfeinhalb Prozent, die mir zustehen.

Also muß ich viereinhalb Prozent des Wertes der drei Bilder auftreiben. Das ist wieviel? Wo dürfte der Schätzpreis liegen? Ungefähr? Ganz grobe Zahlen. Sagen wir, der Giordano bringt zehntausend, denn diese Zahl hat Tony optimistischerweise aus der Luft gegriffen, vermutlich aus den allerdünnsten Schichten der Stratosphäre. Für die Schlittschuhläufer etwa zweitausend und für die Reiter noch einmal zweitausend. Macht wieviel? Vierzehntausend. Sicherheitshalber noch einen Tausender dazu. Fünfeinhalb Prozent von fünfzehntausend ist ... mit diesem absurden halben Prozent, das ich für mich noch herausgeschlagen habe, kann ich das nicht im Kopf ausrechnen, außerdem peitschen mir die Zweige ins Gesicht, und auf der nassen Erde kommt man dauernd ins Rutschen. Aber es sind bestimmt unter tausend Pfund. Eine Zahl mit nur zwei Nullen! Phantastisch!

Doch dann kommen wir zum vierten Bild, dem belgischen Bild, *meinem* Bild. Dieses werde ich natürlich nicht bei Sotheby's oder sonstwo schätzen lassen, und ich werde es auch keinem Händler anbieten. Ich werde es behalten. Am Ende werde ich alles, was ich in dieses Projekt gesteckt habe, hundertfach zurückbekommen. Bis dahin muß ich aber nicht nur viereinhalb Prozent des Preises verauslagen, sondern hundert Prozent. Also, wieviel wird es wert sein? Wie komme ich zu einer plausiblen Zahl?

Ganz einfach. Der Vermerk auf der Rückseite deutet darauf hin, daß es aus dem Umkreis von Vrancx stammt. Ich schaue im V & A einfach in den Katalogen der Auktionshäuser nach, was ein solches Werk einbringt. Wieviel mag es sein? Noch einmal zweitausend?

Doch so simpel diese Methode auch ist, ich werde anders vorgehen. Da der Rest des Deals so vernünftig ist und ich am Ende ohnehin als Gewinner dastehen werde, beschließe ich, eine verrückte Geste zu machen. Ich werde herausfinden, was ein authentischer Vrancx wert ist. Sagen wir zehntausend. Nein, zwanzigtausend. Dann werde ich zu Tony gehen und folgendes sagen: »Hoffentlich glauben Sie nicht, daß ich es mir allzu leicht gemacht habe, aber ich habe mir ein Herz gefaßt und beschlossen, das ungerahmte Bild nicht schätzen zu lassen, weil ich schon ahnte, was man mir sagen würde: Wenn es mit ›Vrancx‹ bezeichnet ist, ist es kein echter Vrancx. Ich habe mir gedacht, ich biete es meinem Belgier einfach als echt an – und er hat angebissen. Ich muß gestehen, ich schäme mich ein bißchen, denn ich habe gesagt, daß ich zwanzigtausend dafür haben will. So, hier sind Ihre zwanzigtausend. Abzüglich der fünfeinhalb Prozent. Ich hoffe, Sie sind nicht allzu schockiert.«

Tony wird also achtzehntausend Pfund mehr bekommen, als er realistischerweise erwarten durfte – und all seine Vorurteile über die dummen Belgier bestätigt finden. Und ich werde bewiesen haben, daß ich ebenso skrupellos bin wie er, wenn es um einen Prozentsatz geht, der seine generellen Vorurteile über die Menschheit wohl noch eindrücklicher bestätigen wird. Bis dahin wird das Bild in unserer Küche an der Wand hängen und mit würdevoller Gelassenheit zu einem Bruegel heranreifen. Wie Tony selbst sagt – dieser Deal ist für alle vorteilhaft. Für mich wohl etwas mehr als für ihn. Nun ja, so ist es eben.

Aber halt, Moment mal. Wird es nicht eine unangenehme Überraschung sein, wenn Tony Churt in ein paar Monaten, in einem Jahr, eines schönen Morgens seinen *Daily Telegraph* aufschlägt und ein Foto von mir sieht, wie ich mein neu entdecktes Meisterwerk der Weltöffentlichkeit präsentiere? Und wird es nicht eine noch unangenehmere Überraschung für mich sein, wenn ich anderntags meinen *Guardian* aufschlage und ein Foto von Tony Churt sehe, der auf einer Pressekonferenz erklärt, daß er mir das Bild zum Verkaufen anvertraut hat und daß man meine Aktion nicht als Dienst an der Öffentlichkeit bezeichnen kann, sondern eher als ... nun ja, als Betrug?

Nein, denn so weit wird es nicht kommen. Der Deal wird langsam, über mehrere Monate hinweg, abgewickelt, so wie sich die Jahreszeiten mit ihren jeweils saisontypischen Tätigkeiten langsam verändern. Im ersten Bild bereite ich den Boden vor. Im zweiten pflanze ich meine zwanzigtausend Pfund. Noch vor dem Hochsommer kommt die dritte Tätigkeit. Irgendwo auf dem Feld, über das ich jetzt stolpere, dort, wo unsere Grundstücke aufeinanderstoßen, laufe ich Tony zufällig über den Weg. Wir reden über dieses und jenes, wie das bei Nachbarn eben so üblich ist, und während ich mich schon zum Gehen wende, sage ich, als wäre es mir gerade eingefallen, so beiläufig wie heute vormittag: »Ach übrigens, ich wollte

Ihnen schon immer etwas erzählen. Komische Sache. Erinnern Sie sich an das ungerahmte Bild, das bei Ihnen vor dem Kamin stand? Sie werden es bestimmt lächerlich finden, aber ich habe mich irgendwie in das Bild verliebt, während ich auf den Käufer wartete. Ich weiß nicht wieso. Gekauft hat es also nicht der Belgier – ich war es! Es hängt bei mir in der Küche an der Wand.«

»Ist ja'n Ding!« sagt Tony verdutzt. »Wo hatten Sie denn das Geld her?«

»Ich hab es irgendwie zusammengekratzt«, sage ich bescheiden. »Fragen Sie mich nicht, wie.«

»Zwanzigtausend Pfund?«

»Erinnern Sie mich nicht! Ich mußte es einfach haben.«

»Aber soviel war es doch gar nicht wert. Es war nicht echt. Das haben Sie mir doch selbst gesagt.«

»Ich weiß«, sage ich treuherzig. »Aber ich habe Ihnen auch versprochen, daß ich es für zwanzigtausend verkaufe. Ich mußte mein Versprechen halten, das war Ehrensache.«

Verständnislos starrt er mich an. In all seinen mannigfaltigen Unternehmungen ist er noch nie einem solchen Streben nach den höheren Dingen des Lebens begegnet, geschweige denn einer solchen Korrektheit. »Aber das bringt mich in eine schreckliche Lage!« ruft er. »Es ist eine Sache, einen unbekannten Belgier über den Tisch zu ziehen. Aber einen Nachbarn ... einen mittellosen Akademiker ... einen Freund, der keine Mühe gescheut hat, zu helfen ... Warum haben Sie mir denn nichts gesagt?«

Warum ich nichts gesagt habe? Aus einem sehr guten und noblen Grund.

»Weil ich Sie kenne«, sage ich. »Sie hätten das Geld nicht akzeptiert. Sie hätten höchstens zweitausend Pfund dafür haben wollen.«

Dieses geradezu idiotisch naive Vertrauen in seine Anständigkeit würde jeden anderen Menschen, der etwas heller wäre, mißtrauisch machen. Aber bei Tony Churt hat es eine ganz unerwartete Wirkung, jedenfalls wäre sie unerwartet, wenn ich sie nicht schon erwartet hätte. Er hat Probleme mit seiner Stimme. »Das hat noch niemand zu mir gesagt«, bringt er schließlich heraus. »Hören Sie, ich werde Ihnen diese achtzehntausend Pfund zurückzahlen ... Doch, doch, ich bestehe darauf. Ich weiß nicht, wie ... Vielleicht muß ich das Haus verkaufen ...«

Jetzt bin ich an der Reihe, gerührt zu sein. Ich breche zusammen und gestehe alles ...

Moment. Diese Szene ist ziemlich unrealistisch gemalt. Es gibt etliche Probleme, die ich mir mit meinem Projekt einhandeln kann. Tony Churts Angebot, das Geld zurückzuzahlen, das kann ich wohl mit einiger Sicherheit sagen, gehört nicht dazu.

Noch einmal zurück zu der Szene, wo ich erkläre, daß ich das Geld irgendwie zusammengekratzt und daß ich das Bild für mich selbst gekauft habe. Es geht nämlich anders weiter. Tony mag überrascht sein, aber er gibt natürlich nicht zu erkennen, daß ihn das milder stimmt. Was tut er? Lacht mir ins Gesicht, lacht über meine ästhetischen und moralischen Wertvorstellungen.

Aber das ist in Ordnung. Im Hinblick auf die späteren Szenen ist das ganz gut, sogar sehr gut. Ich nehme ihm seinen Spott nicht übel. Ich lache mit ihm, mache mich über mich lustig. »Ich weiß, es ist dumm«, sage ich. »Aber für mich ist das Bild jeden Penny wert. Auch wenn es kein echter Vrancx ist ... ich weiß nicht, irgend etwas ist an dem Bild ...«

Und damit ist der Boden für die späteren Szenen bereitet: mein wachsendes Interesse an den *Pretmakers* führt dazu, daß ich mich mit der niederländischen Malerei des späten sechzehnten Jahrhunderts beschäftige. Immer gespannter verfolge ich das Heranreifen der Reben, und schließlich zeige ich das Bild einem Fachmann, der nur einen Blick darauf wirft und unprofessionell fassungslos erklärt: »Großer Gott ... Ist Ihnen klar, was Sie da haben ...?«

Lassen wir die letzten Szenen einstweilen ungemalt. Wir kommen noch rechtzeitig dazu. Kehren wir wieder zu der Szene zurück, in der ich Tony Churt erkläre, daß ich das Geld, ich weiß nicht, wie, zusammengekratzt habe. Ich weiß es nämlich wirklich nicht. Ein paar hundert für die übrigen Bilder ist eine Sache, zwanzigtausend

Pfund ist etwas ganz anderes. In diese Szene müssen aber noch ein, zwei Tätigkeiten eingefügt werden.

Und nehmen wir mal an, die Reiter oder die Schlittschuhläufer sind sehr viel mehr wert, als ich vermute. Angenommen, Sotheby's erklärt, daß sie ... ich weiß nicht, irgendein Betrag ... vielleicht sogar jeweils fünfzigtausend Pfund wert sind!

Nein, das ist okay. Denn dann wird es mir, psychologisch und moralisch, durchaus plausibel erscheinen, daß der sogenannte Vrancx nur ein paar tausend wert ist. Wenn ich den Giordano und die anderen beiden für gutes Geld loswerde, kann ich den Wert meines Bildes entsprechend korrigieren.

So oder so: ich kann es schaffen!

Erschrocken stelle ich fest, daß ich kurz vor unserem Haus stehe. Ich kann mich nicht erinnern, aus dem Wald getreten zu sein oder das sich öffnende Tal vor mir gesehen zu haben, als ich an den Kuhfladen vorbeistapfte, geschweige denn die schneebedeckten Berggipfel und die blaue Ferne und das lockende Meer, das ich auf dem Hinweg gesehen habe. Was ich jetzt auf dem Rückweg gesehen habe, war die ähnlich vielschichtige und wunderbare Landschaft des Deals, den ich gerade vorbereite. Die großen Diagonalen meines Szenarios haben den Blick abgelenkt von den kleinen, plausiblen Details im Vordergrund – von dem komischen Tanz von Käufer und Verkäufer zur Melodie des Händlers – hin zu den schneebedeckten, bleiweißen Gipfeln schwindelerregender Kaufsummen, durch die unendlich zarten Schleier des Bergblaus bis hin zu den Gestaden des Meeres, an denen mein Schiff, beladen mit diesen vielen Nullen, vor Anker liegt.

Doch nun muß ich Kate diese Vision übermitteln, und sei es nur, weil wir ein gemeinsames Konto haben, so daß ich die benötigten sechs- oder zehn- oder zwanzigtausend Pfund unmöglich ohne ihr Wissen auftreiben kann.

Die hohen Gipfel verschwinden hinter dem schmutzigen Wintergrau der Küchenfenster, die zu putzen ich mir schon lange vorgenommen habe. Die sich blähenden Segel der stolzen Karavelle verwandeln sich in drei Babypyjamas, die, von Kate gewaschen, vorwurfsvoll auf der Leine hängen.

Tja. Nun kommt die allerschwierigste Szene.

Kate sitzt vor dem Heizlüfter, hält zwei kleine Füße in die Höhe und strahlt deren Besitzerin an, die auf ihren Knien liegt. Aus dem aufgeknöpften Hemd hängt die linke Brust heraus, wie Helenas Brust auf dem Bild, nur größer, weißer, weicher und viel, viel schöner. An der Brustwarze hängt ein Milchtropfen. Sie schaut hoch, lächelt. »Wie war's?« fragt sie höflich.

»Ganz gut«, sage ich. Ich falle nicht auf ihr Lächeln rein. Ich kenne diesen Tonfall. Ich ärgere mich über ihre Art, mir Schuldgefühle zu machen, weil ich nicht an einem Buch arbeite, für das sie sich nicht interessiert und an das sie auch nicht glaubt. Besonders ärgerlich finde ich, daß sie es nicht offen sagt. Ich weiß, daß es Probleme geben wird, wenn ich ihr alles erkläre, und noch mehr Probleme, wenn ich nicht den richtigen Einstieg finde. Trotzdem hole ich tief Luft, mache tapfer den Mund auf und bin ganz gespannt, was herauskommen wird. Doch Kate hat sich schon wieder Tilda zugewendet, und die beiden strahlen etwas so Schlichtes und Konkretes und Vollkommenes aus, während das, was ich zu sagen habe, so verworren und abstrakt und unausgegoren ist, daß ich den Mund wieder zumache.

Ich ziehe meinen Mantel aus und setze mich statt dessen an den Tisch, um zu arbeiten. Ein guter Stratege muß eben auch einer Schlacht ausweichen können. Ich strecke die Hand aus, um den Ordner wegzunehmen, den ich diskret auf meinen Bücherstapel gelegt habe, stelle aber fest, daß das unnötig ist. Der Ordner liegt daneben. *Pieter Bruegel der Ältere*, schreit das oberste Buch in die Welt hinaus, unübersehbar bestätigt von dem tanzenden Bauern auf dem Schutzumschlag.

Ich sehe Kate an. Sie beugt sich über Tilda und schüttelt das offene Haar vor dem Gesicht des Kindes.

Mein Blick wandert wieder zu den Büchern. Sie liegen etwas schief. Kate hat die Titel auf allen sieben Buchrücken gelesen. Meines Wissens hat sie mich noch nie bei der Arbeit kontrolliert. Allerdings habe ich ihr, wenn ich mich recht erinnere, auch noch nie etwas verheimlicht. Wir haben eine Art Wasserscheide überschritten, und eine neue Landschaft hat sich vor uns aufgetan. In diesem neuen Tal ist nicht Frühling. Ich spüre, daß Kates innige Beschäftigung mit Tilda nicht nur ein Vorwurf an mich ist, daß ich meine Arbeit vernachlässige. Indirekt hält sie mir vor, daß ich mich nicht um dieses wunderbare kleine Wesen kümmere, das wir in die Welt gesetzt haben, und andere Dinge viel wichtiger nehme. Ich glaube kaum, daß sie die Mappe aus Versehen nicht auf den Bücherstapel zurückgelegt hat. Plötzlich fühle ich mich so ungerecht behandelt wie die *Jäger im Schnee*, die ausgezogen sind, um für die Dorfbewohner etwas Eßbares aufzutreiben, und nun bei ihrer Heimkehr feststellen, daß niemand sie eines Blickes würdigt. Sie hätten nicht auf die Jagd gehen sollen, sondern zu Hause bleiben und sich um die Kinder kümmern und Bücher über den Nominalismus schreiben sollen. In meinem Fall ist die Ungerechtigkeit um so krasser, als ich von meinem Jagdausflug nicht mit einem mickerigen, ungenießbaren Fuchs zurückgekehrt bin, sondern mit so viel Fleisch, daß wir drei bis ans Ende unserer Tage zu essen haben. Zumindest theoretisch.

Kate schaut auf und begegnet meinem Blick. Wir schauen beide weg.

»Ich habe das Bild gesehen«, sage ich ruhig. »Du nicht.«

Ich wollte ganz ruhig anfangen, nicht so, nicht in diesem vorwurfsvollen Tonfall. Kate schiebt ihre Brust wieder in das Hemd und knöpft es zu.

»Bruegel«, sagt sie, bemüht, weder zweifelnd noch fragend zu klingen.

»Denkbar«, sage ich, bemüht, möglichst wenig von meiner Gewißheit durchscheinen zu lassen, die bei der Nennung dieses Namens sowieso ins Wanken geraten ist.

»Unsigniert?« fragt sie höflich.

»Ja, aber das sind viele.«

Jetzt fange ich schon an, mich zu rechtfertigen. Das Gespräch ist entgleist, noch ehe es recht in Gang gekommen ist. Meine Vorstellung, soweit ich mich erinnern kann, eine Vorstellung gehabt zu haben, war die: ich wollte einfach beschreiben, was ich gesehen habe, und dann abwarten, ob Kate die gleichen Schlußfolgerungen ziehen würde wie ich. Zu spät jetzt, und außerdem erinnere ich mich wieder an Max Friedländer, der vor dem nutzlosen Unterfangen warnt, Gemälde in allen Einzelheiten beschreiben zu wollen. Er fordert »äußerste Wortsparsamkeit« und empfiehlt, sich auf »unsystematisch gereihte aphoristische Bemerkungen« zu beschränken. Der Schimmer auf den Blättern, die schneebedeckten Gipfel, die großen Diagonalen, die aufstampfenden Füße im Schlamm – all diese Details schießen mir durch den Kopf und werden sofort meinem Streben nach Sparsamkeit des sprachlichen Ausdrucks geopfert. Wie kann ich alles zu einem unsystematischen Aphorismus verdichten?

»Es ist der Frühling«, sage ich. Ja, nicht schlecht, ausgezeichnet sogar, ich habe es in einem Satz geschafft. Wieviel aphoristischer kann man noch werden? In einem einzigen Wort: Frühling.

Ob dieses Wort für sie auch so viel bedeutet, weiß ich nicht. Sie läßt nichts von der freudigen Erregung erkennen, die mich beim Anblick des Bildes durchfuhr. Ist auch nicht überrascht. Aber ich nehme doch an, daß sie sich an meine Fragen zur Ikonographie erinnert.

Sie holt einen frischen Strampelanzug für Tilda. »Du meinst einen der Monate?« fragt sie, und natürlich geht bei mir sofort die Post ab. Das ist mein Stichwort, und ich fühle mich wie ein Vertreter, dessen unentschlossene Kundin so dumm ist, höfliches Interesse zu zeigen.

»Es sind eben keine Monate!« sage ich, so wie der Vertreter sagen würde: Ich bitte Sie, das sind keine Bürsten, sondern umweltfreundliche, energiesparende Reinigungswerkzeuge. »Sondern Jahreszeiten!«

»Ich dachte, es existieren nur fünf …« sagt sie und pult Tildas Ärmchen aus dem alten Anzug.

Ich bin sofort hellwach, meine innere Gewißheit ist wieder ganz da. Es ist sonnenklar, daß sie nichts über die Bilderfolge weiß. Im Gegensatz zu mir. Sie bewegt sich nicht auf heimischem Terrain. Sondern auf meinem. Mit ruhiger Stimme erzähle ich ihr vom Stand der Forschung: die unbezahlten Steuern, das fehlende »und«, das falsche »mit«, die alte Einteilung des Jahres, der frühe Frühling und der späte Frühling. Besonders hebe ich natürlich ihren Beitrag zur ikonographischen Analyse hervor. Ihre Hände bewegen sich nicht mehr. Tilda liegt halb angezogen da. Kate starrt mich an.

»Und du glaubst wirklich …?« fragt sie zögernd.

»Nein«, sage ich, »ich glaube es nicht. Ich weiß es.«

Sie wendet sich wieder Tilda zu.

»Aber vorhin hast du doch gesagt …«

»Daß es denkbar ist«, pflichte ich ihr bei. Und staunend erinnere ich mich an diese Gesprächsphase, die wir schon lange hinter uns gelassen haben. »Stimmt. Das war gelogen. Ich wollte es dir behutsam beibringen. Ich habe gesagt: ›Ich glaube, deine Großtante ist krank geworden‹, wo ich eigentlich sagen wollte, daß sie gestorben ist.«

Wieder eine Pause. Wieder ist Tilda dran.

»Daß ein verschollener Bruegel auftaucht, ist ja nicht völlig abwegig«, erkläre ich. »Nicht einmal ganz unwahrscheinlich. Die *Flucht nach Ägypten* wurde erst 1948 entdeckt, und *Christus und die Ehebrecherin*, ein besonders wichtiges Werk, erst in den fünfziger Jahren. Die *Drei Soldaten* in den Sechzigern.«

Doch meine neu erworbenen Bruegel-Kenntnisse interessieren sie auch nicht mehr als das, was ich seinerzeit über den Meister des gestickten Laubs herausgefunden habe.

»Was hat Tony Churt denn dazu gesagt?« fragt sie.

Ich merke, daß ich noch viel zu erklären habe.

»Tony Churt habe ich nichts gesagt«, antworte ich ganz unaufgeregt, »weil das ja quasi strafbar wäre. Doch, im Ernst! Anstiftung zu einer strafbaren Handlung! Es wäre so, als würde ich einem Bankräuber den Schlüssel zu einer Bank in die Hand drücken. Man würde das Bild nie mehr zu sehen bekommen! Es würde in null Komma nichts aus dem Land geschafft und im Safe irgendeines Millionärs landen!«

Tilda wendet den Kopf zur Seite und beobachtet mich mit großem Ernst und offenem Mund. *Sie* versteht mich. *Sie* sieht die Gefahren.

»Und was willst du jetzt machen?« fragt Kate.

»Es kaufen.«

Kate hat sich im Stehen mit Tilda beschäftigt. Jetzt hält sie inne und setzt sich. »Martin!« sagt sie.

»Um Tony Churt brauchst du dir keine Sorgen zu machen!« beruhige ich sie. »Ich will doch nicht reich werden. Ich will nur dafür sorgen, daß das Bild irgendwo hinkommt, wo es alle sehen können. Ich tue es, weil ich das Bild wie durch ein Wunder entdeckt habe und weil es eine Gelegenheit ist, die nicht jeder bekommt und die ich wohl nie wieder erleben werde, nämlich etwas wirklich Sinnvolles zu tun, bevor ich sterbe. Dieses Bild fleht mich geradezu an. Sollte ich dabei ein wenig Geld verdienen, werde ich es natürlich annehmen. Für uns beide. Und jeder, auch Tony Churt, wird seinen rechtmäßigen Anteil bekommen.«

Tilda lächelt auf einmal. Ich glaube nicht, daß sie jede Nuance dieses erstaunlich gelungenen Vortrags verstanden hat, aber sie spürt und billigt die Leidenschaft, die mich antreibt. Kate wirkt jedoch eher skeptisch, und ich habe mich geirrt. Sie beschäftigt nicht die Frage, ob Tony Churt möglicherweise Unrecht getan wird.

»Wieviel wird es kosten?« fragt sie.

Ich kalkuliere schnell. Aber nicht, was ich ihr antworten, sondern wieviel von meinem reichlich komplizierten Plan ich schon jetzt preisgeben soll. Ich ahne, daß es nicht der Zeitpunkt ist, ausführliche Erklärungen abzugeben oder die närrisch großzügige Geste gegenüber Tony Churt zu erwähnen. Zuerst muß ich zusehen, daß sie meine Überlegung grundsätzlich akzeptiert.

»Ich schätze, ein Vrancx-Schüler dürfte so etwa zweitausend Pfund wert sein«, sage ich. Wieder eine gute falsche Tatsachenbehauptung für meinen Logikkurs, falls sich mein Projekt wider Erwarten zerschlagen sollte.

Aber die Behauptung ist offensichtlich nicht falsch genug. Kate ist erschrocken. »Zweitausend Pfund?« sagt sie. Ich hatte recht, es ist besser, die Auswirkungen meines Projekts erst später zu erwähnen.

»Etwa«, sage ich leichthin und lächle Tilda zu, die sich darüber freut, daß der Investitionsaufwand so bescheiden ist.

»Wo willst du zweitausend Pfund hernehmen?« fragt Kate mit ungewohnter Schärfe. »Wir haben keine zweitausend Pfund.«

»Überziehungskredit«, erwidere ich. »Ich werde der Bank erklären, daß wir einiges am Haus renovieren müssen. Sagen wir, eine neue Sickergrube.«

Ich will Tilda in den Arm nehmen, doch Kate steht wortlos auf und bringt sie hoch in ihr Bettchen.

Und nun, da Tilda mich nicht mehr ermutigen kann, beschleichen mich leise Zweifel. Ich hatte das Gefühl, daß Kate und ich relativ normal miteinander gesprochen haben, doch im nachhinein zeigt sich, daß unser Gespräch völlig einseitig verlaufen ist. Tatsächlich war es genauso katastrophal, wie ich befürchtet hatte. Kate akzeptiert meine Identifizierung nicht, das ist das eigentliche Problem. Sonst hätte sie doch nichts dagegen, wenn ich ein paar Pfund investiere, bei der Aussicht. Lasse ich mich dadurch beirren? Kein bißchen. Ich habe das Bild gesehen. Sie nicht.

Aber natürlich stimmt mich das Ganze furchtbar traurig. Früher gefiel ihr meine unerschrockene, spontane Art. Gewiß, meine plötzliche Begeisterung für den Nominalismus hat sie irritiert, mehr noch meine kleine Affäre mit dem Meister des gestickten Laubs. Aber auf dem Lufthansa-Flug war sie doch sehr angetan, nicht nur von der Spontaneität, mit der ich ihr bei der verspritzten Tinte half, sondern auch von der Schnelligkeit, mit der ich meine ganze Lebensplanung umwarf und der ihren anpaßte. Sie war unterwegs zu Klöstern, um dort Manuskripte einzusehen, doch was ich mir vorgenommen hatte, war nicht weniger wichtig. Ich wollte Neuschwanstein besichtigen, Material für ein Buch über Nietzsche und die Spätromantiker zusammentragen – mein erster Versuch, mich aus dem Korsett der akademischen Philosophie zu befreien. Sie hätte die Klöster aufgeben und mich nach Neuschwanstein begleiten können. Doch das tat sie nicht, die Möglichkeit wurde nicht einmal in Betracht gezogen. Ich habe Neuschwanstein aufgegeben und bin mit ihr zu den Klöstern gefahren. Sie lächelte skeptisch, als ich ihr während des Landeanflugs von meinen geänderten Plänen erzählte, und fand das alles kindisch. Sie lächelte dann etwas weniger skeptisch, und als das Flugzeug den Terminal erreicht hatte, war sie mehr oder weniger einverstanden. So habe ich übrigens zum erstenmal die süddeutschen Gemälde und die der Donauschule gesehen, die mich vom neunzehnten zurück ins fünfzehnte Jahrhundert geführt haben, und von Bayern in die Niederlande, bis zu meiner Apotheose im späten Frühjahr 1565, in einem prächtigen Tal vor den schneebedeckten flämischen Alpen. So paßte alles zusammen.

Unsere Ehe – das war noch so ein spontaner Einfall von mir, der sich als ziemlich gelungen herausstellte.

Die Schlafzimmertür wird leise geschlossen, Kate kommt vorsichtig die Treppe herunter.

»Versprich mir nur eines«, sagt sie einlenkend – und natürlich bin ich sofort bereit, ihr alles zuzugestehen. Fast alles. »Laß es von jemandem begutachten.«

Das ist so idiotisch, so abwegig, so völlig unvereinbar mit dem Tenor der heiklen Verhandlungen, die ich führe, daß ich jeden Gedanken an irgendwelche Zugeständnisse sofort beiseite schiebe.

»Und von wem?« frage ich vernünftigerweise.

»Von jemandem, der was von Bruegel versteht.«

Sie will, daß ich das Bild als den verschollenen Bruegel identifizieren lasse – und es dann für zweitausend Pfund kaufe? Was tun sie eigentlich den ganzen Tag im Hamlish? Wovon träumen sie in der Abteilung für Kirchengeschichte? Kates eigenwillige, träumerische

Art, sich nicht um weltliche Dinge und Werte zu kümmern, war mir schon immer sympathisch. Sie steht ihr in das schöne Gesicht geschrieben. Aber das hier ist noch absurder als mein imaginäres Vertrauen in Tony Churts Anständigkeit. Und was ist plötzlich mit ihrem überirdischen Desinteresse an Gelddingen passiert? Und was meint sie damit – jemand, der etwas über Bruegel weiß? Ich bin jemand, der etwas über Bruegel weiß! Ich weiß schon jetzt fast alles, was es zu wissen gibt. Bald werde ich Dinge wissen, von denen andere Bruegel-Kenner nicht einmal ahnen, daß es sie überhaupt gibt.

Doch ich sage nur: »Ich versichere dir, ich werde nichts unternehmen, wenn auch nur der leiseste Zweifel besteht.«

»Bei wem?«

Bei mir natürlich. Aber ich sage nichts. Soll sie zur Abwechslung reden. Ich werde mir ihre Schweigemethode zu eigen machen.

Sie versucht es anders. »Was hast du denn dagegen, daß es ins Ausland kommt? Du hast dich nie daran gestört, daß die anderen Bilder in Wien und sonstwo sind. Wenn es wirklich aus der Serie stammt, sollte es vermutlich bei den anderen hängen.«

Das kann ich nicht schweigend hinnehmen. »Es kommt nicht nach Wien! Nicht in das Kunsthistorische Museum! Jedenfalls nicht, wenn es von einem zweifelhaften belgischen Geschäftsmann gekauft wird.«

»Warum sollte es von einem zweifelhaften belgischen Geschäftsmann gekauft werden?«

Ich kehre wieder zu meiner ursprünglichen Politik zurück. Hat ein kleines Mißverständnis gegeben. Der mysteriöse Belgier soll ja erst in einem späteren Kapitel auftauchen. In einem Kapitel, das aufzuschlagen jetzt sicher nicht der richtige Moment ist. Aber Kate hat bereits eine andere Witterung aufgenommen.

»Was ist, wenn Tony Churt dich fragt?«

»Mich was fragt?«

»Ob es ein Bruegel ist.«

»Er wird mich nicht fragen. Warum sollte er? Wahrscheinlich hat er noch nie von Bruegel gehört.«

»Aber falls doch? Wenn er fragt: ›Ist das ein Bruegel?‹«

»Dann sage ich ihm die Wahrheit.«

»Daß es ein Bruegel ist?«

Ich schweige wieder. Ich *könnte* sagen, daß es arglistige Täuschung ist, wenn sie so tut, als wäre es ein Bruegel, obwohl sie es selber nicht glaubt. Doch dann würde sie erwidern, daß es nicht darum geht, was *sie* denkt, et cetera et cetera. Worauf ich antworten müßte, daß die objektive Wahrheit einer Aussage logischerweise nicht davon abhängt, was ich glaube oder was sie glaubt ... et cetera et cetera. Einigermaßen deprimiert stelle ich plötzlich fest, daß wir genau die Sorte Unterhaltung führen, wie sie andere Paare führen, Unterhaltungen, bei denen man sich ständig im Kreis dreht und sich in einen völlig absurden Wettstreit begibt. Allmählich verwandeln wir uns in Tony und Laura.

»Was wirst du ihm sagen?« hakt sie nach.

»Weiß ich nicht.«

»Du hast doch gesagt, daß du es weißt.«

Ich hätte ihr nicht einmal dieses simple Stichwort liefern sollen, denn nun werde ich ein kleines Seminar darüber halten müssen, was Wissen im streng erkenntnistheoretischen Sinn eigentlich ist, an dessen Kriterien ich mich natürlich orientieren würde, wenn meine fachliche Meinung gefragt würde. Woraufhin Kate antworten wird ... ach, was soll's. Wie haben wir es nur geschafft, sechs Jahre lang um solche Diskussionen herumzukommen? Weil wir unsere Auseinandersetzungen immer wortlos geführt haben. Kate zumindest. Ich wußte immer, was sie denkt, aber da sie ihre Einwände nie laut geäußert hat, hatte ich weder die Gelegenheit noch einen Vorwand, ein Gegenargument vorzubringen. Es ist ihre plötzliche Abkehr von dieser Methode, dieser komplette Umschwung, der uns dieses Durcheinander beschert hat.

»Martin«, sagt sie ruhig, »paß auf. Dieses Bild ist kein Bruegel. Ich weiß, wie sehr du dir das wünschst. Aber es ist kein Bruegel, tut mir leid. Ganz bestimmt nicht.«

»Du hast es nicht gesehen.«

»Martin, bitte! Ich weiß es. Bitte hör mir zu. Es ist kein Bruegel, Martin! Wirklich. Glaub mir! Ich schwör's. Wie kannst du nur so naiv sein!«

Ich muß gestehen, es ist irritierend zu sehen, wie ein so ruhiger und vernunftbetonter Mensch wie Kate sich plötzlich von blinder Panik packen läßt. Ich spüre, wie sich ihre Angst wie ein Virus in mir ausbreitet. Doch ich wehre mich. Ruhig wiederhole ich mein unschlagbares Argument: »Du hast es nicht gesehen. Ich schon.«

Ich bin so isoliert wie der Saulus in der großen Wiener *Bekehrung*. Ich liege neben der Straße nach Damaskus, niedergestreckt und geblendet von dem dünnen himmlischen Laserstrahl, der mich getroffen hat, mich ganz allein. An mir vorbei strömen die bewaffneten Scharen, hinauf in die Berge. Dieser Menschenstrom, das sind Kate und der Rest der Menschheit, die sich in ihren gewohnten Bahnen bewegen. Ich bin die kleine, unbemerkte Anomalie, der daniederliegende Betrunkene, der zusammengebrochene Landstreicher, die kleine Störung am Rand des Gesichtsfelds. Aber niemand von ihnen weiß, daß ich als Paulus wiederaufstehen werde und mein peinliches kleines Mißgeschick die Welt verändern wird.

Tilda weint. Ich laufe schon die Treppe hinauf, bevor Kate sich rühren kann. Tilda ist der einzige Mensch, der zu mir hält, und gerade jetzt brauche ich einen gewissen Halt. Ich nehme sie hoch und gehe mit ihr auf und ab, wiege sie sanft in meinen Armen, bis sie sich wieder beruhigt. Es wäre besser gewesen, sie in ihrem Körbchen hin und her zu schaukeln, denn sie wird wahrscheinlich aufwachen, wenn ich sie wieder hinlege. Doch ich halte sie so gern und betrachte so gern ihr Gesicht, besonders jetzt, aber so real und konkret und präsent untergräbt sie eher mein Selbstvertrauen, als daß sie es stärkt. Was da warm und atmend in meinen Armen liegt, ist nicht mein Bild. Mein Bild ist woanders. Ich habe es nur einmal gesehen, und selbst die Erinnerung an diesen Moment wird immer schwächer. Abermals verläßt mich der Mut, denn plötzlich wird mir klar, wie das schlimmste Szenario aussehen könnte.

Folgendermaßen: Ich habe mir, trotz Kates massiver Bedenken, vielleicht sogar ohne ihr Wissen, sechsundzwanzigtausend Pfund geborgt. Nach einem angemessenen Zeitraum zeige ich das Bild einem Fachmann. Er wirft einen Blick darauf... und schweigt. Er untersucht es lange und sagt schließlich: »Sie hatten wahrscheinlich gehofft, daß es ein echter Vrancx ist, aber es ist leider nur etwas in seinem Stil...« Ich verkaufe das Bild einem Händler und bekomme zweitausend Pfund dafür. Jetzt muß ich also zu Kate gehen und ihr alles erklären. »Ich habe mir sechsundzwanzigtausend Pfund geliehen und über zwanzigtausend davon verloren, ohne daß die geringste Hoffnung besteht, jemals einen Penny davon wiederzusehen...«

Ohne die geringste Hoffnung auch, dieses Darlehen zurückzahlen zu können. Und wer immer mir das Geld geliehen hat – ob nun die Bank, die schon darauf wartet, die zweite Hypothekenforderung geltend zu machen, oder ein Kredithai, der im Branchentelefonbuch stand und noch entschlossener ist, mit Hunden und Haftbefehl hier aufzukreuzen –, der eigentliche Verlierer bei diesem Deal liegt hier in meinen Armen. Ich werde die Zukunft unserer Tochter aufs Spiel setzen.

Ich bin nicht Saulus, sondern der Brüsseler Ikarus, der der Sonne zu nahe gekommen und, unbemerkt von der Welt wie Saulus, ins Wasser gestürzt ist, aber nicht etwa, um sich in voller Pracht zu erheben – sondern um schimpflich für immer in den Wogen unterzugehen.

Unendlich behutsam lege ich mein verpfändetes Kind wieder in das Bettchen und schleiche mich aus dem Zimmer. Ich werde hinunter in die Küche gehen und mich neben Kate an den Tisch setzen und ihre Hand nehmen und sie küssen. Ich werde bekennen, daß ich mich blöd verhalten habe, und sie um Verzeihung bitten. Dann werde ich ihr alles erzählen – den ganzen Plan, rückhaltlos. Wenn sie meine Zerknirschung sieht und erkennt, wie wichtig mir die Sache war, so daß ich überhaupt auf den Gedanken kam, etwas hinter ihrem Rücken zu tun, vielleicht wird sie mir plötzlich ihr ganzes Vertrauen schenken und mich einfach machen lassen. Wir werden diese Sache gemeinsam durchziehen, so wie wir alles gemeinsam gemacht haben, seit wir uns kennen. Vielleicht wird sie mich trotzdem liebevoll darauf hinweisen, daß sie es für falsch hält. In dem Fall werde ich mich ihrem Urteil beugen. Ich werde unverzüglich an Caryl Hind schreiben, meinen Freund in der National Gallery, den ich unter glücklicheren Umständen gebeten hätte, das Bild zu identifizieren, und ihn übers Wochenende zu uns einladen. Wir werden mit ihm einen Nachbarn von uns besuchen. So wird zumindest die National Gallery zuerst von der Sache erfahren.

Doch Kate sitzt am Tisch und arbeitet, und ehe ich mich neben sie setzen, geschweige denn ihre Hand nehmen kann, blickt sie auf und sagt mit säuerlicher, untypischer Ironie in der Stimme: »Und wieviel willst du Tony Churt geben?«

Ich bin dermaßen verdutzt über ihren Tonfall, wo ich doch so viel arglose Zärtlichkeit im Herzen hegte, daß ich überhaupt nicht weiß, wovon sie redet. Ich runzele fragend die Stirn. Sie preßt die Lippen aufeinander. Ich merke sofort, daß sie das Stirnrunzeln falsch gedeutet hat. Und schon geht es wieder los.

»Du hast gesagt, du wolltest ihm einen fairen Anteil an deinem Gewinn abtreten«, erklärt sie. Geht es ihr wirklich darum? Wenn ja, dann gibt es eine ganz simple Antwort, die mir auch schon einfällt, bevor ich den Mund aufmache.

»Ich werde ihm fünfeinhalb Prozent geben.« Wie ich gehofft hatte, kann sie mit dieser grotesken Formel nichts anfangen. Jetzt ist sie es, die die Stirn runzelt.

»So viel will *er* mir nämlich geben.« Das versteht sie ebensowenig. Im selben Moment verstehe ich es auch nicht mehr. Fünfeinhalb Prozent für den *Käufer*? »Vom Erlös. Vom Erlös des Giordano.«

Zu spät fällt mir ein, daß dies zu den Dingen gehört, die ich ihr noch nicht erklärt habe. Sie will mich ansehen, schafft es aber nicht. Sie will ihre Arbeit ansehen, schafft es aber nicht. Oben ist Tilda zu hören, die sich leise bemerkbar macht. Ich stehe auf, um nachzuschauen. »Warte«, sagt Kate ruhig. Ich setze mich wieder, bin furchtbar geduldig. Was ist los mit uns? So schlimm war es noch nie.

»Martin, was geht hier vor? Du verkaufst den Giordano? Wie? Was soll das heißen? Warum hast du mir nichts davon gesagt? Was hast du sonst noch vereinbart?«

Ich bleibe ganz ruhig. Plötzlich kommt mir das ganze Szenario, das eben noch so verworren und riskant schien, ganz simpel und logisch und verständlich vor.

»Ich bekomme beide Bilder. Ich verkaufe den Giordano. Das andere behalte ich. Er muß nur fünfeinhalb Prozent zahlen statt zehn, also sind wir beide zufrieden. Ich wollte es dir erzählen, aber ich dachte, du glaubst nur, ich wollte mich vor dem Buch drücken.«

Diese Erklärung ist so überzeugend, daß ich für einen Moment gar nicht weiß, warum ich überhaupt Geld auftreiben muß. Das Geschäft finanziert sich quasi selbst – das, was ich am Giordano verdiene, reicht fast schon für das andere Bild! Ich stehe wieder auf, um hinaufzugehen, denn Tildas Gequengel wird jeden Moment in lautes Geheul übergehen.

»Halt, warte. Was ist mit den anderen beiden Bildern, die wir gesehen haben? Sollst du sie ebenfalls für ihn verkaufen?«

»Wir haben darüber gesprochen.«

»Also doch.«

»Was also doch?«

»Du wirst sie also doch verkaufen.«

Absurd, über solche Belanglosigkeiten zu reden, wenn Tilda weint. Ich schaue zur Treppe, möchte oben sein und mein Kind trösten.

»Ja oder nein?« will Kate wissen.

»In einem solchen Ton können wir nicht darüber diskutieren.«

»Verkaufst du die anderen beiden Bilder?«

»Mal sehen. Vielleicht.«

Tilda schreit immer lauter. Kate registriert es genauso deutlich wie ich.

»Wie willst du das anstellen?« sagt Kate. »Wem willst du sie verkaufen? Du kennst niemanden!«

Ich bin versucht, ihr zu erklären, daß ich einen reichen und publicityscheuen Belgier kenne, der praktisch jeden geforderten Betrag zahlen wird. Daß er Belgier ist – dieser Umstand, der auf Tony Churt so großen Eindruck gemacht hat –, ist mir jetzt aber so peinlich, daß mir die Worte nicht über die Lippen kommen. Sogar der Belgier ist ein wenig blaß und geisterhaft geworden. Ich schweige, wende bloß den Kopf zur Treppe, in die Richtung, aus der mit immer dringlicheren Lauten unsere Anwesenheit gefordert wird.

»Soll das heißen, daß du sie einem Händler anbieten willst?« fragt Kate. »Aber dann mußt du ihm zehn Prozent geben. Erzähl mir doch nicht, daß du was dabei verdienst! Von wegen! Und du weißt es ganz genau! Er trickst dich aus. Für ihn ist es einfach eine Möglichkeit, die Bilder loszuwerden, ohne dem Händler die volle Kommission bezahlen zu müssen. Martin, wieviel wird das alles kosten? Doch nicht nur zweitausend Pfund, ich bitte dich! Wieviel, Martin? Wieviel wird es kosten?«

Ich hätte es ihr sofort sagen sollen. Das wird mir jetzt klar. Ich bin völlig falsch herangegangen. Ich rechne es noch einmal durch. Diesmal muß meine Schätzung so genau wie möglich sein. Also. Zehntausend für den Giordano, jeweils zweitausend für die Schlittschuhläufer und die Reiter – macht zusammen vierzehntausend. Davon muß ich viereinhalb Prozent auftreiben. Gottchen, das sind nicht einmal siebenhundert Pfund! Dazu kommen die zwanzigtausend für mein eigenes Bild, aber das werde ich fürs erste mit zweitausend veranschlagen, denn wenn es Kate auf diese Weise leichter fällt, mein Vorhaben zu akzeptieren, kann ich die absurde Zugabe immer noch streichen.

»Kate«, sage ich, »wir sprechen über einen gesamten Investitionsaufwand von nicht einmal dreitausend Pfund! Ein neues Sofa würde mehr kosten! Ich habe dir gesagt, es geht mir nicht um das Geld – und ich denke, du kennst mich gut genug, daß du mir das abnehmen kannst –, aber ist dir klar, was heutzutage eine Bruegel-Kopie bringt? Eine Kopie wohlgemerkt?«

Doch sie hört nicht zu. Sie ist schon auf der Treppe. Sie denkt nur an Tilda und den bevorstehenden Zusammenbruch der Welt, in die wir sie gesetzt haben. »Dir scheint nicht klar zu sein«, sagt sie, und ihre ganze unerschütterliche Gelassenheit hat sich in helle Aufregung verwandelt, »daß alles anders geworden ist, seit wir Tilda haben. Wir können nicht einfach so weitermachen, wie es uns paßt. Wir müssen an sie denken. Wir müssen an die Zukunft denken!«

Sie verschwindet nach oben. Mit »wir« meint sie natürlich mich. Ich kann nicht so weitermachen, wie es mir paßt. Sie tut so, als würde ich die ganze Zeit trinken und mich dem Glücksspiel hingeben, aber eigentlich will sie sagen, daß sie meine mühsamen Versuche, einen Platz im Leben zu finden, nicht mehr erträgt. Noch eine schreiende Ungerechtigkeit. Ich bin erschüttert. Wie durch ein Wunder habe ich endlich einen Ausweg aus dem Labyrinth gefunden, und nun will sie ihn mir verbauen. Und alles um den Preis eines Sofas! Ich bin viel zu wütend, als daß ich ruhig dasitzen könnte. Ich laufe auf und ab, kann nicht glauben, daß sie so unfair, so kleinmütig ist.

So schlimm war es noch nie zwischen uns. Die erste richtige Krise, und wir haben versagt.

Tilda beruhigt sich allmählich, bis man von oben nur noch das Knarren der Dielen hört. Kate geht im Zimmer auf und ab, als wollte sie mich parodieren. Sie trägt Tilda in den Armen, widmet sich ihr so hingebungsvoll, wie ich mich hier unten meinem Kummer hingebe. Die Tatsache, daß sie in diesem Moment unser lebendiges, atmendes Kind halten kann, während mir nur die schmerzende Ungerechtigkeit bleibt, ist selbst eine Ungerechtigkeit, als wäre ich der Parodist und nicht sie. Ich bleibe stehen, starre aus dem dreckigen Fenster auf die drei Schlafanzüge, die an der Leine hängen. Kurz darauf bleibt Kate ebenfalls stehen. Selbst in getrennten Zimmern sind wir in ein absurdes Kampfritual verstrickt.

Es ist jetzt ganz still im Haus. So wie Tilda langsam einschläft, schläft auch mein Zorn ein, wird zu Traurigkeit. Ich denke an die Lufthansa und an die ersten Tage in München. Ich sehe nicht Tildas Sachen, sondern das kleine Straßencafé im Schatten der Frauenkirche, wo Kate und ich an einem schwülen Abend Schorle tranken und sie mich anlächelte. Sie lächelte immerfort, und alles schien so leicht. Und wenn ich an dieses Lächeln denke und mich an diese Unbeschwertheit erinnere, dann weiß ich, daß uns etwas unendlich Kostbares und Schönes für immer abhanden gekommen ist.

Es ist nach wie vor still. Aber Kate kommt nicht herunter. Ich müßte hochgehen, bin aber zu traurig dafür. Ich setze mich an den Tisch und starre zum Fenster hinaus. Kate sitzt oben auf dem Bett. Sie ist jetzt bestimmt genauso traurig wie ich, zu traurig, als daß sie herunterkommen würde. Mir scheint, daß alles aus ist. Ich denke nicht mehr an das Bild. Mich beschäftigt nur noch, wie es weitergehen soll. Was wird aus Tilda? Und was wird aus dem Mittagessen?

Ich schaue auf meine Uhr. Nicht zu fassen, es ist tatsächlich schon sehr spät. Lustlos wärme ich etwas Suppe auf, ohne ein Stück Brot dazu abzuschneiden. Während ich zusehe, wie die dicke braune Flüssigkeit zu blubbern beginnt, höre ich Schritte hinter mir auf der Treppe. Es ist Kate, die den ersten Schritt machen mußte, um uns aus der Sackgasse herauszuholen. Natürlich! Wieso habe ich nicht wenigstens das geschafft? Ich bringe es nicht einmal fertig, mich umzudrehen, ihr ins Gesicht zu sehen.

»Tut mir leid«, sagt sie ganz leise. Ihrer Stimme merke ich an, daß sie geweint hat.

»Mir tut es auch leid«, plappere ich ihr nach. »Magst du einen Teller Suppe?«

Immerhin habe ich diese kleine Geste geschafft. Doch ich höre keine Antwort. Weint sie wieder? Schließlich drehe ich mich um. Kate sitzt am Tisch, mit einem zerknüllten Taschentuch in den Händen, aber sie weint nicht.

»Ich habe etwas Geld, das mein Vater mir mal geschenkt hat«, sagt sie. »Ich weiß nicht, wieviel noch übrig ist. Aber wahrscheinlich reicht es. Ich werde es auf unser gemeinsames Konto einzahlen.«

Es dauert einen Moment, bis ich begreife, was sie da gesagt hat, und noch einen Moment, bis mich der Schock über unsere wechselseitige Kapitulation voll erwischt. Dann gehe ich zu ihr, knie vor ihr hin, lege die Arme um sie und vergrabe den Kopf in ihrer Wärme. Sie ist ein Schatz, dessen unerschöpfliche Herzensgüte und Liebe mich immer wieder überrascht. Sie hat noch nie von diesem Geld gesprochen – wahrscheinlich, sage ich mir, weil sie es für eine gute Tat gedacht hat, vielleicht sogar für mich. Noch wahrscheinlicher, daß sie in ihrer süßen Weltfremdheit das Geld ganz vergessen hatte.

Ich hebe den Kopf und schaue hoch zu ihr. Sie lächelt mich an.

»Liebste«, sage ich mit erstickter Stimme, »du bist viel zu gut für mich … ich bin so gerührt … ich kann dir gar nicht sagen … aber natürlich kann ich es nicht annehmen …«

»Warum hast du mir nicht schon früher was gesagt? Ich verstehe das einfach nicht.«

Ich auch nicht, jetzt, wo sie mich so direkt fragt. Ich denke zurück, über all die gestaffelten Ebenen aus Schweigen und Mißtrauen hinweg, bis zu dem Zeitpunkt, wo alles anfing. Warum habe ich ihr nichts gesagt? Weil … weil ich wußte, daß sie mir nicht glauben würde. Und ich hatte recht. Sie hat mir ja nicht geglaubt. Sie glaubt mir noch immer nicht. Nicht, daß es jetzt darauf ankommt. Um kein Bild auf der Welt möchte ich das hier verlieren.

»Weil ich ein Idiot bin«, sage ich.

»Ich habe es für Notfälle aufgehoben«, sagt sie.

»Gut. Behalte es. Ich könnte es nicht annehmen, Liebste. Nie und nimmer. Und wenn es meine letzte Rettung wäre.«

Sie streicht mir über den Kopf. Alles ist wieder, wie es einmal war. Wir haben unsere erste große Krise durchlebt und sind uns, trotz meiner Unaufrichtigkeit, noch näher gekommen, ausschließlich durch Kates Großzügigkeit.

»Die Suppe brennt an«, sagt Kate leise.

Meinetwegen. Ich halte meine Liebste fest. Ich brenne auch.

4

Ferner Donner

*F*olgendes ist also grundsätzlich klar:

Ich werde kein Geld in mein grandioses Projekt stecken, solange ich nicht beweisen kann, konkret beweisen kann, daß meine *Pretmakers* das sind, wofür ich sie halte. Kate sagt, daß ich sie nicht konsultieren muß, will es auch gar nicht. Sie akzeptiert mein Urteil. Aber natürlich kann ich nicht erwarten, daß sie meinen ersten, spontanen Eindruck akzeptiert, ohne das Bild selber gesehen zu haben, oder mein Gefühl, daß die ikonographischen Besonderheiten eher für meine Theorie sprechen als dagegen. Worüber wir uns stillschweigend einig sind und worüber ich mit mir selbst ausdrücklich einig bin, ist, daß ich imstande sein muß, ihr meine Argumente schlüssig vorzutragen.

Wir haben alle drei ein schönes Wochenende miteinander verbracht. Über mein Vorhaben haben wir nicht geredet. Jedenfalls kaum. Ich habe nicht einmal daran gedacht. Jedenfalls nicht die ganze Zeit. Und Montag früh saß ich dann wieder im Zug nach London. Ich habe unsere Bank in Kentish Town angerufen und einen Termin mit dem Filialleiter vereinbart – wohlgemerkt mit Kates vollem Einverständnis, denn sie begreift, daß ich ihr Geld nicht annehmen kann, falls ich doch mit meinem Projekt weitermache, auch wenn sie es mir weiterhin anbietet. Während der Fahrt zum Bahnhof, wo wir uns dann mit einer neuen Zärtlichkeit küßten, die uns zurückversetzt in jene ersten lichtstrahlenden Monate unserer Ehe, machte sie mir den exzellenten Vorschlag, auf dem Weg nach Kentish Town im V & A vorbeizuschauen, um dort zu tun, was ich schon hätte tun sollen, als ich mich über die Preise für Bruegel informiert habe: nachsehen, was ein Giordano bringt – nur für den Fall, daß meine Schätzungen allzu verwegen sind. Ein guter, praktischer Vorschlag. Wie schön, daß wir diese Sache gemeinsam angehen. Auch wenn sie es mir zuliebe tut und nicht, weil sie meiner Zuschreibung wirklich traut. Noch nicht.

Die Frage ist, wie ich objektive Anhaltspunkte finde. Wonach suche ich eigentlich?

Stilistische und technische Details? Kein besonders sinnvoller Ansatz. Ich kann doch nicht hergehen und darum bitten, mir das Bild noch einmal anschauen zu dürfen, und zwar so ausführlich, wie es notwendig wäre, ohne allzuviel Interesse erkennen zu lassen, und selbst dann habe ich nicht die Fachkenntnisse, um zu wissen, wonach ich eigentlich suchen muß.

Die Ikonographie? Das verspricht schon mehr, zumal ich mit Kates Hilfe rechnen kann. Aber reicht die Ikonographie, um Bruegel von seinen Schülern und Epigonen zu unterscheiden? Dazu braucht es wohl eher meine eigene Disziplin, die Ikonologie. Vielleicht könnte ich zeigen, daß eine Beziehung zwischen der Ikonographie des Bildes und Bruegels Denken und Weltanschauung besteht.

Sofort stellt sich die Frage: Wie sieht Bruegels Denken und Weltanschauung aus?

Während der Zugfahrt habe ich mir noch einmal meinen Bücherstapel vorgenommen, der gottlob nicht in mehreren Plastiktüten steckte, sondern in einer Tasche, die Kate sonst für Tildas Sachen nimmt. Diesmal fiel mir noch deutlicher auf, wie schwer Bruegel zu fassen ist. Nicht nur wegen der biographischen Details, sondern überhaupt. Jeder Kunsthistoriker deutet ihn anders.

Hier ist Grossmanns Palette der Möglichkeiten: »Den Menschen stellte man sich vor als Bauern oder als Städter, als gläubigen Katholiken oder als Libertiner, als Humanisten, als lachenden oder als pessimistischen Philosophen. Der Künstler war ein Bosch-Nachfolger und ein Wahrer der flämischen Tradition, der letzte der Primitiven, ein Manierist, der mit der Kunst Italiens verbunden war, ein Illustrator, ein Genremaler, ein Landschaftsmaler, ein Realist, ein Künstler, der bewußt die gesehene Wirklichkeit in Anpassung an sein Formideal umwandelte – um nur an einige Meinungen zu erinnern, die im Verlauf von 400 Jahren laut geworden sind.«

Oder Gibson, der davon spricht, auf welch unterschiedliche Weise Bruegels Darstellung der bäuerlichen Welt interpretiert wird – als »beschreibend, moralisierend, spöttisch, humorvoll, einfühlsam«.

Friedländer hebt den Humor hervor. Stechow bezeichnet all diese Deutungen als veraltet und präsentiert den »dunkleren« Bruegel, für den die Natur »der Bereich ist, in dem er sich von menschlicher Torheit, Ichbezogenheit und Heuchelei zu befreien sucht«. Tolnay dagegen betrachtet Bruegels Werke als »philosophische Kommentare über das Wesen und die notwendige Fortentwicklung des menschlichen Daseins«, findet aber ebenfalls, daß Bruegel das Leben als »Reich der Torheit« ansieht. In seinen späteren Jahren habe Bruegel versucht, die »rationale Herrschaft der Natur und die irrationale Herrschaft des Menschen miteinander zu verschmelzen«, seine Werke seien »stoische Betrachtung eines menschlichen Lebens, das den ewigen Gesetzen des Universums unterworfen ist«.

Für Friedländer sind Bruegels späte Werke »ohne Tendenz«. Auch Cuttler verwirft die moralisierende Ansicht »einiger moderner Forscher«, Bruegel habe vor allem die Pflicht des Menschen thematisiert, Torheit und Sündenhaftigkeit zu überwinden. Bruegel stelle den Menschen eben nicht als verrückt oder als Objekt von Kräften dar, deren Einfluß er hilflos ausgeliefert sei. Das menschliche Handeln, so Cuttler, drücke keine sinnlose Existenz aus, sondern sei eingebunden in eine größere Ordnung. Harbison vertritt eine ähnliche Ansicht. Vor allem in den Jahreszeiten werde deutlich, wie der Mensch auf die Vergänglichkeit der Welt und den Kreislauf der Natur reagiert.

Mit anderen Worten, Bruegel ist ein Gespenst, das von den Gelehrten ganz nach Belieben charakterisiert wird. Statt also zu versuchen, die Ikonographie auf die Person Bruegels zu beziehen, könnte ich sie auf das beziehen, was seinerzeit um ihn herum passiert ist. Wenn ich Bruegel schon nicht sehen kann, könnte ich ja versuchen, mich in den Mittelpunkt seiner Welt zu versetzen und herauszufinden, was er gesehen hat.

Das V & A muß also noch warten. Ich sitze wieder im Lesesaal der London Library, um mich über den historischen Hintergrund zu informieren. Durch meine Beschäftigung mit dem Nominalismus weiß ich etwas über die Niederlande im fünfzehnten und frühen sechzehnten Jahrhundert. Aber das späte sechzehnte Jahrhundert ist Terra incognita. Ich werde vom vertrauten Terrain ausgehen und mich allmählich voranarbeiten.

Bevor ich Kate überzeugen kann, muß ich selber überzeugt sein. Und jetzt mal ganz ehrlich. Wenn ich mich nicht überzeugen kann, wird das an meinen Gefühlen etwas ändern? Mitnichten. Aber angenommen, die objektiven Anhaltspunkte, die ich zutage fördere, sprechen gegen und nicht für meine Zuschreibung, angenommen, sie beweisen, daß das Bild *nicht* das ist, wofür ich es halte ... Das erinnert mich an solche absurden Testfragen wie: »Wenn dein Haus brennt, wen würdest du zuerst retten, Kate oder Tilda?« Aber nur mal angenommen? Würde ich das Bild selbst dann noch haben wollen? Natürlich! An dem Bild würde sich nichts ändern, selbst wenn sich herausstellte, daß Tony Churt es gemalt hat.

Würde ich es auch in diesem Fall unbedingt haben wollen? Ja.

Wirklich? Würde ich dafür all die finanziellen und moralischen Komplikationen des Deals in Kauf nehmen? Selbstverständlich. Es würde ja nur heißen, daß das Bild an sich wertvoll ist, und nicht, weil es uns etwas über Bruegel und seine Werke erzählt. Und daß es ein paar tausend Pfund wert ist und nicht ein paar Millionen. Nicht, daß es mir darum ginge. Obwohl, über die finanziellen Aspekte müßte man noch einmal gründlich nachdenken ...

Merkwürdig trotzdem, diese Selbstversicherungen! Erst einige ich mich mit mir auf einen Grundsatz, und jetzt bin ich dabei, mit mir selbst über meine Gefühle und Absichten zu diskutieren. Wer ist dieses Ich, dieses phantomhafte Gegenüber? (Frage ich mich.)

Mit wem spreche ich jetzt? Wer ist das gespenstische Publikum, dem ich mein langes Plädoyer vortrage? Wer ist der stumme Richter mit verhülltem Gesicht in dem Verfahren, das unter Ausschluß der Öffentlichkeit stattfindet ... Manchmal kommt mir seine Art, mir zuzuhören, bekannt vor. Es ist Kate! Es ist der liebe Gott! Es ist mein alter Geschichtslehrer! Nein, er kommt mir noch bekannter vor. Es ist ein Doppelgänger von mir, ein im Mutterleib verschollener Zwilling, eine alternative Version meiner selbst, die nicht ich geworden ist – was aber noch passieren kann, wenn er meine Argumente gehört hat.

Du, jawohl! Sitzt mit mir im Lesesaal, auf meinem Platz. Wer bist du? Du bist fast so schwer zu fassen wie Bruegel. Was weißt du bereits? Was muß ich dir alles erklären? Wie ausführlich muß ich sein?

Ziemlich ausführlich, glaube ich. Die Erfahrung zeigt, daß du gern voreilige Schlüsse ziehst. Es fällt dir schwer, einem langen Plädoyer zu folgen, wenn die Beweise nicht ganz pedantisch vorgetragen werden.

Also werde ich folgendermaßen verfahren. Ich werde dich behandeln, als wärst du einer meiner Studenten. Durchaus begabt, aber etwas unkonzentriert und wenig ausdauernd. Ich werde dir alles ganz genau erklären und dich mit plötzlichen Fragen überfallen, um zu sehen, ob du mir zuhörst.

Einverstanden?

Ich glaube ja, denn hier sitze ich und fange an.

Die Geschichte der Niederlande im sechzehnten Jahrhundert muß jedem, der sich heutzutage mit ihr beschäftigt, sonderbar vertraut vorkommen. Denn trotz aller Differenzen liest sie sich wie ein erster Entwurf der Geschichte Europas unter den Nazis oder derjenigen Osteuropas unter den Sowjets. Die imperiale Macht war Spanien, das in den Niederlanden – wie Deutschland und Rußland in den von ihnen besetzten Gebieten – eine Politik verfolgte, die auf wirtschaftlicher Ausbeutung und ideologischer Unterdrückung beruhte.

Die Unterwerfung der Niederlande mutet fast ironisch an, denn sie war nicht das Ergebnis von Schwäche und Niederlagen, sondern von Stärke und Erfolgen. Den Herrschern ging es zu gut.

Die Niederlande ... (Wie viele Provinzen gab es? Ich hab dir ja gesagt, daß ich dich gelegentlich mit einer Frage überfallen werde! Siebzehn. Richtig.) ... Die siebzehn Provinzen der Niederlande wurden gegen Ende des vierzehnten Jahrhunderts von den Herzögen von Burgund zu einer Nation zusammengeführt. Die Burgunder setzten weniger auf Krieg, sondern auf eine außerordentlich geschickt betriebene Heiratspolitik. Sie heirateten erst nach Flandern, dann in die benachbarten Provinzen. Die gigantischen Einkünfte aus dem Woll- und Tuchhandel, aus der Metallindustrie und dem großen Handelszentrum Brügge verhalfen ihnen zu ungeheurem Reichtum. Philipp der Gute, der dreiunddreißig Konkubinen hatte und die Regeln höfischer Etikette erfand, war der reichste Herrscher Europas, und im fünfzehnten Jahrhundert waren die Niederlande der neue Mittelpunkt der europäischen Malerei, das nördliche Zentrum der Renaissance.

Für die burgundischen Herzöge war es ein herber Verlust, als sie das burgundische Kernland an Frankreich abtreten mußten. Indem sie erneut mit großem Geschick ihre Heiratspolitik praktizierten, konnten sie jedoch ihre Machtposition wahren. Diesmal wurde nach Süden geheiratet, nach Spanien. Ihr Mann, der Sohn Philipps des Schönen, bestieg als Kaiser Karl V. den spanischen Thron. Das war ein genialer Coup – der zugleich den Untergang der Niederlande bedeutete. Karl gewöhnte sich allmählich an seine neue Welt und verlor den Kontakt zur alten. Der flämische König, der in Spanien mit Hilfe seiner verhaßten flämischen Berater herrschte, verwandelte sich allmählich in den spanischen König der Niederlande, der dort mit Hilfe seiner verhaßten spanischen Berater herrschte. Indem die Niederlande den spanischen Thron besetzten, wurden sie selbst unterworfen.

So begann die wirtschaftliche Ausbeutung und ideologische Unterdrückung. Das eine ging mit dem anderen einher. Karl V. richtete Spanien zugrunde, da er, um den katholischen Glauben, der von außen durch die Türken und im Innern durch die Reformation bedroht wurde, verteidigen zu können, bei deutschen Bankiers teure

Kredite aufnehmen mußte. Müde und hinfällig geworden, dankte er im Jahre 1555 ab, und sein riesiges Reich wurde geteilt: Über die österreichischen Erblande herrschte sein Bruder Ferdinand, über Spanien und Burgund sein Sohn und Nachfolger, Philipp II., der keine Kredite mehr bekam, nicht einmal gegen vierzig Prozent Zinsen. Alle Welt weiß, daß sein Reichtum auf den Edelmetallen der südamerikanischen Kolonien beruhte. Daß er viermal soviel aus den reichen niederländischen Provinzen bezog, wird oft übersehen.

Ich bin inzwischen schon weit über meine Zeit hinaus und folge der Geschichte, wie sie John Lothrop Motley in seinem Klassiker *Der Abfall der Niederlande und die Entstehung des holländischen Freistaats* schildert. Da Motley, ein amerikanischer Protestant, mit dem Kampf der Holländer gegen Katholizismus und Kolonialismus offen sympathisiert, greife ich außerdem zu Edward Griersons *The Fatal Inheritance* und anderen modernen, gemäßigteren Darstellungen – Rowen, Geyl, van Gelderen und Arnould und Massing. Welche Quelle man auch heranzieht, die Brutalität, mit der Karl den Protestantismus in den niederländischen Kolonien unterdrückte, ist beispiellos. 1521 führte er die päpstliche Inquisition ein, 1535 bekräftigte er sie mit einem kaiserlichen Edikt, wonach uneinsichtige Ketzer verbrannt, reuige Männer mit dem Schwert hingerichtet und reuige Frauen bei lebendigem Leibe begraben werden sollten, wenngleich nicht ganz klar ist, ob diese bizarre Form sexueller Diskriminierung als besondere Schikane oder als höfliche Geste gedacht war. Motley sieht in Karl keinen religiösen Fanatiker. »Es war die politische Ketzerei, die der Widersetzlichkeit der religiösen Reformer unter der Hülle ihrer Dogmen zugrunde lag, welche er bis auf den Tod zu bekämpfen entschlossen war. Er war ein zu gescheiter Politiker, um nicht den Zusammenhang zwischen dem Streben nach religiöser und nach politischer Freiheit zu erkennen.« Im Laufe seiner Herrschaft wurden noch weitere Edikte erlassen, und als Karl abdankte, waren, nach Motley, zwischen fünfzig- und hunderttausend Holländer verbrannt, erdrosselt, enthauptet oder lebendig begraben worden.

Das war das glückliche Land, in dem Bruegel die ersten fünfundzwanzig, dreißig Jahre seines Lebens verbrachte.

Dann wurde es wirklich schlimm. Auf Karl V. folgte Philipp II.

Philipp war wild entschlossen, jede religiöse Opposition gnadenlos auszumerzen. Motley bezeichnet ihn als »geisteskranken Tyrannen«. Bedroht fühlte sich der Katholizismus in den Niederlanden nicht so sehr vom Protestantismus, wie Luther ihn verkündet hatte, sondern von der strengeren Lehre Calvins, die aus Genf über die französischsprachigen Provinzen nach Norden vordrang.

Motley schreibt, daß Philipp von »unverhülltem Haß« auf die Niederlande erfüllt war. 1559, vier Jahre nach seiner Thronbesteigung, als Bruegel die *Flämischen Sprichwörter* und den *Kampf zwischen Karneval und Fasten* schuf und beschloß, das H in seinem Namen zu streichen, verkündete der König vor einer Versammlung prominenter Bürger in Gent, daß er das Land zu verlassen gedenke (im Laufe seiner langen Herrschaft sollte er nie wieder niederländischen Boden betreten). Bei dieser Gelegenheit bekräftigte er aufs neue die beiden brutalen und letztlich unvereinbaren Grundpfeiler der spanischen Politik. Er bestätigte die religiösen Edikte und forderte drei Millionen Gulden.

Philipp sprach aber nicht selbst zu den Versammelten. Da der König, durch und durch Spanier, weder Flämisch noch Französisch beherrschte, lieh ihm ein anderer seine Stimme – Antoine Perrenot, der Bischof von Arras.

Ganz klar, Perrenot war der kommende Mann. Bruegel auch. Ihre Wege kreuzten sich.

Zu diesem Zeitpunkt konnte natürlich niemand ahnen, welche Bekanntheit Bruegel erlangen würde. Aber es konnte auch niemand wissen, zu welchen Gipfeln der Macht Perrenot einmal aufsteigen würde.

Außer Philipp. Der König bereitete unter großer Geheimhaltung eine Neuordnung der niederländischen Kirche vor, um sie auf diese Weise besser kontrollieren zu können. Statt wie bisher vier Bischöfe sollte es achtzehn Bischöfe geben, die von ihm ernannt und über eigene Inquisitoren verfügen würden. Über ihnen standen drei Erzbischöfe. Wichtigstes Erzbistum war fortan Mecheln, und als künftiger Erzbischof von Mecheln und Primas der Niederlande sollte Perrenot diesen großen kirchlichen Apparat lenken.

Zur Generalstatthalterin und Regentin ernannte Philipp die Herzogin Margarethe von Parma, eine uneheliche Tochter seines Vaters. Sie soll, obschon gebürtige Niederländerin, nur Italienisch gesprochen haben, und laut Motley war sie »sehr eifrig in Beobachtung der katholischen Gebräuche, wie sie denn in jeder Osterwoche zwölf Jungfrauen die Füße zu waschen pflegte«.

Die reale Macht lag aber nicht in ihren Händen. Ein Staatsrat wurde installiert, der ihr zur Seite stehen sollte – und der Präsident dieses Rates war niemand anders als Antoine Perrenot, der allgegenwärtige Bischof von Arras. Faktisch war es jedoch die Consulta, ein dreiköpfiger Ausschuß, der Margarethe zu beraten hatte und die wichtigsten Entscheidungen traf, und diesem Gremium gehörte natürlich unser guter Bischof an. Außerdem stand er, hinter Margarethes Rücken, in direktem brieflichen Kontakt zu Philipp, so daß er, wie Motley schreibt, der eigentliche Regent der Niederlande war.

Perrenot war kein Niederländer, sondern Burgunder aus der Franche-Comté. Motley beschreibt ihn als »geistreich, gebildet, gewandt, glatt und geschmeidig in seinem Benehmen« und als »gefälligen Redner«, aber auch als anmaßend und überheblich. Sein Porträt von Anthonis Mor im Wiener Kunsthistorischen Museum zeigt einen elegant gekleideten Mann, der den Betrachter souverän und ein wenig skeptisch von der Seite anblickt, in jener vornehmen Haltung, die in den Porträts Tizians (der übrigens Perrenots Vater porträtiert hat) ihren unübertroffenen Ausdruck fand. Man hört die Überheblichkeit, wenn er von »jenem garstigen Tier, welches man Volk nennt«, spricht und die Aufsässigkeit der Niederlande auf ihren Reichtum zurückführt und darauf, »daß die Menschen dem

Luxus nicht widerstehen konnten und jedem Laster frönten ...«. Er fand, genau wie Stalin und seine Vasallen, daß die bedauerliche Notwendigkeit, Handelsbeziehungen mit dem Ausland zu unterhalten, vor allem in religiösen Dingen viel Schaden anrichte.

Das Gaetano-Porträt von ihm, das in der Ausgabe seiner gesammelten Korrespondenz enthalten ist, zeigt ihn fast ein wenig überrascht, so als staune er über seine stetig zunehmende Machtfülle. Motley schreibt, daß er nicht nur Margarethe beriet, sondern auch den König selbst. Eine der ersten Maßnahmen während Philipps Herrschaft wurde auf Perrenots ausdrückliche Empfehlung ergriffen – die Bestätigung des berüchtigten »Blutedikts« Karls V. aus dem Jahre 1550. Auf den ersten Blick mag es überraschen, daß er gegen die Neuordnung der Kirche war, die ihm zu so großer Macht verholfen hatte, doch er bekannte mit offenem Zynismus, der geradezu etwas Gewinnendes hat, daß es ehrenhafter und einträglicher sei, einer von vier statt einer von achtzehn Bischöfen zu sein. Er behauptete, als Erzbischof Geld verloren zu haben, und vielleicht mußte er weitere finanzielle Opfer für seinen Glauben bringen, als er 1561, auf Anregung Margarethes, vom Papst zum Kardinal ernannt wurde. Über dem Tor von La Fontaine, seinem Landsitz bei Brüssel, den er seinem Stadtpalais vorzog, ließ er das stoische Motto *Durate* einmeißeln. Motley zufolge soll er seine Position als kaiserlicher Ratgeber aber durchaus zu nutzen gewußt haben und sehr reich geworden sein. Es ist bezeichnend für seinen Charakter, daß er sich selbst, anders als seine Untertanen, für fähig hielt, den sittlichen Verlockungen großen Reichtums zu widerstehen.

Perrenot war, alles in allem, der Seyß-Inquart seiner Zeit – ein Burgunder, der im Auftrag der Spanier die Niederlande genauso brutal unterdrückte wie später der Österreicher im Auftrag der Deutschen. Und was machte der Vorgänger des NS-Reichskommissars mit seinem rasch anwachsenden Reichtum? Wofür gab der neuernannte Kardinal Granvelle seine Gulden aus?

Für Gemälde von Bruegel. Er war Bruegels bedeutendster Auftraggeber geworden.

Der größte Bruegel-Sammler dürfte jedoch der Antwerpener Kaufmann Nicolaes Jongelinck gewesen sein. Aus dem schon erwähnten Bürgschaftsinventar geht hervor, daß Jongelinck sechzehn Bruegels besaß. Im Inventar des erzbischöflichen Palais zu Mecheln sind sieben verzeichnet. Jongelinck war aber nur ein Untertan, genau wie Bruegel. Sein Bruder Jacques, der als Maler und Bildhauer tätig war, arbeitete ebenfalls für den Kardinal. Der Reichskommissar dagegen verkörperte die absolute Macht.

Vielleicht hat er mehr als sieben Bruegels besessen. Worum es sich bei den sieben Mechelner Bildern handelte und was aus ihnen geworden ist, weiß niemand, aber sie waren noch lange nach Granvelles Weggang dort. Der einzige Bruegel, der nachweislich in Granvelles Besitz war, ist die *Flucht nach Ägypten.* Dieses Bild hat Bruegel erst 1563 gemalt, in dem Jahr, als er Antwerpen verließ und dem Kardinal nach Brüssel folgte. Wahrscheinlich gehörte dieses Werk nicht zu den sieben Mechelner Bildern. Granvelle hat es vielleicht für einen seiner neuen Wohnsitze gekauft, und wenn er ein Bild für Brüssel erworben hat, dann hat er vielleicht noch andere gekauft.

Bin ich schon dabei, mir Bruegel so vorzustellen, wie wir uns Maler und Unterhaltungskünstler vorstellen, die im besetzten Europa für die Nazis gearbeitet haben – als eine Art Kollaborateur? Ich weiß es nicht. Heutige Begriffe kann man nicht auf die Renaissance übertragen. Niemand hält Michelangelo vor, daß er für den Borgia-Papst den Petersdom gebaut hat. Gleichwohl war die spanische Herrschaft, an der Granvelle maßgeblich mitwirkte, überaus brutal. Nach Berechnungen des Prinzen von Oranien, der schließlich als Führer des antispanischen Widerstand hervortrat, wurden allein in den ersten sieben Jahren der Herrschaft Philipps II. etwa fünfzigtausend Menschen hingemetzelt.

Aber man muß natürlich die damaligen Verhältnisse bedenken. Niemand fand etwas dabei, daß Menschen, die sich vom herrschenden Glauben abwandten, hingerichtet, ja zu Zehntausenden abgeschlachtet wurden. Wenn sie nicht auf dem Scheiterhaufen verbrannt oder gehängt und enthauptet oder lebendig begraben worden wären, hätten sie, dahingerafft von der Pest oder hunderterlei Seuchen, so oder so einen grausamen und wohl auch frühen Tod gefunden. Niemand hätte sie gezählt, niemand ein Wort darüber verloren. Zu erwarten, daß ein kleiner Maler, wenn er überhaupt die Wahl gehabt hätte, auf beruflichen Erfolg verzichtete, nur weil einige seiner Landsleute an Verbrennungen und Erstickung und nicht an Pocken oder Typhus gestorben sind, wäre unsinnig.

Dennoch, gemessen an den beschränkten technischen Möglichkeiten der damaligen Zeit sind fünfzigtausend Personen schon eine eindrucksvolle Zahl. So viele Tote gibt es beim Abwurf einer Atombombe oder bei einem Zusammenstoß von hundert Jumbojets. Man fragt sich natürlich, was Bruegel von seinem Auftraggeber und dem von ihm geführten Schreckensregime hielt.

Überhaupt nichts, wenn wir van Mander glauben sollen, dem einzigen Autor, der ihn vielleicht persönlich gekannt hat. Er hätte uns, ohne Bruegel zu gefährden, durchaus berichten können, ob er mit irgendwelchen kritischen Äußerungen hervorgetreten ist, denn im Jahre 1604, als sein Buch erschien, war der Maler schon längst tot. Er selbst hätte auch nicht viel dabei riskiert, denn das Buch erschien in Haarlem, und der holländische Norden hatte sich zu dieser Zeit von den Spaniern und der spanischen Gedankenpolizei schon befreit. Doch für van Mander war er einfach »der geistreiche und humorvolle Pieter Brueghel«, der gern scherzte, aber keine eigene Meinung vertrat.

Das Verhältnis zwischen Bruegel und Granvelle scheint niemanden zu interessieren. Aber so unpolitisch Bruegel auch gewesen sein mag, es muß eine ganz besondere Beziehung gewesen sein. Nach den Bestimmungen des Edikts durften Laien nicht »an offenen oder geheimen Unterhaltungen oder Disputationen über die Heilige Schrift, besonders über alle zweifelhaften oder schwierigen Lehren teilnehmen«, und es war bei Todesstrafe verboten, die Schrift zu lesen, zu lehren oder zu erklären, außer man hatte Theologie studiert und an einer anerkannten Universität seinen Abschluß gemacht. Nun war Bruegel, soweit man weiß, Laie. Vor seinem Eintritt in die Antwerpener Malergilde dürfte er kaum die Zeit gehabt haben, Theologie zu studieren und an einer Universität, ob anerkannt oder nicht, sein Examen zu machen. Die Lektüre der Bibel war ihm daher bei Todesstrafe verboten. Und doch malte er die *Bekehrung Pauli*, die *Kreuztragung*, den *Turmbau zu Babel*, die *Anbetung der Könige*, ganz zu schweigen von Granvelles *Flucht nach Ägypten*. Man könnte also sagen, daß der Kardinal eindeutig verbotene Produkte von einem Mann kaufte, der erwiesenermaßen ein Krimineller war.

Alle niederländischen Künstler, die sich mit religiösen Stoffen befaßten, waren in der gleichen Situation. Vielleicht ließ man ihnen ein kleines bißchen Freiheit. Ihr Status hatte sich etwas verbessert, seit Philipp der Gute im Jahre 1425 Jan van Eyck zu seinem *peintre et valet de chambre* ernannt hatte. Aber sie gehörten noch immer den Zünften an, wie all die Handwerker und kleinen Gewerbetreibenden auch, die besonders schnell zum Protestantismus überliefen und am meisten unter der religiösen Verfolgung zu leiden hatten. Wenn man den Malern Freiheiten ließ, was machte man dann mit Webern und Kerzenmachern? Ein Auge zudrücken kam nicht in Frage, denn es muß viele Leute gegeben haben, die bereit waren, heimliche Bibelleser zu denunzieren. Jeder Verdächtige mußte angezeigt werden. Wer dieser Pflicht nicht nachkam, wurde ebenso bestraft wie der Ketzer selbst. Wer dafür sorgte, daß ein Ketzer hingerichtet wurde, erhielt zur Belohnung die Hälfte des konfiszierten Besitzes.

Wie beurteilte Granvelle dieses Geschäft, zu dem er Beihilfe leistete? An der Verfolgung von Gesetzesbrechern hatte er durchaus ein persönliches Interesse. Aus seinen Briefen geht hervor, daß er die Inquisitoren im ganzen Land anspornte und einzelne Fälle, in denen der Eifer anderer erlahmte, persönlich verfolgte. Als die Behörden von Valenciennes sich weigerten, zwei protestantische Prediger, Faveau und Mallart, hinrichten zu lassen, schaltete Granvelle sich ein und forderte ausdrücklich, das Urteil endlich zu vollstrecken. Die Menge rettete die beiden aus den Flammen. Daraufhin wurden Truppen aus Brüssel entsandt, die die Anführer des Widerstands verhaften und anstelle der ursprünglichen Opfer verbrennen oder enthaupten sollten.

Vielleicht konnte Bruegel dem Kardinal feierlich versichern, daß er die biblischen Geschichten nicht selbst gelesen, sondern in der Kirche einfach gehört hatte oder sie sich von einem Theologen hatte vorlesen lassen. Andererseits war Granvelle ein weltlicher und zynischer Mensch – man denke nur an sein Bedauern darüber, seine Einkünfte mit den anderen neuen Bischöfen teilen zu müssen. Wenn er Bruegel seine Gunst schenkte, war er vermutlich auch bereit, über kleine persönliche Schwächen hinwegzusehen. In seiner hohen Stellung konnte er ihn schließlich beschützen. Bruegel muß sich seiner Gefährdung aber deutlich bewußt gewesen sein.

Und wenn Tolnay recht hat, dann war Bruegel auch in anderer Hinsicht angreifbar. Er hatte keine lupenreine Vergangenheit. In Antwerpen hatte er offenbar Kontakt zu einer Gruppe von Geographen, Schriftstellern und Künstlern, freisinnigen Geistern, die in Glaubensfragen tolerant waren, religiösen Fanatismus ablehnten, ein an den Stoikern orientiertes Lebensideal hatten, das auf dem Glauben an die moralische Würde freier Menschen beruhte. Seltsamerweise meint Tolnay, daß Bruegel kein Ketzer war. Für die Niederlande des sechzehnten Jahrhunderts vertraten diese Leute aber, gelinde gesagt, sehr ungewöhnliche Vorstellungen – und einige vertraten noch ungewöhnlichere Vorstellungen. Sie gehörten einer Sekte an, die bei Tolnay *Schola caritatis* heißt und deren Gründer Hendrik Niclaes in seiner Schrift *Spiegel der Gerechtigkeit* erklärt, daß das Heil der Menschheit allein in der Liebe liege. Entscheidend seien nicht die äußeren Formen. Alle Religionen seien Symbol einer universellen Wahrheit, und die Bibel habe nur allegorische Bedeutung.

Ich stelle mir vor, wie der Kardinal eines Tages in Bruegels Atelier auftaucht, um sich über die Arbeit an seinem neuesten Auftragswerk zu informieren. Die beiden Männer plaudern über dieses und jenes und wenden sich dann philosophischen Dingen zu. Bruegel erzählt von den Ansichten seiner Antwerpener Freunde. Freiheit und Menschenwürde. Die Kirche ist unwichtig. Katholizismus und Kalvinismus – ein und dasselbe. Der Kardinal hört interessiert zu. »Diese Freunde von Ihnen müssen Sie mir unbedingt vorstellen«, sagt er. »Laden Sie sie doch mal ein, dann können wir nett beisammensitzen ... noch ein Scheit nachlegen und über unsere Meinungsverschiedenheiten diskutieren.«

Ich glaube nicht, daß Bruegel über seine Freunde gesprochen hat. Sie alle haben überlebt. Zehn Jahre später wurde einer von ihnen, Abraham Ortelius, sogar Hofgeograph. Einen mutmaßlichen Ketzer nicht anzuzeigen: auch damit hatte Bruegel sich strafbar gemacht.

Kein Wunder, daß er sich zurückhaltend äußerte. Er mußte seine Vergangenheit verheimlichen oder aber, sofern der Kardinal schon informiert war, so taktvoll sein, daß Granvelle sie übersehen konnte. Vielleicht hat Bruegel sich um so energischer von seinen Jugendsünden distanziert, indem er sich Granvelle als aufrichtiger und nützlicher Anhänger des Regimes empfahl. Eines der machtvollsten Instrumente der Gegenreformation war die bildende Kunst. Der niederländische Maler Frans Floris, dessen Werke ebenfalls von Jongelinck gesammelt wurden, reiste nach Rom, um dort den heroischen Stil zu studieren, der von der katholischen Kirche seinerzeit so geschätzt wurde, und schuf dann einen *Engelsturz*, in dem der Erzengel Michael, mit offensichtlich aktuellem Bezug, ungestüm auf die himmlischen Rebellen einschlägt. Acht Jahre später, 1562, als der Kardinal schon nach Brüssel umgezogen war und der neue Terror wütete, malte Bruegel seinen eigenen *Engelsturz*.

Was will ich damit sagen? Daß Bruegel sich bereitwillig in den Dienst der Gegenreformation stellte? Das könnte erklären, warum er für seinen großen Jahreszeitenzyklus auf die alten Stundenbücher zurückgriff. Er tischte einfach den von Generation zu Generation weitergegebenen alten Mythos einer heiteren bukolischen Welt auf, in der die Konflikte der brutalen Realität nicht vorkommen – ein Glied in der langen Kette von arkadischen Schäfern und bourbonischen Milchmädchen, von sowjetischen Traktoristen und idyllischer Romantik.

Ich präsentiere diese Theorie mit der strengen Kühle des Wissenschaftlers. Aber ich bin alles andere als kühl. Ich kann es nicht glauben. Nicht einen Moment. Ich weigere mich, es zu glauben. Mag sein, daß Bruegel allen Menschen alles ist – für mich ist er das jedenfalls nicht.

Habe ich irgendwelche Beweise dafür? Ja – das, was ich mit eigenen Augen gesehen habe. Und meinen gesunden Menschenverstand. Diese sechs wunderbaren Bilder können nie und nimmer einen so ordinären Ursprung haben. Lächerlich!

Doch ich brauche Konkreteres. Welche anderen Beweise kann ich finden?

Es gibt, neben van Mander, noch eine zeitgenössische Quelle, auch wenn sie auf den ersten Blick eher unergiebig anmutet. Abraham Ortelius, der erwähnte Kosmograph, der mit Bruegel dem Antwerpener Humanistenkreis angehörte und ihm auch dann noch verbunden blieb, als er sich in Brüssel niedergelassen hatte (denn der *Tod Mariä* wurde vermutlich erst ein Jahr später bestellt), veröffentlichte um 1570, nach Bruegels Tod, in seinem *Album Amicorum* auch einen Nachruf auf den Maler – die einzige zeitgenössische Beschreibung, die wir neben van Manders biographischer Skizze haben. Nun ist ein Nachruf meist nicht sehr aufschlußreich, und als ich den lateinischen Text (bei Tolnay) zum erstenmal sah, aber nicht viel mehr als ein paar einzelne Wörter verstand, glaubte ich, daß es sich um die üblichen Schmeicheleien handelte, und las weiter. Doch im Angesicht der vielen Scheiterhaufen, von denen mir der Geruch brennenden Menschenfleischs entgegenweht, beobachtet von Seiner Eminenz, dem Reichskommissar, der mir über die Schulter blickt, frage ich mich, ob der Text wirklich so harmlos ist, wie es den Anschein hat.

Multa pinxit, hic Brugelius, quae pingi non possunt ... beginnt Ortelius. »Er malte vieles, was nicht gemalt werden kann ...«

Diese Dinge, die er tatsächlich gemalt hat – warum können sie nicht gemalt werden? Weil sie wenig konkret, schwer zu beobachten, schwer darzustellen sind? Die Rauheit des Vorfrühlings, die Hitze des Sommers? Oder ist eine verborgene Schwierigkeit gemeint? Geht es um Abstraktes? Um die Gefühle, die Landschaften und Jahreszeiten in uns auslösen? Um die Lebensfreude, wenn der Frühling einsetzt und die Gedanken hinausgehen in die blaue Ferne?

Oder ist noch Abstrakteres gemeint? Glaubensdinge? Ideen? Ungewöhnliche Ideen vielleicht, wie religiöse Toleranz und Freiheit und Menschenwürde? Ideen, die aus mehr als nur einem Grund nicht zu malen waren?

Ich bin plötzlich hellwach, meine Sinne sind geschärft. Wie heißt es in dem Nachruf weiter? *Multa pinxit, hic Brugelius, quae pingi non possunt, quod Plinius de Apelle …*

Doch dann lassen mich mein Latein und meine Kenntnisse antiker Autoren im Stich. Und dann fällt mir wieder ein, daß ich in Kentish Town sein muß, bevor die Banken schließen.

Multa pinxit, hic Brugelius, quae pingi non possunt …

Gut, daß Kate mir das übersetzen kann. Ein lateinisches Breviarium oder Stundenbuch liest sie so mühelos wie eine englische Zeitung. Hier können wir zusammenarbeiten, wie bei ikonographischen Fragen auch.

Ich laufe, noch immer im Mantel, durch unsere kalte Wohnung in der Oswald Road und drehe überall die Zentralheizung auf. Ich werde hier übernachten, damit ich morgen früh gleich ins V & A fahren kann, um mich nach den Preisen für Giordanos zu erkundigen, was ich mir ja eigentlich für heute vorgenommen hatte. Schließlich möchte ich Kate einen wasserdichten Aktionsplan präsentieren können.

Ich schaue in jedes der kalten Zimmer, ob sich in unserer Abwesenheit etwas verändert hat. Aber nein, überall die Spuren von Kate und Tilda und unserem gemeinsamen Leben. Auf der Treppe liegen Knäuel von Strumpfhosen und Unterwäsche, die entweder gewaschen oder ausrangiert werden sollen. Im Badezimmer liegen Plastikenten und Eimerchen herum, und die Zeitung, die ich am Morgen unserer Abreise gelesen habe, lehnt noch immer an der Müslischachtel. Wir beide sind gottlob keine Sauberkeitsfanatiker, und Tilda scheint nach uns zu kommen. *Multa pinxit* ... In der Aufbruchshektik haben wir ganz vergessen, das Bett zu machen, die Kissen und Decken sind noch zerwühlt von unseren warmen Körpern ... *Quae pingi non possunt* ...

Ich setze mich in das Durcheinander und rufe Kate an. Ich höre das Telefon bei ihr klingeln und stelle mir vor, wie sie zur Tür hereinkommt oder Tilda hinlegt oder sich die Hände abtrocknet. Ich vergrabe den Kopf im Bettzeug, atme den Geruch von uns beiden ein, den es noch immer verströmt, und spüre, daß sich in meiner Hose etwas regt.

Kates vorsichtiges »Hallo?« berührt mich, wie eh und je.

»Ich faxe dir was Lateinisches zum Übersetzen.«

»Wo bist du?«

»In der Oswald Road. Ich bleibe heute nacht hier.«

»Oh«, sagt sie, und mir wird klar, wie sehr sie sich auf den Moment gefreut hat, da mein lächelndes Gesicht sich von all den anderen Gesichtern löst, die aus dem Bahnhof herauskommen.

»Ich weiß«, sage ich. »Aber ich bin noch immer nicht zum Giordano gekommen. Ich habe mich um unseren Mann gekümmert.«

Unser Mann. Jawohl. Jetzt.

»Doch nicht meinetwegen?«

»Nein, nein. Ich will selber absolut sicher sein, bevor ich weitermache. So sicher, wie man nur sein kann.«

»Aber sieh zu, daß Tony Churt ihn nicht schon vorher los wird«, sagt sie. Sie ist so verständnisvoll!

»Ja. Aber ich werde nichts überstürzen. Keine Panik. Wie geht's Tildy? Was macht sie so? Wie ist das Wetter bei euch? Hat sich Mr. Skelton noch immer nicht blicken lassen? Funktioniert die Spüle? Ach, Kate, du fehlst mir so!«

Und ich liebe sie so. Womöglich mehr, als wenn wir zusammen sind. Sie ist wie mein Bild. Noch nie hat mir ein Gemälde so viel bedeutet wie dieses Werk, das ich nur flüchtig gesehen habe und das so schwer zugänglich ist. Die ganze Zeit denke ich daran, fast so oft, wie ich an Kate denke – selbst jetzt, während ich mit ihr telefoniere, denke ich daran. Wenn es erst einmal drei Monate bei uns in der Küche hängt, werde ich es vielleicht nicht mehr anschauen.

»Hier ist alles in Ordnung«, sagt sie. »Ich bin mit Tildy zu den Kühen gegangen. Nach dem Mittagessen kam die Sonne raus. Warst du bei der Bank?«

Sie selbst weist mich sogar auf die Bank hin! Das Leben sieht jetzt völlig anders aus, jetzt kann ich ihr gegenüber wieder offen sein, jetzt arbeiten wir gemeinsam.

»Gerade noch geschafft«, bekenne ich. »Aber es ist alles okay. Wir brauchen nur die Hypothek zu erhöhen. Den Bescheid kriegen wir vermutlich schon in einer Woche.«

Wir – jawohl. Das gemeinsame Konto. Ich habe das Maximum beantragt – bei unserem Haus sind das £15000 –, nur für den Fall, daß ich, wie geplant, Tony tatsächlich den vollen Preis für einen authentischen Vrancx bezahlen werde. Nach meiner groben Schätzung müßte ich also noch ein paar tausend auftreiben – allerdings nicht von Kate!, es gibt bestimmt noch andere Möglichkeiten. Es ist nur eine praktische Alternative, die ich im Hinterkopf behalten sollte. Im Moment wäre es sinnlos, mit Kate darüber zu reden. Sollte sich die Situation ergeben, ist immer noch Zeit. Solange ich das Bild nicht eindeutig identifiziert habe, werde ich nichts unternehmen, und solange das Geld von der Bank nicht da ist, sind mir ohnehin die Hände gebunden.

»Und worum geht es in dem Text?« fragt Kate. Das Rätsel scheint sie zu interessieren. Ich höre es ihrer Stimme an.

»Das will ich ja von dir wissen. Ich schicke ihn gleich durch.«

»Denk morgen an den Giordano! Überraschungen kannst du dir nicht leisten.« Die Sache fängt an, sie zu packen.

»Gleich morgen früh«, versichere ich ihr. »Gib Tildy einen Kuß von mir. Ihr fehlt mir so!«

Kaum habe ich aufgelegt, fällt mir ein, daß unser Faxgerät ja bei Kate ist – wir haben es mitgenommen. Ich werde Midge fragen müssen, unsere bewährte Hilfe in Notfällen. Ich schreibe den Nachruf in leserlichen Blockbuchstaben auf einen Zettel, da sich unser Laptop ebenfalls auf dem Land erholt, und laufe die Treppe hinunter. Viel sympathischer und angenehmer, Nachbarn in der Stadt, und viel näher.

»Brauch mal wieder deine Hilfe«, sage ich, als sie mir aufmacht. »Könntest du was für mich faxen?«

»Ich dachte, ihr seid auf dem Land«, sagt sie, bittet mich herein und nimmt dabei das Stück Papier entgegen, sichtlich bemüht, nicht draufzuschauen.

»Kate ist dort. Es ist für sie. Sie hat das Gerät.«

»Probleme?« fragt Midge und blickt unwillkürlich auf die hilfesuchenden Blockbuchstaben.

»Nein, nein«, sage ich, aber sie hört mir nicht zu – sie liest. MULTA PINXIT, HIC BRUGELIUS, QUAE PINGI NON POSSUNT ... Und speichert den Text für spätere Verwendung, denn sie schreibt für eine Zeitung, deren Namen ich mir nie merken kann, eine regelmäßige Kolumne über die komischeren Aspekte des Lebens in Kentish Town. Wir kommen hin und wieder darin vor, mit anderem Namen zwar, aber sonst genauso, wie wir sind, liebenswerte, schusselige Exzentriker, die sich aussperren und einschließen und die Waschmaschine auslaufen lassen. Bald wird wieder von uns zu lesen sein, wie wir, raffiniert auf lateinisch, miteinander korrespondieren. Nun ja, Midge hilft uns, wir helfen ihr. Es ist nicht anders als bei mir und meinem guten Freund Tony Churt.

Inzwischen bin ich schon wieder oben und nehme mir noch einmal die verschiedenen Autoren durch, um Anhaltspunkte dafür zu finden, was Bruegel an Unmalbarem denn gemalt hat. Bald stoße ich auf das Gegenteil – auf das Malbare, das er nicht gemalt hat. Friedländer schreibt, daß es Bruegel als erstem geglückt sei, »den

Anklang, den Nachklang der kirchlichen Devotion, den Ausdruck gebundenen Ernstes aus den Köpfen und den Gebärden zu tilgen«.

Ich schaue mir die Bilder noch einmal an, und jawohl, man sieht es sofort. Selbst dort, wo er sich mit religiösen Stoffen auseinandersetzt, werden die Ereignisse meist klein dargestellt, sie stehen nicht im Mittelpunkt, werden eher an den Rand gedrängt, wie der stürzende Ikarus. Saulus wird bekehrt, und niemand bemerkt es. Die Einwohner des verschneiten Judäa kommen zur Volkszählung nach Bethlehem, und man muß schon genau hinschauen, wenn man die Schwangere finden will, die auf einem Esel reitet. Die Könige kommen, um das Neugeborene anzubeten, aber die Szene wird beherrscht von ihrem Anhang und den Lasttieren, die im wirbelnden Schnee warten. Die Krippe ist ganz links an den Rand gedrängt, noch zwei Zentimeter, und das Jesuskind wäre nicht mehr im Bild.

Ich wende mich wieder dem *Engelsturz* zu. Nein, das ist kein Beitrag zur Gegenreformation. Es ist völlig anders als das Bild von Floris. Die gefallenen Engel sind keine muskulösen, diabolischen Krieger, sondern Phantasiefiguren à la Bosch, mit Fischleibern, Vogelköpfen und Schmetterlingsflügeln. Sie haben nichts Engelhaftes, und man hat auch nicht den Eindruck, als ginge es da um eine Rebellion.

Und auch in dem großen Jahreszeitenzyklus: nirgends ein religiöses Element, nicht einmal im Hintergrund, ganz in der Ferne. Kein Heiliger, kein Gebet, kein erhobenes Antlitz, kein Seufzer – nichts.

Vielleicht war es ebenjene Diesseitigkeit, die der Kardinal an Bruegel so geschätzt hat. Endlich ein Maler, der sich bemühte, nicht so oft zu biblischen Themen zu greifen, sondern nüchtern zu bleiben! Für einen hohen Kleriker muß diese Verschnaufpause, diese kurze Gelegenheit, sich von der vielen Religiosität erholen zu können, doch sehr willkommen gewesen sein.

Multa pinxit ... Und während Bruegel die Religion hinauskomplimentiert, schmuggelt er unter den Augen des Kardinals etwas hinein. Was war das?

Plötzlich ein lautes Hämmern an der Tür. Ich schrecke hoch. Haben die Inquisitoren meine Gedanken gelesen? Doch es ist Midge, die mir ein zusammengerolltes Fax reicht.

»Entschuldige«, sagt sie. Ich starre sie stumm an, kriege noch immer kein Wort raus. »Ich habe geklopft und geklopft. Ich dachte schon, du schläfst.«

»Nein, nein«, erkläre ich. »Ich war ...« Ich mache eine hilflose Handbewegung. In den Niederlanden, will ich sagen. Im sechzehnten Jahrhundert. Ihr spöttischer Mund verrät mir, daß sie genug Material für einen neuen Artikel hat.

Na, meinetwegen. Inzwischen sitze ich schon wieder am Küchentisch und lese Kates Übersetzung. Was hat er gemalt, das man nicht malen kann?

Donner.

Offenbar ist es das, was Ortelius meint. Daß Bruegel Donner gemalt hat.

Am nächsten Morgen fahre ich sofort zur London Library, und jetzt sitze ich an einem Tisch, vor mir Kates Übersetzung, ein Stapel lateinischer und griechischer Wörterbücher und das 35. Buch von Plinius' *Historia naturalis.* Was Ortelius in seinem Nachruf sagen will, erschließt sich selbst in der Übersetzung nicht so leicht, da der Text durchsetzt ist mit Verweisen auf antike Autoren.

Dieser Bruegel [steht da in Kates sauberer Handschrift] *hat viele Dinge gemalt, die nicht gemalt werden können, wie einst Plinius sagte, als er von Apelles sprach.*

Ich erinnere mich dunkel, daß Apelles von Kos ein Maler war, und meinen Handbüchern entnehme ich, daß Plinius ihn für den größten hielt, obschon keines seiner Werke erhalten ist. Und richtig, Plinius sagt, er habe »sogar gemalt, was sich nicht malen läßt, wie Donner, Wetterleuchten und Blitz«.

Was an Wetterleuchten und Blitzen unmalbar sein soll, ist mir nicht ganz klar, aber Donner ist zweifellos ein Problem. Ich kann mich nicht erinnern, daß Bruegel irgendwo Donner dargestellt hat, auch nicht Wetterleuchten oder Blitze. Wenn er eine aufgeladene Atmosphäre gemalt hat, dann im übertragenen Sinn.

Es folgt eine zweite Anspielung auf einen antiken Maler: In all seinen Werken gibt er, wie Timanthes, mehr zu verstehen, als er tatsächlich zeigt.

Ein Hinweis auf Verborgenes. Bei Timanthes allerdings kein Donner. Sein Ruf gründete auf einer Darstellung der *Opferung der Iphigenia*. Agamemnon verhüllt darin das Gesicht, um seinen unsäglichen Schmerz zu verbergen. Ist das der »Donner«, den Bruegel nicht gemalt hat – allzu vehemente Empfindungen?

Auch Apelles war berühmt dafür, daß er etwas verbarg – nämlich sich selbst. Plinius schreibt: »Er pflegte seine fertigen Werke auf seiner Terrasse der Betrachtung der Vorübergehenden preiszugeben und, hinter den Gemälden versteckt, auf deren tadelnde Bemerkungen zu achten, weil er das öffentliche Urteil noch über das seinige stellte.«

Vielleicht hat Bruegel sich also in gewisser Weise verborgen – nicht nur seine Empfindungen, sondern seinen ganzen Charakter, seine Identität.

Der nächste Satz scheint auf den ersten Blick nichts mit Verbergen zu tun zu haben.

»Bei Iamblichos spricht Eunapios in ähnlichen Worten von Timanthes. Die Maler, sagt er, die sich bemühen, die schönen Proportionen eines Modells im besten Alter wiederzugeben, und ihrem Werk einen Reiz oder eine Verzierung als etwas Eigenes hinzufügen wollen, entstellen vollkommen die Persönlichkeit dessen, den sie mit so großer Mühe abbilden wollen. Damit verfälschen sie ebenso die Persönlichkeit des Modells wie sein wirkliches Aussehen. In diesen Fehler verfällt unser Bruegel nie.«

Eunapios, stelle ich fest, war ein Historiker und entschiedener Gegner des Christentums, der die christlichen Heiligen durch die großen neuplatonischen Philosophen ersetzen wollte. Einer dieser Philosophen war Iamblichos, der von Eunapios aber nicht gelobt, sondern dafür getadelt wird, daß er nicht die reine Wahrheit sagte.

Ganz im Gegensatz zu unserem Bruegel. War er also ein guter Porträtist? Nicht wirklich, denn er hat kein einziges Bildnis gemalt. Vermutlich meint Ortelius also, daß in Bruegels Werken, verborgen, aber unausgeschmückt, eine gewisse Wahrheit liegt – genau wie in seinem Nachruf –, vielleicht sogar eine Wahrheit über die eigene Person. Und daß diese Wahrheit ebenso erschreckend und beunruhigend ist wie Donner.

Vermutlich sagt er, daß Bruegel die unorthodoxen Ideen Ortelius' und seines Antwerpener Freundeskreises nicht nur kannte und teilte – sondern auch eine Möglichkeit fand, sie bildnerisch auszudrücken.

Aber wie? Wo? In welchen Bildern?

Etwa in meinem?

Ich sollte ins V & A fahren und mich über den Giordano schlau machen – ich glaube nicht, daß der Ortelius noch mehr hergibt. Doch statt dessen sitze ich im Lesesaal und starre zum Fenster hinaus, sehe die Bäume draußen in der Aprilsonne auf dem St. James's Square, wo sich der Frühling mit Macht ankündigt – so wie bei den *Pretmakers* –, und denke nach.

Ich frage mich: Warum ist eines dieser sechs Bilder in Jongelincks Besitz überhaupt verlorengegangen?

Auf den ersten Blick mag das nicht sehr ungewöhnlich sein. Viele von Bruegels Werken sind verschollen. Aber auf dieses eine Bild hätte man eigentlich besser aufpassen müssen.

Verfolgen wir einmal seinen Weg, soweit das irgend geht. 1592 stirbt der Herzog von Parma, seinerzeit Generalstatthalter der Niederlande (kurz bevor ihn der König hinterrücks aus dem Weg räumen kann, wie er das bei den meisten seiner loyalen Gefolgsleute getan hat), und ein Jahr später trifft sein Nachfolger ein, Erzherzog Ernst, ein österreichischer Habsburger. Motley findet ihn weder als Feldherrn noch als Staatsmann sonderlich begabt. Gleichwohl entbietet ihm die Stadt Antwerpen die traditionelle *Joyeuse Entrée*, eine der größten, die je ausgerichtet wurden, und verehrt ihm etliche Gemälde. Darunter auch Jongelincks Jahreszyklus, der an die Stadt fiel, weil die Steuerschuld de Bruynes tatsächlich nicht beglichen wurde, oder aber von dem Kunsthändler Hane van Wijk käuflich erworben wurde, was ein Vermerk im Rechnungsbuch des erzherzoglichen Sekretärs nahelegt. Offenbar wollten sich die Antwerpener mit diesen Gemälden bei Erzherzog Ernst dafür bedanken, daß seine Vorgänger, die Herzöge von Parma und Alba, die Stadt zweimal geplündert und gebrandschatzt hatten. Laut Rechnungsbuch bestand der Zyklus aus sechs Bildern. Sie werden auf dem Wasserweg nach Brüssel geschafft und in die Residenz des Statthalters gebracht. Im Jahr darauf stirbt der Erzherzog. Er tritt wie ein Schatten aus der Geschichte, hinterläßt allerdings die Bilder. Noch immer sind es sechs, wie aus dem Nachlaßinventar vom 17. Juli 1595 hervorgeht.

Dann verschwinden sie, wie der Erzherzog selbst, für eine Weile von der Bildfläche.

Von 1646 bis 1656 fungiert Erzherzog Leopold Wilhelm als Statthalter der Niederlande, und Direktor seiner Gemäldesammlung im Königlichen Palast ist der Maler David Teniers. Teniers liefert selbst eine Reihe von Werken für die Sammlung, aber nirgendwo findet sich eine Spur der Bruegels, was vermuten läßt, daß sie nach dem Tod von Erzherzog Ernst, zusammen mit den anderen Bildern seiner Sammlung, nach Wien geschafft wurden. Von Wien aus gelangten sie offenbar nach Prag, in den Besitz Rudolfs II. 1659 sind sie wieder in Wien, tauchen im Inventar von Leopold Wilhelm auf, der inzwischen aus den Niederlanden zurückgekehrt ist. 1660 zitiert Teniers aus einem Brief eines ungenannten Freundes in Wien, der ihm berichtet, daß er die Bildserie in der erzherzoglichen Galerie in der Stallburg gesehen habe. Dieser Mann spricht von sechs Bildern, doch muß das sechste eine Art Ersatzbild gewesen sein, denn im Inventar des Erzherzogs werden zu dieser Zeit nur noch fünf erwähnt.

Das erste Bild der Folge, mein Bild, ist also zwischen 1595 und 1659 irgendwo auf dem Weg zwischen Brüssel, Prag und Wien verlorengegangen. »Der Verlust geht wohl auf das Konto der Transporte«, heißt es im Katalog des Kunsthistorischen Museums nonchalant.

Wirklich? Fällt ein Bild, das zwischen den Häusern der mächtigsten europäischen Herrscherdynastie hin- und hertransportiert wird, einfach so von einem Fuhrwerk? Unbemerkt? Ein Bild aus einer Folge? Das erste dieser Folge?

Oder wurde es von den Kuratoren der Sammlung mit gutem Grund entfernt?

Ich kann mir durchaus vorstellen, daß sich ein Hofbeamter diese harmlosen Landschaften, die im Königlichen Palast zu Brüssel hingen oder auf ihren Abtransport nach Wien warteten, einmal genauer angeschaut hat. Jemand mit einem unverstellten Blick vielleicht. Ein Prälat, einer von Granvelles Nachfolgern, der die Sammlung zum erstenmal zu sehen bekommt, oder zum letztenmal vor dem Abtransport. Und plötzlich bemerkt er auf einem der Bilder etwas, was niemand vor ihm gesehen hat.

Einige von Bruegels Werken sind zu unterschiedlichen Zeiten zensiert worden. Die unübersehbaren Erektionen mancher Bauern im *Hochzeitstanz im Freien* wurden übermalt und erst kürzlich wieder freigelegt. Im siebzehnten Jahrhundert verwandelte man die Kinderleichen im *Bethlehemitischen Kindermord* in Getreidesäcke, um die Schreckensszene zu entschärfen. Unser Prälat, der vor diesen wunderschönen Landschaften steht, beugt sich nun vor, um ein Detail zu betrachten, und zwar auf dem ersten Bild, das den Charakter der Serie prägt … und erstarrt. Kurz darauf wird das Bild abgehängt und in den Keller geschafft, bevor es einen Skandal auslösen kann.

Was mag mein scharfäugiger und dünnhäutiger Kleriker da gesehen haben? Was könnte ich jetzt sehen, wenn *ich* es mit Kennerblick betrachten würde?

Hat Bruegel in diesem einen Bild den Schleier von Agamemnons Gesicht gelüftet und für einen kurzen Moment eine grauenhafte Wahrheit gezeigt? Ist er hinter der Leinwand hervorgetreten? Hat er den Donner gemalt? Gezeigt, was nur gedacht werden kann?

Also: ich muß es selber sehen. Zurück nach Upwood. Ich werde sagen, daß ich mir den Giordano anschauen muß, um ein paar Dinge zu checken, die mein Belgier angesprochen hat, und sobald ich allein bin …

Der Giordano, richtig. Bevor ich mich irgendwelchen anderen Dingen zuwende, muß ich wegen der Preise ins V & A.

Es gibt drei Bilder von Bruegel, auf denen er sein Gesicht zeigt. Jedenfalls behaupten das einige Kunsthistoriker. Ich sitze in der Bibliothek des V & A, um nach den Preisen für Giordanos zu suchen, lasse mich aber von diesen drei raren Zeugnissen ablenken. Die Zeichnung *Maler und Kunstfreund* zeigt ihn bei der Arbeit, mit entschlossenem Gesicht und zerzausten Haaren, während ein bebrillter Auftraggeber ihm dümmlich grinsend über die Schulter schaut, die Hand schon im Geldbeutel, ohne recht zu verstehen, wofür er da bezahlen wird. In der *Bauernhochzeit* sitzt er am Bildrand, lauscht mit ausdrucksloser Miene den Worten eines Franziskanermönchs. In der *Predigt Johannes' des Täufers* verbirgt er sich klein und undurchschaubar in der Menge.

Mir fällt auf, daß sein Bart in dem ersten Bild grau, im zweiten braun, im dritten schwarz aussieht. Der einzige Hinweis, daß es sich bei diesen drei Figuren um ein Selbstporträt handeln könnte, ist die Ähnlichkeit, die einige Forscher mit den Kupferstichbildnissen von Lampsonius und Sadeler bemerkt haben, auf denen sein Name vermerkt ist.

Der Lampsonius ist leicht zu finden – in den Biographien begegnet man ihm immer wieder. Bruegel erscheint hier im Profil, das Gesicht halb verborgen durch einen langen Bart, Gesichtsausdruck und Charakter sind nicht deutlich zu erkennen. Das Sadeler-Porträt, das ich schließlich in Hollsteins *Dutch & Flemish Etchings* entdecke, zeigt ihn mit melancholischen, ernsten Augen, und für einen kurzen Moment … doch, er sieht real und menschlich aus.

Andererseits ist dieses Porträt erst 1606 entstanden, siebenunddreißig Jahre nach Bruegels Tod. Als Bruegel starb, war Sadeler noch nicht einmal geboren. Dieses allegorische Porträt nach Bartholomäus Spranger, der wie Sadeler am Hof Rudolfs II. tätig war, soll, wie Bedaux und van Gool nach akribischer Untersuchung der geheimnisvollen Symbole und des noch kryptischeren lateinischen Textes erklärt haben, Bruegel den Älteren und Bruegel den Jüngeren in einer Person zeigen, da die beiden angeblich ähnlich aussahen. Modell soll Bruegels Sohn gesessen haben. Im Klartext heißt das, daß dies überhaupt kein Porträt von Pieter Bruegel dem Älteren ist.

Ich wende mich wieder dem Lampsonius zu. Anders als Sadeler, war Lampsonius tatsächlich ein Zeitgenosse Bruegels, aber niemand weiß, ob sie sich begegnet sind. Lampsonius war als Sekretär von Kardinal Pole, dem Granvelle der Maria Stuart, lange Zeit in England. Ein Jahr vor Bruegels Tod kehrte er in die Niederlande zurück, aber nicht nach Brüssel, sondern nach Lüttich, wo er dem dortigen Bischof als Sekretär diente. Der Stich stammt aus einer Folge von Bildnissen berühmter niederländischer Künstler und verweist stilistisch auf van Eyck und Hieronymus Bosch, die beide schon lange tot waren, als Lampsonius geboren wurde. Die Wahrscheinlichkeit, daß es sich bei diesem Stich um ein Porträt im wahren Sinn handelt, dürfte ziemlich gering sein.

Und wenn beide Kupferstiche ihn nicht wirklich zeigen, dann besteht auch kein Grund zu der Annahme, daß das bei den drei angeblichen Selbstporträts der Fall ist.

Wenn man glaubt, Bruegel gesehen zu haben, entwischt er einem wieder, sobald man näher hinschaut. Er verhüllt sich in seinem Gewand, niemand tritt hinter dem Gemälde hervor. Also zu den Giordano-Preisen und dann zurück nach Upwood. Doch während ich den ersten Auktionskatalog herausziehe, mache ich eine dieser Zufallsentdeckungen, auf die man bisweilen erst nach stundenlanger, systematischer Suche stößt. Ich sehe, daß der Bildschirm neben mir, wo man Informationen über die gesamte wissenschaftliche Literatur abrufen kann, ausnahmsweise gerade nicht benutzt wird. Ich stelle den Katalog wieder zurück.

Ich gebe »Bruegel« ein ... und dann macht der Computer für mich weiter. Es geht so schnell und ist so verführerisch, ganz anders als das Hin- und Hergeschiebe an einem Mikrofichelesegerät oder das gebeugte Stehen über eselsohrigen Karteikarten. Kaum hat man seinen Wunsch formuliert, werden 114 Möglichkeiten genannt.

Es sind überwiegend Artikel in wissenschaftlichen Zeitschriften, und soweit ich sehe, ist keiner dabei, der für mich unmittelbar relevant wäre ... bis ich zum siebenundachtzigsten Titel komme: *Pieter Bruegel, peintre hérétique*, ein Beitrag in der *Gazette des Beaux-Arts* vom Februar 1986.

Ein Häretiker? Soweit ist ja nicht einmal Tolnay gegangen. Autor des Artikels ist der Pfarrer H. Stein-Schneider, ein französischer Protestant. Er selbst bezeichnet sich als Häresiologen mit dem Schwerpunkt sechzehntes Jahrhundert. Seine These lautet schlicht und einfach: Bruegel war »ein manifester Häretiker«, und seine Gemälde sind »manichäische und neokatharische Scharaden«.

Wow, wie Laura Churt sagen würde. Der Manichäismus, der immer wieder im Christentum auftaucht und immer wieder unterdrückt wurde, geht von einem grundsätzlichen Dualismus der Welt aus. In der Urzeit waren Gut und Böse, Hell und Dunkel voneinander geschieden, und diese Trennung wird in der Endzeit wiederhergestellt. Die Gegenwart wird verstanden als unheilvolle Vermischung der Gegensätze. Die Katharer oder Albigenser wurden im dreizehnten Jahrhundert von der Inquisition brutal verfolgt. Wenn Bruegel das gemalt hat, dann spielte er tatsächlich mit Donner und Blitz.

Stein-Schneider sind die kryptischen Andeutungen bei Ortelius ebenso aufgefallen wie mir. Ein Schlüssel zum Verständnis des Nachrufs, schreibt er, sei ein Brief von Ortelius, der 1888 in Antwerpen entdeckt wurde, und zwar in der alten Druckerei, die im sechzehnten Jahrhundert dem Drucker Christophe Plantin gehörte. Dieser Brief belege, daß Ortelius und Plantin Mitglieder einer von Hendrik Niclaes gegründeten Sekte namens »Haus der Liebe« waren, bei der es sich vermutlich um die *Schola caritatis* handelt, von der Tolnay spricht. Zwischen 1550 und 1562, während Bruegel in Antwerpen lebte, hat Plantin zahlreiche Schriften dieser Sekte herausgegeben, und zwar heimlich – mit gutem Grund. Stein-Schneider beurteilt diese Sekte, die Familisten, völlig anders als Tolnay. Für einen Häresiologen widerlegen die Schriften dieser Sekte Tolnays Auffassung, die Mitglieder seien loyale Katholiken gewesen. In Anbetracht der von ihnen vertretenen Irenik und ethischen Soteriologie – ich laufe zum Regal mit den Wörterbüchern: also die Lehre von der Friedfertigkeit und der Erlösung durch Güte – und ihrer sexuelle Askese müsse man von einer manichäischen Bewegung in der Tradition der Katharer sprechen.

Ein Häretiker, genau. Ich denke an die kleine Figur im Hintergrund so vieler Bruegel-Werke, an den ganz gewöhnlich aussehenden Mann, von dem niemand Notiz nimmt, ich denke an Ikarus, an den Saulus, an den kreuztragenden Christus, an einen Menschen, der eine andere Meinung vertritt, der sich nicht anpaßt und dessen unauffällige Anwesenheit doch alles verändert. Der unbeobachtete Beobachter, der stille Rebell.

»Besonders ein Werk aus dieser Sammlung familistischer Schriften«, sagt Stein-Schneider, »mit dem Titel *Terra pacis*, gedruckt bei Plantin in Antwerpen zwischen 1555 und 1562, scheint eine Beschreibung einer Anzahl von Bruegels Bildern zu enthalten. Es enthält sogar die Aufzählung und Erklärung von vierzig häretischen Symbolen, die Bruegel in seinen familistischen Scharaden verwendet hat …«

Ich müßte ein Exemplar dieses Werks auftreiben, dann wären alle meine Probleme vielleicht gelöst. Und wo würde ich eines finden? Im Britischen Museum natürlich. Ich sitze in der U-Bahn, bevor ich mich erinnere, warum ich überhaupt im V & A war.

Behutsam schlage ich das alte Buch auf. *Terra Pacis. Ware Getügenisse van idt geistelicke Landtschop des Fredes, dat daer is idt geistelicke Landt der Beloften unde de hillige Stadt des Fredes edder idt hemmelsche* Ierusalem *unde van dem hilligen uñ geistelicken Volcke dat daerinne wonet; unde van de Wanderunge in dem Geiste die daer-thoe leidet. Dorch H.N. am dach gegeuen; unde van Em uppet nye öuerseen unde düdelicker vorklaret.*

Langsam blättere ich weiter. Der Text erscheint mir wie ein Roman – über den beschwerlichen Weg eines Menschen, der aus dem »Land Norden« zieht, aus dem »Land des Unverstands«, um im Neuen Jerusalem, dem Land der Verheißung, seinen Seelenfrieden zu finden. Die Mühseligkeit der Reise ist schon an der altertümlichen Sprache abzulesen. Das große unwegsame Land, das er durchqueren muß, heißt Mancherlei-Wanderungen, weil Reisende von überallher unterwegs sind zu dem einen guten Land des Lebens und des Friedens.

Immer wieder stößt der Reisende in diesem Land auf topographische Allegorien, deren biblische Herkunft auf dem Seitenrand penibel vermerkt wird. Er erblickt trügerisch schöne Berge, vor denen sich der Reisende hüten muß, denn sie sind nichts als Betrug, Eitelkeit und Verführung. Er kommt an einem gefährlichen Wasserstrom mit Namen Ein-Wohlbehagen-der-Wollust-des-Fleisches vorbei, in dem viele Reisende ertrinken. Sein Leben wird bedroht von mancherlei wilden Tieren, die ihn verschlingen wollen und ihn tapfer verfolgen. Und im Dickicht lauert ein Mörder, der da heißt Unglaube.

Ich nehme mir wieder den Aufsatz von Stein-Schneider vor. In den Jahreszeiten, sagt er, erscheinen einige der vierzig häretischen Symbole, die in *Terra pacis* genannt und erklärt werden. Der *Düstere Tag* zeigt das »Land Norden«, und die *Jäger im Schnee* zeigen Kälte und Hunger. Die trügerischen Berge sind in der *Heuernte* dargestellt, der Schatz auf dem Feld (Matth. 13,44) in der *Kornernte*.

Mir wird klar, daß der Zyklus keine genaue Wiedergabe dieser beschwerlichen Reise sein kann, denn wenn der *Düstere Tag* das letzte Werk der Folge ist, würde der Reisende wieder im Land Norden ankommen, dort, wo er aufgebrochen ist. Vielleicht werden also nicht die aufeinanderfolgenden Reiseetappen gezeigt, sondern Szenen der Reise zu unterschiedlichen Jahreszeiten. Wir haben es also mit einer Art illustriertem Führer durch das Land Norden und das verwüstete Land zu tun.

»Aber in demselben ganzen Land mit Namen Mancherlei-Wanderungen ist nicht ein ebener Weg.« Und in dem ganzen Jahreszeitenzyklus ist, bis auf die Dorfstraße in den *Jägern im Schnee*, kein einziger Weg.

Und noch ehe ich das Buch durchgelesen habe, glaube ich, all die topographischen Details bei Bruegel benennen zu können, so als stünde ich mit einem Reiseführer vor den Bildern. Das eine Kastell heißt Die-Versuchung-des-Teufels, das zweite Das-Verlassender-Hoffnung, das dritte Die-Furcht-vor-dem-Tod ... Die Berge heißen Angenommene-Vernunft-oder-Klugheit, Reichtum-des-Geistes, Gelehrtes-Wissen, Angenommene-Freiheit, Gutdünkende-Prophezeiungen, Eifrig-gewählte-Heiligkeit, Falsche-Gerechtigkeit, Neu-erfundene-Demütigkeit, Stolz-auf-die-eigene-Geistlichkeit, Des-Besseren-nicht-gewahr-Sein ...

Und einige der *Pretmakers*, die man schon schwimmen sieht, haben sich in den Fluß Ein-Wohlbehagen-in-der-Wollust-des-Fleisches gestürzt, diesen gefährlichen Wasserstrom, in dem schon so viele Reisende ertrunken sind.

Oder sehe ich mich selber schon als Reisenden in diesem weiten, unwegsamen Land? Nähere ich mich schon jenem steilen Abgrund, der da heißt Irgendwie-wird-schon-alles-zusammenpassen? Ich erinnere mich, wie oft mein Blick zwischen Landschaft und Karte hin- und hergegangen ist und daß ich die Berge vor mir in sechs völlig unterschiedlichen Konturen gesehen habe. Wenn ich doch nur ein einziges Detail in der Landschaft erkennen könnte, das sich eindeutig auf eine kartographische Markierung bezieht. Einen Kirchturm. Einen Leuchtturm. Eine Schmalspureisenbahn.

Und dort ist einer dieser unmalbaren Blitze, die mir an diesem schwindelerregenden Tag den Weg weisen.

Landkarten! Genau! Die Landkarten aus dem *Theatrum orbis terrarum*, dem großen Atlas von Abraham Ortelius aus dem Jahre

1570! Vielleicht finde ich dort einen Hinweis auf die häretischen Symbole der Familisten! Irgend etwas, das in den *Pretmakers* zu sehen ist!

Ich laufe wieder zum Katalog, der mehrere Ausgaben des *Theatrum* nennt. Die ersten vier wurden von Aegidius Commenius Diest herausgegeben. Ab 1579 wurde die Edition von ... Christophe Plantin in Antwerpen betreut, dem Sektenbruder Ortelius' und Untergrundverleger von *Terra pacis*.

Ich bin schon unterwegs zur Landkartenabteilung.

Langsam arbeite ich mich durch Plantins erste Ausgabe des *Theatrum*. Mir ist nicht ganz klar, was ich eigentlich suche. Ein unwegsames Land, eine Karte für die geistliche Wanderung.

Unter der schützenden Talkumschicht präsentiert sich, Seite für Seite, ein historisches Dokument: ein Blick auf die Welt von einem bestimmten Ort aus und zu einer bestimmten Zeit – genau wie bei dem Jahreszeitenzyklus. Vor mir liegt die Welt der späten Renaissance, von den Niederlanden aus gesehen. Im Vordergrund haben wir die Niederlande, in der Mitte das übrige Europa, das sich, wie Bruegels Tal, zu den neuen Horizonten erstreckt, die von mutigen Seefahrern erkundet werden.

»Die ganze Erde«, sagte Niclaes in *Terra pacis*, »ist unermeßlich groß und weit, und die Länder und Völker sind zahlreich und mannigfaltig.« Das gilt auch für die verschiedenen Maßstäbe und Farben und Techniken der Kartographen, deren Werke in Ortelius' *Theatrum* versammelt sind. Und doch ist die Welt, die sie zeigen, eigentümlich statisch, mit Flüssen, Bergen und Wäldern, mit Königreichen und Herzogtümern, mit Städten und Dörfern, aber ohne Verbindungswege zwischen den einzelnen Ansiedlungen – wie bei Bruegel. Natürlich keine Eisenbahnen, aber auch keine Straßen. Die Welt sieht aus wie das große unwegsame Land. Nur auf den Meeren sind, wie bei Bruegel, ein paar symbolische Segelschiffe zu sehen, die zu geheimnisvollen Zielen aufbrechen.

Die Stadt Salzburg erscheint wie aufgeblättert, so wie Bruegel sie von seinem hoch angesetzten Standpunkt aus gesehen haben könnte. Jenseits der Alpen erscheint hinter dem Comer See eine Landschaft, die noch mehr an ein Bild aus dem Jahreszeitenzyklus erinnert, mit einer Stadt in der Ferne und grünen Bergen ... Und dort im Vordergrund sehe ich, wonach ich gesucht habe. Eine kleine Figur. Einen Wanderer, der ein Kreuz am Wegrand oder einen Wegweiser passiert.

Er kommt aus dem Norden, aus dem Land der Düsternis, er steigt über hohe Alpenpässe, vorbei an den trügerischen Bergen, hinunter in die linde Luft Italiens und wandert dem Neuen Jerusalem entgegen, dem Gelobten Land, in dem die Seele Frieden findet.

Nein, natürlich nicht. Dies ist nur eine kleine Skizze, ein dekorativer Zusatz des italienischen Kartographen.

Oder? Ich lasse mir ältere Ausgaben des *Theatrum* kommen, die von Diest herausgegeben wurden. Und in der Erstausgabe von 1570 ... kein kleiner Wanderer. Der erscheint erst in der zweiten Auflage ein Jahr später. Also wurde er nicht von dem italienischen Kartographen hinzugefügt, sondern in Antwerpen von Ortelius persönlich. Warum? Für einen so geringfügigen, aber doch sonderbaren Eingriff des Herausgebers fällt mir nur ein einziger Grund ein: Es ist ein Geheimzeichen für die Initiierten. Indem Ortelius diesen kleinen Wanderer bei seiner beschwerlichen Reise durch das unwegsame Land zeigt, signalisiert er seinen Glaubensbrüdern, daß das ganze irdische Dasein Schauplatz einer lebenslangen Reise ist.

Und am Ende dieses außergewöhnlichen Tages im Kartenlesesaal denke ich: Wenn es auch in den *Pretmakers* einen kleinen Wanderer gibt, wäre der komplette Jahreszyklus eindeutig als familistisches Dokument identifiziert. Es gäbe eine Erklärung dafür, warum dieses Bild beiseite geräumt, versteckt wurde. Wenn ich einen kleinen Wanderer finden kann, der aus der kalten nordischen Märzlandschaft herunterkommt, wäre das Bild zweifelsfrei identifiziert.

Ich wäre derjenige, der das Rätsel Bruegel endlich gelöst hat. Ich hätte den Schleier gelüftet und gezeigt, wer sich hinter der Leinwand verbirgt. Ich hätte den Donner gefunden.

Ein zweiter Gedanke schießt mir durch den Kopf: Auf meinem Bild gibt es tatsächlich einen Wanderer. Ich sehe ihn so deutlich, als stünde ich davor.

Überprüfen! Unbedingt! Irgendwie!

Und schon bin ich draußen auf der Straße und mache mich auf den Heimweg. Die Jahreszeit, die auf meinem Bild gezeigt wird, symbolisiert vermutlich die moralische Unentschiedenheit, die Ungewißheit, die Ausgewogenheit zwischen Licht und Dunkel. Genauer gesagt, die Zeit kurz nach der Tagundnachtgleiche, dem Beginn des einstigen neuen Jahres, wenn die langen Winternächte endlich den langen Sommertagen Platz machen. Auch die nordwestlichen Randbezirke, draußen vor dem Zugfenster, werden von der Sonne beschienen, und überall schimmert das gleiche Grün, das auch auf meinem Bild zu sehen ist. Und ich bin der Reisende, der aus dem winterlich kalten Gebirge herunterkommt, der sanften Sommerlandschaft entgegen, wo das Schiff schon darauf wartet, den Anker zu lichten und nach Jerusalem zu segeln. Und welche Freude, eine große Reise zu machen, an einem großen, faszinierenden Projekt zu arbeiten.

Alles, was wir tun, hat gute und schlechte, dunkle und helle Seiten, und das gilt auch für das Projekt, das ich mir vorgenommen habe. Doch die Tage werden länger und die Nächte kürzer. Und ich weiß jetzt, daß das Gute am Ende siegen wird.

Ich schlage das Exemplar von *Country Life* auf, das ich mir in St. Pancras gekauft habe – nicht mein üblicher Lesestoff –, und während der Zug nach Norden rast und die Landschaft mit Namen Mancherlei-Berufstätige-sind-hier-unterwegs an mir vorbeizieht, studiere ich die Grundstückspreise in den Immobilienanzeigen. Für eine Million Pfund bekäme man bestimmt etwas Eindrucksvolles. Vielleicht so etwas wie Upwood. Früher oder später, denke ich, wird Upwood verkauft werden, trotz meiner Bemühungen, Tony aus der Patsche zu helfen.

Mir fällt ein, daß ich ganz vergessen habe, mich über den Giordano zu informieren. Doch angesichts des schwindelerregenden Deals, den ich in Kürze abwickeln werde, finde ich, daß es auf genaue Zahlen jetzt nicht mehr ankommt.

5

Der kleine Wanderer

Er ist gerade weggefahren«, sagt Laura. Sie hat die breite Haustür nur halb geöffnet, um mir das mitzuteilen, aber trotzdem ist es ein wärmerer Empfang, als ich es in Upwood gewohnt bin. Immerhin scheint sie eine Ahnung zu haben, wer ich bin, und es stürzen sich auch keine bellenden Hunde über mich her.

Ich sehe auf meine Uhr und mache ein, wie ich hoffe, enttäuschtes Gesicht. Kate ist auf die Ergebnisse dieses kleinen Ausflugs fast ebenso gespannt wie ich. Als sie mich gestern abend vom Zug abholte, habe ich ihr sofort von dem Land Mancherlei-Wanderungen erzählt und von der wichtigen Frage, ob es auf meinem Bild einen kleinen Wanderer gibt. »Du solltest vielleicht eine Lupe mitnehmen«, schlug sie vor.

»Ich muß diesem Bekannten von mir ein paar Dinge über die *Helena* faxen«, erkläre ich Laura. »Sie wissen, daß er einen Interessenten gefunden hat? Ich müßte mir das Bild in aller Ruhe noch einmal ansehen und ein paar Notizen machen.«

Ich wußte, daß Tony nicht da sein würde. Ich wußte, daß die Hunde nicht da sein würden. Auf dem Weg hierher, zum Kastell Die-Versuchung-des-Teufels, hatte ich sie im Landrover gesehen, als ich den Berg Angenommene-Vernunft-oder-Klugheit hinauffuhr. Ich hätte anhalten und mich für später mit Tony verabreden können und wollte auch schon hupen, doch dann fiel mir ein, daß es ohne ihn vielleicht unkomplizierter wäre. Ich glaube nicht, daß Laura geduldig im Frühstückszimmer warten und zusehen wird, wie ich umständlich durch Kates Lupe das Negligé der Helena studiere. Ich habe mir auch ihr Maßband eingesteckt, denn sobald Laura aus dem Zimmer ist, werde ich als erstes, noch bevor ich die Lupe auf den Mittelgrund der *Pretmakers* richte, einen ganz simplen Test machen und prüfen, ob die Tafel, wie die anderen Bilder der Folge auch, etwa 120 mal 160 Zentimeter mißt.

Laura zögert, macht dann die Tür etwas weiter auf. Ich zögere ebenfalls, bin nicht sicher, ob ich ihr einen Kuß geben soll. Vermutlich ja, denn inzwischen könnte man sagen, daß wir gesellschaftlich miteinander verkehren. Ihre Wange ist aber so weit weg und das Haus so leer, daß mir der Kuß auf den Lippen erstirbt.

»Ich kann aber nicht bei Ihnen bleiben«, sagt sie. »Ich habe einiges zu erledigen.«

»Kein Problem. Zeigen Sie mir nur, wo's lang geht.«

»Ich besorge den Schlüssel. Tony schließt das Frühstückszimmer immer ab.«

Während sie ihre Handtasche holt, sehe ich mich mit anderen Augen in der Diele um. Ja, ein bißchen frische Farbe und eine Menge frisches Geld, und dieses Haus wäre ein idealer Landsitz für ein seriöses Kunsthistorikerehepaar plus Nachwuchs ... Aber Laura ist schon wieder da und führt mich durch das dezent heruntergekommene, düstere Labyrinth. Diesmal trägt sie nicht Schürze und Gummihandschuhe, sondern wieder einen ihrer weiten Pullover, dessen üppiges Smaragdgrün sich auffällig von den alten Brauntönen ringsum abhebt. Und ich kann nicht umhin, festzustellen, daß er mit den Bewegungen ihrer Hüften verwirrend hin und her rutscht.

»Irgendein mysteriöser Belgier, glaube ich«, sagt sie über die Schulter, während sie den Schlüssel ins Schloß steckt. »Tony findet das natürlich zum Schreien. Ich frage mich, ob er tatsächlich existiert.«

Sie hält mir die Tür auf und sieht mir dabei zum erstenmal direkt in die Augen. Ihr Blick hat etwas Forschendes, und mir scheint, daß sie erheblich schlauer als ihr Mann ist. Ich habe das unangenehme Gefühl, daß sie mich durchschaut, bleibe aber ganz ruhig. Erstaunlich ruhig. Meine Zunge übernimmt das Kommando, so wie in der Situation, als ich Tony von meinem Belgier erzählte.

»Mr. Jongelinck?« sage ich. »Ich denke schon. Soll eine prachtvolle Villa bei Antwerpen haben.«

Dieser witzige Einfall bringt mich fast zum Lachen. Und im selben Moment wird mir noch etwas anderes klar – warum Mr. Jongelinck nämlich so publicityscheu ist. Es hat nichts mit Drogen oder Waffenhandel oder ähnlich banalen Dingen zu tun. Seine Eltern sind während der Besatzungszeit reich geworden, so wie der reale Mr. Jongelinck auch. Es gab da unschöne Gerüchte von Sklavenarbeitern, von Widerstandskämpfern, die an die Gestapo verraten wurden, doch ich behalte dieses schändliche kleine Geheimnis für mich. Mr. Jongelincks Identität hätte ich natürlich auch für mich behalten sollen.

»Na ja,« erkläre ich noch glaubhafter, »Sie sollten seinen Namen lieber vergessen. Eigentlich hätte ich ihn nicht erwähnen dürfen.«

Ich gehe zum Kamin. Ich bemerke sofort, daß der Rußschutz verschwunden ist. Aber natürlich betrachte ich die *Helena*, die noch immer hoch über dem Kaminsims hängt. Und es ist immer noch so kalt im Zimmer. Gut, daß ich meinen Mantel nicht ablegen mußte! Ich hole meinen Kugelschreiber heraus und ein altes Bestellformular vom V & A und starre mit gelehrter Miene durch die Lupe auf Helenas linken Fuß. »Farbe offenbar mit Klobürste aufgetragen«, notiere ich sorgfältig.

Ich blicke über die Schulter, um zu sehen, wo *mein* Bild geblieben ist, und stelle fest, daß Laura noch immer dasteht, obwohl sie so ungeduldig ist und so viel zu tun hat.

»Es dauert nicht lange«, sage ich. »Sobald ich fertig bin, melde ich mich. Irgendwo werde ich Sie schon finden.«

Ich wende mich wieder meiner wissenschaftlichen Tätigkeit zu. Hinter meinem Rücken wird eine Zigarette angezündet.

»Ich meine«, sagt sie, »will er es tatsächlich kaufen?«

Aha. Der kleine Schnörkel war also ganz unnötig.

»Ja, ich denke schon«, sage ich. »Warum denn nicht?«

»Ich versteh einfach nicht, was an diesem Ding so schön ist, daß einer es unbedingt kaufen will.«

Wie bitte? Ich muß es mir nicht nur ansehen, nicht nur irgendeinen Blödmann auftreiben, der es kauft – ich muß auch noch einen

Vortrag darüber halten? »Ich bin leider kein Giordano-Experte«, sage ich. »Ich fungiere nur als Vermittler. Es fällt überhaupt nicht in meine Zeit.«

»Bitte. Ich meine es ernst. Es interessiert mich wirklich.«

Ich trete einen Schritt zurück und betrachte es. Wir beide betrachten es. Komm schon, Zunge!

»Also«, sagt die Zunge, »die Komposition ist gut durchdacht. Nein? Die Figuren besitzen … ähm … Plastizität und Kraft. Ziemlich kühnes Chiaroscuro.«

Nicht schlecht, angesichts der Umstände. Außerdem bietet mir dieses neue Kunstinteresse eine Gelegenheit. »Wo sind denn die anderen drei?« frage ich. An der Durchreiche sehe ich die Schlittschuhläufer und die Reiter. »Die sind bißchen näher an meiner Zeit dran. Wollen Sie darüber etwas hören?«

Doch sie starrt nur auf die *Helena.* Versunken und nachdenklich stößt sie einen Mundvoll Rauch aus. Ihre Haltung hat sich verändert. Großer Gott, was habe ich gesagt? War es die Plastizität, oder war es das Chiaroscuro?

»Wenigstens bin ich nicht so fett wie sie«, sagt Laura.

Ach so. »Ich glaube nicht, daß sie Ihnen in irgendeiner Weise Konkurrenz machen könnte«, versichere ich höflich. Sie scheint dieses kleine Kompliment überhört zu haben. Aber zufällig stimmt es. Noch immer steht sie gedankenverloren vor dem Bild. »Welcher ist Paris?« fragt sie.

Ich zeige auf eine muskulöse behelmte Figur. Laura lacht trocken.

»So hat er nie ausgesehen, nicht einmal als wir uns kennengelernt haben«, sagt sie. Tony vermutlich. Diesmal schweige ich diplomatisch. »Da hatte er schon einen Bauch. Er sah immer wie der Onkel von jemand aus. Trotzdem war es eigentlich nicht viel anders. Plötzlich, aus heiterem Himmel, wumms! Telefonanrufe zu allen Tages- und Nachtzeiten. Blumen. Wochenenden auf Segelbooten, die anderen Leuten gehörten. Christopher ist natürlich ausgeflippt, aber Tony hat ihn einfach ignoriert, ihn einfach beiseite gedrängt. Wir waren ja erst zwei Jahre verheiratet. Ich hab mich total mies gefühlt, aber ich war wie hypnotisiert, ich war hilflos, ich wußte nicht, was in mich gefahren war. Und was er alles über Upwood erzählt hat! Bei ihm klang es wie Schloß Windsor oder so. Hat es mir bei Vollmond in einer Sommernacht durch die Bäume gezeigt. Konnte mich natürlich nicht ins Haus bringen, solange Margaret noch da war. Doch dann – ich konnte es nicht glauben – hat sie irgendwie ihre Pillen verwechselt. Das war's.«

Ich sehe sie an, überlege, was das heißt. Tony hat seine erste Frau also entweder in den Selbstmord getrieben oder umgebracht. Laura betrachtet die große Entführung – sehnsüchtig, wie mir jetzt scheint –, als sähe sie ihr eigenes Leben in dieser pompösen Szene. Die Macht der Kunst! »Ich glaube, eine Frau findet es immer unwiderstehlich, wenn sie merkt, daß ein Mann sie unter allen Umständen erobern will«, sagt sie.

Schweigen. Ich müßte jetzt etwas antworten, ganz klar, doch ich bin so verblüfft über dieses plötzliche Bekenntnis, daß mir nichts einfällt. Ich bin aber nicht sicher, ob sie die Pause bemerkt. Sie scheint völlig in Gedanken versunken und fährt nach einer Weile einfach fort.

»Aber mein Gott, was für ein Schock, als ich dieses Haus dann von innen gesehen habe! Es regnete durchs Dach, überall Mäusedreck. Und natürlich wußte er inzwischen, daß ich kein Geld hatte! Er hatte Christopher und mich erlebt – Haus in Chelsea, Villa auf Barbados –, wobei Christopher praktisch nichts verdient hat, der Ärmste, und da dachte er, all das gehört mir, aber es war der Familienbesitz. Ich bin dann mit Tony nach Somerset gefahren, um ihn Dad vorzustellen, es war die reinste Katastrophe. Als Dad hörte, daß wir geheiratet hatten, hat er einfach den Geldhahn zugedreht.

Das soll nicht heißen, daß ich für Tony *nur* des Geldes wegen interessant war. Es macht ihm Spaß, Frauen rumzukriegen, aber es ist dann immer ziemlich schnell vorbei, und ich glaube, wenn ich Geld gehabt hätte, wenn ich imstande gewesen wäre, seinen Besitz in Ordnung zu bringen, dann hätte es wohl ein bißchen länger gehalten. Ich habe weiß Gott versucht, mich anzupassen, ich habe versucht, ihn machen zu lassen. Zum Beispiel habe ich nicht die leiseste Ahnung, wo er in diesem Moment gerade steckt, aber ich kann es mir schon denken ... Er hat eine Werkstatt im Hof, wo er angeblich den ganzen Tag arbeitet, aber wenn ich hingehe und nachschaue, ist er verschwunden. Er arbeitet tatsächlich. Aber nicht an kaputten Futtertrögen. Er sagt immer, ich soll mein eigenes Leben führen, und ich bemühe mich wirklich, das können Sie mir glauben, aber wenn ich es tue, gefällt es ihm auch nicht.«

Sie hebt ihren smaragdgrünen Pullover hoch. Wir betrachten ihre Rippen und die samtweiche Partie unterhalb der linken Brust. Über der Herzgegend erstreckt sich eine große, ungleichmäßig indigoblaue Gewitterwolke, die von einem grünlichen Schein umgeben ist.

»Das war der Griff«, erklärt sie. »Am Kühlschrank.«

Ich versuche, weiter hinzusehen. Ich versuche, den Blick abzuwenden. Ich versuche beides gleichzeitig. Laura selbst starrt die Stelle eine ganze Weile an. Entweder ist sie so fasziniert von dem Anblick, daß sie meine Anwesenheit vergessen hat, oder sie wartet, daß ich auf diese neue Entwicklung in unserer plötzlichen Intimität reagiere. Mir ist noch immer nicht klar, ob ich nur der unbeteiligte Katalysator dieses Ausbruchs bin oder ob ich vielleicht zu dem Leben gehöre, das sie jetzt führen will. Wenn ich ehrlich bin, empfinde ich eine etwas makabre Erregung, eine Art sympathetischen Schauder. Lauras linke Brust, obschon seidig umhüllt, fasziniert mich sehr viel mehr als die nackte rechte Brust, die sich über uns in den Wind reckt. Plötzlich denke ich, daß ich vor ihr niederknien und den blauen Fleck zart küssen sollte. Aber nicht allen meinen spontanen Impulsen gebe ich nach, was immer Kate auch glauben mag, und so lasse ich die Gelegenheit ungenutzt verstreichen. »Tut mir leid«, sage ich statt dessen. Sie läßt den Pullover wieder fallen.

»Der arme Tony«, sagt sie. »Er ist so dumm. Alles versteht er falsch. Seine Söhne sprechen nicht mit ihm. Und immer trickst er sich am Schluß selber aus. Dieses lächerliche Arrangement mit Ihnen, nur weil er die Erbschaftssteuer sparen will.«

Erbschaftssteuer? Ich starre sie an, noch irritierter als über den blauen Fleck.

»Na sicher«, sagt sie. »Sie hat es ihm erst auf dem Sterbebett vermacht. Vorgeschrieben sind aber mindestens drei Jahre vor dem Tod. Sonst bezahlt man vierzig Prozent. Er sagt, es waren drei Jahre – angeblich hat sie nur nichts aufgeschrieben. Natürlich hat sie nichts aufgeschrieben. In dieser Familie setzt sich doch niemand hin und schreibt etwas auf. Sie hat ihm *gesagt*, daß er das Bild bekommen soll. Behauptet Tony. Aber das ist unmöglich. So kann es nicht gewesen sein, denn sie haben dreißig Jahre lang nicht miteinander gesprochen, sich nicht gesehen. In dieser Familie sprechen sie nicht miteinander! Er ist erst hingegangen, als sie im Sterben lag. Zum erstenmal nach dreißig Jahren. Seine eigene Mutter!«

Natürlich! Klarer Fall. Er will nicht nur die viereinhalb Prozent Kommission sparen, sondern auch die vierzig Prozent Steuern. Ich hätte es mir denken sollen. Irgendwie lächerlich in dieser Umgebung, wo alles in der einen oder anderen Weise geerbt wird, aber ich habe nicht daran gedacht, weil es in meiner Welt anders zugeht. Noch nie in meinem Leben habe ich etwas vererbt oder geerbt, abgesehen von meinen Genen. Und noch nie habe ich versucht, das Finanzamt auszutricksen.

Offenbar gucke ich so begriffsstutzig, wie ich mich fühle. »Hat er Ihnen denn nichts gesagt?« sagt sie. »Nein, natürlich nicht. Wirklich sehr geschickt. Wenn Sie nämlich nicht wissen, worum es hier geht, und Sie die Sache vermasseln, kriegt er am Ende eine saftige Strafe aufgebrummt und steht noch schlechter da als zuvor.«

Ich auch, ich doch auch!

Ich sehe noch einen Hoffnungsschimmer. »Und die anderen drei Bilder ...?«

»Vierzig Prozent. Er hat sie alle im Landrover hergebracht. Aber ich weiß nicht, wieso er glaubt, daß sie sie ihm *geschenkt* hat ... Zu der Zeit konnte sie schon nicht mehr reden und sich nicht mehr bewegen. Jedenfalls hat er den Anhänger mitgenommen, als er zu ihr fuhr, er muß also etwas geahnt haben.«

Mich erfaßt Panik. Ich will weg aus diesem Haus, weg von diesen schrecklichen Menschen und diesem Lebensstil, in dem ich mir so verloren vorkomme. Ich bewege mich unwillkürlich zur Tür.

»Ach«, sagt Laura überrascht, »Sie sind schon fertig? Haben Sie alles herausgefunden, was Sie wissen wollten?«

»Ich glaube ja, vielen Dank.«

Sie drückt ihre Zigarette aus. Eher widerstrebend, scheint mir. Auf der Türschwelle fasse ich mir ein Herz und unternehme einen letzten Versuch, den wirklich entscheidenden Punkt anzusprechen.

»Ich soll ja auch die anderen drei für ihn verkaufen«, sage ich bemüht nonchalant, was mir inzwischen heroische Anstrengungen abverlangt. »Aber ich sehe nur zwei.«

»Tja, was ist mit dem im Kamin passiert ...?« sagt sie. Sie schaut sich unsicher um. »Ach ja, ich glaube, es ist in der Werkstatt. Er wollte es ein bißchen sauber machen.«

Ich steige in mein Auto und lasse, noch immer geschockt, den Motor an, kann nicht denken, spüre eine gewaltige Panik in meinem Kopf, sehe nur auf irgendeiner Werkbank das Bild, auf dem sich die Wirkung des Farbentferners zu zeigen beginnt.

Ich schaue hinüber zum Haus. Die Tür ist zu. Ich stelle den Motor wieder ab und steige aus. Was habe ich vor? Ich weiß es nicht. Ich registriere, daß meine Füße mich um das Haus führen, vorbei an dem rostenden, ausgeweideten Traktor in den Hof. Offenbar suche ich die Werkstatt. Wozu? Ich habe keine Ahnung. Um den Farbentferner abzuwaschen. Meine Arme um das Bild zu legen. Es zu beschützen. Es ist die Ironie, die mich dermaßen umhaut. Er braucht doch überhaupt nichts zu tun! Wenn er einfach die Hände von dem Bild läßt, werde ich ihm zwanzigtausend Pfund dafür verschaffen!

Ich bleibe kurz stehen und bezwinge meine Panik.

Er wird es nicht mit Terpentin behandeln. Oder Herdreiniger

oder Desinfektionsmittel für Schafe oder sonst etwas. Das ist mir klar. Was immer er unter Reinigen verstehen mag, er ist kein Idiot. Er weiß mit Bildern umzugehen, und sein Problem ist es, daß er sie anderen Leuten anvertraut, und nicht, daß er selbst an ihnen rummacht. Ich muß einfach die Gelegenheit nutzen, es mir noch einmal anzusehen, bevor er den Rostentferner aufträgt …

Ach was, Rostentferner. Aber ich werde es abmessen und mir ansehen. Deshalb bin ich schließlich hergekommen. Die Abmessungen prüfen und den kleinen Wanderer finden, bevor ein Spritzer Terpentin ihn und die Antwort auf die Frage ein für allemal verschwinden läßt … Nein, nein. Keine Panik.

Es gibt mehrere Ställe und Wirtschaftsgebäude im Hof, aber die Werkstatt ist leicht zu finden. Es ist die einzige Tür, die nicht schief in den Angeln hängt oder hinter hohem Gras verschwindet. Es gibt auch eine Schließvorrichtung – hellrote Plastikschnur, versteht sich –, die aber schlaff herunterhängt. Die Tür gibt etwas nach, als ich anklopfe, und fliegt schon bei dem leisesten Druck auf. Drinnen steht ein Arbeitstisch, auf dem sich ein Haufen Werkzeug und die Innereien diverser Haushaltsgeräte ineinander verknäueln – Rohrleitungen und Kabel, schwere elektrische Armaturen, kleine Landschaften aus Elektronikteilen von Fernsehern oder Computern, die allesamt so aussehen, als würde nie wieder Wasser oder Strom durch sie fließen. Ein warmer Paraffingeruch liegt in der Luft; offensichtlich hat Tony hier gearbeitet, bevor er wegfuhr.

Neben der Werkbank stehen Reste von Brettern und Spanplatten, zusammengefaltete Pappkartons und leere Rahmen. Bilderrahmen? Komisch … und neben dem Paraffingeruch nehme ich noch einen anderen vertrauten Geruch wahr. Ich bin nicht ganz sicher, was es ist. Er weckt angenehme Assoziationen, aber aus irgendeinem Grund irritiert er mich hier drinnen …

Und dann überkommt mich eine Ahnung, der Boden scheint mir unter den Füßen wegzusacken, und plötzlich weiß ich, was es ist: Leinöl.

Hinter der Werkbank ist eine zweite Tür. Ich stoße sie auf. Der

Geruch von Leinöl wird stärker. Hier, in diesem zweiten Raum, steht ebenfalls eine Werkbank, auf der aber eine andere Art Unordnung herrscht. Vor mir sehe ich ein chaotisches Schlachtfeld – schmutzige Flecken, getrocknete Farbreste, ein wirres Pinselgestrüpp in Töpfen, dreckige Lappen und alte Farbtuben, die wie gekrümmte Leichen daliegen …

Es ist von ihm. Das Bild. Die *Pretmakers.* Er hat es gemalt. Der Giordano ist nicht der Köder, mit dem ich ihn reinlege; *er* legt *mich* damit rein.

Wer wen? Die entscheidende Frage, wie schon Lenin sagte. Ich dachte, ich ihn. Von wegen. Er mich.

Er hat mir von Anfang an etwas vorgemacht. Die wenig überzeugende Bitte um Rat, die gespielte Ahnungslosigkeit auf künstlerischem Gebiet und der vorgetäuschte Steuerbetrug, die Bilder, die mich in die Falle locken sollten. Ein klassischer Trick. Ich bin auf meine eigene List hereingefallen, meine Eitelkeit hat mich blind gemacht.

Die ganze Welt hat sich in ein Negativ ihrer selbst verwandelt. Alles Weiß ist schwarz, alles Schwarz ist weiß. Auch mein Bild hat sich verkehrt. Alles, was ich gut an ihm fand, ist jetzt ein unübersehbarer Mangel, alles, was für seine Authentizität sprach, beweist jetzt, daß es gefälscht ist. Meine heimliche Raffiniertheit hat sich in offensichtliche Dummheit verwandelt, meine absolute Überzeugung in grenzenloses Mißtrauen. Ja, wenn ich an diesen blitzartigen Moment der Gewißheit denke, als ich es zum erstenmal sah, wenn ich daran denke, wie ich von Bibliothek zu Bibliothek gelaufen bin, um es Schritt für Schritt zu identifizieren, und dabei den falschen Fährten gefolgt bin, die mein vermeintliches Opfer für mich gelegt hat, und wie ich mich immer tiefer in meiner Selbsttäuschung verstrickt habe, dann empfinde ich nur noch brennende Scham.

Hinter der Werkbank lehnen mehrere Stilleben und Landschaften in unterschiedlichen Stadien der Fertigstellung. Mein Auge wandert von einem Bild zum anderen, sucht die *Pretmakers.* Es ist nicht dabei. Keines ähnelt ihm auch nur entfernt. Ohnehin sind alle viel zu klein. Und viel zu … ja? Welches Wort fehlt mir?

Viel zu plump. Viel zu laienhaft. Viel zu täppisch. Der Mann kann überhaupt nicht malen.

Langsam komme ich wieder zur Vernunft, finde zur Realität zurück. Ich hatte einen Anfall moralischer Panik. Tony Churt könnte nicht einmal seine eigene Unterschrift fälschen, geschweige denn ein Tafelbild aus dem sechzehnten Jahrhundert. Er kann die Landschaft, die der liebe Gott ihm geschenkt hat, nicht erhalten, geschweige denn, eine ganz neue erschaffen. Genausowenig wie er sich rasieren kann, ohne sich zu schneiden, genausowenig könnte er jemanden übers Ohr hauen.

Die Farben der Welt kehren allmählich zu ihrer Normalität zurück, aus Weiß wird Dunkelgrau, alle schwarzen Töne werden heller.

Irgendwie kommen mir die Bilder jetzt auch bekannt vor. Ich erinnere mich an die Bilder, die mir an dem ersten Abend im Wohnzimmer auffielen. Sie stammen nicht, wie ich angenommen hatte, vom Landfrauenverband. Der Hausherr höchstpersönlich hat sie gemalt. Es geht ihm also nicht darum, Bruegels zu fälschen, sondern die Guardis und Tiepolos aus dem Familienbesitz durch authentische neue Churts zu ersetzen.

Fast muß ich laut lachen. Aber es ist mir auch peinlich, diese verborgene Schwäche von Tony entdeckt zu haben. In all unseren Gesprächen über Malerei hat er nie erwähnt, daß er selbst malt. Nicht das geringste Interesse für das Schaffen anderer, und doch dieses lächerliche Bedürfnis, selbst etwas hervorzubringen. Wie weich die Menschen unter ihrer harten Schale doch sind! Ich stelle mir vor, wie er hier im warmen Stübchen sitzt, die Lesebrille auf der Nase, ungeschickt drauflospinselt und sich seine privaten und finanziellen Nöte von der Seele malt, und ich bin … ja, peinlich berührt, so als hätte ich ihn auf dem Klo gesehen.

Ein wenig beschämt schließe ich die innere und die äußere Tür und gehe zurück zum Auto. Ich lasse den Motor wieder an, stelle ihn dann wieder ab. Wo ist das Bild? Was macht er damit? Ich werde den Geruch des Leinöls nicht los. Will er es etwa ... ich weiß nicht ... *retuschieren*?

Ich steige wieder aus, gehe zur Haustür und hämmere mit dem schweren Türklopfer dagegen, ohne recht zu wissen, was ich sagen soll. Mir geht durch den Kopf, daß Laura einen merkwürdigen Eindruck von meinem Geisteszustand gewonnen haben muß, wenn sie in den letzten zwanzig Minuten aus dem Fenster geschaut und mein Hin und Her verfolgt hat.

Allerdings glaube ich nicht, daß sie mich beobachtet hat, denn sie scheint überrascht, mich zu sehen.

»Entschuldigung«, sage ich. »Ich habe über Ihre letzte Bemerkung nachgedacht.«

Sie wartet. Vielleicht ist es gar nicht Überraschung, was sich in ihrer Miene abzeichnet. Eher Nachdenklichkeit.

»Daß er das Bild reinigen will. Hat mich plötzlich beunruhigt.«

»Und wie weit sind Sie gekommen?« sagt sie.

»Wie weit ich ...? Ach so, nicht sehr weit. Eigentlich nirgendwohin. Ich hab einfach im Auto gesessen und nachgedacht.«

Sie lächelt, blickt kurz an mir vorbei, schaut, ob jemand die Auffahrt entlangkommt. Dann hält sie mir die Tür auf. Ich trete verdutzt ein.

»Ich wollte Sie nur bitten, Ihrem Mann auszurichten ...«

»Wir werden einen Zettel finden«, sagt sie, macht die Tür hinter mir zu und führt mich in die Küche.

»Sagen Sie ihm einfach, daß es meiner Ansicht nach nicht besonders ...«

»Setzen Sie sich! Ich mache uns einen Kaffee.«

Da ich nicht weiß, was ich sonst tun soll, setze ich mich an den blanken Holztisch. Für eine Tasse Kaffee scheint es mir ein bißchen spät zu sein. Sie hat es ohnehin schon vergessen. Auch den Zettel. Sie zündet sich wieder eine Zigarette an, lehnt sich gegen die Stange, die vorne am gußeisernen Herd entlangläuft, und beobachtet mich durch den Rauch.

»Bilder sind sehr empfindlich«, sage ich. »Verschmutzter Firnis spielt keine Rolle. Manche Käufer finden sogar, daß er dem Bild eine zusätzliche Authentizität verleiht.«

Ihre Augenbrauen sind ein, zwei Millimeter in die Höhe gegangen. Ich erinnere mich an diesen Gesichtsausdruck – so hat sie mich angesehen, als ich über den Nominalismus gesprochen habe, über Ikonographie und Ikonologie. Sie bemüht sich krampfhaft, nicht zu lachen.

»Und darüber haben Sie im Auto in den letzten zwanzig Minuten nachgedacht?« sagt sie. »Wow!«

Jetzt begreife ich, was in ihr vorgeht. Mir wird klar, daß mein erneutes Erscheinen in der Tat etwas aufdringlich wirken muß. Daß ich zurückgekommen bin, um ihr eine, wie ich finde, völlig eindeutige Botschaft zu überbringen, muß ihr als der dümmlichste Vorwand erscheinen, den sich ein schüchterner Verehrer je ausgedacht hat. Mir wird abermals klar, wie leicht man das Offensichtliche mißverstehen kann. Ich bin sofort wie gelähmt. Ich weiß nicht, wie ich diesen falschen Eindruck korrigieren kann, ohne unhöflich zu sein. Vielleicht sollte ich einfach aufstehen und gehen. Doch das sieht bestimmt noch absurder aus. Ich bleibe sitzen, bringe kein Wort über die Lippen. Was natürlich die absurdeste Lösung ist, denn plötzlich verliert sie den Kampf gegen das Lachen, das sich in ihr angestaut hat. Es bricht aus ihr heraus wie Öl aus einem Bohrloch.

Wieder einmal habe ich den Erwin auf den Panofsky gepackt.

»Entschuldigen Sie«, sagt sie. »Es ist alles ... so ...«

Sie wendet den Kopf zur Seite, um mich nicht sehen zu müssen und sich von neuem anzustecken, doch es scheint nicht viel zu nützen. Sie hält eine Hand vors Gesicht, um ihre Pein zu verbergen.

Und dann lache ich ebenfalls. Sie steht lachend am Herd. Ich sitze lachend am Tisch. Weiß der Himmel, worüber *ich* lache. Ich nehme an, auch über alles. Über mich. Sie. Das Leben. Über nichts.

Ich habe keine Ahnung, wie es weitergehen soll. Gemeinsamer Erstickungstod, möglicherweise. Zwei Leichen ohne äußere Anzeichen von Gewalteinwirkung. Ratlose Gerichtsmediziner. Doch es nähert sich Hilfe. Lauras Lachen erstirbt, aufmerksam wendet sie den Kopf zur Tür. Ich höre ein Geräusch von schweren Leibern, die sich gegen Holz werfen, und scharrende Pfoten auf Stein. Die Tür fliegt auf, und hereingestürzt kommt die vertraute Schar, lebhaft, dreckig, nach Hund riechend. Mein Lachen verabschiedet sich ebenfalls.

»Tote Kuh auf dem Langen Feld ...« hebt Tony an, der hinter ihnen eintritt, bei meinem Anblick aber auf der Schwelle stehenbleibt. Sein Blick geht rasch zu Laura und dann wieder zu mir. Laura lehnt nach wie vor am Herd und raucht. Ich stehe mühsam auf, bedrängt von den Hunden – die mich schon so sehr als Teil des Haushalts akzeptiert haben, daß sie auch ohne vorheriges Bellen beginnen können, mich abzuschlecken und meine Hosenbeine zu beschnüffeln.

Tony betritt die Küche und wirft seine Mütze auf den Tisch. »Ich weiß nicht, was das bedeuten soll«, beendet er seinen Satz.

»Tierarztrechnungen vermutlich«, sagt Laura. »Martin sagt, du sollst das Bild nicht reinigen.«

»Welches Bild?«

»Das im Kamin. Das du weggenommen hast.«

Er sieht mich überrascht an.

»Nicht reinigen?« sagt er. »Wie soll ich das verstehen?«

»Ich habe gerade vorbeigeschaut, um für meinen Belgier ein paar Details der *Helena* zu notieren«, erkläre ich, »und Laura hat gesagt ...«

»Meine Güte, Sie sollten sie nicht ernst nehmen! Sie weiß nicht, wovon sie redet.«

»Aber du hast gesagt ...« hebt Laura an.

»Ich habe gesagt, daß ich es einem Experten zeigen will. Richtig. Ich habe es einem Experten gezeigt. Genau das habe ich heute vormittag getan.«

Er sieht mich an und macht ein Gesicht, als amüsiere er sich über etwas, das ich nicht weiß, vielleicht auch darüber, daß es mir nicht gelingt, mein Entsetzen zu verbergen. Er hat die *Pretmakers* einem Experten gezeigt? Wem?

»Sie sehen besorgt aus.«

»Ach was.«

»Ich wüßte nicht, warum *Sie* sich wegen dieses blödsinnigen Bilds Gedanken machen sollten. Sie haben selbst gesagt, es taugt nicht viel.«

Das habe ich natürlich nicht gesagt, aber ich gehe nicht weiter darauf ein, weil jeder Erklärungsversuch noch mehr Interesse meinerseits verraten könnte.

»Ich wollte nur aus einer Ecke ein bißchen Dreck entfernen. Dachte mir, vielleicht ist eine Signatur darunter.«

Dreck? Signatur? Was meint er?

»Na jedenfalls, Sie können beruhigt sein«, sagt er, »ich habe das Bild zu einem Experten gebracht. Der sagt, lassen Sie die Dreckschicht drauf. Also bleibt die Dreckschicht drauf, und das Ätznatron wandert wieder in den Schrank. Hab bloß Spaß gemacht!«

Ich denke aber schon nicht mehr an die Reinigung. Dafür habe ich keine Zeit. Meine Überlegungen gelten dem Experten, der ihm den guten Rat gegeben hat. Er hat das Bild hingebracht? Ihm *gezeigt*? Heute vormittag war es also dort – mit Tony und den Hunden im Landrover? Um von einem Experten untersucht zu werden? Von *welchem* Experten?

Soweit ich das beurteilen kann, gelingt es mir, andeutungsweise überrascht eine Augenbraue hochzuziehen. »Ich wußte gar nicht, daß es hier in der Gegend Kunstexperten gibt«, sage ich, andeutungsweise interessiert.

Er lacht. »Und ob!«

»Kenne ich ihn?«

Wieder lacht er. Die Kunst schenkt uns an diesem Vormittag viele heitere Momente. »Sie werden es noch herausfinden.«

Ich erhebe mich, um zum zweitenmal an diesem Tag geschockt von Upwood aufzubrechen.

»Der arme Martin wußte nicht, daß du die *Helena* am Finanzamt vorbei verkaufen willst«, sagt Laura, während sie Tony und mir zur Tür folgt.

»Am Finanzamt vorbei?« sagt Tony. »Wie soll ich das verstehen? Welchen Unsinn hast du ihm denn da aufgetischt? Hier geht es überhaupt nicht um Steuern. Denn erstens hat Mutter schon vor Ewigkeiten erklärt, daß sie es mir schenken will, und zweitens ist es ganz egal, ob sie das gesagt hat oder nicht, denn das Bild hat ohnehin nicht ihr gehört, sondern mir. Und drittens kriegen Sie Cash dafür, also wird niemand davon erfahren. Zumindest gehe ich davon aus, daß Sie Cash dafür kriegen. Mein Gott, Sie hatten doch nicht vor, die Sache ganz offiziell abzuwickeln? Dann müßten Sie ja ebenfalls Steuern zahlen!«

Darauf fällt mir keine Antwort ein. Ich lächle einfach und mache eine Handbewegung, die ich weiß nicht was bedeuten soll. Ich weiß überhaupt nicht mehr, was irgend etwas bedeuten soll.

»Machen Sie die Burschen bloß nicht neugierig!« sagt er. »Ich habe wirklich keine Lust, dem Staat Geld dafür zu geben, daß ich meinen Besitz behalten darf! Jetzt mal ernsthaft! Ich weiß, Sie und Ihre Freunde sind Sozis. Ist in Ordnung. Geht mich nichts an. Aber sparen Sie es sich für London auf, ja? Wir sind hier auf dem Land, und hier auf dem Land sind wir Nachbarn. Einfache Leute. Wir halten zueinander.«

»Vorsicht!« ruft Laura, während ich rückwärts durch die Reste des Tümpels vor der Tür stapfe. »Der ...«

Landrover. Steht direkt vor der Tür. Der Schmerz im Ellbogen nimmt mir die Luft, und daß Laura hinter der sich schließenden Tür wieder zu lachen anfängt, macht es auch nicht besser, aber den Ellbogen massiere ich erst, als ich, gut versteckt, in meinem Auto sitze.

Die Last der Sorgen und Demütigungen, die in meinem Kopf herumschwirren, wird nur erträglicher, weil ich weiß, daß ich sie mit Kate teilen werde. Ich habe es so eilig, zu ihr zurückzukehren, daß ich rasch aus dem Kastell Versuchung-des-Teufels verschwinde und schon fast am Fuß des Berges Angenommene-Vernunft-oder-

Klugheit bin, bevor mir einfällt, daß das Bild wahrscheinlich im Landrover war, als ich dagegengestolpert bin. Ein Blick durchs Fenster, und ich hätte den kleinen Wanderer vielleicht gesehen.

Während ich die Anhöhe hinunterfahre, kommt die Frühlingssonne und verschwindet wieder, bescheint unser stilles Tal mit Hoffnung und stürzt es genauso irritierend oft in Verzweiflung, wie meine eigene Stimmung unter den wechselhaften Bedingungen meiner Suche schwankt. Als ich auf unseren Weg einbiege, verschwindet die Sonne wieder, und düster und niedergeschlagen fahre ich weiter. Doch nach der zweiten Kurve hinter den Holunderbüschen taucht sie unser Häuschen in die leuchtenden Farben eines Stundenbuchs. Die Tür ist frühlingsgrün, die Osterglocken, die wir im letzten Herbst gepflanzt haben, sind sonnengelb, die Blüten, die von den Apfelbäumen heruntergefallen sind, schimmern weiß wie das unschuldige Sonnenlicht, und Tildas Tragekörbchen auf dem Stumpf des alten Ahorns ist so blau wie das ferne Meer. Und im Vordergrund – meine dicke Bäuerin, die breitbeinig auf der frisch umgegrabenen braunen Erde steht und sich in gebeugter Haltung dem emblematischen Pflanzen und Säen widmet, den traditionellen Tätigkeiten im April. Als sie das Auto sieht, richtet sie sich auf, streckt den schmerzenden Rücken und streicht sich mit dem erdbraunen Handrücken eine Haarsträhne aus der Stirn, wie Generationen hart arbeitender Frauen es vor ihr getan haben, und lächelt dann, wie nur Kate es kann.

»Viel passiert heute vormittag«, rufe ich beim Aussteigen. Es gibt so viel zu erzählen, daß ich nicht weiß, wo ich anfangen soll. Ich weiß nur, wenn ich sie so lächeln sehe, daß alle Ängste und Ungewißheiten aus meinem Bericht verschwinden werden und daß alles wieder gut sein wird. Wir beugen uns einander zu, küssen uns auf den gespitzten Mund, wie das Paar auf meinem Bild, in schlichter, erdverbundener Anlehnung an die Vergnügungen der Edelleute.

Das erste, wovon ich ihr erzählen werde, ist das, was zuletzt passiert ist – die nachträgliche Entdeckung, daß Tony Churt mit meiner Hilfe das Finanzamt betrügen will. Und während ich schon den Mund aufmache, denke ich, daß ich Kate womöglich nur erschrecke und die Situation noch komplizierter mache, da mir noch nicht klar ist, wie ich darauf reagieren soll. Ich gehe noch ein Ereignis weiter zurück – zu der Situation, als es mir zum zweitenmal gelang, Laura zu einem Lachanfall zu bringen. Dann denke ich an das lächerliche Mißverständnis, das dafür verantwortlich war – an mein eigenes Gelächter ... und stelle dann fest, daß ich mich nicht mehr genau erinnern kann, wie es zu dem Mißverständnis eigentlich gekommen ist, und daß ich auch nicht einfach erklären kann, warum ich mitgelacht habe.

Doch wie üblich kommt Kate sofort zur Sache. »Na, hast du was gesehen?« fragt sie.

»Nichts hab ich gesehen!« rufe ich und merke sofort, wie sehr es mich wieder erleichtert, alles mit ihr teilen zu können. »Überhaupt nichts! Das Bild war gar nicht da! Er hatte es jemandem gezeigt! Einem Kunstexperten! Nur wem? Und was hat er ihm gesagt? Wer kann das gewesen sein? Tony hat nichts gesagt! Vielleicht hat er gelogen ... Ich weiß nicht, was er vorhat ... Welche Kunstexperten wohnen denn hier in der Gegend?«

Sie lacht. Genau wie *er*. Und sofort schnürt sich mir die Kehle zu, denn sie meint genau das gleiche wie er. Daß es tatsächlich jemanden gibt. Jemand, der ihr sofort einfällt. Jemand, der so prominent ist, daß ich ihn kennen müßte.

»Was?« sage ich. »Wer? Du meinst, jemand wie wir? Jemand mit einem Haus auf dem Land? Du kennst ihn?«

Und jetzt dämmert es mir. Einer von Kates Kollegen hat hier in der Gegend ein Haus. Sie droht immer, ihn mal einzuladen.

»Dieser Kollege von dir?« sage ich. »Der hier irgendwo wohnt? Was ist sein Spezialgebiet? Welche Periode?«

Kate runzelt die Stirn. »Du meinst John Quiss? Ach so. Frankreich. Achtzehntes Jahrhundert.«

Er schreibt aber über die europäische Kunst ganz allgemein, jetzt fällt es mir wieder ein, er ist einer dieser anstrengenden Menschen, die berühmt dafür sind, daß sie alles wissen, und wohl auch tatsächlich alles wissen, was noch anstrengender ist. Die Kehle schnürt sich mir noch etwas mehr zu. Ausgeschlossen, daß John Quiss dieses Bild gesehen und nicht erkannt hat.

»Es ist mitten in der Woche«, sagt Kate. »Er ist bestimmt in London. Ich hab ihn auch gar nicht gemeint.«

»Jemand anders? Hier in der Gegend?«

»Ja. Du.«

Ich? Wovon redet sie?

»Er hat es hierhergebracht«, sagt sie.

»Hierhergebracht?« wiederhole ich blödsinnig und sehe mich noch blödsinniger um, als könnte noch eine letzte bestätigende Spur des Bildes in der Luft liegen.

»Er wollte, daß du es dir ansiehst.«

»Aber ...« Ich bin so baff und so wütend über die schreiende Ungerechtigkeit der Ereignisse, daß mir die Worte fehlen. Alle Anstrengungen, die ich unternommen habe, um das Bild für einen kurzen Moment zu sehen, waren umsonst ... weil dieser Idiot es hierhergeschafft hat, um es mir zu zeigen!

»Aber ich war doch gar nicht hier!« bringe ich schließlich heraus. »Ich war drüben!«

»Das habe ich ihm auch gesagt. Hat er dich nicht mehr erwischt? Auf dem Bild ist offenbar ein Fleck, unter dem er eine Signatur vermutet. Heißt das, du hast es nicht gesehen?«

Ich setze mich auf den kaputten Küchenstuhl, der im Garten wartet, bis wir ihn irgendwann verbrennen. Ich stütze den Kopf in die Hände und stöhne. Und begreife noch immer nicht, was eigentlich passiert ist!

»Er hat aber gesagt, daß er es jemandem gezeigt hat!« rufe ich. »Er hat sich von einem Experten beraten lassen!«

»Vermutlich hat er mich gemeint.«

Ich blicke hoch.

»Dich?«

»Du warst ja nicht da. Keine Sorge. Ich habe ihm gesagt, er soll die Finger davon lassen.«

»Er hat es dir gezeigt? Du hast es gesehen?«

»Nur ganz flüchtig. Ich wollte nicht allzu großes Interesse demonstrieren.«

Ich muß gestehen, daß ich als erstes eine heftige Eifersucht empfinde. Bislang war ich der alleinige Interpret des Bilds, der einzige Priester, der Zutritt zu seinen Mysterien hatte. Jetzt ist ein zweiter Priester in das Heiligtum eingedrungen. Kein Akolyth, den ich eingeführt und initiiert habe, sondern jemand, der mir ebenbürtig, gar überlegen ist und den Zugang unabhängig von mir gefunden hat.

Und nun, da sie es gesehen hat, möchte ich ihr tausend Fragen stellen. Die einzige, die mir einfällt, lautet: »Er hat es hierhergebracht?« Lachhaft, ich weiß – aber schließlich sollte ich derjenige sein, der das Bild im Triumph ins Haus bringen würde.

»Nein, ich war draußen bei der Arbeit. Er hat einfach die Hecktür seines Landrovers aufgemacht und es ein Stück hervorgezerrt.«

Eifersucht weicht Neugier. Was hat sie gesehen? Was sagt sie dazu? Und aus Neugier wird Besorgnis. Es war ja der Umstand, daß ich das Bild gesehen hatte und sie nicht, der mir einen großen Vorsprung in unseren Diskussionen verschaffte und ihre Skepsis hinsichtlich der Echtheit des Bildes entkräftete. Dieser Vorsprung existiert nun nicht mehr. Ihre Meinung zählt jetzt mindestens soviel wie meine. Nein, nein, ich will nicht wissen, was sie gesehen hat, will nicht wissen, was sie dazu sagt. Ich weiß es schon: nichts, was sie hätte sehen sollen, nichts, worauf ich angewiesen wäre.

Ich muß es aber wissen, ob ich will oder nicht. Ich warte. Mir wird klar, daß es dauern wird.

»Ich habe mir den Fleck in der Ecke angesehen«, sagt sie. »Ich weiß nicht, was es ist. Es kann alles mögliche sein. Schmutz. Sogar Tinte. Ich glaube aber, er hat recht, es ist ein oberflächlicher Fleck. Man könnte ihn wahrscheinlich mit einem feuchten Tuch abwischen, ohne etwas zu beschädigen. Ich dachte aber, du willst nicht, daß man die Signatur sieht.«

Du meine Güte, mir war nicht klar, daß nur wenig gefehlt hätte, und Tony hätte der Welt womöglich den Namen »Bruegel« vorgeführt!

Sie geht zu Tilda und betrachtet sie. Ich warte.

»Einen kleinen Wanderer konnte ich nicht erkennen«, sagt sie, als sie wieder bei mir ist. »Der Firnis ist ziemlich nachgedunkelt, es gibt etliche Risse, und an einigen Stellen ist die Farbe abgeblättert, so daß man die Einzelheiten teilweise nur mit Mühe erkennen kann.«

Ich bin sofort stocksauer. Sie hätte einen kleinen Wanderer sehen müssen. Sie hat ihn nicht gesehen, weil sie an den falschen Stellen nachgeschaut hat und mit der falschen Geisteshaltung. Und sie dachte, ich hätte Angst, daß die Signatur erscheint, nicht weil es dann ein Bruegel wäre, sondern weil es kein Bruegel wäre. Ich möchte jetzt absolut nichts mehr von ihr über das Bild hören.

»Die Ikonographie erscheint mir überhaupt nicht religiös«, sagt sie trotzdem. »Im Grunde entspricht es dem üblichen Typus der Landschaftsdarstellung, nicht?« Dieser leicht herablassende Tonfall ihres Urteils bringt mich noch mehr auf. Ich weiß auch, warum sie so ist. Sie sieht ihr Territorium gefährdet. Sie ist die Expertin für religiöse Ikonographie. Von einem Laien wie mir wird sie sich eine kühne Erweiterung ihres Vokabulars ganz gewiß nicht aufdrängen lassen.

»Diese Schwimmer geben mir auch zu denken«, sagt sie. »Ich habe nachgeschaut – in den Kalendern findet sich wirklich kein Beispiel für Schwimmen als typische Aktivität in einem der Frühlingsmonate.«

Ich höre ihr höflich zu, denke aber, daß es jetzt eben ein Beispiel für Schwimmen im Frühjahr gibt und daß ich kurz davor stehe, die Weltöffentlichkeit darauf aufmerksam zu machen. Es ist, wie die bäuerlichen Liebespaare, nur ein weiteres Indiz dafür, daß das Bild von einem Künstler gemalt wurde, der so groß war, daß er die Konventionen überwunden hat, statt sich starr an sie zu halten.

Kate beugt sich wieder herunter und pflanzt ihre Stecklinge. Ich staune. Ist das alles, was sie zu sagen hat? Nicht zu fassen! Ich dachte, wir arbeiten jetzt gemeinsam. Sie weiß, sie muß wissen, daß ich wirklich hören will – doch, doch, trotz aller Vorbehalte gegenüber ihrem Urteil –, was sie zu dem Bild sagt. Findet sie, daß ich recht habe, schließt sie sich meiner Einschätzung an? Ihr Schweigen dürfte ein klarer Hinweis auf ihr Urteil sein. Ich respektiere ihre unbeirrbare Redlichkeit. Gar keine Frage. Aber ich finde es unmöglich, wie sie sich ausdrückt. Diese rücksichtsvolle Art, wie sie auf meine idiotische, laienhafte Begeisterung reagiert, verletzt mich mehr als offene Kritik. Sie behandelt mich wie ein Kind.

Ich weiß jetzt wirklich nicht, wie es weitergehen soll. Muß ich sie demütig bitten, etwas deutlicher zu werden? Oder lassen wir das Thema einfach sein und sprechen nie mehr darüber?

Wir sind wieder dort, wo wir vor dem großen Krach waren. Unser Kompromiß, dem zufolge sie meinem Urteil vertrauen würde, weil sie keine Gelegenheit hatte, sich ein eigenes Urteil zu bilden, hat sich erledigt.

Was mich plötzlich so ärgert, und zwar zu Recht, ist die Tatsache, daß sie sehr viel mehr Zeit für das Bild hatte als ich und nichts daraus gemacht hat.

»Du hast es dir also den ganzen Vormittag angeschaut?« sage ich. Sie blickt hoch, hört die Gereiztheit in meiner Stimme.

»Nein, nur ein paar Minuten.«

Ein paar Minuten? Aber während der Fahrt nach Upwood bin ich an Tony Churt vorbeigekommen, der hierher unterwegs war ...

»Was?« sagt Kate und richtet sich wieder auf. Sie spürt, daß etwas in der Luft liegt. Sie dehnt den Rücken und streicht sich wieder eine Haarsträhne aus der Stirn. Das ist jetzt einmal zuviel, denke ich.

»Du brauchst dir wirklich keine Sorgen zu machen«, sagt sie. »Ich war ganz unverbindlich. Die meiste Zeit haben wir nur geplaudert.«

Geplaudert? Kate plaudert nicht. Sie *kann* überhaupt nicht plaudern. Und mit Tony Churt? Zwei Stunden?

»Er sagt, was ihn betrifft, sind wir alle Nachbarn.« Sie lacht. »Er ist wirklich ein schauderhafter Mensch!«

Wenn das so ist, warum lacht sie dann? Vielleicht ist das die Methode, mit der er alle Frauen rumkriegt, wie Laura sagt. Er ist so schauderhaft, daß er sie zum Lachen bringt. Das altbekannte Aphrodisiakum.

»Habt aber lange geplaudert«, sage ich absurderweise und schaue auf meine Uhr.

»Nein, er hatte keine Zeit. Er wollte zurück, um dich noch zu erwischen.«

»Und weil er unterwegs natürlich noch ein kleines Rendezvous hatte«, sage ich, was noch absurder ist. »Laura sagt, er ist ein großer Frauenheld.«

Kate runzelt die Stirn, schaut mich fragend an, tut noch immer so, als wüßte sie nicht, was sie Schlimmes getan hat. »Willst du mich warnen?« sagt sie. »Oder versuchst du, mich eifersüchtig zu machen?«

Ich übergehe das. Sie weiß ganz genau, was los ist.

»Netter Typ, dein neuer Freund«, sage ich spitz. »Er schlägt seine Frau. Mit dem Kühlschrank.«

Kates Gesichtsausdruck besagt, daß sie diese Worte genauso wenig überzeugend findet wie meine Zuschreibung des Bildes.

»Beziehungsweise den Kühlschrank mit seiner Frau«, räume ich ein. »Allerdings ist sie nicht das richtige Instrument dafür. Sie hat mir ihre blauen Flecken gezeigt.«

»Wo?«

»Wo?« Ich ahne schon, daß Kate voreilige Schlüsse ziehen wird. Sie glaubt bestimmt, daß Laura und ich im Schlafzimmer waren, um die Sache in Augenschein zu nehmen. »Im Frühstückszimmer«, erkläre ich geduldig. »Als ich mir den Giordano angesehen habe.«

»Ich meine, wo waren die blauen Flecken?«

Ach so, die *blauen Flecken*. Mit blitzartiger Diskretion verlege ich sie auf den Hals ... auf den Oberarm ... und dann wieder an ihren eigentlichen Ort, denn warum sollen sie nicht dort sein.

»Auf den Rippen«, sage ich mit flacher Stimme.

Aber vielleicht habe ich den Bruchteil einer Sekunde zu lange gezögert, denn Kate sieht mich für den Bruchteil einer Sekunde an. Wenn mir ihre Plauderei mit Tony irritierend lange erschienen ist, dann muß sie wohl auch das Gefühl haben, daß meine Untersuchung von Lauras Rippen ein bißchen zu lange gedauert hat. Doch sie sagt nur »die Ärmste!« und wendet sich wieder ihrer Arbeit zu.

Sie ist es auch, die, wie üblich, den ersten Schritt zur Versöhnung macht. »John Quiss«, sagt sie, während wir das Mittagessen vorbereiten, »wäre eine gute Idee. Wenn du Tony Churt sagen könntest, daß du dir die Ecke einmal ansehen möchtest und daß er uns das Bild für einen Tag überläßt, dann könnte ich John einladen, und er könnte es sich anschauen, ohne daß er weiß, woher es stammt.«

Sie demonstriert, daß sie nach wie vor auf meiner Seite ist, mir weiterhin helfen will. Sie zeigt, daß sie bereit ist, mir zuliebe bei dem Täuschungsmanöver ein wenig mitzumachen. Sie ist sogar bereit, das Ganze als meine Idee auszugeben. Was sie leider ebenfalls deutlich macht, ist die Tatsache, daß sie mir nicht glaubt. Die Möglichkeit, daß ihr Kollege sich meinem Urteil anschließen könnte, erscheint ihr völlig undenkbar. Sonst wäre sie in ihrer Phantasie schon in einer späteren Phase der Unterhaltung, nachdem er erklärt hat: »Ja, ich bin mir ziemlich sicher, bei euch in der Küche neben der Spüle steht eines der berühmtesten verschollenen Meisterwerke« – um sich dann zu verabschieden, ohne zu fragen, wie das Bild dorthin kam, und ohne anderen Menschen von diesem merkwürdigen Bestandteil unserer Kücheneinrichtung zu erzählen.

»Ich werd's mir überlegen«, sage ich. Ich lächle. Sie lächelt.

Ich weiß nicht, ob mir offener Krieg nicht lieber wäre.

Der Tag geht weiter. Wir sitzen uns am Küchentisch gegenüber und arbeiten schweigend. Ich spüre, daß sich das Kräftegleichgewicht in unserer heiklen Allianz langsam verschiebt. Ich habe den einzigen Vorteil eingebüßt, den ich hatte – nämlich meine exklusive Kenntnis des Bildes. Der Tisch erscheint mir wie eine Wippe, auf der Kate siegreich emporsteigt, während ich, unterlegen und gedemütigt, herabsinke.

Mein erster Gedanke ist: ich muß sofort rüberfahren und mir das Bild noch einmal ansehen. Irgendwo werde ich ganz bestimmt einen kleinen Wanderer finden. Ich kann dort wieder aufkreuzen, ohne allzu interessiert zu wirken. Ich brauche Tony nur zu sagen: »Kate hat mir erzählt, daß ich mir diesen Fleck ansehen soll, den Sie entdeckt haben ...« Aber was, wenn Tony nicht da ist und ich Laura diese Frage stelle? Ich sehe schon das spöttische Lächeln in ihrem Gesicht ...

Ich spüre die furchtbare Erschöpfung, die man erlebt, wenn man ein großes Projekt auf die Beine gestellt hat, wenn man eine große Reise durch unwegsame Länder, über brückenlose Flüsse unternimmt. Mich ermüdet die ständige Auseinandersetzung damit, die ständige Sorge, die Last der ständigen Entscheidungen und Beurteilungen, die hin und her schwanken wie Tellerstapel und Stühle auf dem Kopf eines Seiltänzers.

Und wenn ich Kate sehe, die sich am anderen Tischende konzentriert und professionell über ihre Bücher beugt, verläßt mich meine trotzige Gewißheit. Kate hat ein gutes Auge, ihre Objektivität ist unerschütterlich. Ich brauche mir das Bild nicht noch einmal anzusehen. Wenn Kate sagt, daß es keinen kleinen Wanderer gibt, dann gibt es keinen kleinen Wanderer.

Ich beuge mich über meine Bücher, nehme mir den Artikel von Stein-Schneider und meine Abschrift aus *Terra pacis* noch einmal vor, und nun lösen sich all die vermeintlichen Bezüge zwischen Bruegels Bildern und der familistischen Lehre vor meinen Augen auf. Der schmale Bergpaß in der *Bekehrung Pauli* ist laut Stein-Schneider das enge Tor der Rechtschaffenheit, durch das die Seele gehen muß. Doch fast der einzige unter all den vielen Menschen, der nicht durch das Tor schreitet, ist Saulus, da er kurz davor von einem Blitz himmlischer Erleuchtung zu Boden geworfen wurde. Laut Stein Schneider sind alle Figuren im *Turmbau zu Babel* »Gefangene eines seltsamen Lichts«. An dem Licht in beiden Versionen Bruegels kann ich aber nichts Seltsames finden.

Die »trügerischen Berge« der *Heuernte* erscheinen mir nicht trügerisch. Der »Schatz auf dem Feld« der *Kornernte*, der nach Matthäus 13,44 das himmlische Königreich symbolisiert, bleibt für mich ebenso verborgen, wie er bei Matthäus als verborgen bezeichnet wird. Der »Hunger«, der in den *Jägern im Schnee* dargestellt wird, hält die Dorfbewohner offensichtlich nicht davon ab, sich beim Schlittschuhlaufen zu vergnügen oder ein Schwein zu braten oder was immer vor dem Wirtshaus zu sehen ist.

Die betrunkenen und geilen Bauern in Bruegels Bildern, erklärt Stein-Schneider, sind Karikaturen jener von Niclaes als sündhaft bezeichneten Sexualität. Bruegel und seine Frau haben es aber auf die eine oder andere Weise geschafft, Kinder in die Welt zu setzen – und wenn wir van Mander glauben dürfen, hat Bruegel in seinen Antwerpener Jahren, als er Kontakt zu den Familisten hatte, mit einer Magd in Sünde zusammengelebt. Seine Bauern sind wahrscheinlich die Leute, die der Reisende im wüsten Land bei ihren beschwerlichen Arbeiten erblickt – mit Namen Niedergeschlagenheit, Bekümmernis, Bangigkeit, Betrübnis, Angst, Furcht, Verzagtheit, Verwirrtheit, Untröstlichkeit, Freudlosigkeit, Schwermütigkeit, Mancherlei-Gedanken, Mutlosigkeit ... Ich wende mich wieder dem Jahreszyklus zu. Wenn die drei Mädchen, die man im Juni mit Heurechen daherkommen sieht, niedergeschlagen, bekümmert und bang sind, dann kann ich nur sagen, daß sie es ausgezeichnet verstecken. Und wenn Frau Betrübnis mit ihren Gefährten unter dem schattigen Baum im Kornfeld lagert und picknickt, dann müssen die Sonne und die Freude auf den mittäglichen Imbiß sie für einen Moment von ihren Sorgen abgelenkt haben. Und meine *Pretmakers*? In der Frühlingssonne, erinnere ich mich, tanzen Verzagtheit und Verwirrtheit erstaunlich ausgelassen zur Musik von Untröstlichkeit. Und wenn es sich bei der jungen Frau, die im Gebüsch den Burschen Unlustigkeit küßt, eventuell um Mancherlei-Gedanken handelt, dann nehme ich an, daß sie, nun ja, viele Gedanken hat, die ihr durch den Kopf gehen, nicht nur düstere, und daß sie, zumindest für diesen einen Moment, den armen alten Kerl Unlustigkeit doch eher vergnüglich findet, genauso wie die bösen Berge in der Umgebung.

Ich habe es nicht gepackt. Ich habe Kate, und mir, versprochen, kein Geld zu riskieren, solange ich nicht eindeutig beweisen kann, daß das Bild das ist, wofür ich es halte. Und das kann ich nicht. Meine Recherchen haben nichts gebracht. Der ganze eindrucksvolle Turm zu Babel, den ich mir ausgedacht habe, ist eingestürzt. Der kleine Wanderer im Atlas ist bloß eine dekorativ hingekritzelte Nichtigkeit. Der einzige kleine Wanderer, den es noch gibt, bin ich, und ich trotte schwerfällig einem Land des Friedens entgegen, das weiter entfernt ist denn je.

Ich bin nicht einmal imstande, mich selbst zu überzeugen. Vielleicht habe ich mich getäuscht ... ja, ich weiß es, ich habe mich getäuscht. Wieder einmal. Dieser dümmliche Auftraggeber in *Maler und Kunstfreund*, der dem Künstler über die Schulter schaut und zu blöd ist, um zu sehen und zu begreifen, wofür er sein Geld ausgibt – das bin ich.

Kate schaut hoch. Ich muß sie wohl gedankenverloren angestarrt haben. Sie lächelt und wirft mir einen kleinen Kuß zu. Ich nehme an, daß sie das Entsetzen auf meinem Gesicht sieht. Ich erwidere ihr Lächeln und ihren Kuß. Sie beugt sich wieder über ihre Bücher, ich über meine.

Und jetzt erinnere ich mich, was Laura über die Art und Weise erzählt hat, wie Tony an diese vier Bilder gekommen ist. Seine Mutter hat sie ihm geschenkt, als sie im Sterben lag. Er hat sie besucht, als sie schon nicht mehr sprechen konnte, und kam mit ihnen zurück. Woher will er wissen, daß sie ihm die Bilder tatsächlich vermachen wollte? Er hat es nicht gewußt. Er hat sie einfach mitgenommen. Um es deutlich zu sagen: gestohlen. Ich erwerbe also Hehlerware, wenn ich sie ihm abkaufe. Sachen, die er seiner Mutter gestohlen hat, vor ihren Augen, als sie im Sterben lag.

Ich kapituliere. Ich werde morgen früh anrufen und sagen, daß ich aussteige.

Kate schaut wieder hoch und runzelt die Stirn. »Was ist?« sagt sie. Vermutlich habe ich sie wieder angestarrt.

Multa pinxit, denke ich, *quae pingi non possunt* … Er hat vieles gemalt, was man nicht malen kann. In all seinen Werken wird mehr zu verstehen gegeben als gemalt …

Was hat er denn nun gemalt, was nicht gemalt werden konnte, wenn es nicht die theologischen Lehren des Hauses der Liebe waren? Doch, doch, es wird immer mehr angedeutet als direkt gemalt. In all seinen Bildern, auch in *meinem* Bild. Ganz bestimmt, ich spüre es, so wie ich die angespannte Atmosphäre zwischen Kate und mir spüre. Ich kann nur nicht den Finger darauflegen.

Und nun glaube ich, daß es mir nie gelingen wird. Kate sieht mich noch immer an. Ich stecke meine Fotokopien von Stein-Schneider und *Terra pacis* und meine ganzen Aufzeichnungen in die Mappe. Ich werde ihr sagen, daß ich aufgebe. Dann braucht sie sich keine Sorgen mehr zu machen. Komm schon, bring es hinter dich.

Doch ich sage nichts. Ich nehme mir die Mappe wieder vor und hole die wenigen zeitgenössischen Zeugnisse heraus, die überdauert haben. Die biographische Skizze van Manders, Ortelius' Nachruf und die Bilder selbst.

Und fange wieder ganz von vorn an.

Was immer Bruegel gemalt hat, das nicht gemalt werden konnte, was immer er zu verstehen gibt, statt es tatsächlich zu malen, welche dunklen Stellen es in seiner Vergangenheit auch geben mag – eines steht fest. Es springt mir geradezu ins Auge, als ich mir die Quellen aufs neue vornehme. Ich weiß gar nicht, warum ich es nicht schon früher bemerkt habe, wenn man mal von der Tatsache absieht, daß sich keiner der Gelehrten, deren Werke ich gelesen habe, mit diesem Punkt beschäftigt.

In den letzten Jahren seines Lebens war Bruegel von Angst erfüllt.

Offenbar befürchtete er, einer Sache beschuldigt zu werden.

Worum es sich dabei handelt, ist völlig unklar. Manchmal scheint er empört sagen zu wollen, daß der Vorwurf unberechtigt ist. Ein andermal scheint er einzuräumen, daß etwas dran sein könnte, daß es sogar belastendes Material gibt, das vernichtet werden müßte.

Die gesamte niederländische Bevölkerung muß zu dieser Zeit in permanenter Angst gelebt haben. Um 1560 hatte sich das Land in einen Polizeistaat verwandelt, in dem Denunziationen nicht nur erwünscht, sondern sogar vorgeschrieben waren und, ob begründet oder frei erfunden, in den meisten Fällen auch zu Folter und Tod führten. Bruegels Angst scheint aber nicht allgemeiner Natur gewesen zu sein, sondern hatte offenbar einen ganz spezifischen Hintergrund.

Sie ist beispielsweise in der *Verleumdung des Apelles* zu sehen, der Zeichnung, die 1565 entstand, im selben Jahr wie die sechs großen Jahreszeitenbilder. Ja, wieder Apelles. Die Neigung, etwas zu verbergen, und die Kunst, den Donner zu malen, sind nicht das einzige, was Bruegel von ihm gelernt hat – er hat den allegorischen Inhalt von Apelles' berühmtestem Bild komplett übernommen. Es ist ein kurioses Werk. Die Figuren sind, wie in einer altmodischen politischen Karikatur, allesamt bezeichnet, und zwar mit den lateinischen Namen für die Abstraktionen, die sie verkörpern. Die weibliche Figur in der Mitte, *Calumnia*, nähert sich entrüstet einem König, der auf seinem Thron sitzt, und sie wird geleitet von *Livor* ...

»Noch was Lateinisches«, sage ich zu Kate. »Livor?«

»Neid«, sagt sie. »Bosheit.« Sie ist zu taktvoll, um zu erkennen zu geben, daß sie meine neueste Forschungsrichtung interessiert.

Die Verleumdung wird also von Neid oder Bosheit geführt und weitergedrängt von ...

»*Insidiae?*« frage ich. »*Fallaciae?*«

»Hinterlist«, sagt sie. »Ränke.«

Außerdem zieht die Verleumdung einen nicht näher bezeichneten Jungen an den Haaren, der die Hände flehend über den Kopf hebt. Was wird ihm vorgeworfen? Wir wissen es nicht, aber da er von der Verleumdung vor Gericht gebracht wird, dürfte es sich um eine falsche Bezichtigung handeln. Das ist das Werk, das van Mander als *Triumph der Wahrheit* bezeichnet und von dem er sagt, Bruegel habe es als seine beste Arbeit angesehen.

Das kann man nun nicht unbedingt behaupten, aber wenn van Mander recht hat, dann muß es für Bruegel sehr viel bedeutet haben. Für ein anderes Werk aus demselben Jahr, ein in Grisaille ausgeführtes Bild mit dem Titel *Christus und die Ehebrecherin*, gilt das vermutlich auch, denn er hat es zeit seines Lebens nicht weggegeben. Auch hier sehen wir die Angeklagte von ihren Anklägern umringt. Aber es geht hier nicht um falsche Vorwürfe – die Frau wurde, laut Johannesevangelium, »auf frischer Tat ergriffen«. Ankläger und Beschuldigte wenden sich Christus zu, der in gebeugter Haltung *»Die sonder sonde is ...«* (»Wer ohne Sünde ist ...«) auf den Boden schreibt. Christus tadelt unsere Neigung, andere Leute zu beschuldigen und zu verurteilen, ohne vorher zu prüfen, ob der Vorwurf gerechtfertigt ist.

Zwei Proteste gegen Ankläger und Beschuldigungen innerhalb eines Jahres. 1568, ein Jahr vor seinem Tod, greift Bruegel in einem seiner letzten Bilder, der *Elster auf dem Galgen*, ein ähnliches Thema auf. Auch dieses eigentümliche Bild war ihm wichtig, denn er vermachte es seiner Frau. Es könnte fast eine Szene aus dem Jahreszeitenzyklus sein. Abermals blickt man von einem erhöhten Standpunkt auf einen sich dahinwindenden Fluß, man sieht eine Burg, Berggipfel, das Meer. Dominiert wird die anmutige Landschaft aber von etwas, was im ganzen Zyklus sonst nirgends auftaucht – einem Galgen. Er steht direkt vor uns auf einer Anhöhe, leer, an seinem Fuß haben sich ein paar Bauern versammelt. Einer von ihnen hockt da und scheißt. Zwei Männer und eine Frau sieht man bei einem Rundtanz. Sind sie so sehr mit sich selbst beschäftigt, daß sie keine Notiz von diesem schauderhaften Holzgerüst nehmen, oder ist der Anblick solcher Dinge in den spanischen Niederlanden schon so alltäglich, daß sie den Galgen überhaupt nicht mehr bemerken? Ich bin von beidem nicht überzeugt, denn ein Bauer sieht so aus, als würde er die anderen auf den Galgen aufmerksam machen. Weil ausnahmsweise niemand gehenkt wird? Ist es das, was die Leute gerade feiern? Oder haben sie sich in festlicher Stimmung versammelt, um, wie die fröhliche Menge in der *Kreuztragung*, eine Hinrichtung zu beobachten, die bald stattfinden wird?

Die Ikonographie läßt eine freudig-erwartungsvolle Atmosphäre vermuten. Oben auf dem Galgen, genau in der Bildmitte, hockt eine Elster. Die Elster symbolisiert Klatsch, und laut van Mander sind mit ihr »die bösen Zungen gemeint, die er [d.h. Bruegel] an den Galgen bringen wollte«.

Die Verleumdung ist also noch immer am Werk, aber sie ist es, die hingerichtet werden soll, und nicht ihr Opfer. Wenn van Mander recht hat.

Aber stimmt das wirklich? Hat er die Ikonologie eventuell falsch verstanden? Die Elster hockt auf dem Galgen und hängt nicht daran; nicht die Elster soll hingerichtet werden. Der Klatsch triumphiert, hat nichts zu befürchten. Stechow verweist auf den niederländischen Ausdruck »jemanden an den Galgen tratschen«. Ist das Bruegels Absicht? Will er die Verleumder verleumden? Die Klatschmäuler an den Galgen bringen?

Oder sagt er wieder einmal, daß die Klatschmäuler *ihn* verleumden, ihn an den Galgen bringen werden, zur Genugtuung einer sensationslüsternen Welt?

Nun, da ich auf das Thema aufmerksam geworden bin, wird mir klar, daß Bruegel sich schon 1564, ein Jahr vor dem Jahreszeitenzyklus, mit der Macht böswilliger Verleumdungen beschäftigt hat. Die Londoner *Anbetung der Könige* bezeichnet Stechow als »ikonographische Rarität«. Während Maria und die Könige das Kind mit der üblichen Ehrerbietung betrachten, wendet Josef das Gesicht einem Mann zu, der hinter ihm steht, ihm die Hand auf die Schulter legt und ihm, mit dem typisch ausweichenden Blick des Intriganten, etwas ins Ohr flüstert. Josef hört aufmerksam zu. Welches Gift mag ihm der junge Mann ins Ohr träufeln? Stechow vermutet,

Zweifel an der Vaterschaft des Kindes. Aber Josef weiß ja, daß er nicht der Vater ist, denn laut Evangelium hat Gott ihm das bereits mitgeteilt. Also wird ihm der junge Mann erzählen, daß auch Gott nicht der Vater ist, sondern der Milchmann oder der Untermieter. In dem Fall hätte Gott gelogen. Da Gott aber nicht lügt, muß die Geschichte des jungen Mannes erfunden sein.

Und im selben Jahr das gleiche Thema noch einmal, sofern Bruegel den *Bethlehemitischen Kindermord* in diesem Jahr gemalt hat. Warum hat Herodes seine Kavallerie entsandt, alle männlichen Kinder in diesem kleinen flämischen Dorf umzubringen? Weil ihm die Geschichte von einem neugeborenen Kind zu Ohren gekommen ist, das ihn eines Tages entmachten wird.

Und 1563, ein Jahr zuvor, hatte Bruegel die thematisch dazugehörende *Flucht nach Ägypten* gemalt, die Geschichte von der Rettung des Christuskindes vor der Verfolgung durch die Staatsmacht. Dies ist insofern interessant, als 1563 eines der wenigen dokumentierten Ereignisse in Bruegels Leben stattfand: seine plötzliche Übersiedelung von Antwerpen nach Brüssel.

Bruegel hatte gerade die Tochter Pieter Koeck van Aelsts geheiratet, seines Lehrherrn in Antwerpen. Van Mander sagt, Bruegel habe die junge Frau als Kind auf den Armen getragen. Als er sie heiratete, war Koeck schon gestorben, und die Tochter wohnte offenbar bei ihrer verwitweten Mutter in Brüssel. Laut van Mander war es die Mutter, die darauf drängte, daß sich das frisch vermählte Paar in Brüssel niederließ, denn sie wollte Bruegel unbedingt von der Dienstmagd wegbekommen, mit der er in Antwerpen zusammengelebt hatte. Bruegel, sagt van Mander, hätte diese Frau fast geheiratet, wenn sie nicht so eine schlimme Lügnerin gewesen wäre. »Er kam mit ihr überein, daß er alle ihre Lügen auf ein Kerbholz schneiden würde, wozu er ein recht langes nahm, und sollte der Stock innerhalb einer bestimmten Zeit voll sein, so würde es mit der Hochzeit ganz und gar aus sein. Und so geschah es binnen kurzer Zeit.«

Ich weiß nicht recht. Wenn eine Frau ihrem Mann so viele Lügen auftischt, daß er sie verläßt, geht es vermutlich nicht um Schwindeleien der Art, ob die Katze zu fressen bekommen hat oder wie der Milchkrug kaputtgegangen ist. Waren es die üblichen Lügen, die eine Beziehung vergiften – Versuche, Untreue zu verbergen? Wenn ja, wäre Bruegel so nachsichtig gewesen, daß er so viele Fehltritte toleriert hätte? Und hätte van Mander dann als Grund für Bruegels Entschluß, sich von der Frau zu trennen, statt der Lügen nicht eher die Untreue genannt?

Van Manders Geschichte gehört zu jener Sorte Anekdote, über die seine Freunde im Wirtshaus gelacht hätten, aber wie so viele Wirtshausgeschichten ist sie nicht ganz überzeugend. Van Mander nennt keine Quelle, so daß sich die Story mehr nach Klatsch anhört als nach eigenem Erleben, und ich werde den Verdacht nicht los, daß beim Erzählen einiges durcheinandergeraten ist. Bruegel trennt sich von seiner Mätresse – und was dann passiert, ist seit der Erschaffung der Welt sicher millionenmal passiert, wenn ein Paar auseinandergeht. Er verbreitet seine Version, sie die ihre. Beide weisen empört die jeweils andere Version zurück, beide schwärzen den jeweils anderen an. Er erklärt allen Leuten, daß sie eine Lügnerin ist, weil sie anfing zu behaupten, daß …

Daß was? Daß er sie geschlagen hat? Oder gern Frauenkleider trägt? Oder Schlimmeres? Etwas, das es ratsam erscheinen läßt, schnellstens aus Antwerpen zu verschwinden?

Erzählt sie überall, daß er Verbindung zu geheimnisvollen Leuten hatte, die religiöse Freiheit forderten und Untergrundpamphlete in Umlauf brachten, in denen sie ihre Lehre von der Erlösung durch Liebe propagierten?

Die Hauptfigur in der *Verleumdung des Apelles*, die Verleumdung, ist trotz ihrer moralischen Fehler eine attraktive Frau, die erfüllt ist von der selbstgerechten Empörung einer Frau, der Unrecht getan wurde. Sie trägt auch eine Fackel, was sonderbar anmutet, wenn man es wörtlich nimmt, da doch offenbar heller Tag ist, ikonographisch aber noch sonderbarer ist, da die Rolle der Verleumdung ja darin besteht, die Wahrheit zu verdunkeln statt sie zu erhellen. Die

Fackel wäre aber plausibel, wenn sie ein Feuer damit anzünden wollte.

Also auch hier Häresie, die, wenn nicht in Bruegels Bildern, so doch in seinem Herzen verborgen war? Oder zumindest die Furcht, sie könnte dort entdeckt werden?

Aber dann stehen wir sofort vor einem weiteren Rätsel: wenn Antwerpen für Bruegel ein zu heißes Pflaster wurde, warum hat er sich dann ausgerechnet nach Brüssel abgesetzt? Brüssel war immerhin das Zentrum der spanischen Verwaltung. Er mußte vom Regen in die Traufe kommen.

Ich wende mich wieder der *Verleumdung* zu. Ich sehe mir die Zeichnung an, so wie ein Romandetektiv, der sich überlegt, ob ein Zeuge ihm möglicherweise etwas verschwiegen hat.

Die Geschichte, die Bruegel uns präsentiert, ist ungewöhnlich detailliert. Ganz vorn, neben dem Thron, wo man den besten Blick über den Gerichtssaal hat, stehen die Zwillingsschwestern *Suspicio* und *Ignorancia*, die sich gegenseitig den Arm liebevoll um die Schulter legen. Links wartet *Penitencia* auf den Urteilsspruch. In letzter Minute scheint sich aber doch eine unerwartete Wendung des Falles anzudeuten. *Penitencia* wendet das Gesicht einem nackten Mann zu, der flehend neben ihr in die Knie geht, ohne daß es den anderen Anwesenden im Gerichtssaal auffällt. Der Mann heißt *Veritas*. Wir ahnen schon, daß es nicht der Angeklagte sein wird, den *Penitencia* schließlich aus dem Gerichtssaal schleudern wird, sondern die Anklägerin selbst.

Auch *Livor*, der die Verleumdung anstachelt, kommt einem irgendwie bekannt vor. Seine struppigen grauen Haare schauen unter einer breiten Kappe hervor, so daß er wie ein Mönch mit Tonsur aussieht – oder wie der Künstler in *Maler und Kunstfreund*, der Zeichnung, die wahrscheinlich in der gleichen Zeit wie die *Verleumdung* entstand. Dort trägt Bruegel die gleiche Kappe über dem gleichen grauen Haarschopf, allerdings keinen Bart. Selbst wenn der Maler mit dem Kunstfreund tatsächlich ein Selbstbildnis ist, wie einige Forscher vermuten – das hier ist jemand anderes. Ein anderer Maler vermutlich. Die Verleumdung wird von einem neidischen Malerkollegen Bruegels angespornt.

All das scheint viel zu spezifisch für eine bloße Allegorie der falschen Anschuldigung. Hier wird eine konkrete Geschichte erzählt, eine konkrete Anklage erhoben. Aber welche?

Bruegel übernahm das Thema von einem Bild, das er nie gesehen hatte – Apelles' Original ging irgendwann im Mittelalter verloren. Er orientierte sich an einer Beschreibung dieses Werks, die der syrische Schriftsteller Lukian im zweiten Jahrhundert nach Christus verfaßte. Und die ich bestimmt in der London Library finde.

Kate gähnt und klappt ihre Bücher zu. Ich überlege, ob ich ihr von meinem neuen Forschungsschwerpunkt erzählen soll. Auf diesem Gebiet könnten wir sicher gemeinsam arbeiten. Doch ich sage nur: »Könntest du mich wieder zum Bahnhof bringen?« Mir fiel gerade noch ein, wie sie meine letzte Theorie gekippt hat, weil sie den kleinen Wanderer nicht gesehen hat. Ich glaube, ich werde meine neuen Gedanken für mich behalten. Ich werde, wie der kleine Wanderer, allein weitermarschieren.

»Jederzeit«, sagt sie, noch immer gähnend. »Wollen wir heute abend die Würstchen essen?«

»Ich meine jetzt.«

Sie unterbricht ihr Gähnen. Unsere neuen Abmachungen werden sich nun bewähren müssen.

»Ich weiß«, sage ich, »aber ich möchte gleich morgen früh in der Bibliothek sein. Wenn er anfängt, das Bild in der Gegend herumzukarren und es allen Leuten zu zeigen, dann muß ich bereit sein, sobald das Geld von der Bank da ist.«

Sie bringt ihr Gähnen ohne Hast zu Ende. Natürlich. Sie ist jetzt völlig überzeugt, daß ich die Bedingungen, die ich mir selber stellte, nicht erfüllen werde.

»Vergiß diesmal nicht, dich über die Preise für Giordanos zu informieren«, sagt sie mild.

Bruegel, entdecke ich anderntags, während ich dem wirklichen Frühling draußen auf dem St. James's Square weiterhin hartnäckig den Rücken zukehre, war nicht der einzige Maler, der versucht hat, das verschollene Meisterwerk des Apelles zu rekonstruieren. Lukians detaillierte Beschreibung muß so lebendig gewesen sein, daß sie in der Renaissance, über tausend Jahre später, die Phantasie etlicher Künstler beschäftigte. Das Sujet wurde von Botticelli, Mantegna, Dürer und vielen anderen behandelt. Der französische Kunsthistoriker Jean-Michel Massing hat ein ganzes Buch darüber geschrieben. Bruegels Version hat jedoch einen bemerkenswerten Aspekt, den Massing erwähnt, aber nicht weiter kommentiert, und anscheinend ist er auch nur ihm aufgefallen.

Ich diskutiere mit mir darüber. (Ja, wir arbeiten noch immer gemeinsam an dieser Sache, meine beiden Ichs, auch wenn Kate nicht mehr mitmacht.) Lukian hat Griechisch geschrieben, und in der Renaissance waren Griechischkenntnisse nicht weit verbreitet. Die große Wiederentdeckung der klassischen Antike lief über das Lateinische, über lateinische Originaltexte oder Übersetzungen griechischer Autoren. Bruegel hatte Lukians Schilderung des Verleumdungsbilds bestimmt in Übersetzung gelesen, denn er bezeichnet die Figuren mit ihren lateinischen Namen. Die Bezeichnungen bei Botticelli, Mantegna und Dürer entsprechen keiner der bekannten Übersetzungen. Massing konnte jedoch nachweisen, welchen Text Bruegel gelesen hat, da sich die Bezeichnung seiner Figuren getreu an die Melanchthonsche Übersetzung von 1518 hält.

Je mehr ich darüber nachdenke, desto erstaunlicher finde ich es. Zufällig weiß ich einiges über Melanchthon, denn er stand anfangs dem Nominalismus nahe, aber im sechzehnten Jahrhundert war er überall im katholischen Europa als einer der Gründerväter des Protestantismus bekannt. Er war ein enger Freund Luthers und der Hauptverfasser des Augsburgischen Bekenntnisses. In den spanischen Niederlanden galt er daher als Erzengel des Satans. Bruegel war schon bemerkenswerte Risiken eingegangen, als er Gottes

Wort in der Bibel las, aber sich auch an die Werke des Teufels heranzumachen war nun wirklich tollkühn.

Und sofort stellt sich eine praktische Frage: Wo konnte Bruegel damals in Brüssel an einen Text von Melanchthon herangekommen sein?

Nun, wo würde man im stalinistischen Rußland nach einer Ausgabe von Trotzkis Schriften suchen? Wo würde man im Iran die *Satanischen Verse* vermuten? Ich würde als erstes auf Berijas Nachttisch und auf dem Couchtisch eines Ajatollahs suchen.

Den Melanchthon-Text könnte Bruegel in der Bibliothek des Kardinals Granvelle gefunden haben.

Bruegels allmächtiger Gönner war möglicherweise der einzige Mensch in Brüssel, der ungestraft ketzerische Schriften besitzen durfte. Als hoher Kirchenmann hatte er die Pflicht, sie zu lesen, um zu wissen, wovor er die Leute schützte. Jedenfalls hätte es ihn gewiß amüsiert, verbotene Bücher zu besitzen und sie auch offen zu präsentieren. Es ist ja ein Privileg des Mächtigen, sich Dinge zu erlauben, die dem einfachen Volk verwehrt sind. Das Volk liegt in Ketten, der Mächtige hält sie in der Hand.

Vielleicht ist Bruegel nach Brüssel geflohen, in die Höhle des Löwen, weil er wußte, daß niemand es wagen würde, jemanden anzutasten, der im Umkreis des Löwen lebte. Der Kardinal fand Bruegel vielleicht genauso schick wie die Schriften Melanchthons. Vielleicht fand er es sogar noch pikanter, sich einen kleinen Hausrebellen zu halten, einen Maler mit ketzerischen Neigungen – wie einen Hofnarren, der den König verspotten darf, oder ein Tigerjunges, das den Teppich verunreinigen und die Höflinge beißen darf –, lebender Beweis dafür, daß er nicht nur die Ketten in der Hand hielt, sondern auch den Schlüssel besaß und sie nach Lust und Laune öffnen und wieder schließen konnte.

Der Lotsenfisch ist vor den kleineren Raubfischen des Ozeans sicher, weil ein Hai hinter ihm herschwimmt, und vor dem Hai ist er sicher, weil er ihm immer knapp vor der Nase herschwimmt. Vielleicht war die *Flucht nach Ägypten*, die im Jahr seines Umzugs nach

Brüssel entstand und sich bekanntlich in Granvelles Sammlung befand, eine feine Anspielung auf das Asyl, das ihm der Kardinal gewährt hatte.

Ich stelle mir vor, daß Bruegel dem Reichskommissar genauso unbekümmert begegnete wie Apelles (laut Plinius) Alexander dem Großen. Als Alexander im Atelier des Malers erschien und sich über die Kunst ausließ, soll Apelles diese Ansichten freimütig als lächerlich bezeichnet haben. Ich höre Bruegel spöttisch lachen, als der Kardinal in der chaotischen Werkstatt des Malers bei einer Flasche Weißwein erklärt, wie sehr er Frans Floris und dessen *Engelsturz* schätze. Ich sehe den Kardinal über dieses rührende Zeichen beruflicher Eifersucht freundlich lächeln. Alexander machte Apelles seine Lieblingsmätresse zum Geschenk. Ich stelle mir vor, daß der Kardinal einige wissende Bemerkungen über Bruegels kleine Dienstmagd in Antwerpen macht, die seinen Beamten lange Briefe in grüner Tinte schickt, in denen sie haarsträubende Anschuldigungen erhebt. Der Kardinal läßt diese Briefe, die später vielleicht nützlich sein könnten, aufbewahren, aber zunächst einmal läßt er Bruegel eine riesige Geburtstagstorte liefern, und als Bruegel sie anschneidet … entspringt ihr eine hübsche kleine Nonne …

Oder auch nicht. Im darauffolgenden Jahr, 1564, als die *Anbetung* entsteht, hat Bruegel noch immer Angst vor Klatsch. Der Lotsenfisch muß stets wachsam sein, trotz des starken Bodyguards, der hinter ihm herschwimmt. Ein kurzer Moment der Unachtsamkeit, gerade mal nicht aufgepaßt, wohin der große Freund als nächstes hinsteuern könnte, und schwupps! – der Lotsenfisch ist weg. Und im Frühjahr dieses Jahres hatte unser spezieller Lotsenfisch einen besonderen Grund zur Paranoia. Eine plötzliche Bewegung im Wasser, er dreht sich um, und was sieht er? Der Hai ist weg!

Was war passiert? Der Kardinal war nach Burgund gereist, um seine Mutter zu besuchen.

Ein eleganter Schachzug. Granvelle hatte dem König oft empfohlen, was er tun und sagen sollte, und ihn bescheiden gebeten, seinen Ratgeber nicht zu erwähnen. 1564 hatte sich der mächtige Prälat überall in den Niederlanden mittlerweile so unbeliebt gemacht, vom Prinzen von Oranien bis zur Herzogin von Parma, daß der König, nach endlosem Zögern, schließlich ohne Mitwirkung Granvelles eine Entscheidung treffen mußte. Philipp trug dem Kardinal auf, seine Mutter in Frankreich zu besuchen. Und bat ihn bescheiden, nicht zu erwähnen, wer diesen kleinen Akt der Pietät veranlaßt hatte.

Granvelle reiste also ab und kehrte nie wieder zurück. Die Hauptstadt jubelte, aber es könnte sein, daß ein abrupt verlassener Lotsenfisch nicht in den Jubel einstimmte. Wie schon in Antwerpen, stand Bruegel nun wieder allein und schutzlos da.

Verlasset euch nicht auf Fürsten ... Mit Spaniern und deren Helfershelfern befreundet zu sein war besonders riskant. Wenn Bruegel geahnt hätte, was nach seinem Tod passierte, wäre er vielleicht noch besorgter gewesen. 1572 wurde Granvelles Palast in Mecheln zerstört und geplündert, allerdings nicht von den protestantischen Rebellen, sondern von den Truppen des Herzogs Alba, der den Aufstand der Niederländer ein für allemal niederschlagen wollte und dabei nicht nur Mecheln, sondern auch viele andere Städte mit unglaublicher Brutalität zerstörte.

Was passierte mit den Bruegels, die der Kardinal in seinem Palast zusammengetragen hatte? Einige von ihnen waren jedenfalls bis zur Plünderung dort. Granvelle schickte dann aus dem Exil den ihm treu ergebenen Morillon, den Schaden zu inspizieren. Morillon berichtete, daß der spanische Kommandeur Don Federico, der Sohn Albas, eine Anzahl erbeuteter Gemälde an einen gewisssen Hauptmann Erasso verkauft habe und daß dieser »feine Bandit« bei entsprechender Gelegenheit einen hübschen Profit erzielen werde, »denn selbst während meiner Anwesenheit ließ er die Bilder abtransportieren und erklärte, daß er alle Schatullen, alle Vertäfelungen, alle Betten und Türen wegschaffen werde, wenn er nicht entsprechend entschädigt werde«. Neun Tage später berichtete Morillon: »Ich habe Christian, den Maler, geschickt, die XXV Leinwandperspektiven und Antwerpener Landschaften anzukaufen ... aber Sie dürfen nicht hoffen, die Tafeln von Bruegel wiederzuerlangen, es sei denn zu einem hohen Preis; denn sie sind seit seinem Tod begehrter als zuvor und werden auf fünfzig, hundert und zweihundert Taler geschätzt, was unerhört ist.«

Ob Granvelle sie zurückbekommen hat, geht aus der Korrespondenz nicht hervor. Vielleicht ja, und dann sind sie später verschollen, als der Graf von St. Amour, einer seiner Nachfahren, im siebzehnten Jahrhundert beschloß, *mille belles choses* aus dem Nachlaß des Kardinals wegzugeben oder zu verkaufen. Die Dinge, die dem Grafen am wertlosesten erschienen, Papiere und Bücher etwa, überließ er dem Personal. Granvelles Depeschen, sagt der Herausgeber seiner Korrespondenz, landeten auf dem Müll oder dienten als Einwickelpapier oder wurden für die »unaussprechlichsten Zwecke« benutzt. Vielleicht verschwand das letzte Dokument, das Aufschluß über den Verbleib von Granvelles Bruegels gegeben hätte, in irgendeiner Dienstbotenlatrine.

Andererseits könnten es sehr wohl die herannahenden Kämpfe in den Provinzen gewesen sein, die dafür sorgten, daß der Verbleib von Jongelincks Bruegels in Antwerpen nachgewiesen werden kann, insofern de Bruyne ruiniert war und Jongelinck im Zusammenhang mit der Bürgschaft für seinen Freund ein Inventar aufstellen mußte. Die Bilder selbst blieben wahrscheinlich nur deswegen erhalten, weil sie in den Besitz der Stadt übergingen, denn Jongelincks Luxusvilla, für die er den Jahreszeitenzyklus bestellt hatte, lag außerhalb der Stadt. Als Alessandro Farnese im Jahre 1584 Antwerpen belagerte, erwies sich dieses frühe Modell einer Villensiedlung als voreilig. Das schutzlose Anwesen wurde, wie so vieles andere auch, von den Spaniern zerstört.

Zurück in das Jahr 1564, zurück nach Brüssel, zu Bruegel, der nun keinen einflußreichen Gönner mehr hatte.

Wieder steht er schutzlos da, und im Jahr darauf verteidigt er sich mit der *Verleumdung des Apelles* und dem *Christus mit der Ehebrecherin* vor tatsächlichen oder potentiellen Beschuldigungen. Die Furcht bleibt ihm bis ans Lebensende und bis zur *Elster auf dem Galgen.* Doch da hat die Geschichte schon eine etwas andere Wendung genommen.

Van Mander zufolge hat er seiner Frau nicht nur die *Elster* vermacht, sondern auch den Auftrag erteilt, einige Werke zu verbrennen. Um welche Bilder es sich dabei handelte, erfahren wir nicht, aber van Mander beschreibt sie als »wunderlich und beziehungsreich ... fein und sauber gezeichnet, mit Inschriften versehen«, und sagt, Bruegel habe sie vernichten lassen, »entweder aus Reue oder aus Furcht, daß seine Frau dadurch zu Schaden käme oder sonstwie dafür einzustehen hätte«. Doch es ist eher unwahrscheinlich, daß auf ihnen das große unwegsame Land namens Mancherlei-Wanderungen dargestellt war, denn laut van Mander handelte es sich um komische Szenen, von denen einige allzu scharf und bissig waren.

Komische Zeichnungen, die ihren Besitzer in Schwierigkeiten bringen könnten, weil sie zu scharf und bissig sind – das klingt nach Karikaturen. Wenn das so ist, dann muß Bruegel sie bis zuletzt sorgfältig gehütet, und seine Frau muß sie allesamt vernichtet haben, denn es existieren von ihm keine Karikaturen identifizierbarer Personen. Natürlich gibt es viele satirische Darstellungen von Bauern und Bettlern, teilweise wohl lebensecht, aber ich kann mir nicht vorstellen, daß Bruegel Angst vor Verleumdungsklagen von Bauern und Bettlern hatte, die sich auf seinen Bildern hätten wiedererkennen können. Van Mander vermutet, daß die Zeichnungen, die Bruegel verbrannt sehen wollte, denjenigen ähnelten, von denen in Kupfer gestochene Kopien erhalten sind. Doch die Kupferstiche von komischen Sujets zeigen durchweg phantastische Szenen, in denen er die Laster und die Torheit der Menschen ganz allgemein aufs Korn nimmt, und ich kann mir auch nicht vorstellen, daß Bruegel glaubte, seiner Frau würden Verleumdungsklagen von Lüstlingen und Geizkrägen ins Haus stehen. Vielleicht waren diese gefährlichen Zeichnungen mit den hinzugefügten Inschriften also mehr in der Art … ja, der *Verleumdung des Apelles.* Da haben wir sie wieder.

Ich nehme mir Lukian vor. Er war Rhetoriker, wie ich feststelle, ein Entertainer, der im zweiten Jahrhundert nach Christus die griechische Welt bereiste und dabei aus witzigen Schriften vortrug, die er verfaßt hatte. In einer dieser Schriften ging es um das Thema üble Nachrede, das Apelles schon in seinem berühmten Bild behandelt hatte. Bei Lukian heißt er Apelles von Ephesos, bei Plinius stammt er aus Kos, aber es dürfte ein und dieselbe Person gewesen sein, und so, wie Lukian über das Bild spricht, muß er es tatsächlich gesehen und eine sachkundige Einführung erhalten haben.

Apelles hatte offenbar einen persönlichen Grund, ein Bild über das Thema Verleumdung zu malen, da er selber fälschlich beschuldigt und fast hingerichtet worden war. Ein neidischer Künstlerrivale namens Antiphiles denunzierte ihn beim König: Er habe gesehen, wie Apelles einem Provinzgouverneur etwas ins Ohr geflüstert und ihn zum Aufstand angestachelt habe. Der König, dessen Urteilsvermögen durch Schmeicheleien verdorben war, begann sofort zu toben und zu wüten, daß Apelles ein undankbarer Mensch sei, ein Verschwörer, der enthauptet werden solle. Schließlich meldete sich einer von Apelles' Mithäftlingen zu Wort und versicherte, daß Apelles an der Verschwörung nicht teilgenommen habe, woraufhin der König so beschämt war, daß er Apelles den Rivalen als Sklaven schenkte.

Die Umstände dieser Verschwörung lassen vermuten, daß es sich bei dem leichtgläubigen König um den ausschweifenden Ptolemäus IV. (»Philopator«) handelte, einen der makedonischen Könige Ägyptens im dritten vorchristlichen Jahrhundert. Das würde bedeuten, daß sich bei der Überlieferung einige Ungenauigkeiten in die Geschichte eingeschlichen haben, denn zum Zeitpunkt dieses Vorfalls war Apelles schon mindestens hundert Jahre tot. Die Details sind aber so lebendig, daß Lukians Bericht auf einem realen Ereignis beruhen muß, selbst wenn er oder seine Informanten sie mit Einzelheiten ausgeschmückt haben, die erst später passiert sind. Was an der Beschuldigung besonders auffällt und sich in allen Versionen gehalten hat, ist der politische Kern der Verleumdung.

Politisch war aber auch, jedenfalls aus Sicht Herodes', was über Christus verbreitet wurde und schließlich zu jenem großen Massaker und zur Flucht nach Ägypten führte. In beiden Fällen lautete die Anklage auf Rebellion, bereits stattgefundene oder angekündigte.

War die Beschuldigung, vor der Bruegel in seinen letzten sechs Lebensjahren Angst hatte, ebenfalls politischer Natur? Mußte er befürchten, als Gefahr für den Staat denunziert zu werden? Nicht als Ketzer dazustehen, sondern als Dissident?

Das ist der neue Turm zu Babel, den ich konstruiere: Politik. Ob darin Platz für den Jahreszeitenzyklus ist?

Ich sehe mir noch einmal die fünf bekannten Bilder an. Nirgends entdecke ich die Spur einer politischen Idee, höchstens die allgemeine Atmosphäre eines beunruhigenden Quietismus, der Hinweis, das Leben in den Niederlanden sei ein bukolisches Idyll.

Könnte es im ersten Bild der Folge, in meinem Bild, ein Detail geben, das auf etwas anderes hindeutet? Das der ganzen Serie eine andere Note gibt? Ich weiß nicht, was das sein könnte. Den kleinen Wanderer kann ich mir natürlich vorstellen. Aber welches Detail könnte einen politischen Inhalt vermitteln? Barrikaden? Brennende Scheunen?

Oder könnte Schwimmen – und zwar vor dem in den Stundenbüchern dafür vorgesehenen Termin – ein Ausdruck politischen Protestes sein?

In London komme ich jetzt nicht mehr weiter. Ich muß wieder rausfahren und mir das Bild noch einmal ansehen. Ich werde in Upwood aufkreuzen und Tony vorschlagen, ihm bei der Untersuchung dieses mysteriösen Flecks zu helfen – aber bevor ich anklopfe, werde ich mich vergewissern, daß Tonys Landrover vor dem Haus steht und die Hunde da sind. Wenn nicht, werde ich geduldig im Gebüsch herumlungern und warten, bis er zurückgekehrt ist, damit es nicht zu peinlichen Mißverständnissen kommt.

Es gibt nämlich *doch* etwas auf meinem Bild! Ich weiß es. Irgend etwas, das erklärt, warum es verschwunden ist. Etwas, das alle Rätsel beseitigt. Etwas, das mir die Möglichkeit gibt, es zweifelsfrei zu identifizieren.

Und während ich in nördlicher Richtung durch einen ernüchternden Frühlingsschauer fahre, fällt mir ein, daß es doch noch etwas in London herauszufinden gab – die Preise für Giordanos. Mist.

6

Die erste Lieferung

*I*ch gehe nicht die Auffahrt entlang – halte mich überhaupt von jeder Straße fern. Ich klettere ruhig über den rostigen Stacheldrahtzaun im Wald und stapfe durch den Schlamm unter den triefnassen Bäumen, voller Sorge, ich könnte einen Fasan aufschrecken und von einem der Fasanenwächter erschossen werden oder mit dem Fuß in eine Falle treten. Nie war mir das Land so viel unangenehmer als die London Library.

Hinter einem wüsten Niemandsland, das wie ein aufgegebener Küchengarten aussieht, taucht zuerst die Rückseite des Hauses auf. Ohne die geringste Befugnis, mehr und mehr wie ein Wilderer oder Einbrecher, der sein Objekt auskundschaftet, schlage ich mich seitwärts durch das Gehölz. Kein Hund kommt bellend angelaufen, und als ich das Haus schließlich von vorne erblicke, ist von dem Landrover weit und breit nichts zu sehen.

Ich bleibe bei meinem Plan. Ich suche mir eine relativ trockene Stelle hinter einem Baum und warte.

Ich warte eineinviertel Stunde.

Ich finde es überraschend kalt und komme mir überraschend lächerlich vor. Ich nehme eine geringfügige Änderung an meinem Plan vor. Ich mache einen kleinen Spaziergang im Wald. Es ist grauenhaft, aber nicht ganz so kalt und auch nicht so lächerlich, wie reglos dazustehen. Als ich zurückkomme … noch immer keine Hunde, noch immer kein Landrover.

Ich warte.

Ich gehe noch einmal spazieren.

Dann beschließe ich, eine umfassende Lagebeurteilung vorzunehmen. Irgendwie hatte ich angenommen, daß Tony nicht so lange unterwegs sein würde. Höchstens in einem abgelegenen Teil seines Besitzes vielleicht. Zum Einkaufen in Lavenage. Bei einem

Nachbarn. Aber mir wird klar, daß er genausogut den ganzen Tag unterwegs sein kann. Oder gerade dabei ist, eine Varietät der schottischen Fauna auszurotten. Den Stand seines Bankkontos auf den Caymaninseln zu kontrollieren.

Oder bei einem Nachbarn, jawohl, von dem er weiß, daß er den ganzen Tag außer Haus ist. Und wo er bleiben kann, bis der Mann zurückkehrt.

Der Gedanke, daß er wieder bei Kate sein könnte, um sich von ihr in einer Kunstangelegenheit beraten zu lassen, ist so lächerlich, daß ich schallend lachen muß. Aber lächerlich ist auch, daß ich hier in der feuchten Kälte herumlungere, wie der kleine Held in einem Kriminalroman für Kinder, bloß weil Laura es falsch verstehen könnte, wenn ich sie zum drittenmal in einem Moment besuche, in dem sie allein ist. Ich bin kein Junge in einer Detektivgeschichte für Kinder, sondern ein Mann in einer Story für Erwachsene – Manns genug jedenfalls, um peinliche Situationen durchstehen zu können. Und es wäre doch gelacht, wenn ich mich von der halbgebildeten Frau eines nichtsnutzigen Grundeigentümers einschüchtern ließe.

Ich stolpere aus dem Wald und marschiere schnurstracks auf die Haustür zu, lege die Hand auf den Türklopfer, sehe schon, wie sich die Tür vor mir auftut und Laura mit diesem spöttischen, wissenden Lächeln in den Mundwinkeln dasteht, und marschiere schnurstracks wieder in den Wald zurück.

Mir ist, als marschiere ich schon mein halbes Leben lang hin und her über den Platz vor dem Churtschen Haus.

Noch mal überdenken. Ich gehe nach Hause und berichte Kate von diesem idiotischen Vormittag und komme später wieder zurück. Dann kann ich zumindest sicher sein, daß Tony nicht bei uns ist.

Ich habe mich noch nicht weit in den Wald zurückgearbeitet, als ich ein Auto höre, das auf dem schlaglochübersäten Weg voranholpert. Ich bleibe stehen, drehe mich um. Meine Taktik war richtig. Als ich das Haus wieder erreicht habe, steht der Landrover vor der Tür, und die Hunde sind da, von denen der eine an der Pfütze schleckt, während der andere das natürliche Gleichgewicht der Natur aufrechterhält, indem er hineinpinkelt. Sie schauen auf, als ich näher komme, und stürzen fröhlich bellend los, um ihren neuen Freund zu begrüßen. Ich raufe mit ihnen, so wie ich andere Leute mit Hunden habe raufen sehen, denn ausnahmsweise bin ich genauso froh, sie zu sehen, wie sie über meinen Anblick erfreut sind. Ich muß herausfinden, wie sie heißen, muß ihnen ein paar Leckerbissen mitbringen, mich teilnahmsvoll nach ihrer Gesundheit und dem Fortgang ihrer Erziehung erkundigen.

Die Haustür steht einladend offen. Ich trete ein. »Hallo?« rufe ich munter. »Jemand da?«

»Nur ich«, sagt Laura und erscheint in der Küchentür. »Woher wußten Sie? Haben Sie das Haus beobachtet?«

Mir fehlen die Worte.

»Behalten Sie die Stiefel an!« sagt sie. »Sie können mir erst noch helfen, den ganzen Kram ins Haus zu bringen. Ich hab gerade meinen wöchentlichen Großmarkteinkauf gemacht. Krieg ich keinen Kuß?«

Ein Kuß, selbstverständlich. Klar. Ich mache eine ungelenke Bewegung in Richtung ihrer Wange.

Laura lacht. »Keine Sorge«, sagt sie. »Ich hab ihn am Bahnhof abgesetzt. Er ist den ganzen Tag in London. Hier, drei Schachteln Eier. Passen Sie auf!«

»Schmeißen Sie Ihre Stiefel in die Diele«, sagt Laura, nachdem wir stattliche Teile mehrerer tiefgefrorener Tiere hereingeschafft haben.

Ich komme in Socken wieder in die Küche und halte den Vortrag, den ich für Tony vorbereitet hatte. »Wenn ich recht informiert bin, möchte er, daß ich mir diesen Fleck ansehe.«

Sie antwortet nicht. Sie reicht mir ein mächtiges altes Tranchiermesser und zeigt auf einen der Kartons, die wir hereingetragen haben. »Machen Sie ihn auf. Ich suche eine Zitrone.«

Im Karton sind zwölf Flaschen Gin. Sie nimmt eine heraus und schraubt den Verschluß auf. »Tony wird explodieren, wenn er sieht, was ich gekauft habe«, sagt sie und gießt zwei große Gläser voll. »Aber Fasan kann ich nicht mehr sehen und erst recht nicht dieses braune Zeugs in der Karaffe.« Sie reicht mir das Glas. Für mich gibt es nichts Widerlicheres als Gin, und in meinem Glas ist mehr Gin, als ich in meinem ganzen Leben bisher getrunken habe. »Nehmen Sie Tonic? Sagen Sie bloß nicht ja, ich hab nämlich vergessen, welchen zu kaufen.«

Sie zündet sich eine Zigarette an und lehnt sich, wie schon einmal, gegen dic Herdstange. Heute trägt sie nicht einen ihrer erstaunlichen Pullover, sondern ein mehrere Nummern zu großes Männerhemd mit strengen blauen Streifen, das ihr hinten aus der Hose hängt. Eines von Tonys Hemden vielleicht und an ihm, denke ich, nicht sehr bemerkenswert. Aber an ihr … Ich schaue weg, starre auf den Grund meines Gins.

Sie hebt ihr Glas. »Also, auf ein neues«, sagt sie. »Vielleicht kommen wir ja diesmal ein bißchen weiter.«

O Gott, das ist noch schlimmer, als ich befürchtet hatte.

»Wenn ich recht informiert bin, möchte er, daß ich mir den Fleck ansehe«, wiederhole ich kläglich. »Tony. Hat Kate gesagt. Den Fleck, den er entdeckt hat. Ich soll ihn mir anschauen.«

Es klingt wirr. Es klingt verzweifelt. Schlimmer noch, es klingt verdächtig aufdringlich. Was ist aus meinem neu entdeckten Betrügertalent geworden?

»Fleck?« sagt Laura verblüfft. »Welchen Fleck? Diesen?«

Sie zeigt auf eine bläulichgraue Stelle an der Decke, durch die offenbar Wasser dringt. »Schauen Sie sich alle Flecken an«, sagt sie. »Im ganzen Haus wimmelt es von Flecken. Braune Flecken, grüne Flecken, trockene, feuchte. Schwarzer Schwamm, blauer Schwamm. Pilze. Schimmel. Sie haben die Wahl!«

»Nein, nein«, sage ich steif und finde mich immer lächerlicher. »Auf dem Bild. In der Ecke des Bildes.«

Sie schaut mich an und neigt ungläubig den Kopf.

»Sie wollen doch nicht wieder in das Frühstückszimmer?« sagt sie. »Wie wär's mit der Speisekammer? Ist ein bißchen wärmer. Oder dem Leichenschauhaus?«

Ich merke, daß wir aneinander vorbeireden.

»Nicht die *Helena*!« sage ich. »Das andere. Oder ist das auch schon wieder im Frühstückszimmer?«

Sie runzelt die Stirn. Ich habe mein Interesse an diesem Bild so gut verborgen, daß sie es schon wieder vergessen hat. Das Dumme ist nur, daß ich nicht weiß, wie ich es bezeichnen soll. Ich kann es nicht »die *Pretmakers*« nennen. Nicht öffentlich. Ich möchte »der Bruegel« sagen. Ich wüßte keine andere Bezeichnung. Das Bruegelsche an diesem Bild ist die einzige Qualität, die mir einfällt. Was ist heute nur mit meiner Zunge los? Ihre eindrucksvolle Silbrigkeit hat sich in unedles Metall verwandelt. »Das Bild, das er reinigen wollte«, bringe ich schließlich hervor.

»Ach so«, sagt sie und lacht. »Das Bild im Kamin. *Das* wollen Sie sehen?«

»*Ich* nicht«, sage ich, »aber es gibt offenbar eine fleckige Stelle ...«

»Ach, das Ding in der Ecke.« Sie lacht wieder. »Das ist was anderes. Das zeige ich Ihnen gern. Nehmen Sie Ihr Glas. Und die Flasche. Sie werden es nicht glauben.«

Sie geht, mit dem Glas und der Zigarette in der Hand, in die Diele hinaus. Ich folge ihr mit Glas und Flasche und beginne schon, ein wenig nervös, das laut Laura Unglaubliche doch zu glauben. Und richtig, wir gehen die breite Treppe hinauf, und bei jedem Schritt schwingen vor meinen Augen die Streifen des gestreiften Hemdschoßes schwindelerregend hin und her. Kurz vor dem oberen Ende der Treppe reiße ich mich von diesem Anblick los und bleibe vor dem Bild stehen, das ich von unten schon gesehen habe, ohne es genau erkennen zu können, dort an dem Ehrenplatz, an dem in Tonys Kindheit die große *Helena* hing. Nicht, daß ich das Bild aufregender als die Hemdschöße finde. Ich möchte nur demonstrieren, daß ich in bezug auf das

Bild, das wir bald betrachten werden, nicht von einer unstillbaren Sehnsucht erfüllt bin. Auch nicht, was seinen Standort angeht.

Mein Interesse schrumpft noch weiter, während ich dieses Bild betrachte. Englisch, achtzehntes Jahrhundert, ein Hund. Von dem gleichen Braun wie die beiden Viecher, die jetzt unten in der Diele liegen, und von der gleichen Farbe wie die Sachen, die ihr Herr meistens trägt, und die Möbel. Der Hund steht in einer braunen Landschaft mit diversen toten braunen Vögeln auf brauner Erde. Ich habe das Gefühl, daß im achtzehnten Jahrhundert alles noch brauner war als heutzutage.

»Dieses Bild wird er nie verkaufen«, sagt Laura, die gerade zurückkommt, um nachzusehen, wo ich bleibe. »Ich glaube, es gehört ihm sogar. Erinnert ihn wohl an seinen allerersten Hund. Wenn das Haus abbrennen würde – das würde er als erstes schnappen: das und sein Jagdgewehr.«

Ich schicke ein Stoßgebet zum Himmel, daß die Stromleitungen hier in einem besseren Zustand sein mögen als die zerbröselnde Isolierung, drehe mich dann um und folge den hin und her schwingenden Streifen die letzten Stufen hinauf.

Und dort ist es.

Auf dem Frisiertisch, inmitten von Socken, Rechnungen und Gewehrpatronen, in gutem Tageslicht, das zum Fenster hereinfällt, dem ungemachten Bett zugewandt.

Zart schimmernde Frühlingsblätter – tanzende Bauern – zerklüftete Berggipfel – das Meer in der Ferne ... Zum erstenmal seit jenem Abend, als sich die ganze verrückte Spirale in Bewegung setzte, sehe ich es wieder. Endlich!

Was ich denke? Ich weiß es nicht. Nicht viel, diesmal. Also Enttäuschung? Eigentlich nicht. Ich stehe davor, das Ginglas in der Hand, schaue hierhin und dorthin, sehe auch nicht mehr als damals und spüre ...

Spüre Laura, die sich bei mir eingehakt hat und das Bild ebenfalls betrachtet.

»Weiß der Himmel, warum er es hierhergebracht hat«, sagt sie. »Ich glaube, es gefällt ihm. Wie der Hund. Gibt ihm so ein Gefühl, als würde er über seinen kostbaren Besitz blicken.«

Mit der freien Hand steckt sie die Zigarette wieder zwischen die Lippen und hält dann inne.

»Sie mögen es nicht, wenn ich rauche, oder?« sagt sie.

Ich mache die resignierte Handbewegung, die Nichtraucher gewöhnlich machen, wenn Raucher fragen, ob es einem etwas ausmacht, diese Geste, die immer so verstanden wird, daß es einem nichts ausmacht, die aber in Wahrheit besagt, daß es einem sehr wohl etwas ausmacht.

»Ich weiß, Sie finden es furchtbar. Tony kann es auch nicht leiden. Wahrscheinlich rauche ich deswegen. Ich werd sie ausmachen.« Sie sieht sich im Zimmer um. »Natürlich kein Aschenbecher. Er hat was gegen Aschenbecher im Schlafzimmer.«

Plötzlich läuft sie zum Frisiertisch. Mir schießt der verrückte Gedanke durch den Kopf, daß sie die Zigarette auf dem Bild ausdrücken wird. Ich stöhne leise auf, stürze hinter ihr her, will sie am Arm festhalten, stoße mit dem Ginglas, das ich noch in der Hand halte, gegen ihren Ellbogen. Sie sieht, wie der Gin silbrig wie ein fliegender Fisch aus dem Glas schwappt, und schaut mir dann verblüfft in die Augen.

»Wow!« sagt sie und lacht, amüsiert und geschmeichelt über meine täppische Begierde. Sie stellt ihr Glas ab und drückt die Zigarette in einer Untertasse voller Manschettenknöpfe und Kragenstäbchen aus.

»Entschuldigen Sie«, sage ich, »ich dachte –«

Aber sie hat mir schon einen Finger auf den Mund gelegt.

»Heute wird nicht mehr gedacht«, sagt sie.

Sie wird ernst. Sie nimmt den Finger von meinen Lippen, betrachtet sie aufmerksam, stellt sich dann auf die Zehenspitzen und drückt ihre Lippen sanft auf meinen Mund.

Sie schmeckt nach Gin und Zigaretten und ... ich weiß nicht ... unglaublich weich und süß. Wonach schmecke ich für sie? Gin und Angst, schätze ich, und ... vielleicht auch ein bißchen nach dieser Süße.

Ich sehe ihr in die Augen, die ganz nah vor den meinen sind, so wie sie mir in die Augen schaut, die ganz nah vor den ihren sind. Besonders schwach macht mich, daß sie auf Zehenspitzen steht.

Sie sinkt wieder auf die Fersen zurück und legt die Arme um mich. Ich lege die Arme um sie. Ich weiß nicht recht, was ich sonst tun soll. Sie schaut mich ernst an und schmiegt dann ihr Gesicht in meine Halsbeuge. Jetzt kann ich das Bild sehen. Ich habe das Maßband in der Tasche, glaube aber nicht, daß ich es in diesem Moment herausholen und das Bild hinter ihrem Rücken abmessen kann. Ich versuche jedoch eine Art systematischer Betrachtung – versuche, mich auf jedes Detail zu konzentrieren und zu überlegen, ob es eine religiöse oder politische Bedeutung gehabt haben könnte. Einen kleinen Wanderer kann ich zwar nicht sehen, aber doch, ich hatte recht, dort ist tatsächlich ein kleines Stückchen azuritblauer Himmel, der sich in einem Mühlteich inmitten des Frühlingsgrüns spiegelt, ein paar Leute stehen am Rand, einer von ihnen stürzt sich verwegen in das kalte Wasser, ohne der Jahreszeit Rechnung zu tragen ... Ihr weicher Körper lenkt mich so sehr ab, daß ich mich kaum auf das Bild konzentrieren kann ... Oder der erhobene Fuß des tanzenden Bauern, könnte das ein Zeichen von Widerstand sein? Die sehnsüchtigen Lippen des Liebespaars ...? Ich fühle mein Herz schlagen, fühle ihres schlagen ... ja, und dort in der Ecke ist der dunkle Fleck ...

»Ich dachte mir schon, daß du heute kommst«, sagt sie. Ihre Stimme vibriert an meinem Hals.

Fuß. Fleck. Schwimmer ...

Ich merke, daß sie das Gesicht weggenommen hat und mich anlächelt.

»Oder willst du dir zuerst das Ding auf dem Bild angucken?« fragt sie, spöttisch wie eh und je, aber jetzt weiß ich, daß sie es nicht so meint.

»Natürlich nicht.« Was kann ich sonst sagen?

Sie drückt mich noch fester an sich. Ich drücke sie noch fester an mich. Sie zuckt zusammen und stöhnt leise.

»Was ist?«

»Der blaue Fleck.«

Bei dem Gedanken an diese dunkle Schmerzwolke unterhalb ihrer linken Brust empfinde ich eine unendliche Zärtlichkeit. Laura kommt mir plötzlich wie ein verlorenes Kind in einem Märchen vor, das mit diesem grauenhaften Mann in diesem grauenhaften Haus eingeschlossen ist, sich aber tapfer weigert, aufzugeben und unterzugehen, und sich verzweifelt an jeden klammert, den sie findet.

Sanft löse ich mich von ihr und lächle sie an. Traurig, glaube ich. Überwiegend traurig. Sie streift die Schuhe ab und nimmt mich an der Hand. Wir tappen auf bestrumpften Füßen zum Bett.

»Hör zu«, sage ich. »Warte. Setz dich.«

Sie wartet, verwundert, aber gehorsam. Ich nehme ihre Hände, wir setzen uns nebeneinander auf die Kante des zerwühlten Betts. Jetzt sehe ich das Bild nur noch aus den Augenwinkeln, und es ist zu weit weg, als daß ich mehr als vage Konturen erkennen kann.

Sie wartet darauf, daß ich etwas sage. Wenn ich bloß wüßte, was. Am Ende muß sie es selbst sagen.

»Du meinst, du willst nicht?«

»Tut mir leid«, sage ich. »Ich kann nicht. Ich wollte, ich könnte, aber ich kann nicht.«

Sie starrt in den Himmel draußen vor dem Fenster. Schweigen. Wir sitzen da, ihre Hände noch immer in den meinen. Sie denkt sicher: »Er denkt an sie.« Denke ich das? Ja. Vermutlich. Jetzt, wo ich überlegt habe, daß sie denkt, daß ich daran denke. Ja. Kate. Und Tildy. Und alles.

Sie sieht eine Weile auf unsere vier Hände. Ich auch. Dann schaut sie wieder aus dem Fenster. Ich betrachte ihr Gesicht, das sie mir im Profil zuwendet, und sehe die Berglandschaft in der Ferne hinter ihr. Ich weiß nicht recht, wie es weitergehen soll oder wie wir da herauskommen.

Sie lacht kurz und ernüchtert. »Also, bei euch in London ist das sicher anders«, sagt sie absurderweise. »Hier ist es nicht so.«

»Schau«, sage ich, »es ist nicht bloß ... du weißt schon. Du bist es.«

Wieder lacht sie.

»Doch, im Ernst.« Und jetzt, da ich es ausgesprochen habe, ist es mir wirklich ernst. »Ich will nicht etwas anfangen, was wir nicht zu Ende bringen können. Ich möchte dir nicht weh tun. Ich möchte nicht, daß alles in Tränen und verzweifelten Telefonanrufen endet.«

Sie nimmt ihre Hände weg. »Warum bist du dann immer wieder hergekommen?« sagt sie spitz. »Nur um mit mir über ...« Sie wendet den Kopf hin und her, sucht ein hinreichend lächerliches Thema, das sie mir vorwerfen kann. Ich habe keine Ahnung, was sie zutage fördern wird. Die Plastizität des Giordano? Das Chiaroscuro? »Über den Normalismus oder so was zu sprechen?«

Oh, Normalismus. Ich denke nicht daran, sie zu verbessern und dem Panofsky abermals den Erwin aufzusetzen. Über dieses Stadium bin ich inzwischen hinaus. Tja, denke ich wehmütig, gegen ein kleines Gespräch über den Normalismus oder gar den Nominalismus wäre in der Tat nichts einzuwenden. Auf einmal verspüre ich eine große Sehnsucht danach.

Mir fällt aber auf, daß sie sich den Begriff gemerkt hat, jedenfalls teilweise. Ich habe schon am ersten Abend Eindruck auf sie gemacht. Ich wußte es. Ihr Spott war ein Zeichen von Interesse. Ich wußte es.

Und nun schaut sie so gedemütigt drein. Ich beuge mich vor und küsse sie zart auf den Mund. Sie sieht mich nicht an, lacht nur wehmütig. Ich küsse sie noch einmal, lehne mich dann zurück und betrachte das Ergebnis. Diesmal schafft sie nur die Andeutung eines Lächelns und schaut weiter nach unten. Ich küsse sie noch einmal, lehne mich zurück und schaue sie wieder an. Küsse sie noch einmal, schaue sie an.

Insgesamt etwa neunmal, glaube ich.

Allmählich wendet sie mir den Blick zu, und ein Lächeln breitet sich über ihrem Gesicht aus.

»Du bist wirklich ein blöder Hund, weißt du«, sagt sie zärtlich.

»Ach ja?« sage ich und küsse sie wieder.

Ich küsse sie lange und überlege, wenn ich die Dinge einfach ihren Lauf nehmen lasse, dann könnte ich in einer halben Stunde das Bild auf der Kommode in aller Ruhe studieren, entspannt und mit einer Tasse Kaffee in der Hand, und wenn ich es noch immer nicht genug betrachtet hätte, könnte ich zurückkommen und es mehr oder wenig so oft ich will ansehen. Und nun, da der erste Schock überwunden ist und wir beide Zeit hatten, uns von Überraschung und Verwirrung zu erholen und einander klarzumachen, und sei es nur durch stumme Andeutungen, wo wir stehen und wie wir die Sache sehen, wäre es nicht tatsächlich der simpelste und natürlichste und am wenigsten verletzende Ausweg aus der Situation? Der schnellste Weg zurück zu Normalismus und Nominalismus gleichermaßen?

Offensichtlich, denn sie sinkt schon zurück in das zerkrumpelte Bett und zieht irgendwo eine kalte Wärmflasche hervor. Und ich folge ihr dorthin und fange an, Tony Churts Hemd aufzuknöpfen ... und spüre dann in meinem Schritt einen weiteren irritierenden Fremdkörper ... auch wie eine kalte Wärmflasche, nur feuchter. Ich greife mit der Hand hinter mich, es niest und schleckt meine Finger ab.

»Moment!« sage ich.

»Was denn jetzt?«

Ich stehe auf und eskortiere die Hunde aus dem Zimmer. Ich bringe sie bis zur Treppe und revanchiere mich mit einem freundlichen Tritt in den Hintern, so daß sie empört und beleidigt bellend die Treppe hinunterpurzeln.

»Also, laßt euch das eine Lehre sein, hier wird nicht rumgeschnüffelt!« rufe ich ihnen hinterher.

»Entschuldigen Sie vielmals«, erwidert einer von ihnen mitten in dem Lärm.

Mein Herz bleibt stehen. Die Welt bleibt stehen. Wie bitte?

»Die Tür stand offen ...« ruft die Stimme. »Weg da ...! Entschuldigen Sie, ich dachte ... Weg da, laß mich in Ruhe ...! Mr. Churt? Sind Sie da ...? Könnten Sie bitte ...? Mr. Churt!«

Die Stimme klingt inzwischen so verzweifelt wie das Gebell. Ich reiße mich zusammen und gehe zurück ins Schlafzimmer. Laura steht am Fenster und schaut hinaus. Sie hat sich die Schuhe wieder angezogen.

»Wir haben die Haustür offen gelassen«, erkläre ich.

»Doch nicht der kleine Pfarrer?« fragt sie. »Dort steht ein Fahrrad.«

»O je. Ich habe ihm gesagt, er soll hier nicht rumschnüffeln. Wie peinlich!«

Sie schaut in den Spiegel und geht dann rasch aus dem Zimmer, ohne mich noch einmal anzusehen.

Durch den Türspalt höre ich, wie Laura die Hunde anfährt und das Gebell allmählich verstummt. Ich schließe die Tür und wende mich wieder dem Bild zu. Endlich bin ich ganz allein mit ihm. Aber ich sehe noch weniger als zuvor. Ich denke immer nur: Der Pfarrer? Mein amouröses Abenteuer wurde vom Pfarrer vereitelt? Das ist die größte Schmach bislang.

Ich trete wieder zur Tür. Von unten dringt Gemurmel hoch. Ich gehe wieder zum Bild, sehe nur die Absurdität des Paares, das in alle Ewigkeit in diesem klebrigen Kuß festgehalten ist. Lieber wäre ich der Mann, der in das eiskalte Wasser des Mühlteichs springt ...

Ich lausche an der Tür. Stille. Ich gehe wieder zum Bild und schaue in die rechte untere Ecke, wo in sauberen römischen Buchstaben BRVEGEL, MDLXV stehen sollte. Ja, dort ist ein undeutlicher dunkler Fleck, der vielleicht nicht ganz zur Landschaft gehört und vielleicht auch nicht die gleiche Oberflächentextur wie der Firnis hat. Ich reibe mit dem Daumen darüber. Der Fleck verändert sich nicht, aber an meinem Daumen bleibt etwas Farbe hängen. Also doch Schmutz? Vielleicht. Tinte, wie Kate glaubt?

Tür. Wieder Stimmen.

Bild. Die Badenden sind keine Badenden. Der Mann, der in den Mühlteich springt, ist vollständig angekleidet. Ich glaube sogar, daß er überhaupt nicht ins Wasser springt – sondern kopfüber hineintorkelt, betrunken wahrscheinlich, während die Umstehenden ihm die Hände entgegenstrecken, um ihn herauszuziehen. Mein fitter Sportsfreund befindet sich in einer genauso peinlichen Situation wie wir alle. Na ja, zumindest löst es das ikonographische Problem des Schwimmens im Frühling.

Tür. Unten ist es still.

Ich beschließe, mich zu verdrücken. Ich könnte meine Lupe herausholen und die Details studieren, während Laura den Pfarrer hinauskomplimentiert, die Lupe dann wieder wegstecken, und dann könnten wir dort weitermachen, wo wir aufgehört haben. Ich könnte zumindest das Maßband nehmen und das Bild abmessen. Aber nicht einmal das tue ich. Ich will einfach weg.

Also, das Bild ist ein Bruegel. Jetzt, nachdem ich es wieder gesehen habe, besteht für mich überhaupt kein Zweifel mehr, wenn es denn je Zweifel gegeben hat. Kate irrt sich. Ich habe recht. Ich habe nicht vergessen, daß ich schlüssige Argumente für meine Zuschreibung zusammentragen werde, bevor ich weitermache – aber ich muß es abwägen gegen die Chance, mich, solange es geht, aus dem Alptraum der Ehrlosigkeit und Jämmerlichkeit zu befreien, in den ich mich gerade mit Laura stürzen wollte.

Ich werde nach dieser Geschichte nicht besonders gut dastehen, das ist mir schon klar. Allerdings werde ich sehr viel reicher und berühmter sein. Selbst wenn ich Steuern bezahlen muß, was mir offen gestanden nicht klar war, bis Tony davon sprach. Steuern? Bezahl ich gern. Je mehr Steuern, desto geringer meine Schuldgefühle. Sobald ich einen Gewinn erzielt habe, auf den Steuern zu entrichten sind.

Also, ich werfe einen letzten Blick auf mein Prachtstück und schleiche dann leise die Treppe hinunter. Laura hat sich mit dem Pfarrer vermutlich auf ein Glas Gin in die Küche zurückgezogen. Was ich sagen soll, wenn er unversehens auftaucht, ist mir noch nicht ganz klar. Wahrscheinlich nichts. Fester Händedruck, ein ernster direkter Blick in die Augen – keine Erklärungen, die sind unnötig und werden auch nicht erwartet. Er taucht aber ohnehin nicht auf. Ich schlüpfe leise in meine dreckigen Stiefel und verschwinde durch die noch immer offene Haustür.

Normalismus, endlich. Es erscheint mir aber doch etwas übertrieben normalistisch, die Auffahrt entlangzugehen. Ich bin nicht ganz sicher, was man vom Küchenfenster aus sehen kann. Sowieso ist der Weg durch den Wald, den ich gekommen bin, schöner. Ich halte mich dicht an der Mauer des unbenutzten Flügels. Wie ich am letzten Fenster vorbeikomme, reißt mich eine kleine Flamme, die ich dahinter sehe, aus meinen Gedanken. Im Haus ist ein geheimnisvoller Geist!

Bei näherem Hinsehen erkenne ich Laura, die sich eine Zigarette anzündet. Und hinter ihr, auf der anderen Seite des Frühstückszimmers, sehe ich zwei leuchtende Segelohren von hinten. Es ist der kleine Pfarrer, der andächtig vor dem *Raub der Helena* kniet.

Tilda liegt vor dem Haus auf der Picknickdecke, strampelt mit ihren kleinen wollenen Armen und Beinen in der linden Frühlingsluft und blubbert fröhlich vor sich hin wie ein frisch eingeschenktes Glas Champagner. Ich nehme sie hoch und laufe, damit das Moussieren noch ein bißchen anhält, dreimal mit ihr um das Haus. Kate sitzt mit ihrem Buch auf dem kaputten Küchenstuhl neben dem Ahornstumpf und mustert mich jedesmal, wenn ich an ihr vorbeikomme, mit nachdenklicher Miene, sagt aber nichts.

Das schiere Glücksgefühl, meine kleine sprudelnde Tochter bei mir zu haben, erfüllt mich mit unbändiger Energie. Ich habe öfters spontanes Entzücken empfunden, wenn ich nach Hause kam und sie sah, aber nie wäre mir eingefallen, wie ein Verrückter mit ihr herumzutollen, und mir scheint, daß ich mich möglicherweise ein bißchen *normalistisch* aufführe. Normalismus, nun da der Begriff in die Debatte eingeführt wurde, ist ein wichtiger Begriff. Er bezeichnet die Kunst und die Wissenschaft, sich normal zu verhalten. Das ist wohl zu jeder Zeit schwer, besonders schwer jedoch, und besonders wichtig, wenn man sich in einer anomalen Situation befindet, wie etwa während einer komplizierten geschäftlichen Transaktion, wo unterschiedliche Formen des Vertrauens gegenüber Partnern gewahrt werden müssen, die völlig entgegengesetzte Interessen verfolgen. Dazu braucht man Geschick, nicht nur bei der praktischen Durchführung, sondern auch, weil man wissen und immer bedenken muß, was normales Verhalten eigentlich ist.

Wenn ich Kates Gesichtsausdruck sehe, denke ich, daß ich vielleicht doch etwas falsch mache. Vielleicht übertreibe ich das Normalisieren. Allerdings ist mir nicht klar, warum ich mich in diesem Moment überhaupt normalisieren soll, denn ich habe ja allen Versuchungen widerstanden, in die mich die Partner bei diesem speziellen Geschäft geführt haben. Ich höre auf, herumzulaufen, und lasse mich atemlos auf die Decke fallen. Tilda sieht in den Himmel über meiner Schulter. Für sie ist der Himmel augenscheinlich mindestens so überraschend wie das Verhalten ihres Vaters.

»Und? Hast du's gesehen?« fragt Kate.

»Ja!« rufe ich triumphierend. Durchaus verständlich. Ich habe mir vorgenommen, das Bild zu sehen – und ich habe es gesehen. Wenn sie mich fragt, *wo* ich es gesehen habe, werde ich es ihr natürlich sagen. Und da Tony in London ist, kann er nicht hier gewesen sein, also braucht Kate nicht vorschnell zu schließen, daß er nicht in Upwood war. Dennoch, wenn sie mich fragt, wer da war ... werde ich ihr auch das sagen. Wahrscheinlich.

Aber sie fragt mich nicht. Sie stellt mir überhaupt keine Fragen. Diese Zurückhaltung hat etwas Unnatürliches. Soll ich herausplatzen und ihr auftrumpfend berichten, daß ich mir des Bildes jetzt wieder absolut sicher bin? Wäre das normal? Oder eher übernormal? Vielleicht ist es sinnvoller, bei den Punkten zu bleiben, in denen wir uns einig sind.

»Du hast recht mit dem Fleck in der Ecke«, sage ich. »Etwas ist an meinem Daumen hängengeblieben. Könnte durchaus sein, daß eine Signatur darunter ist.«

Kein Kommentar. Etwas braut sich zusammen, keine Frage. Aber was? Ich überlege, ob ich sie mit einer Schilderung des Pfarrers unterhalten soll, der vor der *Helena* kniet, aber ich weiß, daß ich dann noch einige andere Dinge erklären müßte. Auch wenn ich versuchen würde, das noch komischere Bild zu vermitteln, das mir immer wieder durch den Kopf geht, nämlich wie der Pfarrer gebeten wird, sich im Schlafzimmer den Rest der Gemäldesammlung anzusehen ...

Ich beschließe, vor allem die Gemeinsamkeit unserer Beobachtungen zu betonen.

»Ich würde auch sagen, daß es keine religiösen Symbole gibt. Keine Spur, soweit ich sehen konnte. Aber ich hatte ja nur Zeit für eine ziemlich oberflächliche Betrachtung.«

Auch hierzu kein Kommentar. Aber kein Kommentar, denke ich, ist auch ein Kommentar. Wenn ich es mir recht überlege, könnte sich Kate ironisch zu den hohen Ansprüchen äußern, die ich mir gestellt habe, wenn ich eine Prüfung, die den ganzen Vormittag dauerte, nur als ziemlich oberflächlich bezeichne. Vielleicht sollte ich erklären, daß ich viel Zeit damit verbracht habe, hinter einem Baum versteckt auf Tony zu warten, und noch einmal viel Zeit mit dem Hereintragen von Großmarkteinkäufen ins Haus. Und das bißchen Zeit, das dann noch blieb, habe ich taktvoll den Privatproblemen der Churts gewidmet, von den Hunden ganz zu schweigen. So daß ich von der ganzen Zeit, die ich in Upwood war, bestenfalls zwei oder drei Minuten vor dem Bild verbracht habe.

Doch dann beschließe ich, nichts zu sagen. Ich ärgere mich über Kates unausgesprochene Verdächtigungen, die ich ebenso unfair finde wie die komplizierten Verhältnisse, die es mir unmöglich machen, die Wahrheit zu sagen. Lange sitzen wir schweigend da, und nur Tilda, die auf meinen Knien reitet, gibt ab und zu gurgelnde, blubbernde Laute von sich.

»Ich vermute«, sagt Kate auf einmal, und sofort erstarre ich, »daß Bruegel für dich so etwas wie ein niederländischer Freiheitskämpfer ist.«

Ich bin noch immer sprachlos. Inzwischen aber, weil ich viel zu baff bin. Hat sie deswegen so lange geschwiegen?

»Nein?« sagt sie. »Du hast mich doch wegen der lateinischen Begriffe in der *Verleumdung* gefragt. Du glaubst, daß dort Bruegel persönlich dargestellt sein soll, wie er vor die Inquisition gezerrt wird. Viele Leute haben versucht, einen politischen Inhalt in seine Bilder hineinzuinterpretieren. Der *Bethlehemitische Kindermord* soll eine Darstellung spanischer Massaker sein, und so weiter. In Wahrheit gab es zu dieser Zeit in den Niederlanden keine spanischen Truppen. Sie wurden 1561 allesamt zurückgezogen – und kamen erst 1567 wieder zurück.«

Ich bin noch immer viel zu verblüfft über diesen Ausbruch, als daß ich reagieren könnte. Langsam wird mir auch klar, was sie den ganzen Vormittag getan hat – sie hat in meinen Büchern und Heften herumgeschnüffelt.

»Ich habe mir deinen Motley noch einmal vorgenommen«, sagt sie. »Mit neunzehn habe ich ihn das letztemal gelesen. Ich hatte vergessen, wie unverhohlen einseitig seine Darstellung ist. Vergiß nicht, auch die Protestanten haben viele Greueltaten verübt. Besonders die Kalvinisten. Nicht einmal Motley kann den Bildersturm von 1566 leugnen. In der Kathedrale von Antwerpen hat der Mob alles zerstört. Sämtliche Bilder, sämtliche Statuen.«

Ich weiß, ich weiß. Aber sie hört nicht auf, erregt sich immer mehr. Es ist schlimmer als ihre sorgenvolle Predigt wegen des Geldes. Jetzt hat sie all ihren unterdrückten Unmut auf eine Sache projiziert, in der sie auf die selbstloseste Art empört sein kann. Ihre Stimme bebt und zittert.

»All die schönen Dinge, die im Laufe der Jahrhunderte so liebevoll und aufwendig erschaffen worden waren. Und nicht nur in Antwerpen – in Hunderten von Kirchen überall in den Niederlanden. Niemand weiß, wieviel zerstört wurde. Ganze Lebenswerke religiöser Kunst in zwei Tagen und Nächten der Barbarei vernichtet.«

Ja – all das Rohmaterial für ikonographische Studien! Sie kommt ja auch aus einem katholischen Elternhaus. In ihrem Zorn besinnt sie sich auf längst vergessene Stammesloyalitäten.

»Ich weiß«, sage ich, »es war grauenhaft. Aber die Katholiken waren selber keine Unschuldsengel. Als Albas Soldaten Mecheln verwüsteten, beispielsweise. Systematisch haben sie alle Kirchen geplündert. Und das war nicht der Mob – Alba hat es befohlen. Er brauchte nicht einmal einen ideologischen Vorwand. Weil katholische Truppen schon lange keinen Sold mehr bekommen hatten, ließ der katholische Kommandeur sie einfach auf katholische Heiligtümer los.«

Stimmt genau, aber warum sage ich das? Kehre ich ebenfalls zu alten Stammesloyalitäten zurück? Unsere Versuche, einen ungeklärten privaten Konflikt als großen Historikerstreit auszugeben, sind ziemlich töricht. Aber es kommt noch schlimmer.

»Und überhaupt«, sage ich und schaukle Tilda sanft hin und her, »so schlimm es auch ist, Kunstwerke zu zerstören, Menschen zu Tode zu foltern ist nun wirklich viel schlimmer.«

»Ach ja?« sagt sie kühl. »Dort, wo die Kalvinisten an der Macht waren, haben sie das auch getan.«

Ich übergehe diese irrelevante Provokation und stürze mich raubvogelgleich auf die schockierende Einleitung. »Soll das heißen, daß du die Zerstörung von Bildern und Statuen schlimmer findest als die Vernichtung von Menschen?«

»Natürlich nicht«, müßte sie vernünftigerweise antworten. Doch sie läßt sich in eine Position manövrieren, die sehr viel radikaler ist, als sie es eigentlich vorhatte – wie das Leuten passiert, die sich ärgern. »Sind die Handlungen der Menschen am Ende nicht wichtiger als ihre Empfindungen?« sagt sie. »Ist das, was sie an Bleibendem schaffen, nicht wichtiger als das, was sie waren?«

Das ist Kunstgeschichte in monströser Selbstüberschätzung. Ich denke Kates Argument mit gnadenloser Konsequenz zu Ende: »Damit sagst du doch, daß ein Gemälde wertvoller ist als wir. Als du und ich!«

Sie denkt nach. Sie ist jetzt ganz ruhig geworden. Ich überlege, ob es sein könnte, daß sie sich gar nicht in etwas hineinmanövrieren läßt, sondern diese Ansicht wirklich vertritt. Für einen kurzen Moment blicke ich in die Tiefe ihrer Seele, in das Dunkel, das gewöhnlich unsichtbar bleibt. Doch, doch, in ihr schlummert etwas Starrsinniges. Sogar ein gewisser Fanatismus, der mir völlig abgeht. Ohne den die Menschen aber auch nicht viel Bleibendes schaffen würden, wie ich erschrocken erkenne, während ich meine gnadenlose Attacke führe.

»Jedenfalls wertvoller als ich«, sagt sie schließlich. Sie meint es tatsächlich so. Ich sollte ihre Hände nehmen, sie zärtlich lächelnd anschauen und erklären, daß sie zumindest für mich sehr viel mehr bedeutet, als irgendein Bild je bedeuten könnte. Doch ich sage nichts. Ich bin noch nicht fertig mit ihr.

»Wertvoller als ich?« frage ich ruhig.

Sie überlegt wieder. »Vielleicht«, sagt sie dann langsam. In Ordnung. Gut. Damit kann ich leben, denn sie weiß noch nicht, in welchen Hinterhalt ich sie gleich führen werde. Und zwar ganz ohne Worte. Ich küsse Tilda, die an meiner Schulter liegt, ganz zart auf den Kopf und schaue Kate dann mit fragenden Augen an.

Und wieder denkt sie nach. Sie scheint sich vor meinen Augen zu verändern. Sie schaut weg, und all die Härte in ihr verwandelt sich in eine furchtbare Traurigkeit.

Ich breche zusammen. Ich hätte ihr das nicht antun sollen. Ich bereue es uneingeschränkt. Ich liebe sie. Ich empfinde eine herzzerreißende Zärtlichkeit für sie.

Sie steht auf und nimmt mir Tilda behutsam weg. Ich gebe sie ebenso behutsam frei. Kate geht mit ihr zur Haustür und kommt dann wieder zurück.

»Immerhin scheint es ein Bild auf der Welt zu geben«, sagt sie leise, »das für dich wichtiger ist als ich oder Tilda.«

Sie dreht sich um und verschwindet im Haus. Ich bleibe auf der

Picknickdecke sitzen, bewegungsunfähig wie jemand, der von einem Auto angefahren wurde. So etwas ist mir schon mal passiert. Zuerst weiß man nicht, ob man lebendig oder tot ist. Dann muß man herausfinden, wer man sein könnte und wie man sich in der Haut dieses Menschen fühlt. Und schließlich muß man sich darüber klarwerden, warum man mitten auf der Straße liegt, sich in dieser ungewöhnlichen Situation befindet.

Das erste deutliche Gefühl, das ich klar identifizieren kann, ist Scham, und der erste deutliche Gedanke, der mir durch den Kopf geht, lautet: Nicht ich sie, sondern sie mich. *Sie* hat *mich* in eine Position hineinmanövriert, von der aus ich zuschlagen konnte. Nein, schlimmer noch. Sie hat zugelassen, daß ich mich in diese Lage hineinmanövriert habe.

Ich erinnere mich an ganz ähnliche Gefühle und Gedanken, in einem anderen Zusammenhang, es ist noch gar nicht lange her, aber ich weiß nicht mehr, wie der Zusammenhang aussah. Meine Souveränität kommt mir abhanden. Ich verwandle mich in ein bloßes Objekt.

Und dann überwältigt mich wieder dieses Gefühl einer schreienden Ungerechtigkeit. So zu tun, als würde sie eine ernsthafte Debatte über Licht und Schatten des Religionskonflikts in den Niederlanden im sechzehnten Jahrhundert führen, wo sie die ganze Zeit nur darauf wartet, mir auf primitivste Weise meine vermeintliche Untreue um die Ohren zu hauen! Und jetzt liege ich hier auf der Straße, obwohl ich mich an die Vorschriften für Fußgänger gehalten habe! Halbtot liege ich da, aber nicht etwa umgehauen von einem richtigen Fahrzeug wie einem Bus oder einem Lastwagen – sondern von einem Fahrrad, einem Skateboard, einem rollerfahrenden Kind, von einem völlig falschen und oberflächlichen Eindruck.

Und schließlich: wie konnte es in Gottes Namen überhaupt zu diesem Unfall kommen? Wie konnte sie, wie ich annehmen muß, den grotesken Schluß ziehen, daß ich den ganzen Vormittag mit Laura allein verbracht habe? Jedenfalls muß es für sie doch so aussehen, daß ich mit Laura und Tony zusammen war! Nicht einmal das – mit Tony ganz allein! Laura habe ich nicht einmal zu Gesicht bekommen! Davon war doch nie die Rede! Was hat Laura überhaupt mit der Sache zu tun? Warum glaubt Kate so etwas? Es ist einfach ein Schuß ins Blaue, ein unbegründeter Verdacht, der ein Mißtrauen mir gegenüber offenbart, das durch nichts, was ich je getan habe, zu rechtfertigen ist.

Schließlich rappele ich mich auf, genau wie damals, als ich auf der Kentish Town High Street angefahren worden war, und mache, so gut es geht, einfach weiter. Ich trotte in die Küche, wo Kate gerade ein paar von Tildas Sachen wäscht. Ich werde mich wieder normalisieren, da mir nichts Besseres einfällt. Mein Plan, insofern ich einen Plan habe, sieht vor, daß ich weder auf das Gespräch, das wir gerade hatten, zurückkommen werde noch auf die monströse Unterstellung zum Schluß, sondern en passant ein, zwei Bemerkungen fallenlasse, die zwar nicht direkt unzutreffend sind, denen aber zu entnehmen wäre, wie lächerlich ihre Vorstellung ist, daß ich heute vormittag nicht mit Tony gesprochen haben könnte.

»Ich werd noch etwas Kaminholz sägen«, sage ich, als wäre nichts passiert.

»Hast du keinen Hunger?« fragt sie in ähnlichem Ton. Mir scheint, auch sie normalisiert sich wieder. »Wir haben schon gegessen.«

Noch immer leise Untertöne, die ich aber ignoriere. »Ich mache mir später einen Sandwich.« Ich suche in dem Schrank unter der Spüle, zu ihren Füßen, nach der Säge. »Übrigens, Tony hält nach wie vor an dem Motocrossgelände fest.«

Nicht schlecht. Ziemlich beiläufig, fast desinteressiert. Wahrscheinlich stimmt es sogar. Und da wir beide für das Projekt nicht viel übrig haben, ist es eine ausgezeichnete Möglichkeit, Gemeinsamkeit herzustellen.

Aber es ist nicht das Motocrossgelände, auf das Kate reagiert. »Ach ja, ich hab ganz vergessen, dir davon zu erzählen«, sagt sie. »Er hat heute vormittag angerufen. Er ist in London.«

Ich muß schon sagen, das macht sie perfekt. Viel besser als ich.

Genau der richtige Tonfall des Bedauerns, daß es ihr nicht schon früher eingefallen ist. Ich habe sie unterschätzt.

Wieder rappele ich mich, so gut es geht, von der Straße auf. Ich versuche gar nicht erst, etwas zu erklären. Ich frage einfach mit einer Andeutung von Neugier in der Stimme – auch wenn ich den Kopf unter der Spüle verstecken muß, damit sie mein Gesicht nicht sieht: »Was wollte er denn?«

»Er konnte sich nicht mehr an den Namen erinnern, der auf der Rückseite steht«, sagt sie.

Im ersten Moment versuche ich noch, die Säge aus dem Gewirr von alten Schnüren und Draht zu befreien, in dem sie steckt. Dann hole ich langsam den Kopf aus dem Schrank und starre sie an.

»Vrancx«, sagt sie. »Er war unterwegs, wollte in einer Bibliothek etwas nachschlagen.«

In einer Bibliothek? Etwas nachschlagen? Über Vrancx? Über mein Bild? In London?

Ich vermute, mein Mund steht offen, aber es kommen keine Worte heraus. Sie sieht mich an.

»Er scheint sich langsam dafür zu interessieren«, sagt sie. »Tut mir leid.«

Ich nehme die Säge und flüchte in den Garten. Einmal überfahren zu werden könnte man als Mißgeschick ansehen. Zweimal am selben Tag überfahren zu werden deutet auf Unachtsamkeit hin. Dreimal überfahren zu werden, wie ich, spricht für einen Mordversuch.

Ich starre wie blind auf das aufgelesene Holz, das gesägt werden muß. Ich habe nicht die leiseste Idee, was ich als nächstes tun soll. Nicht daß es wichtig wäre. Es wird von ganz allein passieren, wie alles andere an diesem Tag auch, ohne meine Mitwirkung.

Ein Mann auf einem Fahrrad kommt um die Ecke geschaukelt. Er hat ein rotes Gesicht und Ohren wie Teekannengriffe. Das Gesicht ist mir fremd, die Ohren kenne ich. Er trägt zwar keinen weißen Kragen, aber die Ohren habe ich von hinten in andächtiger Haltung vor der *Helena* gesehen.

Er setzt einen Fuß auf die Erde und bleibt stehen. »Sie sind Martin«, sagt er.

Der Pfarrer ist noch nie hier erschienen. Ich kann nur vermuten, daß Laura ihm alles gebeichtet hat und daß er jetzt gekommen ist, um mich an meine Pflichten als Ehemann und Vater zu erinnern. Ich könnte mich als jemand anders ausgeben, doch ich nicke nur und warte hilflos auf den Beginn der geistlichen Ermahnung.

Offensichtlich hat der Mann aber nicht an eine vertrauliche Beratung gedacht, sondern an Ehetherapie – Schockbehandlung, direkte und schonungslose Konfrontation. »Ist Ihre Frau da?« sagt er.

Wieder könnte ich nein sagen, doch ich habe es aufgegeben, zu kämpfen. Ich deute einfach auf das Haus. Soll er ihr die ganze unselige Geschichte so detailliert erzählen, wie Laura sie ihm gebeichtet hat!

Er steigt vom Fahrrad und schüttelt mir die Hand. »Ich bin John Quiss«, sagt er, »Kollege von Kate am Hamlish.«

»Reizend!« sagt John Quiss bei Tildas Anblick. »Diese zarten Fleischtöne! Die Wangen sind besonders schön modelliert!«

Er setzt sich an den Küchentisch. Laura hat sich also geirrt – es war kein harmloser Gemeindepfarrer, der ihre Bilder angebetet hat. Es ist der grauenhafte John Quiss, der Kunsthistoriker, der alles weiß.

Ich mache Kaffee. Ich glaube jedenfalls, daß es Kaffee ist – es könnte auch ein Aufguß von Rattengift sein, da ich nicht richtig sehen kann, was ich tue. Die stille Resignation, mit der ich mich in die drohende Ehetherapie gefügt habe, ist der quälendsten Besorgnis gewichen. Hat er die *Pretmakers* gesehen?

Ich versuche, mich an das Wahrscheinliche zu halten. Es ist ganz ausgeschlossen. Sie kann ihn unmöglich mit ins Schlafzimmer genommen haben! Oder doch?

»Wir wollten Sie immer mal zu uns einladen, seit wir hier das Haus haben«, sagt Kate.

»Ich weiß – ich konnte einfach nicht länger warten! Ich schau mir so wahnsinnig gern an, wie andere Leute wohnen.«

Er sieht sich mit bemüht flüchtigem Wohlwollen in dem gemütlichen Chaos der Küche um. »Sehr schön!« sagt er. »Aber ich glaube, das beste Stück ist Ihre Tochter. Ich muß gestehen, daß ich in Wahrheit herübergekommen bin, um bei Ihren Nachbarn vorbeizuschauen. Dafür muß ich mich wohl bei Ihnen bedanken. Mr. Churt rief an und sagte, Sie hätten meinen Namen erwähnt.«

Natürlich. Kate hat Tony auf ihn aufmerksam gemacht. Es ist der monströseste Verrat, den sie begehen konnte. Damit werden auch ihre grundlosen Vorwürfe mir gegenüber noch empörender. Aber hat er die *Pretmakers* gesehen?

»Das ist mir sehr unangenehm«, sagt Kate, ohne mich eines Blickes zu würdigen. »Ich weiß nicht, warum er auf Sie gekommen ist – ich hatte bloß Ihren Namen erwähnt. Er hätte Sie nicht belästigen dürfen!«

»Kein Grund zur Aufregung!« kräht er. »Ich weiß, die meisten von uns können es nicht leiden, wenn sie irgendwelchen Leuten erklären sollen, wieviel ihre gräßlichen Erbstücke wert sind. Aber ich mach das gerne. Ich schnappe mir mein Rad und fahre voller Begeisterung los – ist doch *die* Gelegenheit, sich ein bißchen umzuschauen und herumzuschnüffeln! Jedenfalls besteht immer die Chance, daß man etwas Schönes entdeckt.«

Und hat er was entdeckt? Er brauchte doch bloß zu sagen, daß er sich kurz die Hände waschen wolle, und sich dann ganz allein auf seine Inspektionstour begeben ...

»Ich nehme an, Sie waren schon mal da und haben sich einen Eindruck verschafft«, sagte er zu Kate.

»*Wir* mußten zum Abendessen«, sagt sie kläglich.

»Ach, Sie Ärmste«, ruft er. »Sich etwas ansehen ist eine Sache – essen ist etwas anderes. Ich schlage solche Einladungen immer aus. Hüpfe einfach aufs Rad und schaue vorbei. Sie haben also den ganzen Abend bei diesen grauenhaften Leuten verbracht – was für eine Zeitverschwendung, denn natürlich traut er Ihnen nicht. Wissen nie, wem sie trauen sollen, diese Leute! Deshalb bieten sie ihr Zeug auch jedem Hai in der Branche an.«

Ob er sich scherzhaft selbst zu den Raubtieren zählt, ist mir nicht ganz klar. Aber hat er es gesehen?

»Und, wie fanden Sie's?« fragt er Kate.

Er klingt noch immer so unbekümmert, aber jetzt entdecke ich einen Anflug von Ernsthaftigkeit, ja sogar Besorgnis in seiner Stimme. Kates Einschätzung interessiert ihn fast so sehr, wie mich die seine interessiert. Deshalb ist er schließlich hergekommen. Er besucht uns nicht einfach so. Er glaubt, daß er einer Sache auf der Spur ist, und will sich unbedingt vergewissern, daß er der einzige ist.

»Im Grunde habe ich mir nichts angesehen«, sagt Kate. »Diese Spielchen liegen mir nicht. Martin fand es aber ganz interessant.«

Quiss sieht mich erstaunt an. Er hatte wohl vergessen, daß diese Figur, die stumm mit der Kaffeekanne hantiert, zum Haushalt gehört.

»Ich wußte nicht, daß wir quasi Kollegen sind«, sagt er. »Ich dachte, Sie sind was Seriöses. Philosoph oder Buchmacher oder so.«

Ich zucke mit den Schultern. »Kleines Hobby.«

»Mein Gott«, sagt er. »Grauenhafte Vorstellung für jeden Profi – von einem Amateur ausgetrickst zu werden!«

Ich lächle höflich. Er hat tatsächlich etwas gesehen. Ich bin jetzt ganz sicher.

»Was halten Sie denn von dem famosen Giordano?« fragt er. »Warum hängt er so vornübergeneigt im Frühstückszimmer? Die Ärmste sieht aus, als würde sie gekreuzigt. Ob er noch nicht abbezahlt ist? Oder wollten sie ihn vor dem Gerichtsvollzieher verstecken?«

Vor bestimmten Gläubigern – ja, gut möglich, wenn ich es mir überlege.

»Ich bin kein großer Giordano-Fan«, sagt Quiss. »*Fa Presto*, das kann man wohl sagen – *fa* so *presto* wie möglich. Ich finde aber, er sollte eher *Fra Pesto* heißen. Vierzig verschiedene Pastasorten, und immer kippt er ein und dieselbe Sauce darüber. Und was halten Sie von dem anderen Zeug? Irgendwas Interessantes dabei, was meinen Sie?«

Das andere Zeug – darüber will er mehr wissen. »Keine Ahnung«, sage ich.

»Sie sind also selbst nicht interessiert?« hakt er nach.

Ich lächle und schüttele den Kopf.

»Nun ja ...« sagt Kate stirnrunzelnd.

Es ist nicht meine Unaufrichtigkeit, die uns ruinieren wird, sondern Kates Ehrlichkeit. Quiss sieht sie an, dann mich und wartet, bis wir uns auf eine gemeinsame Story geeinigt haben.

»Ich habe gesagt, ich würde mich mal umsehen«, sage ich schließlich. »Mal schauen, ob ich ihm einen Interessenten vermitteln kann.«

»Und? Haben Sie einen?« Seine Neugier grenzt langsam an Unhöflichkeit.

Ich reiche ihm seinen Kaffee und lächle.

»Verstehe«, sagt er. Er schaut Kate an und dann wieder mich. »Jemand auf den Bahamas? Kleine Steuerhinterziehung?«

Kate sieht mich ebenfalls an. Diese Idee ist neu für sie, so wie mir, bis Laura davon sprach.

»Niemand auf den Bahamas.« Ich lächle, denke aber: Ist er so schnell auf diesen Gedanken gekommen, weil er das gleiche vorhat?

»Und welches haben Sie im Auge?« fragt er. »Den Pesto?«

»Milch?« frage ich.

»Danke. Oder einen von den anderen?«

Jetzt wird nicht einmal mehr der Anschein höflicher Konversation aufrechterhalten. Ich beschließe, es ihm gleichzutun. »Welches haben *Sie* denn im Auge?« frage ich rüde.

Er starrt mich an und überlegt offenbar, wie ernst er mich nehmen soll. Dann lächelt er. »Wie schmeichelhaft«, sagt er. »Ich fürchte, ich bin bloß ein einfacher Arbeiter im Weinberg der Wissenschaft.«

Er nippt von seinem Kaffee und wendet sich dann wieder Kate zu.

»Kein großer Busenfreund von Ihnen, dieser Mr. Churt, was?« fragt er sie. »Nein, natürlich nicht. Ein Jammer, wie dieses Haus zugrunde geht. Ich glaube, sie hatten mal ein paar wirklich schöne Stücke. Alles in die Fasanenzucht gegangen. Muß ein ziemlicher Trottel sein. Persönlich kenne ich ihn ja nicht. Bin nur der Schloßherrin begegnet, als ich dort war.«

Er lacht. »Ich weiß nicht, was ich von ihr halten soll«, sagt er. »Ziemlich ... wie soll ich sagen ... ziemlich kesse Person, was?«

Kate lächelt verkrampft, sieht mich nicht an. »So?« sagt sie.

Er lacht wieder. »Sie war übrigens nicht allein. Irgendein Gentleman war oben bei ihr, als ich das Haus betrat. Ging recht laut und lebhaft zu.«

Kate produziert wieder ihr grauenhaftes Lächeln.

»War vermutlich nur der Installateur«, sagt Quiss. »Hat sich wohl wegen des Zustands der Wasserleitung aufgeregt. Sollte meine blühende Phantasie ein bißchen zügeln. Aber als die Dame schließlich herunterkam, schien sie mir doch ein wenig derangiert.«

Er guckt mich an. Jetzt lächle ich meinerseits. Hoffentlich deutet er nicht an, daß ihm die Stimme irgendwie bekannt vorkam. Aus lauter Sorge über seine künstlerischen Entdeckungen habe ich die Aufforderung ganz vergessen, die ich im denkbar ungünstigsten Moment an die Hunde gerichtet hatte. Daß sie ihre Schnauze woanders hinstecken sollten oder etwas in der Art. Der Vorschlag war angemessener, als mir damals bewußt war. Am liebsten würde ich ihn wiederholen. Doch schließlich macht Tilda wortlos einen ganz ähnlichen Vorschlag. Quiss schnüffelt und räuspert sich. »Ich glaube, sie braucht eine neue Windel«, sagt Kate.

Nachdem er gegangen ist, legt sich Stille über das Haus. Kate und ich haben reichlich Stoff zum Nachdenken.

Irgendwann am Nachmittag meldet sie sich zu Wort. »Jetzt ist es also im Schlafzimmer?« fragt sie höflich.

Eine Antwort dürfte unnötig sein. Später, so etwa um die Teezeit, initiiere ich ein kurzes Gespräch.

»Ich bin hinter dem *Bild* her«, sage ich. »Nicht hinter ihr.«

»Das dachte ich mir schon«, erwidert sie, höflich wie zuvor. »Aber vielleicht gibt es die beiden ja nur im Paket.«

Beim Abendessen unternimmt sie einen neuen Versuch. »Du solltest morgen rüberfahren«, sagt sie hilfsbereit, »und schauen, was John mit den beiden verabredet hat.«

Ich denke eine Weile darüber nach. »Ja, vielen Dank«, sage ich schließlich.

»Nein, ich will einfach, daß wir die ganze Sache möglichst schnell hinter uns bringen.«

Diesmal beschäftigt mich aber nicht der Gedanke, daß er das Bild gesehen und erkannt haben könnte. Was ich noch viel beunruhigender finde, ist die Möglichkeit, daß er es gesehen und *nicht* erkannt hat.

Am nächsten Morgen steht der Landrover im Hof von Upwood, aber wieder ist es Laura, die mir die Tür aufmacht.

Sie lächelt hilflos. Sie ist unverkennbar froh, mich zu sehen – und ich freue mich natürlich spontan über ihre spontane Freude. »Er ist im Frühstückszimmer«, erklärt sie leise. Unterwegs im Wald habe ich die ganze Zeit überlegt, wie der Kuß aussehen könnte, mit dem ich sie begrüße, habe versucht, mir etwas auszudenken, was genau den richtigen Punkt zwischen näherer Bekanntschaft und emotionaler Distanz trifft, doch bevor ich den eleganten Kompromiß ausführen kann, für den ich mich entschieden habe, hat sie sich umgeschaut, die Tür hinter sich zugezogen, sich auf die Zehenspitzen gestellt und mich geküßt. Es geht alles sehr schnell, aber sie hat mich auf den Mund geküßt und nicht ich sie auf die linke Wange, und es ist überhaupt ganz anders, als ich es mir vorgestellt hatte.

Doch so irritierend es auch sein mag, es ist nur ein relativ unbedeutender Rückschlag. Außerdem, und das ist viel wichtiger, habe ich mir überlegt, wie ich herausfinden kann, ob Quiss die *Pretmakers* gesehen hat, ohne jedoch den falschen Eindruck zu erzeugen, daß ich neugierig bin, wie nahe sich die beiden gekommen sind, oder daß ich an dem Bild heftig interessiert bin. Ich werde folgendes tun: Ich werde mich erkundigen, was er zu dem Hundebild über der Treppe gesagt hat. Wenn er es nicht bis dorthin geschafft hat, dann ist er erst recht nicht bis ins Schlafzimmer vorgedrungen.

»Hör zu«, sage ich sofort, bevor irgendwelche Unterbrechungen oder Ablenkungen eintreten können. Doch sie legt mir nur den Finger auf die Lippen, wie schon einmal. »Sag jetzt nichts«, flüstert sie. »Es war alles meine Schuld. Ich schäme mich furchtbar.«

Ich bin verloren. Ich weiß nicht, was hier passiert. Meinen sorgfältig geplanten Vortrag kann ich sofort vergessen.

»Gestern«, erklärt sie leise. »So über dich herzufallen. Als ich deinen Gesichtsausdruck sah, wurde mir klar – daß ich es wieder mal vermasselt habe. So was Blödes! Es ist nur ... ich wußte einfach nicht, was ich sonst tun sollte. Die Leute hier ... na ja, es ist irgendwie normal. So verbringen sie eben ihre Zeit, wenn sie nicht gerade auf die Jagd gehen ... Ach du liebes bißchen, jetzt guckst du wieder so schockiert und mißbilligend. Du bist nicht so ... ich weiß, ich weiß. Natürlich nicht. Ein Blick, und ich hätte es wissen müssen. Ich habe wohl gedacht, na ja, *Intellektuelle* ... jeder weiß, was die so treiben. Beweist nur, wie blöd ich bin. Ist nicht meine Liga, das ist das Dumme.«

Sie lächelt bekümmert.

»Ach was!« brabbele ich und denke daran, wie sehr ich mich gestern blamiert, welche Chance ich vertan habe. »Ich bitte dich! Es war ganz allein meine Schuld! Wir vergessen es einfach! Hör zu –«

Wieder verschließt sie mir die Lippen. Diesmal nicht mit dem Finger, sondern mit einem raschen zweiten Kuß.

»Und du warst so süß«, sagt sie. »Jetzt denkst du bestimmt, daß ich so bin, aber so bin ich nicht, wirklich nicht! Ich möchte ... ich möchte einfach mit dir zusammensein. Mit dir reden. Über alles. Über Kunst. Ich möchte wirklich etwas über Bilder lernen! Und über deine Arbeit. Normalismus und so. Alles. Ich meine, das mit Kate verstehe ich. Ich möchte keine Schwierigkeiten machen. Ich möchte einfach, daß wir Freunde sind.«

Freunde. Jawohl. Warum nicht? Ein paar einfache, aber unterhaltsame Seminare über Kunst und Philosophie. So wie ich es mir schon damals an dem ersten Abend vorgestellt hatte. Was empfinde ich angesichts dieser plötzlichen Anwandlung von Mäßigung? Erleichterung, glaube ich, und zugleich eine Spur Enttäuschung. Sowie den Verdacht, daß sie mich in ihrem permanenten Krieg mit Tony benutzt. Wieder einmal ist es nicht *ich sie*, sondern *sie mich* – wieder dieser alptraumhafte Übergang vom Nominativ zum Akkusativ, der meine Position in der Welt schwächt.

Etwas anderes registriere ich ganz eindeutig: ein fast überwältigendes Gefühl ihrer körperlichen Nähe. Sie trägt wieder einen ihrer weiten Pullover. Diesmal dunkelblau und aus einer ganz weichen Wolle. Wir sind uns so nahe, daß ich ihre Wärme spüre. Wir stehen unter dem Dach des Vorbaus, das Wasser in der Pfütze hinter mir wird vom Wind gekräuselt, die Haustür ist zu und Lauras Mann mit dem von kleinen Schnittwunden verunstalteten grauen Gesicht vermutlich nicht weit dahinter, und das einzige, woran ich denken kann, ist ihre unglaubliche Weichheit und Wärme.

Nun ja, fast das einzige. Angestrengt versuche ich, mich auf das andere Thema des Tages zu konzentrieren.

»Hör zu«, sage ich, aber unter dem Druck der Ereignisse verwandelt sich das lässige Legato, das ich mir vorgenommen hatte, in ein abruptes Stakkato. »Der Hund. Auf der Treppe. Das Bild. Dieser Mann. Hat er es gesehen?«

»Was? Gestern?« sagt sie überrascht. »Dieser kleine Kunstmensch?«

»Was hat er gesagt? Hat er überhaupt etwas gesagt? Über den Hund? Auf der Treppe?«

Sie runzelt die Stirn. »Du interessiert dich für den *Hund*? Hatte ich mir schon gedacht, daß er dir gefällt.«

»Nein, nein, ich frag ja nur. Hat er ihn gesehen? Den Hund?«

Plötzlich lacht sie. »Oder glaubst du, ich habe ihn als Ersatz für dich mit nach oben genommen?«

»Nein, nein ...«

»Du machst dir Gedanken wegen dieses kleinen Mannes mit den großen Ohren?« fragt sie ungläubig.

»Ach was. Ich frag mich nur ... ob er etwas gesagt hat. Über den Hund.«

Sie sieht mich an und lächelt verzückt. Ich bin eifersüchtig. Sogar auf einen kleinen Mann mit Ohren, so groß wie Rhabarberblätter, bin ich eifersüchtig, der bestimmt noch nie im Leben eine Frau unkeusch angesehen hat. April hat sich für sie auf einmal in Mai verwandelt. »Und was ist mit dem Bild im Schlafzimmer? Willst du nicht wissen, was er darüber gesagt hat?«

Ich lache. Mir fällt keine andere Reaktion ein. Aber dann fällt mir doch etwas ein. Ich höre auf zu lachen.

»Doch«, sage ich. »Was hat er denn gesagt?«

Jetzt lacht sie ihrerseits. Sie drückt den Zeigefinger auf meine Nasenspitze. »Verrat ich dir nicht«, sagt sie.

Ich spüre ein heftiges Schnüffeln und Schniefen in der Kniegegend, nasse Schnauzen und wedelnde Schwänze. Die Tür ist aufgegangen, und Tony Churt steht auf der Schwelle.

Ich zucke zusammen. *Er* zuckt zusammen. *Ich* versuche, meine Nase von Lauras Finger zu entfernen. *Er* versucht, etwas hinter seinem Rücken zu verbergen. Es springt ihm aber aus der Hand, fliegt in einem gelben Bogen durch die Luft, landet dann auf den Steinen und schlittert mir entgegen.

»Martin weiß alles über deinen zweiten Kunstmenschen«, sagt Laura ruhig, während Tony sich zu den Hunden gesellt und zu meinen Füßen den Boden absucht. Sie spricht mit ihm, sieht mich aber an und kann ihr Lächeln noch immer nicht unterdrücken. »Er ist furchtbar eifersüchtig.«

»Zweitgutachten«, sagt Tony, dem das gelbe Objekt wieder entwischt. »Ich hole immer ein Zweitgutachten ein.«

Er steht auf, balanciert ein Stück gelbe Seife auf einer Nagelbürste.

»Keine Sorge«, sagt er. »Es ist Lauras Crabtree & Evelyn. Ich dachte, ich geh mal leicht drüber. Wenn ihre Titten das vertragen, dann wird es sich auch nicht durch die Farbe fressen.«

»Ich dachte, ein Experte hat dir empfohlen, das Ding nicht zu berühren?« sagt Laura. »Warum bittest du andere Leute um Rat und verschwendest ihre Zeit, wenn du dich nicht daran hältst?« Sie wendet sich an mich. »Dieses Bild hat es ihm inzwischen angetan. Er glaubt nach wie vor, daß es ein Rembrandt oder ein van Dyck ist oder was weiß ich.«

»Also, es ist jedenfalls nicht das, was hintendrauf steht«, sagt Tony. »Ich habe mir alle Werke von Ihrem Freund, Mr. Vrancx, vorgenommen, und selbst ich sehe, daß es nicht sein Stil ist. Ein bißchen Wasser und Seife, und vielleicht zeigt sich dann, daß es ein ... Sie wissen schon ...«

Ich warte entmutigt.

»Na, was meinen Sie?« fragt er.

Im Verhaltenscode, den ich mit mir vereinbart habe, ist nicht vorgesehen, daß ich Tony bei der Formulierung seiner Gedanken behilflich sein müßte. Ich überlege, ob ich einen der Brüder Valckenborch nennen soll oder Momper, was nicht völlig abwegig wäre. Tony hat aber noch nie weder von Momper noch von den Valckenborchs gehört. Es kommt nur ein einziger Maler für dieses Werk in Frage, von dem er *doch* gehört hat, und wenn *ich* ihn nicht nenne, wird er es gleich tun.

Er starrt in die Ferne, runzelt die Stirn und bringt das Wort endlich über die Lippen. »Scheiße«, sagt er.

Ich bin so erleichtert darüber, daß es nicht der Name ist, mit dem ich gerechnet habe, daß ich sofort bereit bin, mich seiner Zuschreibung anzuschließen. Dann laufen die Hunde bellend davon, und ich merke, daß Tony etwas anstarrt, was hinter meinem Rücken ist. Ich drehe mich um. Ein zweites Geländefahrzeug kommt den holperigen Weg entlang, ein Wagen, der entschieden größer, gepflegter, moderner und schnittiger als Tonys Landrover ist.

»Scheiße«, sagt Tony noch einmal. »Ach du Scheiße!«

Groteskerweise ist es Tony Churt, der dem Auto entsteigt. Ein viel größerer, gepflegterer, modernerer und schnittigerer Tony Churt. Nicht in gelbbraunen Ockertönen gemalt wie der alte Tony Churt, sondern in einem diskreten Dunkelblau, passend zu dem neuen Geländewagen. Dunkelblauer Blazer, prall gefüllt. Dunkelblaue senkrechte Hemdstreifen, die sich heftig mit den hellblauen diagonalen Streifen der dunkelblauen Regimentskrawatte beißen. Eine Studie in exotischem Indigo und teurem Ultramarin. Und über dem Hemd, dort, wo der alte Tony Churt das durchgängige Braun seines Äußeren durch ein Gesicht von azuritfarbenem Blaugrau abzuheben sucht, erreicht der neue Tony Churt diesen Kontrast ähnlich ungeschickt durch ein Gesicht, dessen rote Pigmentierung auf Mennige oder die dunklen Säfte asiatischer Lackinsekten schließen läßt. Es ist schon komisch – wenn sie die Köpfe vertauscht hätten, würden beide einen beträchtlich harmonischeren Eindruck machen.

Die Hunde flippen fast aus vor gleichzeitigem Erkennen und Nichterkennen. »Ruhe jetzt, ihr Idioten!« ruft ihr zweiter Herr, hebt den Arm, und schon ducken sie sich, schlagen mit dem Schwanz auf die Erde und knurren. Er wendet sich an den originalen Tony.

»Ich hab mich gerade in Mamas Haus umgesehen«, sagt er.

»Ich dachte, du bist in Südafrika«, sagt das Original.

»Tja, falsch gedacht. Wie so oft. Ich will nur eine Antwort auf eine simple Frage: Wo ist es?«

»Wo ist was?«

»Komm, laß diese Witzchen.«

Pause. Der neue Tony Churt sieht sich lange um. »Mein Gott«, sagt er, »in den letzten zwanzig Jahren hast du Upwood aber wirklich herunterkommen lassen.«

Zuletzt bleibt sein prüfender Blick an dem alten Tony Churt hängen, der noch immer Nagelbürste und Seife in der Hand hält und unbeweglich wie eine rostende braune Plastik vor dem Haus steht.

»Sollen wir uns hier draußen eine Erkältung holen oder was?« sagt der neue Tony.

»Soweit ich sehe, hast *du* es in den letzten zwanzig Jahren nur zu Bluthochdruck gebracht«, sagt der alte Tony.

»Oder willst du, daß ich mit einem Gerichtsbeschluß zurückkomme?«

Zögernd tritt der alte Tony zur Seite. Und der neue Tony marschiert in das Haus. Von mir nimmt er keine Notiz, aber Laura nickt er im Vorbeigehen zu. »Und Sie sind die neue Gattin, was?« sagt er. »Die mit dem Geld?«

Er lacht. Vielleicht ist es ein Versuch, das Eis zu brechen.

Der neue blaue Tony geht sofort zur Treppe und blickt hinauf, dorthin, wo früher die *Helena* hing. Der alte braune Tony beobachtet ihn. Laura, ich und die Hunde beobachten ihn ebenfalls.

»Nein, natürlich nicht«, sagt er. »Das hättest du dich nicht getraut. Du wußtest, daß ich früher oder später hier aufkreuze.«

»Wenn mir dieses Ding jemals unter die Hände gekommen wäre«, sagt der braune Tony, »wäre es jetzt nicht hier. Ich hätte es verkauft.«

»Nein. Das hättest du dich ebensowenig getraut. Im Wohnzimmer wird es wohl auch nicht hängen ...«

Er verschwindet in der Tiefe des Hauses. »Ich weiß, du hast es irgendwo«, ruft er über die Schulter. »Mama hat alles verschenkt«, ruft der braune Tony und folgt ihm. »Schon vor langer Zeit. Ich dachte, sie hätte es dir gesagt ...«

Die Seife flutscht ihm wieder aus der Hand und segelt über den Fußboden.

»Was ist, wenn er im Frühstückszimmer nachschauen will und sieht, daß die Tür verschlossen ist?« sagt Laura leise zu mir. »Ich habe Tony gesagt, daß es sinnlos ist. Er wird die Tür noch einrennen ... Mein Gott, du siehst aber richtig krank aus!«

Vermutlich hat sie recht. Kein Wunder. *Mein* Bild wird er auch noch finden. Und es an sich nehmen. Es vor meinen Augen aus dem Haus tragen!

»Tut mir so leid!« sagt Laura. »Ich war mir nie ganz sicher, was du vorhast, aber inzwischen habe ich das Gefühl, daß alles davon abhängt, daß du die *Helena* für ihn verkaufst.«

Ich mache den Mund auf, will leugnen, bin viel zu sehr in Panik, als daß mich ihr Scharfsinn verblüffen könnte, bringe aber nichts anderes heraus als: »Das andere! Das andere!«

Laura runzelt die Stirn: »Welches meinst du? Was für ein anderes?«

»Oben im Schlafzimmer.« Jetzt ist es raus. Sie weiß Bescheid. Jetzt kennt sie die ganze Geschichte. Jetzt habe ich sie zu meiner Komplizin gemacht. Oder besser gesagt, ich bin ihr völlig ausgeliefert.

Ich sehe ihr an, daß sie es ohnehin schon längst geahnt hat. Die Prozession von Brüdern und Hunden kehrt wieder zurück.

»Ich hab's dir doch gesagt«, ruft der braune Bruder. »Sie hat es verkauft! Vor fünf, zehn Jahren!«

»Unsinn.«

»Woher willst du das wissen? Du warst nicht da.«

»Du auch nicht.«

»Hör zu, mein Lieber, ich habe mich um sie gekümmert, als sie im Sterben lag.«

»Von wegen. Du hast vielleicht auf eine halbe Stunde bei ihr vorbeigeschaut.«

»Woher willst du wissen, was ich gemacht habe?«

»Ich weiß mehr über dich als du selbst.«

»Und du hast noch nicht einmal vorbeigeschaut. Hast in der Kapprovinz auf deinem fetten Arsch gesessen und Piesporter gebechert und es nicht für nötig befunden, ein Flugzeug zu besteigen.«

Sie stehen sich in der Diele gegenüber wie das Abbild eines Menschen in zwei unterschiedlichen Vexierspiegeln. Hilflos und besorgt blicke ich vom einen zum anderen und weiß nicht, wie ich die Situation retten soll. Keines der beiden Spiegelbilder nimmt

Notiz von mir. Für die Familienangelegenheiten der Churts bin ich völlig unwichtig geworden. Ich wende mich an Laura, um zu sehen, ob sie, jetzt nachdem ich sie in das Projekt eingeweiht habe, irgendeine Idee hat, doch sie ist verschwunden.

»Ich gehe erst, wenn ich es habe!« sagt Blau.

»Es ist nicht hier!« sagt Braun.

»Ich glaube dir nicht.«

»Kannst das Haus ja durchsuchen!«

Wieder eine Pause zum Nachdenken. »Hören Sie ...« fange ich an, habe aber nicht die leiseste Ahnung, was die beiden sich anhören sollen.

»Du solltest nicht mit mir pokern, Tony«, sagt Blau. »Dafür bist du nicht clever genug. Bis gleich.«

»Du willst das Haus durchsuchen?«

»Vom Keller bis zum Boden. Vom Jagdzimmer bis zum Schweinestall. Und ich kenne hier mehr Ecken, als du unbezahlte Rechnungen herumliegen hast!«

»Nur zu! Tu dir keinen Zwang an!«

»Hören Sie ...« fange ich wieder an.

Aus irgendeinem Grund reagiert diesmal der alte braune Tony. »Ich bringe Mr. Clay rasch zur Tür, bevor wir hier weitermachen«, sagt er. »Du bringst den Ärmsten in Verlegenheit.« Und bevor ich etwas erwidern kann, dirigiert er mich durch die Haustür und zieht sie hinter sich zu. »Schnell«, sagt er. »Hier entlang.«

Im Laufschritt eilt er am unbenutzten Flügel des Gebäudes entlang, genau dort, wo ich tags zuvor entlanggegangen bin, als ich Upwood verließ. Ich bemühe mich, Schritt zu halten. Es sieht so aus, als hätte der arme dumme Tony, im Gegensatz zu mir, einen Plan.

Wir biegen um die Ecke und laufen immer an der Hausmauer entlang, bedrängt von kahlen Ästen, die uns ins Gesicht schlagen, und von matschigem Boden, der nach uns schnappt. Tony ist schlimmer dran als ich. Er hat noch seine Hausschuhe an. Nach einer weiteren Ecke erreichen wir den vernachlässigten rückwärtigen Teil des Hauses. Tony sucht verzweifelt seine Schlüssel und öffnet dann eine windschiefe Tür. »Was haben Sie vor?« frage ich, während wir einen gefliesten Flur entlangeilen, bin mir der Antwort aber ziemlich sicher. Tony sagt nichts, bedeutet mir nur mit einer Handbewegung, leiser zu sprechen, schließt eine zweite Tür auf und schiebt mich hinein.

Natürlich sind wir im Frühstückszimmer. Und dort ist mein Bild, nicht im Schlafzimmer, es steht auf zwei Stühlen und sieht seiner Abseifung durch Crabtree & Evelyn entgegen – schimmernde Blätter – tanzende Bauern – zerklüftete Berge – Meer ... Keine Zeit, genauer hinzuschauen, denn Tony schiebt mich zum Kamin weiter und holt zwei weitere Stühle herbei. Wir steigen darauf und erlösen, kippelnd und mit gestreckten Armen, die *Helena* aus ihrer strapaziösen Haltung und heben sie herunter. Sie ist mindestens so schwer, wie sie aussieht. Wieder einmal grübele ich über die physikalische Plausibilität all der *Kreuzabnahmen* nach.

Er zerrt sie mit dem meerseitigen Ende zur Tür. Um Himmels willen, was hat er vor? »Kommen Sie!« sagt er. »Anheben! Los, hoch damit! Worauf warten Sie noch?«

»Die anderen!« rufe ich. »Was ist mit den anderen?«

»Keine Sorge. Dieses kleine Miststück hat sie bestimmt vergessen.«

»Er wird sich erinnern, wenn er sie sieht!«

Tony zögert.

»Sie setzen mehrere tausend Pfund aufs Spiel!« insistiere ich.

Er schiebt das Fenster hoch und schleudert die beiden kleinen Holländer hinaus. Sie fliegen durch die Luft und verschwinden im Gebüsch. »Kann man später wieder herausholen«, sagt er. Er nimmt die *Pretmakers* an einer Ecke und schleppt sie ebenfalls zum Fenster. Ich nehme eine andere Ecke und versuche, es zu verhindern.

»Was ist?« fragt er.

»Sie ruinieren das Bild«, sage ich und hoffe, daß es nicht allzu panisch klingt. »Gibt Kratzer.«

»Man muß Prioritäten setzen«, sagt er.

Wir schwanken durchs Zimmer. Das Ding ist zwanzig, dreißig Pfund schwer, massive Eiche, und hat keine Handgriffe.

»Zu groß«, keuche ich. Und richtig, es ist tatsächlich ungefähr einszwanzig mal einssechzig, doch auch jetzt ist nicht der passende Moment, das Maßband aus der Tasche zu ziehen und mich zu vergewissern.

»Mal schauen«, keucht er und entringt es mir. Er hat recht – diagonal paßt es gerade durch, schürft etwas Farbe vom Fensterrahmen und verschwindet dann in einem Gewirr aus knackenden Zweigen und spitzen Dornen.

Tony zieht mit Getöse das Fenster herunter. Ich versuche, nicht daran zu denken.

Für *Helena* kommt dieser Weg natürlich nicht in Frage – mit Rahmen ist sie gut zwei Meter hoch. Tony packt sie wieder am meerseitigen Ende, ich am landseitigen. Sie ist furchtbar schwer – ich sympathisiere noch mehr mit Paris' Leuten. An dem eigentümlichen Gleichmut, den sie sich all die Jahre bewahrt hat, in denen ihre Entführer sie auf das Boot verladen wollten, ändern auch unsere Bemühungen nichts, sie durch die Tür zu bugsieren.

»Nicht so laut!« flüstert Tony. »Er kann nicht weit weg sein.«

Er schließt die Tür des Frühstückszimmers wieder ab. »Damit dieses kleine Arschloch wieder Hoffnung schöpft«, sagt er.

Kleines Miststück, *kleines* Arschloch? Er ist riesengroß. Ich nehme an, es ist der jüngere Bruder.

Wir stolpern den Korridor zurück, hinaus ins Freie, quälen und schinden uns für die Kunst. Ich bemerke, daß einer von Tonys Hausschuhen verschwunden ist, und die Socke wird er auch gleich verlieren. Wir steuern um mehrere Ecken, dann stellt Tony sein Ende der *Helena* ab und reißt die Klappe eines verdreckten Anhängers auf. Er wirft Säcke mit Fasanenfutter heraus. »Rein damit!« brummt er.

»Geht nicht!« erwidere ich.

»Doch. Ist doch schon mal gegangen.«

»Er wird es sehen.«

»Das legen wir darüber.«

Er fischt eine schwarze Plastikplane aus einer stinkenden Pfütze und drückt sie mir in die Hand. Ich schüttele die undefinierbare Flüssigkeit, die sich darin befindet, heraus, bedecke damit die nackte *Helena*, so gut es geht, und binde alles mit verschiedenen rosaroten Strippen zusammen, die in der Gegend herumliegen. Als ich mich hilfesuchend an Tony wenden will, sehe ich nur noch eine einzige Socke. Im selben Moment dröhnt ein Motor auf, und der altersschwache Landrover setzt in wilden Zickzackbewegungen zum Anhänger zurück.

»Zu groß!« melde ich. »Die Klappe geht nicht zu!«

»Binden Sie sie zusammen!«

Er findet noch eine Schnur in einem Misthaufen und wirft sie mir zu. Ich binde die halbgeschlossene Klappe so gut es geht zu, während Tony die Anhängerstange auf die Kupplung wirft. Weiß der Himmel, wie weit er damit fahren will.

»Die Bremsen«, sagt er. »Bißchen abgenutzt. Kräftig pumpen.«

Erst jetzt begreife ich, daß er mir die Fahrertür aufhält. Ich starre sie blöd an. Ich sehe ihn an. »Machen Sie schon! Beeilung! Sie wollen doch nicht, daß er Sie verfolgt.«

»Aber ...« sage ich. »Aber ... wohin soll ich denn damit fahren?«

»Wohin?« fragt er, verblüfft über meine Begriffsstutzigkeit. »Woher soll ich das wissen? Zu ihm natürlich!«

»Zu wem?«

»Zu Ihrem komischen Belgier!«

Ich steige ein. Meine Absichten haben mich schon überholt, sich losgelöst von mir, sich eingefügt in den immer schnelleren Gang der Ereignisse, von dem ich mitgerissen werde, und nicht einmal mein Körper scheint mir noch zu gehorchen. Mein Fuß tritt bereits auf die Kupplung. Meine Hand haut den Gang rein.

»Aber Ihr Bruder«, sage ich, während Tony die Tür zuschlägt. »Wenn er vor Gericht geht ...«

»Er geht nicht vor Gericht«, sagt Tony. »Unmöglich. Er hat nichts Schriftliches. Das Bild hat meinem Vater gehört. Jetzt gehört es mir.«

»Und die anderen Bilder?« rufe ich. »Mr. Jongelinck will sie *alle* haben! Ich muß *alle* mitnehmen!«

»Später, später! Zuerst müssen wir das hier wegschaffen! Er wird jede Sekunde hier auftauchen!«

Ich stemme mich ein letztesmal gegen die Flut, lasse die Kupplung durchgedrückt – das Auto rührt sich nicht vom Fleck. »Die anderen!« rufe ich hartnäckig.

»Martin!« sagt Tony, und seine Augen füllen sich plötzlich mit Tränen. »Ich flehe Sie an! Er hat immer alles bekommen! Ich bin immer betrogen worden! Dieses kleine Ekel sitzt mir seit seiner Geburt auf der Brust! Es geht nicht nur um die *Helena*! Es ist der ganze Besitz! Er will den ganzen Besitz haben! Drei Jahre Steuern muß ich zahlen. Ich werde das Haus verlieren! Er will das Haus haben!«

Mir ist klar, daß dieses Resümee ein paar Fragen offenläßt, aber was kann ich schon machen? Die Tränen sind die letzten Kubikzentimeter der Flut, die mich schließlich erwischt. Ich seufze. Meine Hände machen eine hilflose Geste. Mein Fuß schnellt von der Kupplung. Der Wagen macht einen Satz nach vorn.

Tony läuft aufgeregt neben mir her und hämmert ans Fenster, während ich angestrengt versuche, den zweiten Gang einzulegen. »Sagen Sie mir Bescheid, was er bietet, bevor Sie was unternehmen ...! Rufen Sie mich an ...! Und, Martin ... Bargeld, vergessen Sie nicht, Bargeld!«

Ich lasse die Kupplung los, und Tony bleibt zurück. Das ungewohnte panzerartige Fahrzeug, das ich nominell steuere, während die *Helena* im Anhänger hin und her poltert, fährt dröhnend vom Hof, vorbei an seinem schicken blauen Pendant, die mondkraterstarrende Auffahrt entlang, bislang nur verfolgt von einer verrückt bellenden Eskorte, die unbedingt unter den Rädern den Tod finden will.

Was ich am Ende des Wegs tun werde, ob ich links oder rechts weiterfahren soll, ist mir noch nicht klar. Ich trete auf die Bremse, um anzuhalten und mir die Sache zu überlegen, doch der Wagen ist nicht in der Stimmung für Reflexionen. Er fährt mit etwa dreißig Stundenkilometern weiter, über die Straße hinweg, die schlammig grüne Böschung hinauf und hinein in das weite unwegsame Land.

Was in den nächsten Sekunden passiert, während das Lenkrad in meinen Händen herumwirbelt und draußen alles wie wahnwitzig an mir vorbeirast, kann ich nicht mit Sicherheit sagen. Ich begreife aber, daß Allradfahrzeuge für derartiges Terrain besonders geeignet sind, denn zu meiner Überraschung kommt alles ins Lot, und wir befinden uns wieder auf Asphalt. Anscheinend hat sich das Auto für rechts entschieden, vielleicht weil es bergab leichter geht. Ich versuche, mir einen Überblick über die Situation zu verschaffen. Offenbar hatte Tony mit den Bremsen recht. Und Lenkrad und Lenkung scheinen ähnliche Schwierigkeiten zu haben wie der Besitzer, enge Beziehungen einzugehen. Mein Kopf und der Rückspiegel sind unterwegs aneinandergeraten, so daß ich nicht sehe, was hinter mir los ist, aber nach dem Rumpeln und Klappern zu urteilen, liegt die *Helena* noch immer im Anhänger, und der Anhänger ist noch immer mit dem Wagen verbunden.

Aber wohin fahren wir alle miteinander? Der Landrover, der die Anhöhe mit Karacho hinunterdonnert, hat offenbar beschlossen, auf diese Weise potentielle Verfolger abzuschütteln. Und danach? Wenn es ein Danach gibt. Ich habe das Gefühl, daß wir in Richtung London fahren. Verkauf die *Helena*, denkt der Landrover, komm mit viel Geld zurück, und Tony ist sofort bereit, die anderen drei Bilder ebenfalls wegzugeben. Vielleicht hat der Landrover vergessen, daß heute Samstag und das Wochenende kein guter Zeitpunkt ist, wertvolle Kunstwerke zu verkaufen. Vielleicht hat sich der Landrover gedacht, daß wir vier – Auto, Anhänger, Helena und ich – in der Oswald Road bis zum Montag vormittag warten, wenn Kunsthändler und Banken wieder geöffnet haben. Er findet, daß ich mir eine kleine Pause gönnen sollte, während der breite Fluß der Zeit aus den Stromschnellen hervortritt, in die er sich Hals über Kopf gestürzt hat, und wieder zu seinen gemächlich mäandernden Bewegungen zurückkehrt. Der Landrover rät mir, ein bißchen zu normalisieren, mein Schicksal wieder in die eigene Hand zu nehmen.

Schön und gut. Ihm scheint aber nicht klar zu sein, wie denn auch, daß ich Kate versprochen habe, erst dann weiterzumachen, wenn ich mir der *Pretmakers* absolut sicher bin. Zugegeben, ich habe es selber vergessen, doch dann kommt der Weg, der zu unserem Haus führt, rasch näher. Ich kämpfe mit Bremse und Lenkrad, um dem Landrover klarzumachen, daß wir einen kleinen Umweg machen müssen, damit ich Kate von den veränderten Bedingungen berichten und ihr versichern kann, daß ich mich am Wochenende wieder um meine Arbeit kümmern werde. Das Auto akzeptiert das erst im allerletzten Moment, und gemeinsam gelingt es uns, abzubiegen, die Böschung hinauf, über den Weg und die Mülltonnen hinweg, die ich heute morgen erst gefüllt habe.

Kate tritt beim Anblick des Landrovers aus dem Haus. Sie hat etwas Merkwürdiges an sich. Auf ihrem Gesicht liegt ein höfliches Lächeln. Die Hände hat sie schüchtern in den Taschen ihrer Strickjacke vergraben, und die Schultern hat sie abwehrend hochgezogen. So verhält sie sich anderen gegenüber. Höflichkeitshalber deutet sie gute Laune an, weil sie mich für Tony Churt hält. Als sie mich sieht, läßt sie die Schultern heruntersinken, und das Lächeln verschwindet. Statt dessen starrt sie das Auto an. Dann den Anhänger und das große schwarze Paket, das hinten herausschaut.

»Es ist die *Helena*«, erkläre ich sofort. Kate ist jetzt alles andere als gutgelaunt. »Ich weiß, ich weiß«, sage ich. »Ich kann dir gar nicht sagen, was dort drüben los war!«

Und im selben Moment wird mir klar, daß das tatsächlich so ist – ich kann ihr wirklich nicht sagen, was dort drüben los war. Als John Quiss uns besuchte, hat sie erfahren, daß die *Helena* schwarz verkauft werden soll. Weil ich selber nichts davon wußte, habe ich ihr nicht erzählt, daß die ganze Sache noch viel dubioser ist – daß ich das Bild für Tony losschlagen soll, weil die Eigentumsverhältnisse umstritten sind. Möglicherweise kommt es bald zu einem zweiten

Trojanischen Krieg um meine neue Freundin. Und jetzt steht sie, dezent in schwarzes Plastik gehüllt, vor unserem Haus – weil sie eine heiße Ware ist. Eine Weitergabe dieser Information erscheint mir zum gegenwärtigen Zeitpunkt nicht besonders hilfreich.

»Große Aufregung!« fasse ich knapp zusammen. »Ich kann es dir nicht erklären, aber ich hatte einfach das Gefühl, jetzt oder nie.«

Sie sagt nichts, sondern dreht sich einfach um und geht wieder ins Haus. Ich folge ihr.

»Das mit der absoluten Gewißheit habe ich nicht vergessen«, versichere ich Kates Nacken. »Ich stehe kurz davor. Muß nur noch ein, zwei Dinge nachschlagen – und das kann ich bis Montag schaffen.«

Schweigen. Ich sammle all meine Bücher und Unterlagen ein, um ihr zu zeigen, daß es mir ernst ist. Und während ich am einen Tischende meine Sachen einpacke, sehe ich, daß sie am anderen Ende deckt. Mittagessen für zwei.

Die Pläne, die der Landrover während der Herfahrt entwickelt hat, habe ich ihr offenbar nicht hinreichend deutlich gemacht. Ist auch schwer, weil ich nicht richtig vermitteln kann, welche Überlegungen dahinterstehen – daß jeden Moment ein zweiter Landrover unser Versteck ausfindig machen kann und angedonnert kommt.

Auch nicht leicht zu erklären, daß ich lieber allein bin, wenn ich die übrigen Mahlzeiten des Wochenendes schon schweigend einnehmen soll. Nach Montag wird alles anders sein. Wenn ich zurückgekommen bin und die anderen Bilder geholt habe. Nachdem ich die Schlittschuhläufer und die Reiter nach London geschafft habe. Nachdem ich meinen Gewinnanteil an der Wand dort drüben hingestellt habe. Dann können wir wieder anfangen, uns zu normalisieren.

Ich trage meine Sachen zur Haustür. Kate bleibt, in jeder Hand einen Teller, zwischen Tisch und Geschirrschrank stehen. »Ich ruf dich an«, sage ich. »Und gib Tildy einen Kuß von mir.« Sie antwortet nicht. Sie stellt einfach einen Teller auf den Tisch, den anderen stellt sie wieder in den Schrank.

Diesmal überrede ich den Landrover, mich an der Lenkung mitwirken zu lassen. Er ist einverstanden, am Ende des Wegs anzuhalten, inmitten der leeren Blechdosen und Flaschen aus den umgekippten Mülltonnen, und nachzuschauen, ob auch kein Racheengel die Anhöhe heruntergejagt kommt, bevor wir ordentlich auf die Straße einbiegen, in Richtung London. Bald preschen wir durch die letzten Reste des Tümpels in der Bodensenke am Waldrand, wo Kate und ich den toten Landstreicher gefunden haben ... biegen auf die Straße nach Lavenage ein ... vorbei an Busy Bee Honey ... immer weiter durch das Land, das Kate und mir immer so merkwürdig irreal erschien, bevor alles noch viel irrealer wurde. Was uns fehlte, war wohl einfach der authentische Geruch, den ich jetzt im Auto registriere, der Geruch von Dreck und Hund und ölgetränkten Lappen und austretendem Benzin. Und im Rückspiegel, den ich inzwischen wieder eingestellt habe, ist kein Verfolger zu sehen – nur Helena, die mir in ihrem neuen schwarzen Tschador folgsam hinterhertrottet.

Das einzige, was zu meiner vollkommenen Zufriedenheit fehlt, ist ein Hinweis, daß mein Bild nicht gefunden und weggeschafft wurde. Ich versuche, nicht daran zu denken, weil ich es ohnehin nicht herauskriegen kann. Doch in dem Moment, als ich auf die Autobahn fahre, höre ich irgendwo an meinem linken Knie plötzlich ein elektronisches Geplärr, so daß ich vor lauter Schreck das Lenkrad heftig nach rechts reiße, doch zum Glück ignoriert der Landrover diesen unausgegorenen Vorschlag. Nach einigem Stöbern finde ich unter dem Armaturenbrett ein dreckiges Handy.

Natürlich ist es Laura.

»Er ist weg«, sagt sie. »Und sei unbesorgt – er hat es nicht gefunden. Ich habe es hinter seinem Rücken von Zimmer zu Zimmer geschafft.«

»Klasse«, sage ich. »Ganz toll! Danke dir!« Aber jetzt überlege ich natürlich, wie sie es geschafft hat, das Bild in der Gegend herumzutragen, und wieviel von der obersten Farbschicht dabei beschädigt wurde. Und auch, wie teuer mich ihre Kooperation zu stehen kommen wird.

»Das war Georgie, übrigens«, sagt sie. »Sein jüngerer Bruder. Sie verstehen sich nicht.«

»Was du nicht sagst.«

»Es wurde noch viel schlimmer, nachdem du weggefahren bist – er hat einen richtigen Tobsuchtsanfall bekommen. Er hat versucht, die Tür zum Frühstückszimmer mit der Brechstange aufzukriegen, und dabei ist ein Stück von seiner Hand abgegangen. Er will mit einer gerichtlichen Anordnung oder etwas Ähnlichem zurückkommen ... Hör zu, ich hab nicht viel Zeit ... Tony kommt andauernd rein und erzählt mir, was er für ein Kreuz zu tragen hat. Ich wollte dir nur Bescheid sagen, daß der Hund unversehrt ist ... Sekunde ... Also, ich meld mich wieder.«

Der *Hund* ist unversehrt? Sie hat das Hundebild für mich versteckt? Ich scheine ein begnadeter Betrüger zu sein – jetzt täusche ich sogar meine Komplizin. Von mir selbst ganz zu schweigen – denn was ist mit *meinem* Bild passiert, während Laura eifrig dabei war, das falsche zu verbergen? Keine Frage, er hat es gefunden! Er hat es mitgenommen! Gleich kommt eine Ausfahrt. Ich biege ab und halte auf der Standspur an, starre auf das Telefon, warte auf das Klingeln, bin bereit ... ich weiß nicht ... sofort umzudrehen und zurückzufahren, Bruder Georgie durch ganz England zu verfolgen.

Ich halte es in der Hand, noch bevor der erste Schnarrton verklungen ist.

»Entschuldige«, sagt Laura. »Dieser Bruder flippt auch aus. Martin, hör zu ...«

»Was ist mit den anderen drei?« unterbreche ich sie mit grotesker Beiläufigkeit. »Hat sein Bruder sie gefunden?«

»Da hat er schon nicht mehr gesucht. Er wollte nur das Blut stillen.«

Meine Sorge legt sich etwas. Aber wenn er sie nicht gefunden hat ...

»Sind sie noch draußen im Gebüsch?«

»Ich glaube, Tony hat sie bei den Fasanenjungen versteckt.«

Mein Gott. Wie sieht so ein Stall aus? Warm und trocken vermutlich. Wie warm? Wie trocken? Wird die Luftfeuchtigkeit regelmäßig kontrolliert?

»Hör zu, Martin«, sagt Laura. Ich höre. »Du brauchst doch bestimmt Geld, hab ich recht?«

»Geld?«

»Für das, was du mit den Bildern vorhast. Ich wollte nur sagen, ich habe ein bißchen, nicht viel, aber er weiß nichts davon, und wenn du willst ...«

Erst Kate, jetzt Laura. Meine Besorgnis weicht einem Gefühl der Beschämung.

»Das ist furchtbar lieb von dir«, sage ich. »Aber ich habe schon alles geregelt.«

»Also, denk dran, falls es irgendwelche Überraschungen gibt. Wo bist du jetzt?«

»Auf der Autobahn.«

»Ich wünschte, ich wäre bei dir und nicht *Helena*«, sagt sie sehnsüchtig.

Ich versuche, mir eine gute Antwort einfallen zu lassen, sehe mich aber überfordert.

»Weißt du eigentlich, wann mir zum erstenmal klar war, wie es in meinem Leben weitergehen würde?« sagt sie. Sie klingt ernst. »Als du das mit dem Erwin Soundso erklärt hast.«

Stimmt natürlich nicht. Sie hat nicht *einen* Moment geahnt, was kommen würde. Trotzdem versetzt es mir einen Stich. Das alles scheint vor langer, langer Zeit passiert zu sein, in einer Welt vor dem Fall.

»Erwin Panofsky«, erinnere ich sie.

Sie lacht. »Du wirst's nicht mehr lernen«, sagt sie.

Richtig. »Anfang nächster Woche bin ich wieder zurück«, sage ich.

»Martin!« ruft sie, während ich versuche, das Telefon abzuschalten. »Martin!«

Ich warte. Sie ist wieder ernst. Was nun?

»Ich habe mit dem Rauchen aufgehört«, sagt sie scheu.

Grübelnd fahre ich weiter in Richtung London. Ich dachte, wir würden Freunde sein – harmlose, unproblematische Freunde. Komplizen zumindest – harmlose, unproblematische Komplizen. Und plötzlich bietet sie mir ihre ganzen Ersparnisse an und hört mit dem Rauchen auf. Die alte Frage geht mir wieder durch den Sinn: ich sie oder sie mich? Wie es aussieht – eher ich sie. Jetzt schreckt mich das aber sehr viel mehr als das Gegenteil.

Und meine Konkurrenten? Ich habe einen Vorsprung vor meinen Rivalen, aber wie lange noch? Wie lange, bis Bruder Georgie mit seinem Gerichtsbeschluß aufkreuzt? Wie lange, bis Quiss herübergeradelt kommt, um sich noch einmal umzuschauen? Ich glaube nicht, daß er die *Pretmakers* gesehen hat. Aber er hat etwas gesehen, das sein Interesse geweckt hat. Solange der Kreditbescheid der Bank nicht da ist, und das soll Montag sein, kann ich nichts unternehmen. Allerdings kann auch Bruder Georgie nichts unternehmen, solange seine Anwälte kein grünes Licht bekommen haben, und selbst Quiss, der Allwissende, wird vermutlich die aktuelle Marktsituation checken wollen, bevor er ein Angebot abgibt. Wenn ich die *Helena* am Montag bei Sotheby's schätzen lassen kann ... Wenn ich einen Händler finde, der bereit ist, sofort Bargeld zu zahlen ... wenn ich am Montag abend mit den Händen voller knisternder Geldscheine in Upwood erscheine ...

Ich gehe in die große Kurve oberhalb von Edgware. Vor mir liegt London. Meine Sorgen schwinden, meine Hoffnungen erstarken wieder. Alles ist möglich! Laura ist meilenweit entfernt. Desgleichen Kate, meine Feinde, mein normales Leben. Und ich – ich betrete London mit der schönsten Frau der Welt.

Jawohl, nach all den Vorbereitungen und Verzögerungen, nach all den Sorgen und Zweifeln hat es mit der großen Entführung am Ende doch noch geklappt. Helena befindet sich im Boot. Die Würfel sind gefallen, das gewaltige Unternehmen geht seinen Gang. Sparta fällt zurück. Vor uns liegen Troja und Unsterblichkeit.

7

Bares Geld

Unter allgemeinem Jubel verließen die spanischen Truppen 1561 die Niederlande, drei Jahre bevor Bruegel den *Bethlehemitischen Kindermord* malte – Kate hat recht. Aber sie irrt sich, wenn sie glaubt, daß die Soldaten nicht politisch zu deuten sind. Warum sollte Bruegel sie vergessen haben? Warum sollte irgend jemand sie vergessen haben? Sie hatten furchtbar gewütet, und sie gingen erst nach Jahren der Empörung und des Aufruhrs, erst nach großen politischen Anstrengungen Wilhelms von Oranien, erst als die Zahlung der von Philipp geforderten drei Millionen Gulden an diese Bedingung geknüpft worden war. Haben denn die Holländer und Belgier 1948 nicht mehr an die deutsche Besatzung gedacht? Kate spinnt. Sie wiederholt nur, was die meisten Autoren über Bruegel geschrieben haben. Sie spinnen alle. Am liebsten würde ich sie an die Wand werfen. Keiner von ihnen hat seinen gesunden Menschenverstand gebraucht. Sie stehen so dicht vor den Bildern, daß sie sie mit der Nasenspitze fast berühren, und starren mit zusammengekniffenen Augen auf die Details. Niemand kommt auf die Idee, ein wenig zurückzutreten und nach der Bedeutung der Bilder in ihrem geschichtlichen Kontext zu fragen.

Es sind alles Ikonographen. Hier ist ein Ikonologe gefragt.

Heute ist Sonntag. Ich sitze in unserer Wohnung in der Oswald Road am Küchentisch und gehe noch einmal alle Bücher durch, um mein Versprechen zu erfüllen, bevor ich morgen früh losziehe und die *Helena* verkaufe und mit diesem vorletzten Schritt alle Weichen gestellt sind. Allerdings ist mir nicht klar, warum ich so große Rücksicht auf Kate nehmen soll, denn je mehr ich über ihre Bemerkung nachdenke und über den Chor der Kunsthistoriker, der vor ihr das gleiche Lied gesungen hat, desto wütender werde ich. Haben sie keine Augen im Kopf? Wie kann man so *blind* sein?

Helena, die mit diesem unerschütterlich gleichmütigen Gesichtsausdruck und noch immer mit besorgt erhobenem rechten Arm auf der anderen Seite des Tisches sitzt, nimmt erheblich mehr Platz ein als ich und mein anderes Ich und der Tisch zusammen. Ich habe sie aus der feuchten Plastikplane herausgenommen, damit sie trocknen und ein bißchen durchatmen kann. Die neuerliche Entführung scheint ihr nichts ausgemacht zu haben, wenn man mal von ihrer auffälligen Duftnote absieht – dem strengen Geruch von Schafen, der nie mehr weggeht, wenn er sich erst irgendwo festgesetzt hat.

Im Moment scheint sie nicht an ihre Körperhygiene zu denken oder an ihre vielleicht doch etwas dünne Kleidung, sondern vor allem daran, daß sie von unserer Hausratversicherung noch weniger abgedeckt wird als von ihrem Gewand. Auch mich erfüllt das mit Sorge. Wir wohnen hier in einer Gegend mit vergleichsweise hoher Kriminalitätsrate, und in unserer Police steht bestimmt, daß wir der Versicherung jeden einzelnen Wertgegenstand genau angeben müssen. Als ich am Samstag nachmittag vom Einkaufen zurückkam, war ich ziemlich sicher, daß sie in der Zwischenzeit schon mit einem anderen Verehrer durchgebrannt war und ich irgendwo zwanzigtausend Pfund würde auftreiben müssen. Meine einzige Sicherheit ist die, daß es einer ganzen Truppe von Einbrechern bedürfte, sie hier herauszubekommen. Der viktorianische Architekt dieses Hauses hat offenkundig nicht bedacht, daß sich die Leute in einer der oberen Etagen eines Tages ein vier Quadratmeter großes Gemälde in einem schweren vergoldeten Rahmen an die Wand hängen würden. Natürlich mußte ich Midge bitten, mir beim Tragen zu helfen, aber auch ihr Freund Alec mußte mit anpacken, ihr Sohn Jeremy und das japanische Pärchen im Souterrain. Midge hat sich den Finger am Treppengeländer eingeklemmt und wird eine Weile nicht tippen können, aber dann wird sie Stoff für ihre bislang beste Kolumne haben.

Morgen früh muß ich die Ärmste wieder runterbringen. Und alle paar Minuten muß ich zum Fenster laufen, um nachzusehen, ob der

Landrover noch dasteht, denn ich habe das Gefühl, daß die Schnur, mit der ich die Hecktür zugebunden habe, nicht gefeit ist vor den raffinierteren Autodieben, die wir hier in London haben.

Und wenn ich bedenke, wie der morgige Tag aussehen wird, wie ich mit dieser Fracht durchs West End kutschieren werde ... dann bin ich froh, daß ich vorher noch einen ruhigen Tag zu Hause mit ihr verbringen kann. Ich mag sie eigentlich ganz gern inzwischen. Nach dem ganzen Durcheinander der letzten Zeit strahlt sie eine große Ruhe aus. Sie hat mir keine alarmierenden Avancen gemacht oder verkündet, daß sie das Rauchen aufgeben will. Ihr Schweigen ist nicht beredt, so wie das von Kate, als ich gestern abend anrief und ihr im Spaß erzählte, daß ich am Tisch saß und Laura in die Augen sah – ein Schweigen, das selbst dann noch andauerte, nachdem ich erklärt hatte, daß ich statt »Laura« natürlich »Helena« hatte sagen wollen.

Ein weiterer Vorzug meiner Helena: Sie hat keine Kunsthistoriker zu Freunden, die sie hinter meinem Rücken kaufen. Sie ist auch keine heimliche Katholikin, und sie hat nicht versucht, mir einzureden, daß die Soldaten im *Kindermord* keine Spanier sind! Und selbst wenn es tatsächlich keine Spanier sind, ändert das nichts am Inhalt des Bildes, denn nachdem die Spanier abgezogen waren, gab es immerhin noch die berittene Gendarmerie, die Bandes d'Ordonnance, deren Aufgabe es war, religiösen oder politischen Widerstand zu unterdrücken. Einheiten dieser Sicherheitspolizei trieben in Valenciennes gemeinsam mit einer Kompanie des Regiments des Herzogs von Aerschot die Leute zu einer Massenhinrichtung zusammen, nachdem Faveau und Mallart von der Menge aus den Flammen gerettet worden waren. Das war 1562, als die spanischen Truppen schon abgezogen waren, nur ein paar Jahre vor der Entstehung des *Bethlehemitischen Kindermords.* Glaubst du wirklich, daß Bruegel keinen Zusammenhang hergestellt hat? Daß jeder Betrachter nicht auch seinerseits diesen Bezug hergestellt hat?

Ich sehe Helena an. Sie sagt nichts. Was soll sie schon sagen.

In der *Anbetung der Könige* werden ebenfalls Soldaten gezeigt.

Weshalb? Die biblische Geschichte erwähnt kein Militär. In der *Kreuztragung* reiten Soldaten im roten Rock der Gendarmen durchs Bild. Eine ganze Armee erscheint im *Selbstmord Sauls*, einem Werk aus dem Jahr 1562, als die religiöse Verfolgung in vollem Gang war. Auch das eine ikonographische Rarität – der alttestamentarische Saul stürzt sich aus Verzweiflung in sein Schwert, weil er die Vernichtung seines Volks durch die feindlichen Philister nicht verwinden kann. Willst du mir erzählen, daß die Niederländer beim Anblick dieses Gemäldes nicht an das Schicksal ihrer eigenen Nation dachten, die ebenfalls von den Feinden zerschlagen wurde?

Auch in der Berglandschaft der *Bekehrung Pauli* marschiert eine Armee auf. Daß dieser neutestamentarische Saulus auf seinem Weg von Jerusalem nach Damaskus von Militär begleitet wird, ist wirklich sehr sonderbar. In Apostelgeschichte 9, wo das Ereignis berichtet wird, ist weder von Bergen noch von Regimentern die Rede. Saulus, der kein Soldat, sondern Rabbi ist, reist (»schnaubend noch mit Drohen und Morden wider die Jünger des Herrn«) in Begleitung nicht näher bezeichneter »Gefährten« nach Damaskus, um dort, ausgestattet mit schriftlicher Vollmacht des Hohenpriesters, Anhänger der neuen Lehre zu verhaften.

1567, in dem Jahr, in dem die *Bekehrung* gemalt wurde, marschierte tatsächlich eine Armee durch ein Gebirge – und zwar die spanische Armee, die unter dem Befehl des Herzogs von Alba von Italien über die Alpen zog, um den Aufstand der Niederländer ein für allemal niederzuschlagen. Alba war ein ziemlich gutes Modell für den Saulus. Motley schreibt, daß »ein solches Ausmaß an Hinterlist und Grausamkeit, an unbeirrbarer Rachsucht und Blutrünstigkeit noch nie bei einem wilden Tier im Dschungel und auch nur selten bei einem Menschen beobachtet wurde«. Alba kam, wie Saulus, um die Ketzerei auszulöschen. Er besaß, wie Saulus, Vollmacht der übergeordneten Stellen – Motley spricht von »Wagenladungen« von Blanko-Todesurteilen, die der König schon unterschrieben hatte. Ich kann in Bruegels Bild keines der zweitausend extra angeworbenen Freudenmädchen sehen, die den Zug der spanischen Armee begleiteten, aber vielleicht befinden sie sich am hinteren Ende der Marschkolonne, oder vielleicht wußte Bruegel auch nichts von ihnen. Wenn Gott den Wink jedoch verstanden hätte, dann hätte er den Herzog von Alba am Wegesrand niedergeworfen, so wie er Saul hingestreckt hat, und ihn zu einem Protestanten bekehrt.

Glück ist ebenfalls der Ansicht, daß dieses Sujet möglicherweise von Albas Vormarsch angeregt wurde, während andere Kommentatoren eine so naheliegende Interpretation verwerfen. Was wohl die spanischen Sicherheitskräfte in den Niederlanden gedacht haben? Sie waren bestimmt viel zu clever, als daß sie zu simplen Antworten geneigt hätten, aber die Parallele dürfte sie doch erstaunt und auch mit der Sorge erfüllt haben, daß lokale Agitatoren und Aufrührer sich davon inspirieren lassen könnten.

Oder die *Kreuztragung*. Die Kreuze, die auf Christus und die beiden Diebe warten, sind nicht die einzigen Hinrichtungsinstrumente, die an diesem schönen Frühlingsvormittag in der hügeligen Landschaft errichtet wurden. Die Gegend ist gespickt mit Galgen und diesen Rädern an hohen Stangen, auf denen die Opfer allmählich krepierten. Ganz gleich, was Bruegel hier beabsichtigt hat – wie haben seine spanischen und niederländischen Zeitgenossen diese Szene gedeutet, in einer Zeit, in der jedes Jahr etwa fünftausend Menschen auf unterschiedlichste Weise exekutiert wurden? Oder die andere Landschaft mit Galgen und Rädern, nämlich den *Triumph des Todes*, wo einem Mann im Vordergrund gerade die Kehle durchgeschnitten wird? Was mag ihnen durch den Kopf gegangen sein, wenn sie – in einem Land, wo so viele Städte geplündert und verwüstet wurden – den Blick zum Horizont lenkten und den Rauch sahen, der von brennenden Städten aufstieg und den Himmel prophetisch verdüsterte?

Sobald man seine Sinne dafür geschärft hat, sieht man in fast jedem Bild den Verfolgungsapparat und die Hinweise auf Unterdrückung. Es springt einem geradezu ins Auge. Ein flämisches Dorf im Winter, ähnlich wie im *Bethlehemitischen Kindermord* – und wie oft ist es Winter auf diesen Bildern, die während des langen Winters der spanischen Besatzung entstanden! –, ist der Schauplatz der *Volkszählung zu Bethlehem.* Warum sind Joseph und Maria und die anderen Einwohner Flanderns unterwegs nach Bethlehem, um sich dort schätzen zu lassen? Weil »zu jener Zeit ein Gebot von dem Kaiser Augustus ausging, daß alle Welt geschätzet würde«. Ab 1555 gingen auch von Philipp II. mehrere ähnlich motivierte Gebote aus; Inquisition, Besetzung und Steuereintreibung – das waren die drei Häupter der Unterdrückung, gegen die sich die Niederländer auflehnten.

Kunsthistoriker zerbrechen sich den Kopf über das Rätsel der *Zwei Affen.* Weiß der Himmel, warum. In der Nische eines Kerkerfensters, durch das man im Hintergrund die Silhouette von Antwerpen erkennen kann, sitzen zwei angekettete traurige Geschöpfe, vor ihnen Nußschalen, die in der wissenschaftlichen Literatur als Haselnußschalen identifiziert wurden. Für mich sind es eher Mandeln, aber selbst wenn ich mich irre – Haselnüsse sind Barcelona-Nüsse, und so oder so kommen sie aus Spanien. Für diesen kümmerlichen Lohn haben die beiden unglückseligen Affen ihre Freiheit aufgegeben.

Gut – schauen wir uns die *Menschen* in diesen Bildern an. *Der Triumph des Todes*, unten links: Ein Skelett hält einem verzweifelt gestikulierenden König das Stundenglas hin, während ein zweites Skelett, als Soldat verkleidet, in ein Faß voller Goldmünzen greift. Daneben sehen wir einen Kardinal, der in den Armen einer dürren Todesgestalt stirbt, die ebenfalls einen Kardinalshut trägt. Jede Ähnlichkeit mit realen Personen, lebendig oder tot, ist unbeabsichtigt, wie es bei Romanen immer so schön heißt. Es gab aber nicht so viele Kardinäle, die dieser Figur hätten ähneln können, und es gab auch nur einen König. Granvelle, der *seinen* runden Hut erst ein Jahr zuvor erhalten hatte, muß sich gefragt haben, ob nicht eine Spur Spott in diesem Bild steckte. Wie gern hätte er mit Philipp darüber gelacht, doch der war außer Landes.

Ich vermute, daß Granvelle unwillkürlich auch über die *Dulle*

Griet gelacht hat, diese verrückte Alte, die aus der Hölle kommt, den Korb voller Sachen, die sie den Verdammten abgenommen hat. *Er* hat gewiß nicht einen Moment angenommen, daß dies eine Anspielung auf seine offizielle Chefin war, die Herzogin Margarete von Parma, Generalstatthalterin der Niederlande, und auf die Hölle, über die sie herrschte, aber er muß sich doch gefragt haben, was andere dachten – man weiß ja, was in den Köpfen der Leute so vorgeht!

Der *Triumph des Todes* und die *Dulle Griet* sind vermutlich um 1562 entstanden, und beide Werke erinnern an die grotesken Szenen, die Hieronymus Bosch fünfzig Jahre zuvor gemalt hatte, als ließen sich die Schrecken der Zeit nur so verarbeiten. Die gleichen phantastischen Figuren sehen wir im *Engelsturz*, ebenfalls von 1562. Der Titel klingt, als würde hier, wie in Floris' gleichnamigem Tafelbild, der Sieg der Gegenreformation angekündigt. Im Zusammenhang mit den beiden anderen Bildern könnte sich einem aufmerksamen Kleriker allerdings die Frage gestellt haben, ob er die Szenerie richtig verstanden hat. Vielleicht ahnte er, daß hier nicht die Schrecken des Aufruhrs dargestellt wurden, sondern die der brutalen Unterdrückung, und daß nicht der Sturz der Lutheraner und Kalvinisten prophezeit wurde, sondern der des Kardinals und seiner Inquisitoren.

Ich steige in die Holzschuhe eines einfachen Niederländers, der 1568 das *Gleichnis von den Blinden* betrachtet, das Bruegel in diesem Jahr gemalt hat. Ich sehe die fünf blinden Bettler, die ihrem blinden Führer in den Graben folgen, weil sie nicht imstande sind, die Realität wahrzunehmen. Der achtzigjährige Krieg, der lange Unabhängigkeitskampf der Niederlande, beginnt gerade. In meiner Schlichtheit, ich bin schließlich kein Kunsthistoriker, sehe ich den König von Spanien und seine Stellvertreter und Helfershelfer, die ahnungslos ins Verderben stolpern.

Ich betrachte den *Schlechten Hirten*, der seine Herde im Stich läßt, und sehe die Kirche, die mich meinem Schicksal überläßt.

Ich betrachte den *Tod Mariä*, diese geheimnisvolle Grisaille, die

Bruegel vermutlich für Ortelius malte, da er es in Kupfer stechen ließ, und sehe …

Ja, was? Nichts Offensichtliches, nichts, was ins Auge springt. Dieses Bild ist insgesamt sehr viel schwieriger zu deuten. Ich sehe es mir an und verstricke mich immer tiefer in den Rätseln, die es dem Betrachter aufgibt.

Wir sind in einem Zimmer, im Haus des Evangelisten Johannes in Ephesos, wo Maria gemäß der Überlieferung ihre letzten Jahre verbrachte. Eine ausgesprochen manichäische Düsternis erfüllt den Raum; Licht spenden nur der Schein, der die sterbende Muttergottes umgibt, und das Kaminfeuer am linken Bildrand mit dem schlafenden Johannes daneben. Maria Magdalena schüttelt das Kopfkissen auf, und Petrus reicht der Sterbenden eine Kerze.

Das erste Rätsel: Johannes schläft in diesem bedeutsamen Moment. Glück vertritt die Ansicht, daß er vom Wachen erschöpft ist. Grossmann glaubt, daß er die ganze Szene träumt. Wenn das stimmt, könnte diese Antwort auch das nächste Rätsel lösen: Wer sind die Figuren links neben dem Bett?

Die sterbende Maria wird traditionell von den Aposteln umringt, und es sind hier auch alle elf anwesend, die nach dem Selbstmord des Judas übriggeblieben sind: Petrus rechts neben dem Bett, acht Apostel im Schatten dahinter, der schlafende Johannes am Kamin sowie eine nur schattenhaft angedeutete Figur am Fußende des Bettes. Links neben dem Bett sind aber noch mehr Figuren, die aus dem Dunkel der Nacht herbeidrängen, um am Bett neben Maria Magdalena niederzuknien. In der traditionellen Ikonographie kommen diese Figuren *nicht* vor. Wer sind sie?

Grossmann vermutet, daß Bruegel nicht bloß die Sterbeszene zeigt, sondern eine Vision des träumenden Johannes, eine Begebenheit, die nach der Himmelfahrt Mariä eintreten wird. Nach der *Legenda Aurea*, einer Sammlung von Heiligenlegenden des Jacobus de Voragine, der ein apokryphes Werk zitiert, das dem schlafenden Johannes zugeschrieben wird, soll Maria im Beisein der Patriarchen, Märtyrer, Bekenner und der heiligen Jungfrauen wieder mit ihrem

Sohn vereinigt werden. Dies sind laut Grossmann die Figuren links neben dem Bett. Durchaus denkbar, denn sie sind kaum zu erkennen. Ich selbst, ein einfacher Niederländer in Holzpantinen, der sich das Bild anschaut, sehe in diesen Figuren noch etwas anderes: meine geschundenen Landsleute, die aus dem Dunkel heraustreten, um den Beistand der Jungfrau zu erbitten – für die kleinen Leute in ihrer Not war das die übliche Adresse.

Es gibt noch ein drittes Rätsel – eine kleine, aber kuriose Anomalie, die von den Kommentatoren offenbar nicht bemerkt wurde. Keiner der Apostel rechts neben dem Bett erscheint mit dem traditionellen Attribut, an dem man sie normalerweise erkennt. Alle knien sie in anonymer Verehrung. Bis auf einen. In der Dunkelheit ganz hinten hält einer der Apostel ein langes Kreuz in die Höhe, allerdings nicht das übliche lateinische Kreuz, sondern eine *crux gemina*, das Doppelkreuz oder Lothringer Kreuz, dessen kurzer Querbalken über dem großen Querbalken die Inschrift über dem Haupt Christi symbolisiert.

Ich stehe hier in meinen niederländischen Holzschuhen und versuche, die Bedeutung dieser mysteriösen nächtlichen Szene zu erraten. Die ikonographischen Hinweise, die ich in einer religiösen Darstellung erwarte, suche ich vergeblich. Das Kreuz ist fast das einzige erkennbare Symbol, das dem Betrachter geboten wird. Es hat eine Bedeutung für mich – es muß eine Bedeutung haben, sonst wäre es nicht da. Es hat eine Bedeutung für mich, weil es sich auf etwas bezieht, was ich schon weiß. Was ist es?

Die maßgebliche Antwort ist natürlich schon vorhanden, wartet am anderen Ende des Telefons. Ich empfinde die gleiche Freude wie früher, wenn ich auf eine Frage stieß, an der Kate und ich gemeinsam arbeiten können. Ich bin so aufgeregt, daß mir erst das Schweigen, mit dem sie auf mein »Hilfe! Hilfe!« reagiert, und ihr vorsichtig-kühles »Was gibt's?« klarmacht, daß in unserem Verhältnis momentan kein Platz für solche Gemeinsamkeiten ist. Egal, es könnte der Wiederherstellung des Friedens zwischen uns förderlich sein. Ich werde zwei Fliegen mit einer Klappe schlagen.

»Hör mal, Kate«, sage ich. »*Crux gemina.* Was bedeutet das?«

Schweigen. Herrje, sie wird doch nicht glauben, daß ich hier mit *Laura* über religiöse Ikonographie spreche?

Sie seufzt. Sie glaubt nicht mehr an mein Projekt.

»Es wird manchmal als wahres Kreuz bezeichnet«, sagt sie schließlich mit flacher Stimme.

Das wahre Kreuz. Aha. Gut. Es könnte also um eine Art allgemeine Wahrheit gehen. Die verborgene Wahrheit, die ungeschminkte Wahrheit, von der in Ortelius' Nachruf die Rede ist. Ich weiß aber, daß noch mehr kommt, wenn ich es nur aus ihr herauskriege. Ich warte. Wieder seufzt sie.

»Erzbischöfe tragen dieses Kreuz«, sagt sie.

Erzbischöfe? Ich bin ziemlich entgeistert. Es wird doch keine respektvolle Anspielung auf Bruegels Gönner sein, den grauenhaften Erzbischof von Mecheln? Die Vorstellung, daß der korrupte und zynische Granvelle in diese Szene hereinplatzt, die selbst mir heilig erscheint, finde ich ganz besonders abstoßend.

»Wo ist es?« sagt sie, wider Willen ein wenig interessiert. »Was ist der Kontext?«

»Der *Tod Mariä*«, erkläre ich. »Einer der Apostel hält es in die Höhe.«

»Ach so«, sagt sie. »Dann ist es klar. Die schlafende Figur am Kamin ist Johannes. Die Szene spielt in seinem Haus.«

»Das weiß ich.«

»Die *Crux gemina* ist das Attribut Jakobus' des Älteren. Das ist ein Bruder von Johannes.«

Oh.

»Ist da alles, was du wissen wolltest?«

Vermutlich. Nein. Ich will außerdem wissen, ob sie mich noch liebt, ob alles wieder normal werden wird zwischen uns, ob *ich* sie noch liebe.

»Ja«, sage ich, jetzt ebenso kühl wie sie. »Danke.«

Ich lege den Hörer auf. Na schön. Meine Überlegungen zu diesem Bild waren offensichtlich unangebracht. Ich schiebe es beiseite, und sofort ändert sich auch meine Stimmung. Wahrscheinlich habe ich mich auch in den anderen geirrt. Bestimmt sogar, ich weiß es. Ich spüre, daß die große Woge, auf der ich geschwommen bin, seit Tony mich um das Haus gehetzt hat, sich wieder beruhigt hat und ich im Brackwasser strampele. Ich lege den Kopf auf die verschränkten Arme. Ich habe alles verhauen. Ich sitze hier, allein, nur mit diesem albernen Bild einer antiken Schlampe, und weiß nicht mehr, wie es im Leben weitergehen soll.

Den ganzen Nachmittag bleibe ich so sitzen. Draußen vor dem Fenster wird es allmählich dunkel, die Details des Zimmers verschwinden in der Dämmerung. Zwei Tränen laufen mir übers Gesicht. Die ersten Tränen seit … ich weiß nicht mehr wann. Vielleicht seit dem allerersten Krach, den Kate und ich hatten, vor Schloß Amalienburg, im Nymphenburger Park in München, vier Tage nachdem wir uns kennengelernt hatten, als diese irre Welt, in der wir lebten, plötzlich zusammenzukrachen schien. Ich habe keine Ahnung mehr, worüber wir uns gestritten haben.

Aber *warum*? Das ist das Wort, mit dem ich am Ende dastehe. Warum bin ich hier? Warum ist alles so gekommen? Warum habe ich mich auf dieses gräßliche Unternehmen eingelassen? Warum mache ich morgen den entscheidenden Schritt, wenn ich mein Versprechen, nämlich konkrete Beweise vorzulegen, noch immer nicht einlösen kann und den Glauben an mich verloren habe?

Trotzdem werde ich morgen den entscheidenden Schritt machen, sobald die Auktionshäuser und Kunsthändler und Banken geöffnet haben. Jetzt gibt es kein Zurück mehr. Ich komme mir vor wie Lenski am Vorabend seines sinnlosen Duells mit Onegin. Aber wenigstens werde ich meine Zweifel und Sorgen los sein. Ich gehe früh zu Bett, um Geist und Körper auf den kritischen Vormittag vorzubereiten.

Und als ich das Licht ausmache, erinnere ich mich wieder: Morgen ist ein Bankfeiertag.

Aber *warum?* Die Frage geht mir noch immer durch den Kopf, als ich aufwache. Doch jetzt ist es die Überlegung, warum der heilige Jakobus auf der einen Seite des Zimmers dem Bruder auf der anderen Seite seine Identität signalisiert, obwohl der Bruder ihn doch zweifelsfrei kennt.

Jawohl! Kates Erklärung erklärt überhaupt nichts. Es ist ganz klar, hatte sie gesagt. Nichts ist klar! Es ist extrem merkwürdig! Jakob muß vielleicht ein Namensschild tragen, wenn er internationale Kirchenkonferenzen besucht, wo ihn kein Mensch kennt, aber bei seinen Gefährten? Im Haus des eigenen Bruders? Es ergibt überhaupt keinen Sinn. Es ist genauso wolkig wie all die anderen Erklärungen, die einem von Kunsthistorikern geboten werden.

Mit anderen Worten: Ich bin in kämpferischer Laune aufgewacht. Nun ja, die Sonne scheint. Wenn heute für mich Feiertag ist, dann ist auch für Quiss und Bruder Georgie Feiertag, das heißt, ich bin ihnen weiterhin einen Schritt voraus. Ich habe also einen zusätzlichen Tag, um die objektiven Beweise zu finden, nach denen ich suche, und um ein kleines bißchen von meiner Ehre zu retten.

Na schön – die Zauberin kann oder will ihre Geheimnisse nicht verraten. Doch ich habe ihre Zauberbücher. Im Schlafzimmer, wo die meisten Nachschlagewerke von Kate stehen, gibt es etwas. Ich werde selbst nachschlagen. *Wir* verstehen uns ja, ich und mein zweites Ich. Während wir uns beim Anziehen helfen, suchen wir … jawohl! Réau: *Iconographie de l'art chrétien.* Genau!

Jakobus der Ältere, lese ich, ist nicht nur deswegen interessant, weil er der Bruder des Johannes ist. Er soll der erste Erzbischof Spaniens gewesen sein und auf der Pilgerreise nach Compostela das Leben eines Mannes gerettet haben, der von einer Frau, deren Avancen er zurückgewiesen hatte, fälschlicherweise des Diebstahls beschuldigt worden war. Der Mann wurde verurteilt und gehängt. Der heilige Jakobus stützte ihn und hielt ihn am Leben, bis die Eltern des Mannes einige Wochen später den Galgenstrick durchschneiden ließen.

Réau zufolge läßt sich nicht belegen, daß der heilige Jakobus je in

Spanien war. Aber die Taten, die er, der Legende nach, dort vollbracht hat, dürften überall in den spanischen Besitzungen bekannt gewesen sein. Somit enthält selbst der *Tòd Mariä* eine Anspielung auf Verleumdung und unrechtmäßige Verurteilung.

Ich bin mit Réau aber noch nicht fertig. Die *Crux gemina* ist das Attribut nicht nur des heiligen Jakobus, sondern auch der Heiligen Bonaventura, Claudius, Laurentius Giustiniani und Paraskeve. Ich lese über Leben und Werk dieser Heiligen nach. Bonaventura, Laurentius und Paraskeve streiche ich bald von der Liste. Nicht jedoch Claudius von Besançon. Obschon sehr viel unscheinbarer als der berühmte Jakob, muß er Granvelle bekannt gewesen sein, denn Besançon war die Geburtsstadt des Kardinals. Auch Bruegel und den anderen Einwohnern Brüssels dürfte er ein Begriff gewesen sein, denn seine Geschichte wurde im sechzehnten Jahrhundert auf einem Brüsseler Wandteppich, den »Wundern des heiligen Claudius«, dargestellt. Zu diesen Wundern zählt auch die Errettung eines zu Unrecht Verurteilten.

Ich steige wieder in meine alten niederländischen Holzschuhe. Ich komme aus meinem verwüsteten Land, wo die Leichen meiner Landsleute an vielen Galgen am Wegesrand baumeln, und suche für einen Moment Zuflucht in diesem stillen, dunklen Raum in Ephesos, stelle mich zu der Schar der Betenden, auf die der Lichtschein der Jungfrau Maria fällt. Was Bruegel hier zeigen wollte, versuche ich gar nicht erst zu erraten, aber ich kenne meine Heiligen, und in meiner Verzweiflung sehe ich folgendes: Der große Apostel und sein mittelalterlicher Schatten treten wieder einmal schweigend für die zu Unrecht Verurteilten ein.

Ja, selbst der *Tòd Mariä*! Meine Interpretation der Bilder war die ganze Zeit richtig, mein Selbstvertrauen kehrt wieder zurück. Aber so schlimm war meine Verunsicherung noch nie. Ich greife zum Hörer, um Kate anzurufen und ihr die ganze Geschichte zu erzählen. Dann erinnere ich mich wieder: Sie glaubt mir kein Wort. Also lege ich den Hörer wieder hin.

Ich nehme ihn wieder und wähle die Nummer der Churts, in der

Hoffnung, daß Laura sich meldet, lege aber wieder auf. Was könnte ich Laura sagen? Was könnte sie mir sagen? Ich werde hier einfach mit Helena schweigend dasitzen.

Schließlich schaue ich mir den *Tod Mariä* noch einmal an. Jetzt ist es die Gestalt am Fuß des Bettes, die mich verwirrt. Ist es wirklich der elfte Apostel? Die Gesichter der anderen sind vom Lichtschein der Sterbenden erfüllt. Dieser hier kniet ganz für sich allein, im Schatten nur undeutlich zu erkennen, und wendet uns den Rücken zu. Aber er nimmt einen mysteriösen Platz ein – ganz vorn in der rechten Ecke, so daß er eine Art Gegengewicht zum schlafenden Johannes in der linken Ecke bildet. Ich frage mich – jawohl, das schemenhafte Ich berät sich wieder einmal mit seinem schemenhaften Gesprächspartner –, ob dies nicht der ebenso schemenhafte *Maler* ist, der hier vielleicht zum einzigen Mal in seinem Schaffen auftaucht, der sich den Johannes träumt und auch den Traum, den Johannes träumt.

Dann denke ich an die große Jahreszeitenfolge. Inmitten von Galgen und gequälten Leibern, von geplünderten Dörfern und verzweifelten Betenden normalisiert sich Bruegel plötzlich. Er produziert sechs größere Werke, in denen der Ablauf des bäuerlichen Jahres gezeigt wird, in einer Landschaft, die so friedlich ist wie zur Zeit Philipps des Guten, ohne Galgen oder Folterräder, ohne den leisesten Hinweis auf das Elend in seiner Umgebung.

Ich glaube es nicht. Wenn sogar im *Tod Mariä* versteckt auf Verfolgung hingewiesen wird, dann gilt das auch für den Jahreszeitenzyklus.

Wenn das stimmt, kann es nur an einer einzigen Stelle sein.

In der Fasanerie von Upwood.

Meine Zusage kann ich nur erfüllen, wenn ich mein Bild so lange studiere, bis ich das Gesuchte gefunden habe. Studieren kann ich es nur, wenn ich es erwerbe. Und erwerben kann ich es nur, wenn ich meine Zusage breche.

Im Institut nennen wir das eine Antinomie.

Wie ich mit offenem Hemdkragen und in etwas verdreckter Cordhose im eleganten Foyer von Christie's stehe und die Helena aus ihrer schwarzen Plastikplane auswickele, um sie dem ungeheuer liebenswürdigen jungen Mann mit Fliege und frisch geföntem Haar zu zeigen, der zu diesem Zweck heruntergekommen ist, fühle ich mich wie ein Zwölfjähriger. Nein, eher wie fünfundsechzig – wie ein schmieriger Bühnenagent, der einer gealterten Showtänzerin, die in der Royal Shakespeare Company als Cleopatra vorsprechen soll, beim Umkleiden hilft.

Die tadellosen Manieren des liebenswürdigen jungen Mannes schüchtern mich noch mehr ein. »Sie müssen das Bild ja in einem Pferdetransporter mitgebracht haben«, sagt er. »Stehen Sie im Parkverbot? Behält jemand von uns Ihren Wagen im Auge?« Er gleitet davon, um mit dem Portier zu reden. Ich hatte den Türsteher, der mir schon beim Hereintragen meiner riesigen Klientin helfen mußte, nicht noch um einen weiteren Gefallen bitten wollen. Es war ein Fehler, zu Christie's zu kommen, das wird mir jetzt klar. Ursprünglich wollte ich zu Sotheby's, aber ich war in beiden Auktionshäusern noch nie zuvor gewesen, und plötzlich schien mir Christie's etwas weniger einschüchternd, weil es gleich neben der London Library ist. Und außerdem war in dem Parkverbot vor dem Eingang gerade ausreichend Platz für Auto und Anhänger.

Als mein liebenswürdiger Experte zurückkehrt, liegt Helenas schmuddelige Unterwäsche überall auf dem Boden verstreut. Die Entkleidungsaktion nimmt einen großen Teil des Foyers ein. Die Leute am Informationsschalter und vor den Katalogregalen fangen an, Blicke zu werfen.

Meinen Mann läßt das völlig kalt. Zuerst schnüffelt er an ihr herum und versucht, den Geruch zu identifizieren. »Schafsurin«, sagt er. »Wie witzig! Eine Hirtenszene?«

Dann tritt er zurück und betrachtet sie. »Nein, nein – es ist natürlich die Helena«, sagt er sofort mit jener Selbstverständlichkeit, mit der der wahrhaft höfliche Mensch die Namen von Leuten, die er kaum kennt, sofort einordnen kann und zu denen er die richtigen

Bemerkungen macht. »O ja! Natürlich! Was für ein großartiges Werk! Überaus kühne und freie Behandlung!«

Ich überlege, ob ich ihm den Maler nennen soll, bevor er uns beide mit einem falschen Namen in Verlegenheit bringt. Doch er weiß es schon. »Absolut gekonnt!« sagt er versonnen. »Mir scheint, daß es womöglich die beste seiner *Helenas* ist. Wie schön, daß Sie sie hergebracht haben! Sie hat sich so lange in Upwood versteckt. Sehr aufregend! Ich werde Mr. Carlyle zu uns bitten.«

Und bevor ich ihm ein Kompliment zu seinen erstaunlichen Kenntnissen machen kann, ist er im hinteren Teil des Gebäudes verschwunden. Nach seinen ganzen unaufrichtigen Schmeicheleien glaube ich meine arme Klientin in Schutz nehmen zu müssen. Mir wäre fast lieber, er würde ganz offen die Nase rümpfen. Herrgott, so übel ist sie schließlich auch nicht. Sie nimmt viel Wandfläche ein. Und außerdem die ganze Kraft und Plastizität ... und das Chiaroscuro ... Was mir aber am meisten zu schaffen macht, ist das Wissen, daß ich sie Christie's am Ende nicht überlassen werde, so kenntnisreich und kultiviert der junge Mann auch ist. Ich werde sie schätzen lassen, damit Tony zufrieden ist, und sie dann, in noch schäbigerer Manier, auf der Straße feilbieten.

Mich erfaßt eine leichte Panik, während ich dastehe und auf die Rückkehr meines Mannes warte. Was hat er vor? Hat er schon einen Anruf von Bruder Georgie bekommen? Er verständigt doch nicht etwa die Polizei?

Liebenswürdig wie eh und je, taucht er, in Papieren blätternd, wieder auf. »Mr. Carlyle ist heute in Somerset, um sich dort etwas anzuschauen«, erklärt er. »Tut mir sehr leid. Wir hatten eigentlich nicht mit Ihnen gerechnet. Es war doch Mr. Carlyle, mit dem Sie letztesmal gesprochen haben?«

Ich weiß nicht, wovon er redet. Falsche Textstelle eventuell.

»Als Sie letzte Woche hier waren«, sagt er. »Mit der Dokumentation.«

Er fischt ein Blatt Papier aus dem Ordner und hält es mir hin. Dieses Papier wollte ich *ihm* zeigen. Es steckt zusammengefaltet in meiner Tasche und ist eine Fotokopie des Katalogeintrags der Witt Library.

»Ach richtig«, sage ich unbestimmt. Ich bin nicht sicher, ob ich es bestätigen oder leugnen soll, und außerdem brauche ich noch mindestens zwei Sekunden, um zu begreifen, was hier eigentlich los ist. Natürlich! Deswegen war Tony Churt in London! Nicht bloß, um sich über das Schaffen Sebastian Vrancx' zu informieren. Er hat die Dokumentation über die *Helena* studiert und schon mal nachgeschaut, welchen Preis ich ihm nennen werde. Er dachte, ich gehe zu Sotheby's, und wollte sich ein zweites Gutachten von Christie's besorgen, selbstredend auch ein drittes von John Quiss und vermutlich noch ein viertes von einer Kneipenbekanntschaft. Wirklich typisch für ihn! Und wirklich typisch für mich, daß ich es nicht habe kommen sehen!

»Uns war nicht ganz klar, daß Sie sie herbringen wollten«, sagt mein Mann. »Bitte vielmals um Entschuldigung, Mr. Churt.«

Mr. Churt? Er glaubt, *ich* bin der betrügerische, inkompetente, jämmerliche Mr. Blödmann Churt? Das ist die Höhe!

»Sie sind doch Mr. Churt?« sagt er, verunsichert durch den Ausdruck auf meinem Gesicht.

Ich mache den Mund auf, um diese empörende Verunglimpfung zu schlucken, mache ihn aber sofort wieder zu und nicke, denn wenn ich *nicht* der steuerhinterziehende, begriffsstutzige Mr. Blödmann Churt mit dem zerschnittenen Gesicht bin, hier aber mit dem Gemälde des bruderbetrügenden, frauenprügelnden und -mordenden, muttervernachlässigenden, nachbarinnenverführenden Mr. Blödmann Churt dastehe, dann weiß ich im Moment auch nicht, wer ich tatsächlich bin. Ich hätte mir das natürlich vorher überlegen sollen, aber bei dem Verkehr und den Bremsen und der Lenkung ... ich habe mich schon so sehr an das Lügen gewöhnt, daß es eine Weile dauert, bis mir klar wird, daß ich natürlich etwas sagen könnte, was mehr oder weniger der Wahrheit entspricht, doch der Dialog geht schon weiter.

»Ist nicht so wichtig, Mr. Churt«, sagt mein Mann. »Mr. Carlyle und ich hatten am Freitag noch Gelegenheit, darüber zu diskutieren und uns ein wenig damit zu beschäftigen. Das Bild scheint ja in einem relativ guten Zustand zu sein, jetzt, wo ich es sehe – aber wir würden es natürlich gern dabehalten, damit unsere Leute es sich gründlich ansehen können – und es ist ein bedeutsames Werk. Ich kann Ihnen versichern, daß wir sofort bereit wären, es für Sie zu verkaufen. Ich glaube, Mr. Carlyle hat davon gesprochen, daß man hundert bis hundertundzwanzig anpeilen könnte, nicht wahr?«

Ich frage mich nicht mehr, wer ich bin. Hundert bis hundertzwanzig? Ich bin platt. So um die hundert Pfund? Für ein Gemälde von dieser Größe? Das ist, offen gestanden, eine Beleidigung! Eine Beleidigung für mich, und erst recht für Helena! Abermals möchte ich für sie in die Bresche springen. Sie so zu demütigen, wo sie sich nicht wehren kann! Gewiß, sie hat sich in einem unvorteilhaften Moment erwischen lassen, halb nackt und in jeder Hinsicht etwas derangiert – aber hundert Pfund? Na schön, meine zehn- oder zwanzigtausend waren vielleicht etwas übertrieben galant, aber ...
»Hundert?« sage ich mit unverhohlenem Erstaunen.

»Bis einhundertzwanzig«, wiederholt er, wieder sichtlich irritiert über meine Empörung. »Aber das war nur eine grobe erste Schätzung. Diese Zahlen dienen nur einer ungefähren Orientierung, und da ich das Bild jetzt gesehen habe, würde ich sagen, daß wir wohl allzu vorsichtig waren. Er erinnert an seinen *Raub der Proserpina* an der Decke des Palazzo Medici in Florenz.«

Giordano hat für die Medici ein Deckenfresko gemalt? Ein plötzliches Unbehagen dämpft meine Empörung.

»Ich versuche immer, bei unseren Kunden nicht allzu große Hoffnungen zu wecken«, fährt mein Mann, unverändert höflich, fort. »Ich denke aber, wir könnten, ohne ein großes Risiko einzugehen, einhundertzehn bis einhundertdreißig sagen.«

Und plötzlich begreife ich, was er meint. Er meint nicht Pfund. Er spricht von Tausendern. Er meint hundertzehn- bis hundertdreißigtausend Pfund. Er bedeutet mir, daß das Bild ungefähr zehnmal soviel wert ist, wie ich geglaubt hatte. Er teilt mir mit, daß mein ganzes Projekt auf einer totalen Fehleinschätzung beruht.

Noch nie in meinem ganzen Leben bin ich mir so lächerlich vorgekommen. Es ist, als wäre ich zum nächsten Sportplatz gegangen, um dort mit Kate einen Tennisball hin und her zu dreschen, und würde auf einmal feststellen, daß ich, wie durch eine traumartige Verwandlung, auf dem Centre Court von Wimbledon gegen einen internationalen Star spiele. Ich finde keine Worte, um meinen Rückzug zu kaschieren. Ich setze stumm einen Gesichtsausdruck auf, der hoffentlich klarmacht, daß ich über eine derart lumpige Summe nicht einmal diskutiere, und fange an, meine *Helena* wieder einzupacken. Der junge Mann reicht mir, unverändert höflich, die dreckige schwarze Plastikplane.

»Tut mir leid, wenn ich Sie enttäuscht habe«, sagt er. »Sie sollten unbedingt schauen, ob Sie nicht anderswo ein enthusiastischeres Echo finden.«

Er reicht mir die Schnur. Stumm binde ich mein Paket zusammen. Ich stehe noch immer unter Schock.

»Und natürlich können Sie jederzeit wieder bei uns vorsprechen, wenn unsere Freunde hier in der Nähe sich auch nicht zu mehr verstehen können. Ich werde mich noch einmal mit Mr. Carlyle besprechen. Es könnte sein, daß ihm bei nochmaliger Überlegung hundertzwanzig bis hundertvierzig etwas realistischer erscheinen.«

Ich hieve das eine Ende des Pakets hoch. »Nein, nein – ich bitte Sie!« ruft er, nimmt das eine Ende und winkt dem Portier, das andere Ende zu nehmen.

»Unter Umständen könnte es noch mehr bringen«, sagt er und sieht mir zu, wie ich die Klappe des Anhängers halb zubinde. »Erheblich mehr. Wir haben vor ein paar Jahren einen größeren Giordano verkauft, eine *Erweckung des Lazarus*, die zweihundertachtundneunzigtausend Pfund gebracht hat.«

»Vielen Dank«, stammele ich schließlich noch, während er mir die Fahrertür aufhält und hinter mir zumacht.

»Ich muß mich bei *Ihnen* bedanken, Mr. Churt«, erwidert er. »Es war ein Vergnügen, das Bild zu sehen.«

Mit einem Gefühl der Leere im Kopf, geschockt und gedemütigt, fahre ich die King Street bis zum St. James's Square hinunter. Langsam fahre ich um den Platz herum. Offensichtlich muß ich meinen Plan überdenken. Nachdem ich den Platz zweimal umrundet habe, wird mir aber klar, daß ich nicht denken und gleichzeitig um den St. James's Square herumfahren kann. Ich muß für einen kurzen Moment anhalten, finde aber keine freie Parklücke. Ich brauche zwei Parkplätze, einen für das Auto und einen für den Anhänger, was die ganze Sache noch komplizierter macht, und es gibt nicht einmal einen einzigen freien Platz. Ich kurve ein drittesmal um den Platz. Noch immer nichts. Eigentlich müßte ich jetzt woanders suchen, doch auf so etwas Einfaches und Konkretes kann ich mich nicht konzentrieren. Ich drehe eine vierte Runde.

Ein fünftesmal kann ich unmöglich herumfahren! Die Leute werden stehenbleiben und tuscheln. Die Polizei wird sich für mich interessieren. Mit größter Anstrengung breche ich aus dem Kreisverkehr aus und fahre die Pall Mall entlang. Und dort ist ein freier Parkplatz! Sogar zwei hintereinander! Doch beim siebten Versuch, rückwärts einzuparken – und jedesmal bugsiere ich den Anhänger in die falsche Richtung, weg vom Bordstein –, bin ich einem Nervenzusammenbruch nahe und fahre weiter, über Pall Mall, St. James's Street und King Street zurück zum St. James's Square.

Wo will dieses Auto hin? London hat es doch mühelos gefunden. Und nun scheint es völlig desorientiert herumzuirren.

Doch inzwischen sind wieder ein paar Gedanken in meinen Kopf zurückgekehrt. Vor allem blinde Wut auf Tony. Weshalb? Weil er wußte, was das Bild wert ist, und weil er es mir verheimlich hat! Weil er mich hintergangen hat! Weil er herausgefunden hat, wieviel es wert ist, wenn er es nicht schon vorher wußte – und mich trotzdem nicht informiert hat! Und dann Wut auf die ganze Welt. Aus demselben Grund – weil sie das mit dem Giordano gewußt und mir verheimlicht hat!

Und dann Wut auf mich, weil ich es immer wieder versäumt habe, die Auktionserlöse zu studieren, obwohl Kate mich immer wieder daran erinnert hat. Auf Kate, weil sie recht hat.

Nein, auf mich, auf mich, weil ich das mit dem Giordano derart verpatzt habe – und weil ich mich überhaupt auf diese Geschichte eingelassen habe. Während ich zum sechstenmal an der London Library vorbeifahre, denke ich mit bitterer Ironie an die langen Tage friedlichen Studierens im Lesesaal, als alles noch klar und hoffnungsfroh und vernünftig war, als ich glaubte, mein Leben bewege sich auf ein großes Ziel zu und nicht dahin, pausenlos um den St. James's Square herumzukurven, ohne aussteigen zu können, gefesselt an einen alternden Landrover wie der Fliegende Holländer an sein Schiff, bis in alle Ewigkeit, oder zumindest so lange, bis kein Benzin mehr im Tank ist, was schätzungsweise der Fall sein wird, wenn ich etwa tausend Runden gedreht habe.

Inzwischen sind mir diese Runden schon so sehr zur Gewohnheit geworden, daß Kalkulationen dieser Art durchaus möglich sind. Mir kommt der Gedanke, daß meine Panik vielleicht unangebracht ist. Hunderttausend bis hundertzwanzigtausend Pfund – das hat er Tony gesagt –, vergessen wir all die verrückteren Schätzungen, von denen Tony nichts weiß. Erschreckende Zahlen für einen Mann, der Mühe hatte, seine Hypothek um fünfzehntausend Pfund zu erhöhen, ganz sicher. Allerdings dämmert mir langsam, daß ich nicht mehr hundert- bis hundertzwanzigtausend Pfund auftreiben muß, denn wenn das Bild so viel wert ist, müßte ich so viel auch von dem Händler kriegen, dem ich es verkaufe. Jetzt muß ich nur die Differenz zwischen Tonys und meiner Kommission aufbringen – zwischen seinen zehn Prozent und meinen fünfeinhalb Prozent, das sind … also, während ich hier auf dem St. James's Square herumfahre, kann ich das nicht genau ausrechnen, aber es dürften so etwa – ich weiß nicht, fünftausend sein.

Fünftausend Pfund! Das ist nichts! Dann bleiben mir immer noch zehntausend, mit denen ich die anderen drei Bilder kaufen kann! Es heißt nur, daß ich meinen absurden Plan, Tony großzügigerweise zwanzigtausend Pfund für die *Pretmakers* zu geben, etwas einschränken muß. Da er sich so mies verhalten hat, verdient er es auch nicht. Und da er für die *Helena* fünfmal soviel bekommen wird, wie ich gedacht hatte, kann er sich eigentlich auch nicht beklagen.

Fünftausend Pfund! Großer Gott! Meine ganze Verzweiflung war völlig unangebracht, wie schon so oft in der Vergangenheit! Nur rasch noch einmal checken, daß es in Wahrheit nicht fünf*hundert*tausend Pfund sind … oder fünf *Millionen* … Nein! Es kann losgehen!

Mir fällt noch etwas ein. Vielleicht finde ich ja einen Händler, der bereit ist, *mehr* als hundert bis hundertzwanzig zu zahlen. Möglicherweise finde ich jemanden, der Christie's Empfehlung folgt und sogar einhundertdreißig bezahlt, hundertvierzig … wenn ich einen solchen Händler tatsächlich finde, wüßte ich nicht, warum ich zu Tony ehrlicher sein sollte als er zu mir.

Ich könnte bei dem Deal richtig Geld verdienen.

Jetzt muß ich nur noch ein Telefon finden, damit ich Tony anrufen und ihm meinen sorgfältig redigierten Bericht über Christie's Schätzung durchgeben kann. Kühn breche ich aus dem Verkehrsstrom um den St. James's Square aus und fahre wieder die Pall Mall hinunter. Ich brauche bloß einen doppelten Parkplatz, in dessen Nähe sich ein Telefon befindet, so daß ich den Anhänger im Auge behalten kann, und der so groß ist, daß ich vorwärts einparken kann. In meiner neuen optimistischen Stimmung scheint mir das nicht allzuviel verlangt.

Doch auf der Pall Mall gibt es keinen solchen Parkplatz. Auch nicht in der St. James's Street oder King Street. Ich drehe wieder eine Runde. Als ich im stockenden Verkehr zufällig vor Christie's halte, tritt der charmante junge Mann mit Fliege aus der Tür. Beim Anblick des Landrovers und des großen schwarzen Plastikpakets im Anhänger bleibt er stehen und lächelt noch einladender als zuvor. Aha, ich bin also bei Sotheby's gewesen und war mit dem Angebot nicht zufrieden. Ich komme, wie er es schon vorhergesagt hat, wieder angekrochen. Er zeigt auf meinen alten Platz im Parkverbot. Doch da fahren die wartenden Autos schon weiter, ich fahre an ihm vorbei und mache eine Handbewegung, die bedeuten könnte, daß ich einen reichen Belgier habe, der es nicht erwarten kann, jeden von Christie's genannten Schätzpreis zu zahlen oder noch mehr, aber vielleicht besagt sie auch nur, daß ich in Richtung St. James's Square zurückfahre.

Was tatsächlich der Fall ist. Ecke York Street steht eine junge Frau und lacht – über mich, wie ich annehme, doch als ich das nächstemal an ihr vorbeikomme, sehe ich, daß sie den Witz einem Handy erzählt. Ich empfinde einen Anflug von Neid. Vielleicht würde ich es im Leben zu etwas bringen, wenn ich die Grundausstattung besäße, ein Handy etwa, das für die anderen Leute eine Selbstverständlichkeit ist …

Aber ich habe doch eins! Immerhin! Noch eine Runde um den Platz, und ich habe es gefunden. Noch eine Runde, und ich habe Tony Churts Nummer gefunden. Noch zwei Runden, und ich habe festgestellt, wie man das eine und das andere zusammenbringt.

»Hallo?« meldet sich Laura gespannt, und mir ist sofort klar, daß sie hofft, daß ich es bin. »Ich wußte es!« ruft sie, sobald ich es ihr bestätigt habe. »Wo bist du? Bist du noch in London? Alles in Ordnung? Ich habe versucht, dich zu erreichen. Wann kommst du zurück? Wie ist das Wetter? Hier ist alles unbeschreiblich deprimierend. Bist du die dicke fette Schlampe schon losgeworden? Ich werde ihr die Augen auskratzen!«

»Ich bin am St. James's Square«, sage ich. »Das Wetter ist okay. Ist Tony da?«

»Hör ich mich so an?« lacht sie. »Nein, schon gut – er ist draußen in seiner grauenhaften Werkstatt. Ich bin ganz allein. Und weißt du was – große Fanfare! –, ich rauche noch immer nicht! Keine einzige, seit du weggefahren bist! Bist du stolz auf mich?«

»Sehr gut«, sage ich. »Hör zu.« Denn natürlich könnte ich ihr die ganze Geschichte schon erzählen, bevor sie Tony holt. Ich würde gern wissen, ob er *ihr* erzählt hat, um welche Summen es hier geht. In diesem Moment sehe ich im Rückspiegel jedoch einen blauen Geländewagen, der mir langsam um den Platz folgt.

»Ja?« sagt sie ungeduldig.

Er ist noch immer dicht hinter mir. Schon seit einiger Zeit, wie mir jetzt klar wird. Ich glaube, es ist unsere zweite gemeinsame Runde.

»Was ist los?« ruft Laura. »Du sagst ja gar nichts! Bist du noch da?«

In der Mitte des Platzes fährt der Geländewagen mit der Nase zuerst in eine Parklücke, die ich hätte erwischen können, wenn ich nach Parklücken Ausschau gehalten hätte, statt ihn zu beobachten. Mist. Aber vermutlich ist es nicht Georgie. Trotzdem wäre es sicher klug, nicht auf ihn zu warten.

»Hast du gesagt, Tony ist in der Werkstatt?« frage ich.

»Ja. Keine Sorge!«

»Nein, ich meine, könntest du ihn bitte rufen?«

Ein kurzes, verwundetes Schweigen. »Ach so«, sagt sie mit veränderter Stimme. »Du willst *Tony* sprechen?«

Offenbar habe ich mich in dieser Situation etwas ungeschickt verhalten.

»Ich werd ihm ausrichten, daß er dich anrufen soll«, sagt sie kühl, bevor ich etwas erklären kann, und legt auf. Na schön – ich kann schließlich nicht *alles* gleichzeitig tun! Ich kann nicht ständig um den St. James's Square fahren *und* nach Parklücken Ausschau halten *und* in den Rückspiegel sehen *und* fünfeinhalb Prozent einer gigantischen Summe berechnen *und* andere Menschen mit Samthandschuhen anfassen ...

Jetzt ist ein Streifenwagen hinter mir. Ich biege auf die Pall Mall ein, fahre die St. James's Street und die King Street entlang und biege gerade wieder auf den St. James's Square ein, als Tony anruft.

»Und, was sagen sie bei Sotheby's?« fragt er. »Wieviel?«

Ich widerstehe der kurzfristigen Versuchung, ihm zu erzählen, daß ich bei Christie's war und nicht bei Sotheby's, demnach weiß, daß er Bescheid weiß, und entscheide mich für den langfristig größeren Vorteil, als ehrlicher Mensch anerkannt zu werden. »Sie werden staunen«, sage ich. »Hundert bis hundertzwanzig.«

Er staunt aber nicht. »Sagen Sie also Ihrem Belgier, hundertvierzig.«

Natürlich. Ich hätte es ahnen müssen. Ich habe mich aber schon zu sehr drängen lassen. Weiterem Druck werde ich nicht nachgeben.

»Ich werde hundertzwanzig fordern«, sage ich entschlossen. »Das ist der Schätzpreis.«

»Seien Sie nicht dumm! Sie ersparen ihm das Aufgeld. Das sind schon mal zehn Prozent. Dazu noch die halbe Kommission.«

Ach ja, die Kommissionen hatte ich ganz vergessen.

»Na schön«, lenke ich ein. »Hundertdreißig.«

»Nein, Sie müssen verhandeln, Sie müssen kämpfen, Menschenskind! Warum habe ich immer mit Amateuren zu tun, die nichts vom Geschäft verstehen? Fangen Sie bei hundertvierzig an! Sagen Sie, Sie haben noch einen anderen Interessenten! Und bei hundertfünfunddreißig können Sie meinetwegen einwilligen!«

»Ich fange bei hundertfünfunddreißig an«, sage ich. Schließlich habe ich das Bild. Und der St. James's Square nervt mich und auch der Benzingestank im Auto. Und außerdem muß ich mal.

»Hundertfünfunddreißig?« brüllt er. »Hundertfünfunddreißig ist das absolute Minimum, das Sie akzeptieren können, nachdem Sie alle branchenüblichen Tricks ausprobiert haben.«

»Das Minimum ist hundert«, sage ich ruhig. »Das entspricht der Schätzung.«

»Hundert? Was soll das? Auf wessen Seite stehen Sie?«

»Auf niemandes Seite«, sage ich ganz einfach. »Aber ich habe nicht vor, Mr. Jongelinck über den Tisch zu ziehen, bloß weil er Belgier ist.«

»Wenn das so ist, dann bringen Sie mir das Ding zurück, und ich werde mich persönlich um einen Belgier kümmern, verdammt noch mal!«

»Zurückbringen?« sage ich ruhig. »Klar. Mit dem größten Vergnügen. Erspart mir viel Scherereien. Mit etwas Glück kreuze ich in dem Moment bei Ihnen auf, wenn Ihr Bruder mit seinen Anwälten vorgefahren kommt.«

Ich schalte das Handy ab. Endlich habe ich mein Schicksal wieder in die Hand genommen. Was ich unternehmen werde, wenn er nicht einlenkt, ist mir allerdings schleierhaft. Irgend etwas eben. Mit meiner zurückgewonnenen Autonomie breche ich mühelos aus dem Kreisverkehr aus, in dem ich mich so lange bewegt habe. Ich verlasse den St. James's Square und biege in die Charles II Street ein, als wäre es das Leichteste auf der Welt. Ich weiß nicht, wohin ich fahre, aber zumindest geht es woandershin.

Das Telefon klingelt, während ich Piccadilly Circus überquere.

»Hundertzwanzig«, sagt er. »Und keinen Penny weniger.«

Sofort kann ich mich großzügig zeigen. »Hundertfünf«, entgegne ich.

Schweigen. Doch jetzt weiß ich, wohin ich fahre. In der Old Burlington Street gibt es ein Parkhaus mit einigen Kunsthändlern ganz in der Nähe. Ich werde mich natürlich nicht weit entfernen können, der verführerische Schafsgeruch könnte einen Gauner auf die Idee bringen, nachzuschauen, was auf dem Anhänger ist.

»Hundertzehn«, sagt Tony schließlich gequält. »Es ist sinnlos, sie unter diesem Preis zu verkaufen.«

»Ich werde mich bemühen«, sage ich unverbindlich und schalte das Telefon ab.

Ich bin inzwischen ziemlich abgebrüht. Ich kann jetzt bedenkenlos mit dem Bajonett zustechen.

Ich entscheide mich für die Galerie Koenig, weil sie die erste ist, auf die ich nach Verlassen der Tiefgarage in der Old Burlington Street stoße, die sich offenbar mit alten Meistern abgibt. Im Schaufenster sehe ich einen großformatigen *Tod des Aktaion*, was die Vermutung zuläßt, daß man eventuell Geschmack am Grandiosen findet. Auch das Sujet zieht mich an. Ich empfinde eine leise Sympathie für jemanden, der in ein Tier verwandelt und in Stücke zerrissen wurde, weil er eine göttliche Schönheit erblickt hat. Allerdings habe ich die Hoffnung, daß mir zumindest der zweite Teil von Aktaions Schicksal erspart bleibt.

Das Innere der Galerie ist holzgetäfelt und mit stilvollen Möbeln ausgestattet, und in der Ecke an einem verschnörkelten Schreibtisch sitzt eine Frau, die selber, inklusive Frisur, aus diversen auf Hochglanz polierten Harthölzern geschnitzt zu sein scheint. Ich trete näher. Ein unsichtbarer Mechanismus zerrt ihren Mund zu einem knappen Lächeln auseinander, lenkt gleichzeitig ihren Blick für einen kurzen Moment auf mein Äußeres und registriert, fast hörbar, ein verfügbares Einkommen, das viel zu niedrig ist, als daß meine Aktivitäten auf dem Kunstmarkt über den Erwerb von Postkarten hinausgehen könnten. Diesmal bin ich aber nicht im geringsten verunsichert, denn ich weiß, daß ich hervorragende Karten habe. Ich lege das Blatt ganz offen auf den Tisch.

»Ein Giordano«, verkünde ich. »Von Christie's auf hundertvierzigtausend Pfund geschätzt. Wären Sie eventuell interessiert, ein Angebot zu machen?«

Sie zuckt nicht mit der Wimper. »Ich bedaure, Mr. Koenig ist in einer Sitzung«, sagt sie. »Wenn Sie es ein andermal vorbeibringen wollen ...«

»Ich habe es dabei. Gleich um die Ecke im Parkhaus. Gerahmt, etwa zwei Meter mal zweisiebzig. Ich kann mir nicht vorstellen, daß Sie mir beim Tragen helfen wollen, und ich möchte es nicht länger als ein paar Minuten unbeaufsichtigt lassen. Wann ist Mr. Koenig denn wieder zu sprechen?«

»Das kann ich nicht sagen.«

»Ich warte zehn Minuten, dann werde ich es woanders probieren. Dürfte ich mal auf Ihre Toilette?«

Gibt es irgendein Tonikum auf der Welt, das so wirkungsvoll ist wie Geld?

Sie zögert den Bruchteil einer Sekunde. Sie kann mich nicht leiden. Aber die Zeiten, als es mir darauf ankam, gemocht zu werden, sind vorbei. Ich bin ein Tier, genau wie der arme Aktaion. Sie führt mich zu einer reichverzierten Tür, durch die man aus dem achtzehnten Jahrhundert hinaustritt auf einen zeitgenössischen Schmuddelkorridor, dessen Wände mit Aktenschränken und Kopiergeräten und Katalogstapeln vollgestellt sind und von dem, abgetrennt durch eine billige Preßspanwand, noch ein Büro abgeht. Die Frau zeigt auf eine Tür am hinteren Ende des Flurs. Beim Pinkeln – und in meiner jetzigen Stimmung pinkele ich sogar arrogant – höre ich eine Männerstimme hinter der Trennwand. »Charles«, fleht die Stimme, »beruhige dich bitte, hör mir doch einen Moment zu!« Charles, vermutlich der Gesprächspartner am anderen Ende der Leitung, hat aber offenkundig keine Lust, ruhig zu bleiben. »Das weiß ich doch, Charles«, sagt der Mann an meinem Ende, »du hast recht, ich weiß – ich hätte es tun sollen und habe es nicht getan – aber, Charles ... Charles ...!« Seine Stimme klingt verzweifelt. Hinter der Täfelung der Galerie Koenig steht vielleicht nicht alles zum Besten.

Mit meinem neu entdeckten brutalen Realismus überlege ich, ob es sich wirklich lohnt, auch nur zehn Minuten auf dieses schwankende Rohr zu warten. Aber dann bringt mich derselbe Realismus auf die noch brutalere Frage, ob sich mit einem etwas verzweifelten Mr. Koenig womöglich nicht leichter verhandeln läßt.

Wollen doch mal sehen, wie verzweifelt er wirklich ist. Nun, da sich der Druck in meiner Blase wieder normalisiert hat, werde ich meine Position noch frecher vertreten.

»Ich hab's mir überlegt«, sage ich zu der Frau, als ich den Raum wieder betrete, »ich werde im Parkhaus warten.«

»Ich glaube nicht, daß Mr. Koenig –«

»Luca Giordano. *Der Raub der Helena.* Aus der Sammlung Churt in Upwood. Ich bin auf Parkdeck drei.«

Ich schlendere die Straße entlang, bis ich aus dem Blickfeld der Frau bin, und renne dann das restliche Stück weiter, plötzlich überwältigt von der Gewißheit, daß meine bedeutsame Fracht, die ostentativ aus dem Anhänger hervorlugt, schon eine internationale Diebesbande oder Georgie oder auch die Polizei angelockt hat. Sobald die Frau aus *meinem* Blickfeld verschwunden ist, wird sie zu Mr. Koenig laufen, ganz bestimmt.

Dennoch hält er mich zwanzig Minuten hin. Sehr geschickt, ich muß schon sagen. Es ist ganz ruhig und friedlich in der sauberen weißen Unterwelt von Parkdeck drei, dem entschieden sympathischsten Ort an diesem ganzen Vormittag. Ich bin aber schon im Begriff, den Mann abzuschreiben, als er aus dem Lift tritt und mit einer ironisch-gönnerhaften Miene, die man ihm auf hundert Meter ansieht, lässig herbeigeschlendert kommt. Und ich bin nicht mehr ganz so selbstsicher wie zuvor. Wenn ich nicht seine flehentliche Stimme am Telefon gehört hätte, würde ich schon mal anfangen, mit dem Preis herunterzugehen.

»Vielleicht sollte ich mein Geschäft hierherverlegen«, sagt er bei der Begrüßung. »Nettes Ambiente hier.«

Er sieht aus wie Gustav Mahler: hohe knochige Stirn, eingerahmt von dunklen Haaren, feine goldgerahmte Brille. Zerknittertes Hemd, die Krawatte ein, zwei Millimeter verrutscht. Kein Händler, sondern ein Intellektueller, wie ich. Vielleicht ist das sein Problem.

Ich sage nichts. So ähnlich er mir auch sein mag, wir sind hier nicht auf einem Empfang. Ich habe die Ware, und er braucht sie. Er kann sie haben oder es sein lassen. Ich schnüre das große Paket auf, und gemeinsam holen wir es heraus. Er schnüffelt.

»Schafsurin«, erkläre ich knapp.

Wieder steigt Helena aus ihrem Gewand und präsentiert ihre Reize. Doch ich weiß inzwischen, daß ich ein Girl der absoluten Spitzenklasse anbiete, eine internationale Luxushure. Er schiebt die Brille auf die Stirn und betrachtet sie eine Weile.

»Wie sieht's mit der Dokumentation aus?« sagt er.

Ich hole meine zerknitterte Fotokopie des Witt-Eintrags hervor. Er studiert das Papier, wie ein Einwanderungsbeamter einen abgelaufenen nigerianischen Führerschein prüfen würde, der ihm anstelle eines Reisepasses gereicht wird. Es läßt mich kalt. Ich weiß, was ich weiß.

»Und bei Christie's hat man Ihnen gesagt …«

»Hundertvierzig.«

Er lacht. Soll er. Ich habe ihn in einer anderen Stimmung gehört.

»Und Sotheby's?«

»Dort war ich noch nicht.«

»Warum denn nicht? Vielleicht bieten sie hundertfünfzig.«

Er ist genauso rüde wie ich. Ob er weniger selbstsicher wäre, wenn er wüßte, daß ich ihn belauscht habe?

»Und warum kommen Sie damit zu mir?« fragt er.

»Ich will die Kommission einsparen, und Sie waren in der Nähe des Parkhauses.«

Er schiebt die Brille wieder auf die Nase und lenkt seinen prüfenden Blick nun auf mich. Für Bilder braucht er keine Sehhilfe. Es sind die anderen Dinge, die ihm Schwierigkeiten bereiten.

»Und Sie wollen Cash«, sagt er.

Ich sage nichts, weil es natürlich stimmt. Allerdings hatte ich geplant, die Summe selbstbewußt zu fordern, statt schüchtern darum zu bitten. Er schaut mich noch eine Weile an. Er sieht Steuerbetrug in meiner Seele geschrieben, so wie ich Zahlungsunfähigkeit in seiner geschrieben sehe. Oder vielleicht sieht er mehr als nur Steuerbetrug. Er hat sich nicht einmal nach meinem Namen erkundigt, und ich nehme an, nicht deswegen, weil er mich für Mr. Churt hält – sondern weil er weiß, daß ich nicht Mr. Churt bin. Er vermutet, daß mein Besitztitel einer allzu gründlichen Prüfung nicht standhalten wird.

Er mustert mich noch immer. Mein Selbstvertrauen schwindet zusehends. Ich fühle mich ein bißchen wie der arme Nigerianer mit dem Führerschein.

»Familiäre Probleme«, sage ich. »Ich erspare Ihnen die Einzelheiten.«

»Sie sind doch der Besitzer?«

Nach einem kurzen Moment des Nachdenkens nicke ich. Für

mich ist klar, daß ich sozusagen rückwirkend der Besitzer sein werde, sobald ich Tony das Geld ausgehändigt habe. Für Mr. Koenig bedeutet mein Nachdenken vermutlich eine Bestätigung seiner Theorie.

»Sie werden es mir schriftlich bestätigen?« fragt er. Wieder nicke ich.

»Also gut«, sagt er entschlossen und reicht mir den Zettel. »Ich gebe Ihnen siebzigtausend Pfund. Bar auf die Hand. Morgen.«

Vermutlich sollte ich jetzt lachen. Hundertzwanzigtausend ... hundertfünfzigtausend ... siebzigtausend ... Die Zahlen blähen sich willkürlich auf und schrumpfen zusammen wie die Finger eines Fieberkranken. Doch ich lache nicht. Ich denke nach. Denn natürlich ist es gestohlen, wenn auch nicht von mir, und je länger ich verhandle und auf mein Geld warte, desto größer ist die Wahrscheinlichkeit, daß das Bild dank der Bemühungen von Bruder Georgie und seinen Anwälten unverkäuflich sein wird. Insofern bin ich in einer schwachen Position. Aus der großen Leere des Parkdecks ziehe ich eine neue Zahl hervor.

»Hundertzehn.« Ich klammere mich an der Tatsache fest, daß er überhaupt bereit ist, zu verhandeln, obwohl ihm die Sache nicht ganz geheuer erscheint. Das beweist, in welch verzweifelter Lage er sich befindet. Insofern ist *er* in einer schwachen Position.

Lächelnd beginnt er, das Bild für mich wieder einzuwickeln. Er will mir damit zu verstehen geben, daß wir viel zu weit auseinander sind. Wenn er das tatsächlich sagen will, sollte er einfach gehen. Er hat einen Vorwand gefunden, um noch einen Moment bleiben zu können, für den Fall, daß ich nachgebe. Ich müßte natürlich meinerseits aus dem Parkhaus verschwinden und noch ein paar andere Händler aufsuchen. Das Bild ist offenkundig sehr viel mehr wert, als er mir bietet, sonst würde er mir diese Summe nicht bieten. Aber in die vorteilhafte Situation, weitere Momente von Schwäche und Verzweiflung belauschen zu können, werde ich natürlich nicht noch einmal kommen. Und bei dem Gedanken, immer wieder zum Parkhaus zu rennen, *Helena* auszuziehen und anzukleiden, ständig aggressiv und clever zu verhandeln, bin ich jetzt schon fix und fertig.

»Hundert«, sage ich feige.

Er hat mich am Haken, und er weiß es. »Fünfundsiebzig«, sagt er prompt.

Jetzt hat *er* einen Fehler gemacht. Hätte er doch nur neunzig gesagt, dann hätte ich fünfundneunzig gesagt, und die Sache wäre gedeichselt. Aber daß er um fünf erhöht, wo ich um zehn runtergegangen bin, ist eine Beleidigung. Ich finde die Schnur, und er legt den Finger auf den Knoten, während ich die Schleife binde. Wir sehen gleichzeitig hoch, unsere Blicke treffen sich. Lächerlich! Zwei wohlerzogene, gebildete Menschenkinder und – ich versuche, ein Bild zu verkaufen, das nicht mir gehört, während er versucht, es mit Geld zu kaufen, das mit großer Sicherheit nicht ihm gehört. Wie sind wir in diese Situation geraten?

Und wir wissen beide nicht, wie es weitergehen soll. Er muß zurück und unter großen Anstrengungen einem äußerst unwilligen Menschen noch sehr viel mehr Geld abschwatzen. Und ich muß herausfinden, wie ich die Kaufsumme erhöhe auf ... ich weiß nicht. Die Zahlen schwirren mir durch den Kopf. Ich kann mich nicht einmal daran erinnern, was ich Tony gesagt habe. Waren es hundert oder hundertfünf?

Wir sind die Geschöpfe unsichtbarer Herren. Zwei alte Boxer kurz vor dem Kollaps, die sich gegenseitig stützen.

Ja, wenn er fünfundneunzigtausend gesagt hätte, könnte ich mir einen Ruck geben! Offensichtlich werde ich von einem Händler nicht den vollen Schätzpreis bekommen. Das habe ich zu akzeptieren. Ohnehin ist es eine Frage der Perspektive. Fünfundneunzigtausend, so nahe im Vordergrund wie die *Pretmakers*, sehen nach mehr aus als hundertzehntausend, die sich im Bergblau des Hintergrunds andeuten.

»Fünfundneunzig«, sage ich. Ja, fünfundneunzig plus die fünfzehn von der Bank, das könnte gerade hinkommen. Wenn ich Tony von hundertfünf berichte, blieben mir noch ein paar tausend für die anderen drei Bilder.

»Achtzig«, sagt er. »Das ist mein letztes Wort.«

»Na schön«, sage ich. »Neunzig.«

Neunzig? Warum neunzig? Auf neunzig kann ich mich unmöglich einlassen! Ich müßte noch mindestens fünftausend auftreiben!

»Achtzig«, sagt er wieder.

»Fünfundachtzig«, höre ich mich zu meiner Verzweiflung sagen. Das ist doch Wahnsinn! Ich muß es woanders probieren! Ich muß es bei mindestens einem halben Dutzend anderer Händler probieren, bevor ich überhaupt erwägen kann, unter fünfundneunzig zu gehen.

»Achtzig«, wiederholt er gleichmütig.

»Fünfundachtzig«, wiederhole ich nicht weniger gleichmütig. Wahnsinn! Wahnsinn! Aber ich kann das nicht noch einmal durchmachen!

»Achtzig.«

»Fünfundachtzig!« Das ist das Ende der Fahnenstange, egal, wie die Sache ausgeht.

Schweigen. Er starrt in die Ferne, wartet darauf, daß ich einknicke. Ich knicke nicht ein. Ich beharre auf fünfundachtzig. Ich sage nichts. Ich warte, daß er etwas sagt.

Und am Ende gibt er nach.

»Einundachtzig«, sagt er ausdruckslos.

»Einverstanden«, sage ich.

Weil ich diese Geschichte nicht noch einmal durchmachen kann, wirklich nicht.

Gemeinsam binden wir die Anhängerklappe zu. Wir vermeiden es, einander anzusehen. Jedem von uns ist klar, daß er einen furchtbaren Fehler gemacht hat.

»Und morgen haben Sie das Geld?« sage ich mit beleidigender Schärfe, um mich für die Demütigung zu rächen. »Bar auf die Hand? Wann?«

»Mittag«, sagt er.

»Mittag. Gut. Und Sie helfen mir, es auszuladen, wenn ich vor der Galerie halte?«

»Sie brauchen es nicht in die Galerie zu bringen«, sagt er. Er holt ein Notizbuch aus der Tasche, schreibt etwas, reißt die Seite heraus und gibt sie mir. Es ist die Adresse einer Spedition in Rotherhithe.

Er läßt den Deal nicht durch die Bücher gehen, genau wie ich. Er hat selber einen Belgier.

»In Fünfzigern?« sagt er. »Keine Fünfer und Zehner?«

In einem leichten posttraumatischen Schock fahre ich zurück nach Kentish Town. Zu allem Überfluß bin ich also auch ein Dieb. Fünfer und Zehner? Ich bin aber kein Dieb! Ganz bestimmt nicht!

Ein Hehler vielleicht ...

Ach, dummes Zeug. Ich versuche nur, befreundeten Menschen zu helfen, die einen Erbschaftsstreit haben.

Ich finde eine Parklücke vor dem Haus, aber weder Midge ist da noch sonst jemand, der mir beim Hereintragen der *Helena* helfen könnte, also funktioniere ich den Landrover einfach zu meiner Kommandozentrale um. Ich lehne mich bequem zurück, so gut das in einem Hauptquartier geht, das stark nach auslaufendem Benzin riecht, und überdenke die Lage.

Der Auftrag ist weitgehend ausgeführt. Nicht so gut, wie ich es gehofft hatte. Aber ausgeführt. Jetzt muß ich nur noch das fehlende Geld auftreiben.

Ich laufe zur High Street, um mir dort einen Sandwich und eine Flasche Mineralwasser zu kaufen, und mache mich mit Tonys Handy an die Arbeit. Zunächst ein recht erfreuliches Gespräch mit der Bank. Ja, die Erhöhung der Hypothek ist genehmigt, wir haben Ihrem Konto fünfzehntausend Pfund gutgeschrieben. Fünfzehntausend! Eine kümmerliche Summe, wie ich inzwischen finde, nachdem ich den ganzen Vormittag mit zehnmal höheren Beträgen jongliert habe. Ich reagiere auch entsprechend. »Ich komme morgen vormittag vorbei und hebe den Betrag ab«, erkläre ich der Stimme am anderen Ende. »Bar. Geht das? In Fünfzigern ... Richtig, dreihundert Fünfzig-Pfund-Scheine ... Vielen Dank!«

Die Stimme läßt keine Überraschung erkennen, aber sie wird

sich gewiß ein paar Fragen stellen. Glaubt sie, daß ich eine Lieferung Heroin kaufe? Erpreßt werde? Einen Killer anheure? Soll sie denken, was sie will. Es interessiert mich nicht mehr, was überhaupt irgend jemand denkt.

Also, die einundachtzig von Koenig und die fünfzehn von der Bank machen zusammen sechsundneunzig, folglich brauche ich noch neun, um Tony das Geld für die *Helena* geben zu können. Ob ich von dieser Summe die fünfeinhalb Prozent Kommission abziehen kann, die ich für mich herausgeschlagen habe? Ich weiß es nicht. Ich habe keine Ahnung, ob Tony die Zahlen, die ich ihm am Telefon genannt habe, netto oder brutto versteht. Ich weiß es *selber* nicht. Meine Finger werden dicker und dünner ... So oder so brauche ich noch mehrere tausend Pfund, um die anderen drei Bilder kaufen zu können.

Er wird doch nicht auch von *ihnen* Fotos herumgezeigt haben? Ich werde doch nicht drei weitere schreckliche Überraschungen erleben?

Ich glaube nicht. Mir bleibt gar keine andere Wahl, als es nicht zu glauben. Sollte er nämlich ein Foto von den *Pretmakers* herumgezeigt haben, dann ist alles aus.

Also – wieviel Geld brauche ich noch?

Es kommt mir vor, als würde ich Nebel ausmessen. Nichts steht fest, nichts ist greifbar. In meinem Kopf schwimmt alles. Ob zwei-, dreitausend reichen, zusätzlich zu dem, was ich für die Schlittschuhläufer und die Reiter bekomme? Keine Ahnung. Es klingt realistisch. Also fehlen insgesamt noch zwölftausend. Meine ursprüngliche Kalkulation ist korrekt. Aber angenommen, sie ist nicht korrekt. Angenommen, ich liege mit den Schlittschuhläufern und den Reitern ebenso falsch wie mit der *Helena*? In dem Fall bräuchte ich ... ich habe nicht die leiseste Ahnung.

Die Frage ist doch, wieviel ich überhaupt auftreiben kann.

Ja. Der nächste Anruf wird schwierig. Ich sitze da und starre auf die große Ereignislosigkeit der Oswald Road und spreche mir eine halbe Stunde oder noch länger Mut zu. Und dann halte ich den Telefonhörer in der Hand und habe die Nummer gewählt.

»Hallo?« sagt Kate, vorsichtig wie immer. Ich habe ihre Verhaltenheit so geliebt. Jetzt sinkt mein Mut sofort.

»Hi. Ich bin's.«

Ich warte auf eine Reaktion. Nichts. Ich fahre fort.

»Wie geht's Tildy?«

»Gut.« Sie klingt so neutral, als hätte ich nach dem Wetter gefragt.

»Hat sich Mr. Skelton noch immer nicht blicken lassen?«

»Nein.«

»Na jedenfalls, ich habe die *Helena* verkauft. Das Geld bekomme ich aber erst morgen. Ich schätze, ich bin am späten Nachmittag wieder da.«

»Aha.«

Für das, was nun kommt, schließe ich die Augen. Warum schließt man am Telefon immer die Augen, wenn man über eine Sache spricht, die einem peinlich ist? Weil man sich unsichtbar machen will? Oder weil man hofft, die Realität aufheben zu können?

»Kate«, sage ich durch die geschlossenen Lider, »du hast mir mal ganz lieb und ganz großzügig und mit herzzerreißender Selbstverständlichkeit angeboten, daß du mir Geld borgen würdest, das du von deinem Vater hast, und ich habe geantwortet, daß ich es nie und nimmer annehmen könnte, unter keinen Umständen, nicht einmal, wenn es meine letzte Hoffnung ...«

»Es ist auf unserm Konto«, unterbricht sie mich. »Letzte Woche habe ich es überwiesen.«

Schweigen. Was kann ich sagen? Die Tränen laufen mir über die Wangen.

»Kate ...« hebe ich an.

»Es ist nicht geborgt. Für mich stand immer fest, daß es uns beiden gehört. Es ist unser Geld.«

»Kate ...« Doch ich bringe keine Worte mehr über die Lippen. »Kate ...«

»Ich muß wieder los. Ich habe Tilda auf der Decke liegen lassen.«

»Warte!« flehe ich sie an. »Warte!«

Denn ich *muß* noch etwas sagen, und dies ist die eigentliche Peinlichkeit.

»Kate ... Wieviel?«

Noch einmal Schweigen, unendlich langes Schweigen.

»Sechstausend und ein paar Zerquetschte.«

Ob ich je Worte finden werde, ihr zu danken? Ich komme auch nicht sehr weit mit meiner Suche, denn sie hat schon aufgelegt.

Jetzt gilt es, nicht nachzudenken. Einfach handeln. Solche Dinge müssen sein. Vielleicht gab es einmal eine Zeit, als eine Umkehr noch möglich war, doch diese Zeit liegt nun hinter uns. All das wird bald vorbei sein, nur darauf kommt es an, und wir können zurück zu dem, wie es früher war. Bis dahin muß ich mein Herz verschließen und handeln, handeln, handeln.

Dann ein etwas lächerlicher Anruf – wieder mit der Bank. »Hatten wir vorhin miteinander gesprochen? Daß ich morgen vorbeikomme, um fünfzehntausend in Fünfzigern abzuholen ...? Richtig. Kleine Änderung. Könnten wir einundzwanzigtausend sagen?«

Ein paar Kilo Kokain noch als Dreingabe, offensichtlich. Und jetzt noch ein schwieriger Anruf. Ich wähle die Nummer der Churts. Wenn Tony rangeht, werde ich ihm sagen, daß er hundertfünf bekommt abzüglich fünfeinhalb Prozent, worüber er furchtbar schimpfen wird. Schlimm genug. Aber wenn es Laura ist ... Es *ist* Laura.

»Hi«, sage ich zum zweitenmal an diesem Tag. »Ich bin's.«

»Sie wollen Tony sprechen?« sagt sie kühl. Wieder sinkt mein Mut. Noch so ein eisiger Wind. Warum ist sie so? Ich dachte, zumindest sie würde sich freuen, von mir zu hören. Dann erinnere ich mich an das kleine Mißverständnis, das am Ende unseres letzten Gesprächs entstanden war.

»Ja. Entschuldige! Es war nicht so, daß ich mit *dir* nicht reden wollte! Wirklich nicht! Ich will mit dir reden, Laura! Hör zu, bitte ...« Wieder schließe ich die Augen. »Es ist mir sehr peinlich. Ich wollte dich fragen ...«

»Moment bitte«, sagt sie kühl. Sie nimmt den Hörer beiseite und spricht mit jemand anders. »Es ist Skelton, wegen des Herds«, sagt sie. Sie spricht wieder in das Telefon. »Ich werde die Nummer aufschreiben und Sie dann zurückrufen.«

Ach so, verstehe – Tony ist im Zimmer. Ich bin also der Mann, der die Sickergrube reinigt. Meinetwegen. Mir ist, als hätte ich in den letzten Tagen und Stunden etliche Sickergruben gereinigt. Ich frage mich aber, wie lange ich üben muß, bis ich so gut lügen kann wie Laura.

»Entschuldige«, sagt sie mit völlig veränderter Stimme, als sie etwas später zurückruft. »Im Moment kann ich mich kaum in der Nähe des Telefons aufhalten, ohne daß er sofort von irgendwoher angestürzt kommt. Ich weiß gar nicht, warum er plötzlich so mißtrauisch ist – vielleicht ist ihm nur aufgefallen, daß ich nicht mehr rauche. Also, was für eine peinliche Frage? Willst du mich schockieren? Werde ich erröten und kichern?«

»Nein, Laura. Paß auf, es ist ernst.« Wieder schließe ich die Augen. »Du hast mir mal erzählt, daß du mir freundlicherweise Geld leihen würdest …«

»Ach, *Geld*«, sagt sie enttäuscht. »Ich dachte, du meinst ganz was anderes.«

Ich kämpfe mit geschlossenen Augen weiter. »Und ich habe gesagt …«

»Und du hast gesagt: ›Nein, nein, nein! Nie, nie, nie!‹ Also, wieviel brauchst du?«

»Laura, es tut mir alles furchtbar leid, es ist mir wirklich unangenehm …«

»Martin, mein Süßer, sag einfach, wieviel! Er wird jeden Moment in die Küche kommen, um zu kontrollieren, ob ich schon wieder mit Skelton telefoniere.«

Wieviel? Die Frage ist, um welchen Betrag ich sie realistischerweise bitten kann. Was hat sie so gedacht? Wieviel besitzt sie?

»Ähm …« sage ich.

»Schatz, ich bin keine Hellseherin! Fünf Pfund?«

Sie macht natürlich Witze, denke ich. »Also …« sage ich.

»Fünfhundert Pfund? Fünftausend?«

»Ginge das?« sage ich rasch. »Könntest du?«

»Was – fünftausend?«

»Nur wenn du es erübrigen kannst.«

»Genau fünftausend? Ich habe genau richtig geschätzt?«

Nicht ganz plausibel, zugegeben. Zumal ich eigentlich sechs brauche. Ich fische eine andere Zahl aus der benzingeschwängerten Luft. »Fünftausendachthundert« klingt irgendwie solide. Ich schließe wieder die Augen. »Hättest du wohl siebentausend?« höre ich mich fragen.

Sie lacht. »Bar? In gebrauchten Fünf-Pfund-Scheinen?«

»Fünfziger wären mir lieber«, sage ich ganz offen.

»Fünfziger. Okay. Gut. Das bedeutet, du bist die *Helena* losgeworden?«

»Ja.«

»Aber für weniger, als du gedacht hattest.«

»Ja, ähm, es ist so …«

»Du brauchst nichts zu erklären. Solange wir Tony eins auswischen. Sag mir einfach Bescheid, wenn du das Geld brauchst.«

»Ja … morgen.«

»Morgen?« Wieder lacht sie. »Wenn du nur sonst so fix wärst, mein Schatz!«

»Ja, entschuldige. Es ist nur so, daß plötzlich etwas dazwischengekommen ist.«

Wieder spöttisches Lachen. »Martin, du bist wirklich ein süßer, komischer Junge! Keine Sorge, ich rufe sofort bei der Bank an. Aber du hast unser Auto, das heißt, du mußt … Wann bist du wieder zurück?«

»Morgen nachmittag.«

»Du mußt mich abholen und mit mir in die Stadt fahren, bevor die Bank zumacht.«

»Laura, das ist wirklich lieb von dir! Ich weiß gar nicht, wie ich dir danken soll. Morgen erklär ich dir alles.«

»Erklär mir lieber den Normalismus. Ich stelle nur eine Bedingung – du darfst Tony nicht verraten, daß ich eigenes Geld habe.«

»Natürlich nicht. Wo wollen wir uns treffen?«

»An einem geheimen Ort«, sagt sie und lacht wieder. Mein schlechtes Gewissen beruhigt nur der Umstand, daß sie möglicherweise ein Vergnügen im Wert von siebentausend Pfund dafür bekommt. »Vorn an der Zufahrt. Vier Uhr. Ich verstecke mich hinter dem Schild.«

»Welchem Schild?«

»Seinem Schild«, sagt sie lachend. »Privat. Hände weg.«

Wieder suche ich hilflos nach Worten der Dankbarkeit, und wieder bleibt mir die Mühe erspart, da Laura das Gespräch eilig abbricht und auflegt. Vermutlich ist Tony in die Küche gekommen. Ich werde den beiden etwas Zeit lassen, ihre Angelegenheiten zu klären, und dann werde ich mit ihm sprechen. Da ich jetzt über hundertneuntausend Pfund verfüge, mit denen ich jonglieren kann, wäre es vielleicht klug, wenn ich ihm überraschenderweise mehr gebe als versprochen. Wenn ich meine Kommission abziehe, brauche ich noch wieviel für die anderen drei Bilder? Werden, sagen wir, fünftausend Pfund reichen?

Während ich vom Landrover aus auf die Oswald Road starre und erneut alle Eventualitäten durchspiele, denke ich wieder einmal darüber nach, wie relativ Armut doch ist. Kates komplettes Vermögen beläuft sich auf insgesamt sechstausend Pfund. Siebentausend Pfund sind eine Summe, bei der Laura nicht einmal mit der Wimper zucken würde. Vermutlich hätte ich mir alles von ihr borgen können. Nach ihren Worten zu urteilen ist ihr wohl klar, daß das ganze Geld sofort bei ihrem Mann landet.

Ich wähle wieder ihre Nummer. Diesmal meldet sich Tony. »Ich wollte nur Bescheid geben«, sage ich, »daß er am Ende bis hundertsieben mitgegangen ist.« Ich beschließe, meine Kommission vorerst unerwähnt zu lassen. Soll er sich über die hundertsieben noch einen Tag lang freuen! Ich hoffe, er wird sich befriedigt äußern, vielleicht sogar ein Wort der Anerkennung für meine Bemühungen finden. Doch ich höre nur eine Pause und dann einen Seufzer.

»Na schön«, sagt er ruppig, »wenn Sie nicht mehr herausholen konnten. Sie sind kein besonders geschickter Geschäftsmann, Martin, wissen Sie. Aber Sie haben es in bar?«

Ich schlucke meinen Groll hinunter.

»Fünfziger. Sie bekommen es morgen nachmittag.«

»Und die anderen drei Bilder?« fragt er nörgelnd. »Ich weiß, daß dieser kleine Mann hier wieder auftauchen wird. Ich kann sie nicht ewig hier im Haus haben.«

»Morgen nachmittag«, versichere ich ihm. »Sie bekommen das Geld in die Hand. Sie geben mir dafür die Bilder.«

Ich stelle das Telefon ab. Morgen nachmittag, jawohl. Und der ganze Alptraum von Schande und Falschheit wird fast zu Ende sein.

»Die Unsicherheit, der Terror und die Erbitterung des Volkes schienen eine baldige Krise anzukündigen«, schreibt Motley.

Wir befinden uns im Frühling und Sommer zu Beginn des Jahres 1565 – des alten Jahres, von Tagundnachtgleiche zu Tagundnachtgleiche –, jenes Jahres, das Bruegel für die nächsten Jahrhunderte in seinem großen Zyklus festgehalten hat, und ich sitze am Küchentisch in der Oswald Road und unternehme einen letzten Versuch, das Versprechen, das ich mir und Kate gegeben habe, doch noch einzulösen, bevor morgen früh die Würfel endgültig gefallen sein werden und ich die *Helena* zur Lagerhalle 47 des Tidewater Industrial Estate nach Rotherhithe bringe und ich weiß nicht welch schlimmem Schicksal ausliefere. Immer wieder blicke ich von meinen Büchern auf und sehe, wie sie mich mit ihrer üblichen Besorgnis anschaut. Unsere letzte gemeinsame Nacht. Ich habe leise Schuldgefühle, ich gestehe es, selbst in bezug auf Helena. Sie wird mir fehlen. Meine Abende werden lange Zeit nicht mehr so friedlich sein.

Ich wende mich wieder meinen Büchern zu. Die Jahre nach 1560 waren in jeder Hinsicht eine schwere Zeit für die Niederländer.

Durch Mißernten verteuerte sich das Brot, und der darniederliegende Handel führte zu Arbeitslosigkeit und niedrigen Löhnen. Doch um 1565 wog die politische Krise schon sehr viel schwerer als das ökonomische Elend.

»Allenthalben war nur von den Edikten und der Inquisition die Rede«, sagt Motley. »Nichts anderes beschäftigte die Menschen. Auf der Straße, in Läden und Schenken, auf dem Feld, auf dem Markt, in der Kirche, bei Leichenbegängnissen und bei Hochzeiten, im Schloß der Adeligen, am Herd des Bauern, in der Dachstube des Handwerkers, auf der Kaufmannsbörse – überall wurde nur über dieses eine grauenvolle Thema geredet.«

Nichts anderes beschäftigte die Menschen. Bruegel offenbar ausgenommen. Bruegel, der so viele Dinge gemalt hatte, die nicht gemalt werden konnten, und auf dessen Bildern seine niederländischen Landsleute, schlicht, wie sie waren, die Sicherheitskräfte und die Hinrichtungswerkzeuge des Regimes erkannt haben müssen, die Verzweiflung, die ihr Leben bestimmte, die Raubzüge des Statthalters und den Sturz von König und Kardinal – dieser Bruegel, der so viel gemalt hatte, schloß auf einmal die Augen vor den Ereignissen, die jedermann beschäftigten, und begann, aus seiner Phantasie eine glücklichere niederländische Welt zu erschaffen.

Nun ja, warum nicht? Wir alle müssen uns bisweilen von der Realität erholen, und die Realität des Jahres 1565 wurde immer brutaler und entfernte sich immer mehr von Bruegels Gegenentwurf.

Man kann den chronologischen Ablauf dieses Jahres, wie Bruegel es erlebte, nicht mit dem gemalten Verlauf gleichsetzen, da niemand weiß, in welcher Reihenfolge er die einzelnen Tafeln gemalt hat. Wir wissen nur, daß er sie (mit Ausnahme der beschnittenen und undatierten *Heuernte*) nicht vor dem 25. März, dem traditionellen Beginn des Jahrs, fertiggestellt haben kann und daß er sie allerspätestens am 21. Februar des darauffolgenden Jahres beendet und abgeliefert hat, da die *Twelff maenden* unter diesem Datum in Jongelincks Inventar für die Steuerbehörde der Stadt Antwerpen erscheinen.

Nichts anderes beschäftigte die Menschen. Doch in welcher Reihenfolge er die Szenen auch gemalt hat, das Jahr, das sie darstellen, hat seine eigene Chronologie. Was passiert Monat für Monat in den Niederlanden, draußen vor Bruegels Atelier, während in seinem Phantasie-Niederland die Monate dahingehen? In *meinen* Monaten beispielsweise, zwischen dem 25. März und dem 25. Mai?

In dieser Zeit kehrt der Graf von Egmont (den Alba drei Jahre später zusammen mit dem Grafen Hoorn auf der Brüsseler Grand' Place enthaupten lassen wird) aus Spanien zurück, überzeugt davon, daß Philipp bereit ist, eine etwas moderatere Politik auszuüben. Tatsächlich aber schickt ihm der König (bezeichnenderweise) Depeschen hinterher, in denen etwas völlig anderes steht. Philipp ist fest entschlossen, die Ketzerei um jeden Preis zu unterdrücken, und erklärt, daß er tausendmal lieber stürbe als ein einzigesmal von seiner Politik abzurücken. Die schrecklichen Edikte werden in Brüssel bekräftigt. Trotz seiner markigen Worte verfügt der König aber doch eine Änderung. Eine einzige Änderung. Um zu verhindern, daß Ketzer öffentlich zu Märtyrern gemacht werden, sollen sie künftig, den Kopf zwischen die Knie gebunden, zu nächtlicher Stunde in Wassertonnen langsam ertränkt werden. Wer behauptet da, Philipp sei nicht flexibel?

Der Sommer kommt. Die Statthalterin schreibt dem König, daß sich das Volk immer mehr empöre. Das Volk rufe laut, daß man die spanische Inquisition bei ihnen eingeführt habe oder eine Inquisition, die noch schlimmer sei.

In Bruegels Atelier gehen die Mädchen fröhlich singend zum Heumachen, und die Landarbeiter dösen um die Mittagszeit im Schatten.

Es ist Herbst, und in den Straßen von Brüssel kommt der heftige Streit unter den niederländischen Adligen offen zum Ausbruch. Die Erregung, sagt Motley, breitet sich sofort unter dem Volk aus. Flugblätter zirkulieren. An Oranien, Egmont und Hoorn ergeht der Ruf, das Volk in den Freiheitskampf zu führen.

Weit, weit entfernt, in einem ganz anderen Niederland, treibt man die Herden friedlich von den Almen, vorbei an den goldenen Weinbergen bis hinunter zu den fetten Wiesen im Tal.

Bald ist Winter, und die ganze Nation steht unter Schock, als in Brüssel das Schreiben des Königs aus den »Wäldern von Segovia« verlesen wird, in dem Philipp erklärt, daß alle Hoffnung auf einen Kompromiß vergeblich sei und daß die Inquisition auch weiterhin praktiziert werde, wie es ihr durch das Gesetz Gottes und der Menschen bestimmt sei. Es kommt zu einem Massenexodus von Flüchtlingen. In den Städten tauchen Flugschriften auf. Gefangene der Inquisition werden vom Mob befreit. Petitionen an die Adresse der Statthalterin werden an die Türen von Egmonts und Oraniens Schlössern geschlagen. Es gibt Gerüchte, daß ein allgemeines Massaker an den Protestanten geplant ist.

Und in jenem anderen, schöneren Land kehren die Jäger in das wohlbekannte stille Tal zurück, in dem jedes Geräusch vom Schnee gedämpft wird.

Das Jahr neigt sich seinem Ende entgegen. Im Februar und März, während die Karnevalisten in jenem morastigen Dorf über der sturmgepeitschten Flußmündung ihre Waffeln essen und die Bauern sich auf den neuen Frühling vorbereiten, verschlimmert sich die Situation in den übrigen Landesteilen immer mehr. Dies ist der Beginn des »Hungerjahrs«, in dem es aufgrund von Versorgungsengpässen zu einer wahren Katastrophe kommt und sich die Wirtschaftskrise durch die Flucht der Handwerker vor dem Terror noch verschärft. Im Sommer breiten sich die »Heckenpredigten« über das ganze Land aus, von den wallonischen Provinzen bis hinauf in den Norden. Allein in Tournai versammeln sich zwanzigtausend Menschen und singen die Psalmen auf französisch, und bei Haarlem sind es noch einmal Zehntausende, die sie auf holländisch singen. Im August fegen die Bilderstürme von Süden nach Norden über das Land hinweg, in deren Verlauf die Kirchenschätze in Poperinghe, Oudenaarde, St. Omer und anderswo zerstört werden. In Antwerpen halten die Huren Altarkerzen in die Höhe, damit die Männer genug Licht haben, wenn sie sich die Priestergewänder überziehen, die Meßbücher und Handschriften verbrennen, ihre Schuhe mit geweihtem Öl einschmieren und den Meßwein trinken. Und immer weiter zieht die Furie, nach Gent, Valenciennes, Tournai, Amsterdam, Utrecht, Leiden, Delft, Friesland, Groningen.

Und als Ersatz für die alten verbrannten Bilder hat unser bemerkenswert weltabgewandter Künstler in Brüssel jene sechs neuen Bilder geschaffen. Sechs Ansichten eines geschichtslosen Lands in einem geschichtslosen Jahr. Die Jäger haben auf den wintrigen Anhöhen zwar keine sonderlich große Beute gemacht, aber ihr Dorf macht doch einen wohlhabenden Eindruck. Im ganzen Zyklus findet sich auch nicht die leiseste Andeutung von Hunger oder Elend, von Unterdrückung oder politischer Gärung.

Atemberaubend. Zumal da Bruegel unmittelbar nach Fertigstellung dieser Folge aus diesem anderen, glücklichen Niederland auftauchte und in seine geschundene alte Umgebung zurückkehrte. 1566, während sich die Flut der Heckenprediger über das Land ergoß, malte er eine *Predigt Johannes' des Täufers*. Wer weiß, was er damit ausdrücken wollte? Wer in diesem Jahr eine Darstellung des predigenden Täufers anschaut, der einer Schar von Niederländern unter Bäumen im Freien von den lichten Anfängen des Christentums berichtet, muß sofort den Bezug zu den potentiellen Märtyrern gesehen haben, die sich von den Kirchen abwandten und auf den Feldern vor den Städten die neue reformierte Religion predigten.

Tolnay und andere glauben, daß eines der Gesichter in der Menge Bruegel selbst zeigt, und auch über eine sehr viel auffälligere Gestalt wurde spekuliert, einen bärtigen Edelmann, der Johannes den Rücken zukehrt und sich wohl von einem Zigeuner aus der Hand lesen läßt. Ich kann Ihnen sagen, was Helena und ich glauben: Es ist ein Spanier, der von der revolutionären Botschaft des Johannes nichts hören will und statt dessen den Wahrsagungen von Priestern lauscht. Eine andere Figur, der er den Rücken zukehrt, ist ikonographisch sehr viel überraschender: Christus, der dem großen Heckenprediger aufmerksam zuhört.

Im darauffolgenden Jahr schuf Bruegel die *Bekehrung Pauli* mit ihrer erstaunlichen Anspielung auf den Zug der Armee des Herzogs von Alba, die von Italien aus die Alpen überquerte. Die Schreckensherrschaft hatte inzwischen das ganze Land erfaßt. Motley sagt: »Schafott, Galgen und Scheiterhaufen reichten für die massenhaften Exekutionen nicht mehr aus. Säulen und Pfähle in den Straßen der Städte, die Türpfosten der Bürgerhäuser, die Zäune auf den Feldern waren mit den Resten erdrosselter, verbrannter, geköpfter Menschen beladen. Mancher Baum in den Gärten trug die scheußliche Frucht eines menschlichen Leichnams.« Ein Jahr später, 1568, verurteilte das Heilige Offizium die gesamte niederländische Bevölkerung wegen Ketzerei zum Tode, und der König befahl, die Urteile sofort zu vollstrecken – ungeachtet von Alter, Geschlecht oder Rang.

Damit war aber selbst ein Alba überfordert, und im selben Jahr entschloß sich der Prinz von Oranien zum bewaffneten Aufstand. Die Folgen von 1565, jenem Jahr, in dem Bruegel anderweitig in Anspruch genommen war, erfaßten ganz Europa. Der holländische Unabhängigkeitskrieg, der aus Oraniens Rebellion erwuchs, dauerte mit Unterbrechungen achtzig Jahre. Mecheln mitsamt Granvelles Palais wurde ebenso geplündert wie Antwerpen und Jongelincks hoffnungsfrohe Villa am Stadtrand. 1598 gelang es dem Herzog von Parma, den Süden zurückzuerobern, allerdings um den Preis einer völligen Zerstörung der Wirtschaft und der Bauernhöfe. Im Norden saßen die Rebellen schon fest im Sattel. Antwerpen, das seit dem Bürgerkrieg der 1480er Jahre führender Handelsplatz war und Brügge in den Hintergrund gedrängt hatte, war nun selbst zerstört und durch die scheldeabwärts gelegenen Forts der Rebellen vom Meer abgeschnitten. Der Handel verlagerte sich nach Amsterdam. Die reichen Provinzen Flandern und Brabant blieben katholisch und verödeten. Das öde Holland wurde protestantisch und gelangte zu Reichtum.

Der Aufstand zog immer weitere Kreise. Um die Hilfe für die rebellischen Provinzen des Nordens einzudämmen, mußte Philipp

England angreifen. Zur Unterstützung des Herzogs von Parma, der mit flachen, nicht zur Verteidigung tauglichen Barken den Kanal überquerte, mußte Philipp eine Marinestreitmacht entsenden. Um Spaniens geschwächte Position nach der Vernichtung dieser Armada wiederherzustellen, mußte er gegen die Protestanten in Frankreich vorgehen. Um nach seiner Niederlage in Frankreich ein wirtschaftliches Ausbluten zu verhindern, mußte er seinen Bankrott erklären … Das alte spanische Imperium war am Ende. Die neuen Imperien des Nordens stiegen auf.

Und was wurde aus den Bildern, diesen sechs geschichtslosen Darstellungen, die Bruegel 1565 schuf, während draußen vor seinem Atelier der Sturm der Geschichte toste? Sie wurden, wie alles andere auch, mitgerissen im Strudel der wechselvollen politischen Verhältnisse. Zunächst wurden sie nach Wien zurückgeschafft, aus dem untergehenden spanischen Reich in das andere habsburgische Imperium, das Karl V. bei seiner Abdankung abgetrennt hatte. Eines der Bilder ging unterwegs aber verloren, da waren es nur noch fünf.

Fünf kleine Bilder, die hingen nebeneinander an der Wand. Fünf größere Bilder, die keineswegs nebeneinander hingen, denn die *Heuernte* ging schon wieder auf die Reise, niemand weiß, wann oder wie, aber Grossmann vermutet, als Geschenk Maria Theresias an ihren Günstling, den Grafen Grassalkovich. Da waren es nur noch vier.

Vier Ölgemälde, die hingen an der Wand. Genauer gesagt, im Belvedere in Wien, wo sie 1781 unter dem Titel *Die vier Jahreszeiten* arrangiert wurden. Eine einfache Lösung all der Probleme, die späteren Gelehrten so viel Kopfzerbrechen bereiten sollten. Eine Lösung freilich, die noch weniger mit der Realität zu tun hat, als man annehmen würde, denn für Frühling und Winter hielt man Bilder, die überhaupt nicht zu diesem Zyklus gehörten, die *Kinderspiele* und der *Bethlehemitische Kindermord.* Die eigentlichen Darstellungen, der *Düstere Tag* und die *Heimkehr der Jäger*, waren unerkannt und unbeachtet im Depot verschwunden. Da waren es nur noch zwei.

Zwei einsame Bilder von ursprünglich sechs: Die *Kornernte* und die *Heimkehr der Herde.* Napoleon zog 1805 in Wien ein und schlug bei Austerlitz die Österreicher und deren Verbündete. Vier Jahre später schafften die Franzosen einige der Habsburger Bruegels als Beute fort, die sie später wieder zurückgaben. Die *Kornernte* blieb jedoch im Besitz des Grafen Andréossy, des französischen Stadtkommandanten in Wien. Da war es nur noch eines.

Ein einziges Bild, einsam und verlassen: die *Heimkehr der Herde.* Doch dann ... bevor dieses Bild seinerseits vom Blitz getroffen oder während der Schlacht von Königgrätz zu Verbandmaterial zerschnitten wurde und der ganze Zyklus verschwand, tauchten sie allmählich wieder auf.

Zuerst die *Heuernte.* 1864 ging sie in die Prager Sammlung des Fürsten Lobkowitz über, wo sie vom Kunsthistoriker Max Dvořák entdeckt wurde. 1884 erkannte Engerth die beiden Bilder, die im Wiener Depot schmachteten, den *Düsteren Tag* und die *Heimkehr der Jäger*, und wies ihnen ihren rechtmäßigen Platz zu. 1919 kam das neue Imperium, das jenseits des Atlantiks entstanden war, mit ins Spiel, insofern die *Kornernte* bei einer Auktion in Paris vom New Yorker Metropolitan Museum erworben wurde. Als Österreich von Nazideutschland besetzt wurde und über Europa der Zweite Weltkrieg hinwegtobte, verschwanden die drei Wiener Bilder erneut. Und später, als sich das russische Imperium bis nach Mitteleuropa ausdehnte, senkte sich der Eiserne Vorhang über die Prager *Heuernte.*

Und seit in Europa wieder eine gewisse Stabilität eingekehrt ist, haben sich die Bilder an ihrem jeweiligen Ort eingerichtet, drei in Wien, eines in Prag und eines in New York, und wollen in Ruhe gelassen werden. Fünf Bilder, die zufrieden an der Wand hingen.

Bis ich auftauchte, und da waren es sechs. Werden es jedenfalls bald sein. Wie ich glaube. Wie ich *weiß.* Und in Bälde beweisen werde, wenn ich nur wüßte, was mir noch fehlt.

Eine Möglichkeit, mein Bild zweifelsfrei zu identifizieren, wäre, daß ich es bis in sein Versteck zurückverfolge, als es aus dem Gepäck des Erzherzogs verschwand.

Sind dem Bild irgendwelche Spuren der letzten dreihundertfünfzig Jahre europäischer Geschichte anzusehen? Also, irgendwann ist es offenbar durch die Hände einer Person gegangen, die die Signatur beseitigt hat. Es ist nicht das einzige Bild, dem das passiert ist. Man denke an die *Heuernte*, deren unterer Rand um drei Zentimeter beschnitten wurde. So etwas geschieht nicht aus Versehen – man haut nicht eine massive, etwa anderthalb Zentimeter starke Eichentafel gegen den Türpfosten, um das untere Ende wegzukriegen. Jemand hat dieses Stück mit Fleiß abgesägt. Warum? Warum will jemand die Signatur verbergen, die den Urheber eines bedeutenden Kunstwerks nachweist? Ich kann mir nur einen einzigen Grund denken: Sein Besitzer wollte, daß es nicht erkannt wird. Warum wollte er, daß es nicht erkannt wird? Wieder kann ich mir nur einen Grund denken: Weil er befürchtete, daß es ihm gestohlen würde.

Es gibt noch einen weiteren Anhaltspunkt, der vielleicht, vielleicht auch nicht, von derselben Person stammt, die die Signatur beseitigt hat – der Vermerk auf der Rückseite:

Vrancx: Pretmakers in een Berglandschap (um 1600 gemalt).

Wer hat das geschrieben? Offensichtlich jemand, der Holländisch oder Flämisch gesprochen hat. Und das Papier war zwar schon ziemlich vergilbt, aber diese Zeile war mit Schreibmaschine geschrieben, also muß es jemand in diesem Jahrhundert gewesen sein. Ich glaube mich auch zu erinnern, daß die Jahreszahl am Ende aus irgendeinem Grund *nicht* getippt war. *Um 1600 gemalt* war ein handschriftlicher Zusatz. Ein bißchen merkwürdig. Und plötzlich fällt mir an diesem Nachtrag noch etwas viel Merkwürdigeres auf. Warum habe ich es nicht schon früher bemerkt? *Um 1600 gemalt* ist weder holländisch noch flämisch. Sondern deutsch.

Ein Holländer oder Flame, der Angst hat, daß ihm das Bild gestohlen wird, falls jemand erkennt, was es ist, tippt in seiner Muttersprache eine falsche Bezeichnung und fügt dann in einer anderen Sprache eine Datierung hinzu ... Nein. Der andere hat die Datierung in seiner eigenen Sprache hinzugefügt. Ein Deutscher also.

Warum schreibt der Deutsche etwas auf das Bild eines Holländers? Weil das, was der Holländer befürchtet hat, eingetreten ist. Das Bild ist gestohlen worden. Von dem Deutschen.

Ein Szenario:

1940, die Wehrmacht beschlagnahmt Häuser in Brüssel. Oder in Antwerpen oder Amsterdam. In einigen hängen Gemälde an der Wand. Ein Leutnant, der von Kunst ungefähr soviel versteht wie Tony Churt, studiert die Vermerke auf der Rückseite, weil er einen Rembrandt oder einen Vermeer zu finden hofft. Von Vrancx hat er noch nie gehört, aber dieser hier sieht ganz nett aus, also nimmt er ihn trotzdem, löst das Bild aus dem Rahmen, damit er es leichter transportieren kann, und schlägt in der örtlichen Bibliothek den Namen nach, bevor er es bei seinem nächsten Heimaturlaub mit nach Hause nimmt, um es seiner Freundin zu schenken. »Um 1600 gemalt« schreibt er auf den Zettel, um sie zu beeindrucken.

Möglich. Aber wie kam es in den Besitz der Churts?

Ein anderes Szenario:

1945, die britische Armee beschlagnahmt Häuser in Hannover. Oder in Gütersloh oder Osnabrück. In einigen hängen Gemälde an der Wand. Major Churt, der von Kunst ungefähr soviel versteht wie der Sohn, den er nach seiner Heimkehr aus dem Krieg zeugen wird, hat keine Skrupel, dem lokalen Gauleiter die *Helena* zu rauben, die zu Hause über der Treppe sehr eindrucksvoll aussehen wird, während er für die zwei oder drei holländisch anmutenden Bilder, die ihm so gut gefallen, den bescheideneren Besitzern selbstverständlich ein paar Schachteln Zigaretten in die Hand drückt.

Nun ja, möglich. Soviel kann man sich jedenfalls denken – daß mein Bild, genau wie die anderen auch, im großen Strom der Geschichte hin und her geworfen wurde. Bis alle sechs die friedlicheren Gewässer unserer Zeit erreichen und zur Ruhe kommen. Drei in Wien, eins in Prag, eins in New York, eins in der Fasanerie der Churts.

Und es gibt noch etwas Ungeklärtes. Etwas, das ich in Kürze herausfinden werde. Selbst in diesem idyllischen Jahr 1565 hatte Bruegel Angst. Irgendwann in diesem arbeitsreichen Jahr hat er schließlich auch die *Verleumdung des Apelles* und *Christus mit der Ehebrecherin* gemalt, diese beiden Aufrufe gegen jegliche Denunziation.

Irgendwo in meinem Hinterkopf ist die Lösung, wie ein Begriff, der mir nicht einfällt, oder ein Gesicht, an das ich mich nur vage erinnere. Ich ahne: was ich suche, ist vor meinen Augen. Ich kann es nur nicht sehen.

Und als ich morgens aufwache, allein im Doppelbett in der Oswald Road, habe ich es: Bindfaden! Es paßt alles zusammen! Die hellrote Schnur, die bei genauerem Hinschauen auf meinem Bild zu sehen ist, verknüpft es mit vielen anderen Bildern, die über die ganze Welt verstreut sind. Alle diese Bilder, die ein furchtbares historisches Muster erkennen lassen, sind verknüpft mit dem Landsitz der Churts und mit den Bauern, die erschossen und lebendig gegrillt werden von gesichtslosen Gestalten in schwarzen Plastikkutten – den brutalen Handlangern der deutschen Inquisition.

Und als ich schon längst aufgestanden bin und mir die Zähne putze, geht mir immer wieder dieses Bild durch den Sinn. Und noch später, als ich mich aus diesem Labyrinth befreit, als ich die *Helena* zum letztenmal aufgeladen habe und mit ihr unterwegs bin, um sie im Süden von London abzuliefern, geht mir verrückterweise immer wieder ein Detail dieser Szene durch den Sinn.

Bindfaden.

Ich habe keine Ahnung, was dieses absurde Detail bedeutet.

Fast geschafft. Heute abend werde ich mein Bild in Händen halten.

Jetzt denke ich nicht mehr an den Bindfaden. Es ist das »fast geschafft« in all seinen Varianten, das mich jetzt beschäftigt. Mit einer Plastiktüte von Sainsbury's in der Hand stehe ich draußen vor der NatWest-Filiale in Lavenage. In der Tüte sind keine Lebensmittel, sondern ordentlich gebündelte Geldscheine: eintausendneunhundertzwanzig Fünfziger in achtundsiebzig Päckchen zu jeweils fünfundzwanzig und noch ein paar einzelne Scheine. Zweiundsechzig Päckchen stammen von Mr. Koenigs unappetitlichem Geschäftspartner vom Tidewater Industrial Estate in Rotherhithe, sechzehn sind von der Bank, also die aufgestockte Hypothek und Kates Geld. Jetzt warte ich, während Laura die letzten siebentausend Pfund abhebt. Ich warte draußen, weil ich weiß, daß Angestellte und Kunden, die Laura kennen, mir neugierige Blicke zuwerfen würden, wenn ich neben ihr stehe, während der Kassierer die Fünfziger hinblättert und sie die Scheine in meine Plastiktüte stopft.

Ich warte aber nicht nur auf Laura – sondern auch darauf, überfallen zu werden. Daß man in Lavenage am hellichten Nachmittag wegen einer Plastiktüte voller Lebensmittel überfallen wird, ist eher unwahrscheinlich, aber die Kriminalität nimmt auch auf dem Land zu, und außerdem könnte es sein, daß mir seit Rotherhithe ein noch unappetitlicherer Freund von Mr. Koenigs Geschäftspartner hinterhergefahren ist. Sowieso warte ich auf die Polizei, auf Justizbeamte, auf einen privaten Wachdienst, den Bruder Georgie angeheuert hat. Ich warte darauf, daß Tony urplötzlich aufkreuzt, und zwar genau in dem Moment, in dem Laura aus der Bank tritt und mir mit dem Geld zuwinkt, obwohl ich nicht ganz sicher bin, wie er nach Lavenage kommen will, wo wir doch seinen Landrover haben. Ich warte darauf, daß Kate erscheint, um in allerletzter Minute noch ein paar Sachen einzukaufen, was ich aber für unwahrscheinlich halte.

Doch in erster Linie warte ich darauf, daß alles vorbei ist. Was sehr bald der Fall sein wird. In einer halben Stunde ungefähr. Sagen wir: in ein, zwei Stunden, sicherheitshalber. Wenn die Sonne heute abend untergeht, wird sich alles wieder normalisieren.

Von allen möglichen und unmöglichen Eventualitäten, auf die ich mich eingestellt habe, ist es ausgerechnet Kate, die sich tatsächlich konkretisiert. Natürlich. Ich wußte es. Ich war mir so sicher, wie ich mir sicher bin, wer die *Pretmakers* gemalt hat. Tilda schaukelt vor ihr im Tragetuch, und sie selbst hat eine Plastiktüte in der Hand, genau wie ich. Ohne Erstaunen stelle ich fest, daß sie die Straße überquert, auf mich zukommt, und das erste, was mir trotz meiner Befürchtungen durch den Kopf geht, ist ein Gefühl von Zärtlichkeit und Freude. Bei ihr dauert es etwas länger, bis sie mich erkennt, denn sie hat nicht mit mir gerechnet, so wie ich mit ihr – und das erste, was sich auf ihrem Gesicht zeigt, ist die gleiche kurze Freude. Doch sofort fällt ihr wieder ein, wie es zwischen uns steht, und das Leuchten ist schon wieder verschwunden.

»Hallo«, sagt sie zögernd, als würde sie sich am Telefon melden.

»Einkaufen?« frage ich dümmlich.

»Ein paar Sachen.« Sie erkundigt sich nicht, was ich hier mache, mitten am Tag, auf dem Heimweg von London. Ich hebe meine Plastiktüte etwas hoch, als würde das etwas erklären, bin mir aber nicht sicher, ob ich damit andeuten will, daß Geldscheine oder Lebensmittel darin sind. Was sie in ihrer Tüte hat, muß ich nicht fragen. Es ist eine kleine Leckerei fürs Abendessen, die sie zur Feier meiner Heimkehr wortlos auftischen wird.

»Du willst nicht mitgenommen werden, stimmt's?« sagt sie.

»Nein, danke«, sage ich und fange an zu erklären, daß ich den Landrover in Upwood abgeben muß. Aber neben mir ist schon eine drastischere Erklärung aufgetaucht.

»Siebentausend«, ruft Laura und stopft fünf fette Bündel und eine Handvoll einzelne Fünfziger in meine Tüte. »Aber ehrlich gesagt, ich finde, wir sollten es auf den Kopf hauen, ein Wochenende auf den Bahamas … Oh, hallo!«

»Hallo«, sagt Kate.

Eine Pause. Aber ich habe es fast geschafft. Bin fast am Ziel. Bald, sehr bald bin ich da.

»Warum steht vor einem in der Schlange immer jemand, der seine ganzen Ersparnisse in Fünf-Pence-Stücken einzahlen will?« beklagt sich Laura lachend bei Kate.

Kate sagt nichts. Sie steht einfach da und weiß nicht, was sie tun soll. Dann geht sie weg. Ich laufe ihr hinterher. »Hör zu«, sage ich. »Ich bin bald wieder zurück … Ich muß nur noch …« Ich gestikuliere mit der Tragetüte, aber sie kann sie nicht sehen, denn sie geht weiter, ohne sich umzudrehen.

1565. Die Unsicherheit, der Terror, die Erbitterung … genau, kündigen eine baldige Krise an.

»Tut mir leid«, sagt Laura, als ich wieder bei ihr bin. »Ich hätte die Augen aufmachen sollen.«

»Nein, nein«, sage ich ritterlich. »Meine Schuld. Mach dir keine Gedanken.«

»Du hast ihr nichts von dem Geld erzählt?«

»Nein.«

»O Mann.«

Stimmt. Aber schließlich habe ich Laura auch nichts von Kates Geld erzählt. O Mannomann.

»Es war doch nur ein Scherz«, sagt Laura.

»Was war ein Scherz?«

»Das mit den Bahamas.«

»Verstehe.«

»Glaubt sie, daß wir …?«

»Vermutlich. Es war ein bißchen schwierig zwischen uns in der letzten Zeit.«

Wir gehen zum Parkplatz.

»Meinetwegen?« fragt sie leise.

»Mit dir hat es auch zu tun.«

»Aber das ist doch verrückt!«

»Ja.«

»Es ist doch nichts passiert!«

»Nein.«

Verlegen steigen wir in den Landrover.

»Bring mich zurück und setz mich einfach ab, wo du mich aufgelesen hast«, sagt sie. »Dann brauchst du mich nie mehr zu sehen.«

»Danke«, sage ich. Sie lacht, offensichtlich verletzt.

»Ich meine, für das Geld«, erkläre ich.

»Es sei denn, du willst mich sehen.«

»Ja, ja. Und ich werde dir das Geld zurückgeben, sobald ich kann.«

»Natürlich«, sagt sie, fragt aber nicht, wann das sein wird.

Schweigend fahren wir hinaus nach Upwood. Aber wann werde ich ihr das Geld eigentlich zurückgeben können? Sobald die Zuschreibung meines Bilds eindeutig feststeht. Während der Fahrt ändere ich den Zeitplan ein wenig. Ich kann Kate und Laura nicht ewig auf ihr Geld warten lassen, denn es soll alles, wie ursprünglich geplant, ganz korrekt abgewickelt werden. »Ich denke, ich werde dir das Geld in ein, zwei Monaten zurückgeben können«, sage ich. »Ist das okay?«

»Kein Problem. Ich habe nicht vor, ständig bei dir anzurufen. Ich habe nicht vor, dich mit Briefen zu bombardieren.«

»Danke«, sage ich wieder. Mir fällt nichts anderes ein. Sie mustert mich.

»Es war bestimmt sehr unangenehm für dich«, sagt sie sanft, »daß Kate uns einfach über den Weg gelaufen ist. Es tut mir leid. Ich kann dir ansehen, wie elend du dich fühlst.«

»Ja. Aber du brauchst dir deswegen nicht den Kopf zu zerbrechen. Es wird schon wieder. Danke.«

»Ich wünschte, du würdest nicht andauernd ›danke‹ sagen.«

Kurz vor der Zufahrt halte ich an. »Du solltest lieber zwanzig Minuten warten, bevor du auftauchst«, sage ich. »Damit er nicht anfängt, sich sein Teil zu denken. Ich vermute jedenfalls, daß wir nicht länger brauchen.«

»Ich gebe dir zehn Minuten«, sagt sie beim Aussteigen. »Ich kann hier nicht ewig herumhängen. Nicht einmal dir zuliebe.«

»Fünfzehn«, kontere ich. Früher habe ich nach der ewigen Wahrheit des Universums gesucht. Jetzt geht es in meinem Leben nur noch ums Feilschen.

»Ich werde solange eine Zigarette rauchen«, sagt Laura trotzig und wirft die Tür zu. Dann reißt sie sie wieder auf, kramt in ihrer Tasche und wirft eine zerknüllte Packung in das Auto. »Dann eben nicht«, sagt sie. Aber sie sieht so deprimiert aus wie ich vermutlich auch.

Ich fahre weiter, vorbei an dem Schild, das besagt »Zutritt verboten«, denke klugerweise noch daran, die Zigaretten in meiner Tasche zu verstecken. Fast geschafft. Wenn die Sonne untergeht, werde ich dort sein.

Ja, die Sonne scheint noch immer. Wir nähern uns dem Ende eines warmen Frühlingstages, sind heruntergestiegen von den grünen Hügeln, vor uns liegt die fröhliche blaue Stadt am Meer, wo das Schiff gerade die Segel setzt.

Bei Sonnenuntergang werde ich dort sein.

8

Der Deal wird abgewickelt

Sobald ich an die große Haustür klopfe, hinter der im selben Moment Hundegebell ertönt, kehren meine Lebensgeister wieder zurück. Mir ist, als hätte ich eine Art Initiationsritus hinter mich gebracht, bei dem meine Befähigung zum Umgang mit hoher Kunst bewiesen werden sollte. Ich habe mich immer neuen Demütigungen und Prüfungen gestellt. Ich habe die Hosenbeine hochgerollt, ich habe meine Maß Bier geleert, ich habe mir den Schädel rasiert und die Haut ritzen lassen, und ich habe die ganze Nacht an einem unheimlichen Ort gewacht. Jetzt hämmere ich an die Pforte des Tempels und fordere meinen Lohn.

»Haben Sie das Geld?« fragt Tony aufgeregt, ehe die Tür auch nur einen Spaltbreit geöffnet ist, so daß sich die Hunde hindurchzwängen können. Ich halte meine Plastiktüte hoch. Er lächelt. »Sainsbury's! Phantastisch! Bestimmt gute Ware!« Die Hunde sind außer Rand und Band und kuschen zu meinen Füßen. Wir sind willkommene Gäste, meine Plastiktüte und ich.

Er führt mich in das düstere Zimmer mit dem fadenscheinigen Teppich und dem dekonstruierten Sofa, wo wir den ersten Abend verbracht haben. Ich hole vierundachtzig Geldbündel und siebzehn einzelne Fünfziger aus der Tüte und lege sie auf den langen Tisch hinter dem Sofa, während Tony zwei Gläser nimmt und uns von seinem Sonderangebots-Aperitif einschenkt. Der Kreis hat sich geschlossen.

»112 000 Pfund«, sage ich forsch. »Abzüglich fünfeinhalb Prozent. Nach meiner Berechnung 105 840. Sagen wir 105 850, ich hab's nicht kleiner.«

Ich hatte erwartet, daß er bei der Erwähnung der Kommission, die er sicher vergessen hat, mit einem Wutanfall reagieren würde. Aber kein Wort. Nun, da wir das Geschäft hinter uns gebracht haben, verhält er sich überaus manierlich. Er zählt die Geldpäckchen, prüft aber nicht nach, wieviel Scheine jeweils enthalten sind, und wirft kaum einen Blick auf die einzelnen Fünfziger. Er normalisiert sich ausgesprochen würdevoll.

»Tut mir leid, wenn ich manchmal ein bißchen ruppig war.«

»Schon gut«, sage ich großzügig. »Das Leben ist ein Schlachtfeld. Da muß man schon mal was einstecken können.«

»Und hier ging auch alles ein bißchen drunter und drüber.«

»Glaub ich gern. Aber jetzt wird alles wieder gut.« Ich hebe mein Glas. »Wollen Sie Laura nicht zu uns bitten?« frage ich mit unangestrengter Falschheit. In der Stunde des Triumphs sind meine neu erlernten Fertigkeiten im Schwindeln wieder da.

»Sie ist irgendwo draußen«, sagt er. »Weiß der Teufel wo.«

Er setzt sich in seinen alten Sessel vor dem großen leeren Kamin und starrt, plötzlich übermannt von Melancholie, trübsinnig in sein Glas.

»Hat mir viel bedeutet, wissen Sie«, sagt er. »Daß Sie mir geholfen haben. Nicht nur wegen des Geldes. Manchmal habe ich das Gefühl, daß ich hier auf ziemlich verlorenem Posten stehe. Von staatlicher Seite wird mir das Leben ohnehin schwer genug gemacht. Die Nachbarn sind auch nicht viel besser. Die beiden Söhne – totale Pleite. Der eine gammelt in einem Tierheim rum. Ich dachte, das ist was für Mädchen. Der andere ist *Sozialarbeiter*. Noch so ein Frauenberuf, nicht? Was halten Sie davon? Laura findet, daß sie mir damit etwas zu verstehen geben wollen. Weiß der Geier was. Und dann kommt mein reizender Bruder angeschneit. Manchmal frage ich mich, wo das alles hinführen soll. Vielleicht können Sie es mir irgendwann mal erklären.«

In meiner Eigenschaft als Philosoph vermutlich. »Ja, bei Gelegenheit«, sage ich mit einem verständnisvollen Seufzer, obwohl ich fest entschlossen bin, dieses Haus nie mehr zu betreten. »Ich bin aber nicht sicher, ob mir dazu was einfällt.« Das einzige, was mir einfällt, sind die Bilder, mit denen ich möglichst rasch verschwinden sollte. Mit Dankesreden und plötzlichen Bekenntnissen habe ich nicht gerechnet. Mich verzehrt die irrationale Angst, daß Georgie in wenigen Minuten mit einem Gerichtsvollzieher und eigens auf Arsensulfid und Kupferkarbonat trainierten Spürhunden auftauchen und mir einen Strich durch die Rechnung machen wird.

»Tja«, sage ich bedauernd und schaue auf meine Uhr.

»Haben Sie den Landrover zurückgebracht? Ich fahre Sie nach Hause.«

»Schönen Dank«, sage ich, stehe auf und nehme meine Sainsbury's-Tüte, in der meine sauer verdienten dreitausend Pfund stecken. »Die drei Bilder kann ich wirklich schlecht zu Fuß rübertragen.«

Doch Tony bleibt sitzen und starrt in die schwarze Tiefe des kalten Kamins. »Immer nur kämpfen, damit Upwood erhalten bleibt«, sagt er traurig. »Mein einziger Gedanke. Im Grunde sinnlos, selbst wenn es mir gelingt, den Besitz zu halten. Die Söhne interessieren sich doch einen Dreck dafür. Na ja, es bröckelt ja auch schon an allen Ecken und Enden, sosehr ich mich auch anstrenge.«

Ich versuche, eine passende Bemerkung zu murmeln, kann aber nur daran denken, wie ich die nächsten drei Erbstücke aus dem Haus kriege. »Vielleicht sollten wir diese Holländer wegschaffen«, sage ich, »bevor etwas dazwischenkommt.«

Die Hunde heben den Kopf und schauen zur Tür. Einer von ihnen bellt kurz. Ich höre die Haustür aufgehen. Das ist Georgie – er ist da.

Draußen auf dem Korridor nähern sich Schritte, und Laura schaut zur Tür herein. Ach ja. Ich hatte sie ganz vergessen.

»Was macht ihr denn hier?« fragt sie. »Seid ihr schon beim Trinken?«

»Wir feiern«, erkläre ich. »Ich habe die *Helena* verkauft.«

»Aha, schön«, sagt sie unbestimmt. »Ich war ein bißchen spazieren. Wieviel haben Sie denn dafür bekommen?«

Ich mache den Mund auf, um es ihr zu sagen, und werfe dann rasch einen Blick zu Tony hinüber. Er starrt noch immer in den

Kamin. Anscheinend hat er weder ihre Frage gehört noch ihr Kommen bemerkt. Ich wende mich wieder Laura zu, bin unsicher, wieviel er ihr von seinen Geschäftsdingen erzählt. Sie wirft ihm ihrerseits einen Blick zu und schneidet dann verstohlen eine kleine komische Grimasse.

»Einen vierstelligen Betrag oder einen fünfstelligen?« fragt sie. Meine Vorsicht war begründet. »Sechsstellig«, bekenne ich kühn. »Unglaublich«, murmelt sie und verschwindet.

»Tja«, sagt Tony, »und Laura kommt auch noch dazu.«

Lange Pause. Ich setze mich auf eine Sofalehne. Ich zwinge mich dazu. Mir bleibt nichts anderes übrig.

»Spazierengegangen!« sagt er und lacht kurz auf. »Sie geht doch nie weiter als bis zum Vorplatz!«

Ich könnte ihm sagen, daß er sich zumindest in dieser Hinsicht irrt, lasse es aber bleiben.

»Sie hat mit dem Rauchen aufgehört«, sagt er.

»So?« Wieder könnte ich einen sachkundigen Kommentar abgeben – ich könnte ihm erklären, daß diese Entscheidung auch mich mit unguten Ahnungen erfüllt. Aber wieder halte ich mich zurück. »Schön«, sage ich.

Erneut eine lange Pause. Ich habe den Eindruck, daß das dunkle Zimmer noch dunkler wird. Der Sonnenuntergang rückt deutlich näher.

»Ich gebe zu, daß ich es mit der Treue nicht immer so genau genommen habe«, sagt er. »Das gilt für uns beide. Aber eigentlich ist sie ganz in Ordnung. Eigentlich hab ich sie richtig gern. Eigentlich brauche ich sie sogar, auch wenn Sie das vielleicht überrascht. Ich weiß nicht, was sie vorhat, aber ich weiß, diesmal ist es was Ernstes. Vielleicht bin ich etwas beschränkt, aber ganz so beschränkt dann auch wieder nicht. Und wenn sie mich verläßt, Martin …«

Er schaut zu mir hoch. Wieder stehen ihm Tränen in den Augen. An denen mich wohl eine gewisse Mitschuld trifft. Aber inzwischen lassen mich seine Tränen kalt. Ebenso die Frage, ob ich dafür möglicherweise verantwortlich bin. Mich interessieren nur noch die Bilder.

»Ach was«, sage ich albern und gehe dann von Albernheiten zu simplem Lügen vor. »Sie liebt Sie. Ich habe bemerkt, wie sie Sie ansieht.« Ich stehe wieder auf, wiederhole die Aktion mit meiner Uhr und schalte von simplem Lügen auf brutale Sachlichkeit um. »So, wenn Sie mich fahren wollen ...«

Laura kommt mit einer der Ginflaschen zurück, die sie gekauft hat. »Ich werde mir ein Glas davon genehmigen«, sagt sie. »Und ihr?«

Tony erhebt sich schließlich und geht zur Tür. »Auf geht's!« bellt er. »Kommen Sie!«

»Nein?« sagt Laura und hält mir die Flasche entgegen.

»Tony fährt mich«, erkläre ich.

Sie wirft mir verstohlen einen Kuß zu. »Grüßen Sie Kate!« ruft sie, während ich schon auf den Gang trete und Tony und den Hunden folge.

»Sollte mir der betreffende Gentleman je in die Hände fallen«, sagt er, sobald die Haustür hinter uns ins Schloß gefallen ist, »werd' ich ihn mit einer Egge bearbeiten.«

»Die Bilder!« sage ich.

Er kuppelt den Anhänger ab und macht mir die Tür des Landrover auf. Die Hunde springen vor mir hinein, während er zur Fahrertür herumgeht.

»Ich werd' ihn in die Häckselmaschine stecken«, sagt er.

»Die Bilder!«

»Steigen Sie ein! Was für Bilder?«

»Die Holländer. Die anderen drei Bilder, die ich für Sie verkaufen soll.« Ich bemühe mich, mir die Panik nicht anmerken zu lassen.

»Ach, *die*«, sagt er. Er steigt ein und läßt den Motor an. »Machen Sie sich keine Gedanken. Ich habe jemand anders gebeten, sich darum zu kümmern.«

Ich steige ein und schließe wie benommen die Tür. Wir schlingern die Zufahrt entlang. Etwas an dem tiefen Schweigen, das sich über die Welt gesenkt hat, veranlaßt Tony, mir einen Blick zuzuwerfen, und was er in meinem Gesicht sieht, deutet wohl darauf hin, daß ein paar zusätzliche Worte angebracht wären.

»Trotzdem vielen Dank für Ihr Angebot! Hätte Ihnen schon vorher Bescheid sagen sollen.«

Auf halbem Weg ins Tal müssen wir halten, um einem entgegenkommenden Auto Platz zu machen. Der Fahrer kurbelt das Fenster herunter, will offenbar mit uns reden, und streckt zwei lachende Ohren heraus. Es dauert einen Moment, bis ich sie erkenne – als ich sie das letztemal sah, fuhren sie auf einem Fahrrad davon.

Tony dreht ebenfalls sein Fenster herunter. »Ich bin gleich wieder da«, ruft er. »Lassen Sie sich von Laura einen Drink geben!«

»Ich fühl mich so schlecht!« kräht John Quiss. »Donnere hier in der Landschaft herum wie ein Halbstarker in einem geliehenen Auto und verpeste diesen wunderschönen Frühlingsabend. Aber schließlich kann ich sie nicht auf dem *Fahrradlenker* nach London schaffen.«

Wir fahren weiter.

»Er glaubt, eines von diesen Dingern könnte ziemlich viel bringen«, erklärt Tony.

Immer schneller fließt der Fluß dahin. Die Unruhe, der Terror und die Erbitterung kündigen eine Krise an. Dann verliert sich der Strom auf einmal im flachen, stillen Wasser des Mühlteichs. Wir betreten ein Land ohne Geschichte.

Vor Sonnenuntergang wird es also vorbei sein, genau wie ich gesagt habe, und bis dahin ist es noch etwa eine Stunde.

Ich bewege mich wie ein Gespenst in der Küche, lege Bücher hierhin und dorthin, rede nicht mit Kate, kann nicht sprechen, während sie hin und her geht und wortlos Tildas Flasche zurechtmacht. Immer wieder kreuzen sich unsere Wege. Wir machen einander Platz, huschen durch die Strahlen der tiefstehenden Sonne, die durch das bald golden schimmernde, bald dunkle und blinde Fenster hereinfallen. Unsere Bewegungen haben etwas von einem hochkomplizierten strengen Tanz, der in völliger Lautlosigkeit getanzt wird.

Dies ist das Schlimmste, was mir je passiert ist. Es ist ganz sicher das Schlimmste, was uns beiden passiert ist. Ich weiß nicht, wie ich es ihr erklären soll. Die Dimension und die Plötzlichkeit der Katastrophe, all die Veränderungen um mich herum – ich habe es noch immer nicht begriffen.

Vielleicht könnte ich so anfangen: Ich könnte ihr sagen, daß ich mein Wort letztlich gehalten habe. Daß ich die objektiven Beweise nicht gefunden habe, nach denen ich suchte, und daß ich mein Projekt daher nicht weiter verfolgen konnte. Eventuell könnte ich das »daher« weglassen. Aber ich habe die Sache tatsächlich nicht weiter verfolgt! Das ist das Entscheidende. Jedenfalls nicht bis zum Schluß.

Ich könnte ihr ganz offen erklären, daß mir von den 15 000 Pfund, die ich mir bei der Bank geliehen habe, und den 6000 Pfund, die sie mir geborgt hat, nur die 3150 Pfund in der Plastiktüte übriggeblieben sind. Daß sie das Geld zurückbekommen wird, die Bank natürlich auch, ich weiß nicht wie, irgendwie halt, selbst wenn ich nachts in der Tankstelle arbeiten müßte, um das Geld zusammenzukriegen. Daß ich mich feierlich dazu verpflichte. So wie ich mich schon einmal feierlich verpflichtet habe.

Ich könnte ihr sagen, daß ich zumindest nie mehr an dubiosen Steuerhinterziehungsprojekten werde mitwirken müssen, nie wieder mit Diebesgut operieren werde oder mich bei vermeintlich konspirativen Treffen erwischen lassen muß.

Ich könnte ihr sagen, wie lächerlich und für mich auch verletzend ihre unzutreffende Einschätzung dieses Zusammentreffens mit Laura ist.

Ich könnte ihr sagen, daß ich ein überaus erfolgreicher Betrüger bin – nur allzu erfolgreich, denn Tony hatte nicht die leiseste Ahnung, daß ich hinter diesen anderen drei Bildern her war. Ich gleiche den niederländischen Herrschern, die ihren Mann auf den spanischen Königsthron gebracht haben. Allen habe ich etwas vorgemacht, selbst mir.

Ich könnte ihr sagen, daß sie es war, die die ganze Sache versaut hat, nämlich mit zwei Worten an die Adresse von Tony. Daß sie den ganzen wolkenverhangenen Turm von Babel, den ich für ihn errichtet hatte, mit ihrer beiläufigen Erwähnung von John Quiss zum Einsturz gebracht hat.

Ich könnte darauf hinweisen, daß das Bild dank unserer gemeinschaftlichen Bemühungen zumindest einem angesehenen Akademiker in die Hände fallen und vermutlich also ein anständiges Zuhause finden wird.

Ich könnte ihr sagen, wie sehr mich ihr Verrat geschmerzt hat.

Ich könnte ihr sagen, daß ich in den Abgrund hinuntergestiegen bin und nie mehr zurückkehren werde.

Ich könnte ihr sagen, daß ich insgeheim sogar erleichtert darüber bin, daß mir die furchtbare Bürde erspart bleibt, die ein Sieg zweifellos mit sich gebracht hätte.

Doch ich sage nichts. Ich sitze an dem einen Tischende und starre blind auf die Plastiktüte. Kate sitzt mit Tildas Flasche am anderen Tischende. Und sie bricht schließlich das Schweigen. Natürlich. Wie immer.

»Martin«, sagt sie ganz ruhig. »Ich liebe dich, und ich glaube, daß du mich auf deine Weise auch liebst. Ich möchte dich also bitten, etwas für mich zu tun. Für uns beide. Vielmehr für uns drei, denn ich weiß, daß du Tilda auch liebst.«

Ich warte, mit reglosen Händen und gebeugtem Kopf.

»Ich möchte dich bitten zu gehen, und zwar für so lange, bis alles vorbei ist«, sagt sie.

Jetzt weiß ich endlich, was ich sagen soll. Es ist ganz einfach.

»Es *ist* vorbei«, sage ich.

Sie sieht mich an. Ich starre weiter auf die Plastiktüte. Oben ist Tilda zu hören, die sich rührt.

»Soll das heißen, daß du das Bild hast?« fragt Kate.

»Nein. Ich habe es nicht. Ich werde es auch nie kriegen. Ich habe verloren. Du hast gewonnen.«

Ich stehe auf und stelle die Plastiktüte auf den Tisch. »Von dem Geld ist noch was übrig. Den Rest werde ich irgendwie beschaffen.«

Traurig betrachtet sie die Tüte. Sie reagiert nicht einmal auf die Nachricht, daß ich nicht nur nichts erreicht, sondern obendrein das meiste Geld verloren habe.

»Tut mir leid«, sagt sie.

Ich bin nicht ganz sicher, wie es weitergehen soll. Ich habe so eine Ahnung, daß ich sie vielleicht küssen sollte. Ungeschickt nehme ich ihre Arme, um damit anzudeuten, daß sie aufstehen soll. Ungeschickt steht sie auf. Ungeschickt stehen wir voreinander da und sehen uns an. Sie hält noch immer Tildas Flasche.

Das Telefon klingelt.

Ich mache ein schiefes Gesicht, stehe einfach da, warte darauf, sie zu küssen. Sie steht einfach da und wartet darauf, geküßt zu werden. Erstarrt stehen wir da, wie mein verlorengegangenes Paar im Gebüsch. Doch das insistierende Plärren, das wie ein quengelndes Baby unsere Aufmerksamkeit fordert, macht es irgendwie noch schwieriger, zur nächsten Etappe unserer Versöhnung voranzuschreiten. Kate dreht sich nach dem Telefon um. »Laß es klingeln«, sage ich. Sie geht hin und nimmt ab. Einen Moment lauscht sie schweigend, dann reicht sie mir wortlos den Hörer.

»Entschuldige«, sagt Laura, als sie mich hört. »Ich habe gesagt, daß ich nicht anrufen werde, ich weiß. Aber ich habe sie! Du mußt *sofort* losfahren und herkommen!«

Sie legt auf. Ich lege auf. Ich schaue zum Tisch. Mein Kopf ist völlig betäubt.

»Hör zu ...« sage ich zu Kate.

Ich sehe ihre Hand, die noch immer Tildas Flasche hält und mir jetzt die Plastiktüte hinschiebt.

»Vielleicht ist es besser, wenn du das restliche Geld behältst«, sagt sie. »Die Sache ist nämlich noch nicht zu Ende. Sie wird nie zu Ende sein. Martin, geh jetzt bitte! Und komm nie mehr zurück.«

Der Fluß verharrt bewegungslos im Mühlteich. Dann bricht er wieder auf, stürzt sich in das Rennen. Die Geschichte hat ein Jahr Pause gemacht. Jetzt stürmt sie weiter, hinein in den achtzigjährigen Krieg.

Als ich die Zufahrt nach Upwood erreiche, kommt Laura aufgeregt und strahlend von dem Schild »Privat – Kein Zutritt« angelaufen, wo sie schon einmal gewartet hat.

»Sie haben sie in den Kofferraum seines Autos gepackt und sind dann auf einen Drink noch mal ins Haus gegangen!« ruft sie. »Da habe ich sie einfach wieder rausgeholt!«

Ich springe aus dem Wagen. Sie läuft schon zum Schild, um sie zu holen.

»Du hast sie ... rausgeholt?« frage ich ungläubig. »Einfach so?«

»Ich konnte es nicht fassen, als mir klar wurde, daß er dich um sie betrogen hat!« Sie öffnet meinen Kofferraum und wirft die Bilder hinein.

»Aber wenn du sie rausgeholt hast«, sage ich, »das ist doch ...« Irgend etwas. Eine Straftat. Nein? Aber inwiefern? Ich weiß es nicht.

»Kein Diebstahl!« ruft Laura. »Ganz bestimmt kein Diebstahl! Solange du ihm das Geld schickst!«

Na gut, genaugenommen kein *Diebstahl.* Aber ...

»Er hatte doch eine Vereinbarung mit dir, oder?« sagt sie und wirft die Kofferraumklappe zu. »Wir halten uns einfach an die Vereinbarung!«

Ja. Möglich. Ich bin nicht ganz sicher, wie verbindlich es war, aber moralisch, denke ich ... vielleicht ...

»Ist von dem Geld denn noch etwas übrig?« sagt sie. Sie greift nach der Sainsbury's-Plastiktüte auf dem Vordersitz und schaut rein. »Jede Menge! Schick ihm einfach ein paar Tausender – er wird nicht aufmucken! Ausgeschlossen! Ein einziges Wort, und sein Bruder wird auch die hier noch einklagen!«

Beklommen steige ich ein. Aber sie läuft schon wieder zum Schild und zieht noch etwas hervor ... Einen Koffer. Was soll das?

»Ich werde ihn morgen anrufen«, sagt sie und stemmt den Koffer auf den Rücksitz. »Es ist meistens weniger riskant, Dinge, die er nicht hören will, durchs Telefon zu sagen!«

Sie verläßt ihn? Ein vernünftiger Schritt, keine Frage, und längst überfällig. Aber welchen Part spiele *ich* bei dem Ganzen?

Sie steigt neben mir ein. »Fahr los!« sagt sie. »Dieser grauenhafte kleine Kunstmensch wird irgendwo anhalten und in den Kofferraum schauen, und dann wird er unter lautem Gebrüll wieder angefahren kommen!«

Ja. Über all diese Dinge werden wir reden müssen. Ich wende, und dann fahren wir den Hügel hinunter. Sie lacht. »Wie bei Tonys Mutter, die mit Dicky und *Helena* abhaut!«

»Hör zu, Laura«, sage ich bestimmt. »Es ist furchtbar nett von dir, daß du die Bilder für mich beschafft hast, und ich bin wirklich sehr erstaunt und gerührt und dankbar. Aber vielleicht sollten wir ein, zwei Dinge klarstellen …«

Sie hört auf zu lachen. »Es ist alles klar. Keine Sorge. Du kannst dir mich sowieso nicht leisten. Du nimmst mich einfach mit. Setz mich irgendwo in London ab – ich werde bei meiner Schwester wohnen. Ich gehe jedenfalls davon aus, daß du die Bilder nach London bringst.«

Stimmt das? Vermutlich. Wieder einmal hat sich alles verselbständigt. In unser Cottage kann ich nicht zurück, ganz klar. Eine ganze Weile nicht. Obwohl Kate natürlich nicht *niemals* meint. Kein Mensch meint das, was er sagt, absolut wörtlich. Nicht einmal Kate.

Ich spüre Lauras Blick. »Oder denkst du wieder an Kate?« sagt sie. »Keine Angst, sie wird zwischen hier und London nicht aus dem Gebüsch hervorspringen!«

Vielleicht doch, denke ich, als wir an der Zufahrt zu unserem Haus vorbeikommen. Aber es passiert nichts.

»Daß ich nicht mehr da bin, wird ihm wohl erst auffallen, wenn er sich fragt, warum es kein Abendessen gibt«, sagt sie. »Ich hatte mir schon so etwas gedacht, als du fortgingst und die anderen drei Bilder nicht dabei hattest. Und als dann dieser furchtbare kleine

Mann mit seinem selbstzufriedenen Grinsen durch die Tür trat, da habe ich mir gesagt: So, jetzt reicht's!«

Der Tümpel am Wald, wo der tote Landstreicher lag, ist völlig ausgetrocknet. Wir biegen auf die Straße nach Lavenage ein ... vorbei an Busy Bee Honey ... weiter in Richtung Süden, dem unwirklichen Land entgegen ...

Wie es aussieht, habe ich also doch gewonnen. Nicht daß ich mich als Gewinner fühle. Eher habe ich das Gefühl, daß ich nichts mehr zu verlieren habe. Es ist schon alles verloren ... Nein, nein! Sie meint nicht *niemals*. Kein Mensch meint *niemals*.

Und Laura hat recht. Wir tun nichts Verbotenes. Wir rauben nicht den Schatz des Menelaos. Ich werde ihm das Geld schicken. Er sollte sowieso jeden Penny bekommen. Da ihm diese Bilder aber genausowenig gehören wie mir ... Da sie *niemandem* gehören ... Da sich alles selbständig gemacht hat ... Ja, ich komme mir nicht wie Paris oder Dicky vor – sondern wie der Mann auf meinem Bild, der hilflos ins Wasser fällt, immer tiefer und tiefer, bis sich das Wasser über ihm für immer schließen wird.

Unvermittelt steige ich plötzlich auf die Bremse und donnere unsanft über eine Bordsteinkante. Ein schrecklicher Gedanke ist mir gerade gekommen. Kein Gedanke – eine Gewißheit, so eisig und endgültig wie das Wasser des Mühlteichs.

Langsam wende ich mich Laura zu, die mich schon anlächelt. »Mach doch nicht so ein finsteres Gesicht«, sagt sie. »Du *mußt* es nicht tun. Ich weiß schon, eigentlich willst du gar nicht ...«

Wie gelähmt von der eisigen Gewißheit, die mich erfaßt hat, starre ich sie an. Ihre Worte erreichen mich nicht.

»Na schön«, sagt sie. »Einen Kuß.«

Sie lächelt nicht mehr. Ihr Gesicht kommt langsam und gefährlich näher. Ich steige aus und öffne den Kofferraum.

Zuoberst liegen die Reiter. Darunter sind die Schlittschuhläufer. Ich werfe sie beiseite und ziehe das unterste hervor.

Aber ich weiß es schon. Es ist nicht mein Bild – *unmöglich*, denn meines ist massive Eiche, zwanzig oder dreißig Pfund schwer, sie hätte es unmöglich mit ihrem Koffer und den beiden anderen Bildern bis zum Ende der Zufahrt schleppen können – es ist einszwanzig mal einsachtzig – es hätte gar nicht in das Auto gepaßt …

Das Bild, das ich jetzt in der Hand halte, ist ohnehin gerahmt. Es ist eine Leinwand. Es ist etwa dreißig mal sechzig. Es ist der Hund.

»Das ist doch das Bild, das du haben wolltest, oder?« fragt Laura. Ich schaue hoch. Sie ist ausgestiegen und sieht mich unsicher an. »Es sollte eine Überraschung sein. Ich habe mich auf einmal daran erinnert, wie du es angesehen hast, und bin zurückgeschlichen und habe es von der Wand genommen.«

Ich sehe sie an. Ich sehe den Hund an. Dann sehe ich wieder sie an. Ich dachte, es gäbe nichts mehr zu verlieren. Von wegen. Es gibt immer noch etwas zu verlieren.

Ich hatte es ganz vergessen – mir ist es gelungen, auch ihr meine wahren Absichten zu verheimlichen. Als Betrüger bin ich über die Maßen erfolgreich.

»Er wird explodieren, wenn er es merkt«, sagt sie. »Es ist das einzige Bild, an dem er wirklich hängt … Es ist doch das Bild, auf das du ein Auge geworfen hast, stimmt's?«

In diesem Moment geben alle Sprungfedern und Stoßdämpfer in mir den Geist auf. Sie haben mich über eine lange, ziemlich holperige Straße getragen, und nun sind sie plötzlich nicht mehr da. Ich schleudere den Hund in die Dunkelheit, setze mich auf ein niedriges dekoratives Mäuerchen vor einer dekorativen Hecke und breche in Tränen aus.

Genau wie in Schloß Amalienburg. Damals habe ich getrauert, weil vier Tage Glück zu Ende gegangen waren. Jetzt weine ich, weil ich alles verloren habe, was ich je besessen oder zu besitzen gehofft habe.

Laura setzt sich auf das Mäuerchen, dicht neben mich, ohne mich zu berühren. Ich kann sie nicht ansehen, doch dann legt sie die Hand auf meine, und ich spüre, mit welcher Geduld und Zärtlichkeit sie wartet. Erstaunlich. Von ihr hätte ich das nicht erwartet. Ich habe mich in ihr geirrt, wie in allem anderen auch.

Es wird dunkel. Die Sonne ist definitiv untergegangen. Alle paar Sekunden geraten wir in das Scheinwerferlicht vorbeifahrender Autos, zwei Figuren in einer merkwürdigen emotionalen Szene am Rand des Frühlingsabends, die so wenig zu ihrer Welt gehören wie Ikarus oder Saulus.

»Entschuldige«, stammele ich schließlich. Ich hole mehrmals tief Luft. »Entschuldige.«

»War es das andere?« sagt sie sanft. »Das im Schlafzimmer?«

Ich sage nichts. Sinnlos, es verheimlichen zu wollen. Es vor ihr zu verheimlichen war, wie sich jetzt zeigt, ganz und gar sinnlos.

»Es ist wieder im Schlafzimmer«, sagt sie. »Sonst hätte ich es vielleicht mitgebracht. Er wollte noch einmal versuchen, die Ecke abzuwaschen. Wenn du mir doch nur etwas gesagt hättest! Ich dachte, es ist nichts wert!«

Ich ziehe meine Hand zurück und lege sie auf die ihre, um sie meinerseits zu trösten. In ihrem Kummer tut sie mir fast so leid, wie ich mir in meinem Ruin leid tue.

»Hätte es dir wirklich so viel bedeutet?« fragt sie.

Ich übersetze meine Empfindungen in die denkbar simpelste Sprache: »Ich glaube, es ist mehrere Millionen Pfund wert.«

Mit ihrer freien Hand streichelt sie die Hand, die ihre Hand hält.

»Wow«, sagt sie schließlich.

Ich kriege noch ein zittriges Lachen hin. »Das hast du schon lange nicht mehr gesagt. Alles war ›Wow‹. Und einmal hast du mich als ›blöden Hund‹ bezeichnet.«

»Wirklich? Entschuldige!«

»Nein, es war ganz lieb gemeint. Und es stimmt ja auch.«

Tony ist vermutlich auch ein ziemlich blöder Hund. Und der Mann, dem er sie ausgespannt hat, klang auch nicht viel besser. Ich bin ihr dritter blöder Hund. Vielleicht sind wir die Kinder, die sie nicht hat.

»Mehrere Millionen«, wiederholt sie. Der Klang dieser beiden Wörter gefällt ihr. »Das war ihm nicht klar, weißt du. Absolut nicht.

Mir auch nicht. Was für ein cleverer Hund du doch bist! Mehrere Millionen …! Wieviel wolltest du ihm dafür geben?«

»Ein paar tausend vielleicht.«

Sie lacht entzückt. »Wunderbar! Jetzt verstehe ich auch, warum du Philosoph bist!«

Sie springt hoch. »Komm! Es wird langsam kalt, jetzt, wo die Sonne untergegangen ist.«

Im Scheinwerferlicht der vorüberfahrenden Autos sammelt sie den Hund und die beiden Holländer, die ich der Dunkelheit überantwortet habe, wieder ein.

»Er hat es unter der Matratze versteckt«, sagt sie. »Wollte zwei Fliegen mit einer Klappe schlagen – er hat Rückenprobleme.«

Wir steigen wieder ein, ich lasse den Motor an, um meine inzwischen sinnlose Odyssee fortzusetzen.

»In diese Nuckelpinne paßt es aber nicht rein«, sagt sie. »Wir müssen seinen Landrover nehmen.«

Ich schaue gerade nach hinten, um zu sehen, ob die Straße frei ist, wende mich wieder meiner Beifahrerin zu. *Was* hat sie gesagt?

»Ich werde reingehen und Abendessen machen«, sagt sie. »Sobald er und die Hunde in der Küche sitzen und beim Essen sind, öffne ich dir die Haustür. Ein paar Millionen? Vielleicht kannst du's dir ja doch leisten, ich meine: mich!«

Wir stellen das Auto in der Dunkelheit neben dem Schild »Privat – Kein Zutritt« ab.

»Ich weiß nicht, warum du von Diebstahl redest«, sagt sie, da ich unterwegs immer wieder meiner Besorgnis und meinem Unbehagen Ausdruck gegeben habe. »Wie kann es Diebstahl sein? Es ist doch *mein* Haus! Ich habe nur das falsche Bild mitgenommen! Wir bringen es zurück und tauschen es einfach um. So wie man einen Pullover zu Marks and Spencer zurückbringt, wenn er nicht paßt.«

Und schon ist sie ausgestiegen und holt das Hundebild aus dem Kofferraum.

»Warte, hör zu ...« flüstere ich eindringlich.

»Laß den Schlüssel stecken«, sagt sie leise. »Wenn wir im Landrover zurückkommen, kannst du mich absetzen, ich fahre dann mit deinem Auto hinterher ... Martin, er wäre hocherfreut, wenn er es wüßte. Der Hund gefällt ihm doch viel besser!«

Sie verschwindet im Dunkel der Zufahrt. Ich stolpere über Schlaglöcher hinterher.

»Bleib stehen«, flüstere ich. »Warte! Ich will es nicht!«

»Natürlich willst du es!«

»Nein, nein! Ich will weg hier! Ich will einfach weg hier!«

»Jetzt bist du aber wirklich blöd, Schatz! Gemeinsam schaffen wir das schon. Vielleicht ist er ja gar nicht da.«

Genau – vielleicht ist er zwecks gegenseitiger Tröstung zu Kate gefahren.

Doch es sieht nicht so aus. Als wir hinter den Bäumen hervortreten, zeichnet sich im gedämpften Licht der Erdgeschoßfenster die Silhouette des Landrover ab. Ich bleibe stehen. Laura ebenfalls.

»Ich dachte, ich würde ihn nie mehr zu Gesicht bekommen«, sagt sie mit veränderter Stimme. »Ich kann dir gar nicht beschreiben, wie schlimm es in den letzten Wochen war ...«

Jetzt ist von *ihrem* Mut nichts mehr übrig. Zu meiner Schande muß ich gestehen, daß ich erleichtert bin. Ich zupfe sie am Pulloverärmel. Ich will einfach verschwinden, bevor die Hunde uns entdecken.

Sie nimmt meine Hand und drückt sie. »Behalte die Haustür im Auge«, sagt sie. »Sobald sie sich öffnet, gehst du rein. Er wird in der Küche bleiben. Bis dahin sind wir sicher schon mitten in einem lauten Streit.«

Wieder drückt sie meine Hand, diesmal so fest, daß es schmerzt, und geht in die Dunkelheit hinein. Ich packe sie am Ärmel. »Laura! Bitte! Bitte!«

Sie bleibt stehen.

»Bitte, Laura«, flüstere ich verzweifelt. »Mir zuliebe! Bitte!«

»Mehrere Millionen!« flüstert sie.

»Ich weiß nicht! Ich bin mir nicht sicher. Ich glaube, ich habe mich geirrt.«

Doch die Nacht hat sie schon verschluckt. Wenig später erscheint im Vorbau ein blaß erleuchtetes Rechteck, vor dem sie sich als dunkle Figur abhebt. Dann ist das Licht wieder verschwunden.

Ich finde eine Stelle am Waldrand, wo ich warten kann. Es dürfte ungefähr dieselbe Stelle sein, wo ich eines nassen Morgens gestanden und die Tür beobachtet habe, viele Wochen ist es her – nein, *eine* Woche ... noch weniger, fünf Tage. Es kommt mir wie eine Ewigkeit vor. Eine *zweite* Ewigkeit. Denn ich erinnere mich wieder, daß mir schon damals das Warten vor dieser Tür wie eine Ewigkeit erschienen war.

Ich versuche mir vorzustellen, was im Innern des Hauses vor sich geht, lasse es am Ende aber sein. Diese Farce ist wirklich das Letzte. Vielleicht kriegt er sie wieder herum, so wie er sie herumgekriegt hat, als sie mit dem ersten ihrer drei blöden Hunde verheiratet war. Vielleicht empfindet sie Mitleid für ihn, so wie für mich, und dann beschließt sie, wieder zu ihm zurückzukehren. Vielleicht werde ich nach den ersten beiden Ewigkeiten draußen vor der massiven Eichentür ihres Hauses nunmehr eine dritte Ewigkeit verbringen.

Die ganze Sache ist sowieso völliger Wahnsinn, das weiß ich sehr wohl. Selbst wenn wir es diesmal erwischen, werden das Bild und ich sehr bald getrennte Wege gehen, das Bild in einen Banksafe, ich in eine Gefängniszelle.

Unterdessen geht das Jahr langsam weiter. Meine Besorgnis läßt nach. Ich ergebe mich meinem Schicksal. Durch die zarten Blätter über mir sehe ich den Großen Wagen auf der einen Seite des Polarsterns und Cassiopeia auf der anderen, die sich umeinander drehen wie eh und je. Eine richtig idyllische Szene, finde ich. Ein solides Landhaus unter den Sternen an einem schönen Frühlingsabend. Doch unerkannt im Dunkeln wartet der Eindringling. Die Manichäer haben recht. Dem Licht steht die Finsternis gegenüber, dem Guten das Böse. Das Licht scheint auf das glückliche Jahr in Bruegels Bildern, um sie herum nimmt die Dunkelheit zu.

Wie würde Bruegel, der so viel Unmalbares gemalt hat, das Böse malen, das in der Finsternis lauert, den Tod in Arkadien?

Ich richte den Blick wieder auf die dunkle Haustür. Sonderbar. Ich sehe keine Haustür. Dort, wo die Haustür war, zeigt sich das blaß erleuchtete Rechteck. Laura hat sie wieder geöffnet.

Sofort trete ich ein. Es ist wie vor dem Sprung vom Zehn-Meter-Turm oder vor einer Operation, deretwegen man ins Krankenhaus muß. Im entscheidenden Moment tut man es. Und wie? Man tut es einfach.

In der Eingangshalle – kein Laut. Und nur ein schwaches indirektes Licht, das von irgendwoher kommt. Ich schleiche mich zu der breiten Treppe, bleibe dann stehen. Ich höre leise Geräusche, wahrscheinlich von der Küche – ein gedämpfter Aufschlag, ein undeutliches Stimmengewirr. Die höhere Stimme wird lauter und dann von der tieferen Stimme übertönt. Noch immer kein Wort zu verstehen, aber worum es geht, ist klar – Tony und Laura führen die Auseinandersetzung, die sie angekündigt hat. Die Stimmen werden wieder leiser, aber ich zwinge mich, weiterzugehen. Auf der Treppe stolpere ich über etwas Hartes. Es ist das Hundebild, das von seinem kleinen Ausflug zurückgekehrt ist. Ich hebe es auf und hänge es an seinen Platz über der Treppe, als ich dort vorbeikomme. Ja, ich nehme einfach den Umtausch vor, Größe 34 statt Größe 32.

Im Schlafzimmer ist es stockdunkel. Ich mache kein Licht. Das Bett ist zerknüllt wie vor fünf Tagen. Um das Bild zu lokalisieren, muß ich den Kopf tief in das widerliche Durcheinander stecken, so wie ich ihn damals, allerdings mit größerem Vergnügen, in unser Bett in der Oswald Road vergraben habe. Unter größter Kraftanstrengung zerre ich die schwere Eichentafel aus dem Bettzeug hervor, beschädige vermutlich die Farboberfläche, donnere das Bild beim Verlassen des Zimmers gegen den Türgriff und schramme es noch einmal am Geländer. Auf halber Treppe, in der ersten Andeutung eines brauchbaren Lichtscheins, bleibe ich stehen, lehne das Bild ans Geländer und betrachte es. Ja, kein Irrtum diesmal. Schimmer – Tanz – Schiff – Bergspitzen. Das ganze Panorama des späten

Frühlings. Es ist alles da. Plötzlich packt mich eine unbändige, panische Freude. Das Mistding gehört mir!

Und dann ist schlagartig Schluß mit der Stille im Haus. Eine Tür wird heftig aufgerissen, und der Lärm ergießt sich lavaartig den Flur entlang bis in die Diele unter mir. Tony schreit, Laura schreit, die Hunde bellen und toben vor Freude über diesen unerwarteten Stimmungsausbruch. Ich erstarre, lehne das Bild gegen das Treppengeländer und wage es nicht, mich umzudrehen, damit ja kein Licht auf mein Gesicht fällt. Die Hunde finden mich natürlich auch ohne Licht, und schon bin ich bis zur Hüfte umgeben von japsenden Hundeschnauzen, nassen Zungen und fröhlich wedelnden Schwänzen. Noch immer wende ich das Gesicht ab. Tony scheint mitten in der Diele stehenzubleiben, Laura ist irgendwo hinter ihm. Ich spüre seinen Blick im Nacken. Und Lauras Blick auch.

Ich warte darauf, daß er lostobt. Aber er ruft immer nur mit blinder, mechanischer Wut: »Ich hab's satt!«

»Himbeerpudding«, ruft Laura. »In der Küche. Himbeerpudding!«

»Ich hab's satt«, wiederholt er unbeirrbar, und seiner Stimme nach zu urteilen, meint er nicht nur den Himbeerpudding. »Ich hab's satt! Satt! Satt!«

Mir wird klar, daß Tony sturzbetrunken ist. Offensichtlich fällt es ihm schwer, das Gleichgewicht zu halten. Und den unbeweglichen, stummen Eindringling inmitten der lebhaften Hunde zu erkennen.

Und auf einmal sind die Hunde verschwunden. Sie sind ihrem betrunkenen Herrn in das Innere des Hauses gefolgt. Endlich kann ich es wagen, mich umzudrehen. Laura kommt mir quer durch die Diele entgegengelaufen.

»Verschwinde!« flüstert sie, und jetzt liegt wirklich Angst in ihrer Stimme.

Das lasse ich mir nicht zweimal sagen. Ich bücke mich herunter, um das Bild wieder hochzuheben.

»Laß es hier!« sagt sie. »Schnell! Beeil dich!«

Dalassen? Jetzt?

»Er ist im Jagdzimmer!«

Und ehe ich mich entscheiden kann, ob ich das Bild dalassen soll oder nicht, ist er, eskortiert von wildem, freudigem Gebell, wieder zurückgekehrt. Er herrscht die Hunde an, endlich Ruhe zu geben, und während sie verstummen, höre ich, noch immer unbeweglich dastehend, hinter mir den Grund für ihre Aufregung. Tony geht auf die Jagd – er klappt das Gewehr auf und schiebt die Patronen hinein.

»Gib mir das Ding!« kommandiert Laura.

»Diesen Anblick wirst du nie vergessen«, sagt er. »Das schwör ich dir.«

»Ich habe gesagt, du sollst es mir geben!«

»So hab ich meinen Onkel gefunden. Als ich ein Kind war. Noch heute träume ich davon.«

Das Gewehrschloß schnappt leise zu. In gebeugter Haltung, das Bild halb erhoben, warte ich auf den fürchterlichen Knall, der Tonys Geschichte ein für allemal beenden wird. Ich müßte natürlich eingreifen, ihn aufhalten. Doch ich weiß, wenn ich nur den leisesten Hinweis auf meine Anwesenheit gebe, wird sich das Gewehr von ganz allein auf mich richten, und dann wird *meine* Geschichte beendet sein.

»Bitte«, sagt Laura. »Bitte, Tony!«

Nichts. Sogar die Hunde sind jetzt still. Der Fluß der Zeit hält inne.

Und dann klingelt das Telefon.

Noch immer rührt sich niemand. Es klingelt weiter auf dem mächtigen Sideboard genau unter mir, immerhin ein Ereignis in der großen Ereignislosigkeit. Wir ignorieren es, so wie Kate und ich den Anruf heute nachmittag nicht beachtet haben. Doch auch dieser Anruf läßt sich nicht ignorieren. Langsam setzt sich die Zeit wieder in Bewegung. Tony gibt ein leises Geräusch von sich, das wie ein Seufzer klingt.

»Geh ran«, sagt er leise. »Es ist bestimmt wieder dein Freund.«

»Gib mir zuerst das Ding!«

»Du sollst rangehen!« schreit er und dreht sich dabei so heftig um, daß das Gewehr gegen den Tisch donnert. Laura tut, wie ihr geheißen. Doch bevor sie das Telefon erreicht, hat Tony es sich offenbar anders überlegt. Ich höre, wie er sich vor sie drängt und selber zum Hörer greift.

»Hör zu, du Arsch …« beginnt er und hält dann inne, denn wer immer am anderen Ende ist, jedenfalls bin nicht ich es, wie ich erleichtert feststelle. Eine Pause, in der ihm der Anrufer das offenbar klarmacht. Eine schlimmere Möglichkeit schießt mir durch den Kopf: Kate sucht mich, will mir eine unangenehme Botschaft übermitteln, einen Vorwurf oder Appell.

»Nicht im Kofferraum?« ruft Tony. »Was soll das heißen, die Bilder sind nicht im Kofferraum? Soll das ein Witz sein …?«

Quiss. Natürlich.

»*Du* warst es«, sagt Tony plötzlich mit furchtbarer Stimme, und jetzt drehe ich mich um, denn er spricht nicht mehr mit Quiss. »*Du* hast sie geklaut.«

Aber er redet auch nicht mit mir. Er hat den Hörer hingeworfen und geht, in der Hand noch immer das Gewehr, auf Laura zu.

»Du und diese miese kleine Ratte von dort drüben«, sagt er, wie von einem jähen Erkenntnisblitz getroffen. »Dieser elende kleine Schulmeister. Natürlich! Mit ihm treibst du's!«

Laura entwindet ihm das Gewehr und schleudert es quer durch die Diele. Ob es ihre vermeintliche Untreue ist oder der Anblick seines kostbaren Gewehrs, das über den steinernen Fußboden segelt – Tony verliert den letzten Rest Selbstbeherrschung. Er legt ihr die Hände um den Hals und fängt an, sie gegen den Geländerpfosten zu donnern. Sie will mir etwas zurufen, doch es kommen keine Worte über ihre Lippen. Ich lasse die *Pretmakers* los und strecke die Arme aus, um etwas zu tun, ich weiß nicht, was, und schon stürzt das Bild polternd die Treppe hinunter. Tony dreht sich um und sieht mich jetzt, glotzt mich mit aufgerissenem Mund an, während er Lauras Hals noch immer umklammert.

Einen Moment stehen wir alle erstarrt da. Dann schleudert er Laura zu Boden und wirbelt herum, wohl um zu sehen, wo sein Gewehr gelandet ist, aber so lange will ich nicht warten. Ich komme die Treppe heruntergepoltert, fast so schnell wie das Bild, greife mit der einen Hand nach Laura, mit der anderen nach dem Bild. Wir drei, Bild, Laura und ich, stürzen hinaus in die Nacht, ich fummele an der Schnur, die die Hecktür des Landrover zusammenhält, während Laura, noch halb erstickt von dem Würgegriff, einen warnenden Laut produziert. Und da stolpert Tony schon heraus, das Gewehr in beiden Händen, über die Hunde auf der Schwelle, ein Schuß löst sich, das Krachen erfüllt die Nacht, aber er geht weit daneben. Ich werfe das Bild in das Auto, knalle die Tür zu und versuche, eine Art Knoten in die Schnur zu bekommen, damit die Tür nicht aufgeht. Aus den Augenwinkeln sehe ich, daß Tony sich mühsam hochrappelt. Ich weiche instinktiv aus, als er ein zweitesmal anlegt, und dann streift ein sengend heißer Peitschenschlag meinen Hinterkopf.

»Schnell!« krächzt Laura. »Er lädt nach!«

Doch als der nächste Schuß fällt, sind wir schon losgefahren. Das Fenster neben mir ist völlig zersprungen, wir donnern die Zufahrt hinunter, stoßen uns die Köpfe am Dach, aber in dem vertrauten Gestank von Dreck und Benzin fühlen wir uns sicher. Eine ungestüm bellende Eskorte hetzt neben uns her. Als ich auf die Landstraße einbiege, kommt es zu einem ungeheuren Aufprall, und ich sehe einen der Hunde purzelbaumschlagend in der Dunkelheit davonrollen. Doch meine ganze Aufmerksamkeit gilt der feuchten Stelle, die ich am Hinterkopf fühle.

»Ein paar Zentimeter weiter nach links ...« sage ich beim Anblick meiner blutigen Hand.

»Noch ein paar Sekunden länger ...« flüstert Laura, die sich die Hand an den Hals gelegt hat.

Doch es sieht so aus, als lebten wir noch. Es sieht auch so aus, als hätten wir das Bild. Zum zweitenmal an diesem Abend brettern wir mit Karacho talwärts, dem Glück entgegen.

Der Tümpel am Waldrand ... die Straße nach Lavenage ... Busy Bee ...

Lauras Stimme kehrt wieder zurück.

»Ich hätte den Gin nicht hinstellen dürfen«, krächzt sie.

Sie befühlt ihren Hals und zieht dann den Pullover hoch, um ihre Rippen zu inspizieren. Aber ich kann nicht hinschauen, denn endlich fange ich an zu kapieren.

Den Zusammenhang zwischen Schnur und Erstickung. Um zu verhindern, daß Ketzer in der Öffentlichkeit als Märtyrer angesehen werden, befahl Philipp II. in jenem idyllischen späten Frühling des Jahres 1565, diese Personen künftig zu nächtlicher Stunde in den Kerkern hinzurichten. Man sollte ihnen den Kopf zwischen die Knie binden und sie langsam in Wasserbottichen ertränken.

»Egal«, sagt sie. »Wir haben gewonnen. Wir haben es.«

Doch ich denke nicht an unseren Triumph. Im Rückspiegel sehe ich die schwere Tafel, die hinten im dunklen Landrover liegt. Details kann ich natürlich nicht erkennen. Aber ich ahne, was ich sehen werde, wenn ich es das nächstemal betrachte.

Ich werde sehen, daß der Kopf des kleinen Mannes, der in den Mühlteich taumelt, zwischen den Knien festgebunden ist.

Er wird nicht kurz untergetaucht. Er wird nicht gerettet. Sondern ertränkt.

Weit hinten im Mittelgrund, unbemerkt von den Umstehenden, nur von einem Auge zu erkennen, das nichts mit der Welt des Bildes zu tun hat, findet ein Märtyrertod statt. Das kleine Randereignis, das der Szene Bedeutung verleiht, so wie der Sturz des Ikarus und die Blendung des Saulus und die unauffällige Ankunft der Schwangeren inmitten der Menge zu Bethlehem. Das ereignisreiche Jahr geht seinen Gang, aber noch ehe die erste Jahreszeit vorbei ist, geschieht dieser kleine versteckte Mord, der die ganze Idylle mit ironischen Vorzeichen versieht.

»Du bist ja so still«, sagt Laura.

»Ich denke nach.«

Ich denke: *Multa pinxit, hic Brugelius, quae pingi non possunt.* Hier haben wir eines der vielen unmalbaren Dinge – die unsichtbare Hinrichtung im Dunkeln, der vor den Augen der Menschen verborgene Justizmord. Hier wird das Versteckte ans Tageslicht geholt, deutlich zu sehen für jeden Niederländer, der vielleicht das gleiche Schicksal erleiden, und für jeden Spanier, der es vollstrecken wird. Hier zeigt sich wieder, was Bruegel nicht malt, sondern zu verstehen gibt. Der Blitz und der Donner. Das ganze brutale Regime, ironisch-phantasievoll angeklagt und verspottet. Kein Wunder, daß er Angst hatte. Kein Wunder, daß meine wertvolle Last aus dem Gepäck des Eroberers entfernt wurde.

»An was Schönes?« fragt Laura. »An die Millionen? An mich? Uns? Alles zusammen?«

Ich lege meine Hand auf die ihre, denke aber: Ich muß kurz anhalten und nachschauen. Ich muß prüfen, ob der Kopf des Mannes tatsächlich zwischen den Knien festgebunden ist. Wenn ja, dann habe ich mein Versprechen gehalten, meine Zusage eingelöst. Ich habe das Detail gefunden, mit dem ich das Bild zweifelsfrei identifizieren kann. Das meine Interpretation der ganzen Folge bekräftigt. Wer formaljuristisch der Eigentümer dieses Stücks Eiche ist, wird noch zu klären sein. Moralisch kann ich jedenfalls beanspruchen, daß es zeitweilig in meine Obhut kommt. Wenn die Fesselung da ist. Ich schaue in den Spiegel, ob ich anhalten kann. Nein, noch nicht – ein Auto fährt in hohem Tempo hinter mir her.

Die Scheinwerfer, voll aufgeblendet, kommen immer näher, erfassen das Bild, als wollte der Fahrer durch die Hecktür hineinsehen und das Detail persönlich überprüfen. Ich weiche dem grellen Licht aus und sehe dabei, wie Laura sich nach der Quelle dieses plötzlichen Lichts umdreht.

»Dein Auto!« ruft sie. »Wir haben dein Auto vergessen!«

Was das heißt, wird mir nur langsam klar. Unmöglich! Oder? Ich schaue mit zusammengekniffenen Augen wieder in den Spiegel, unnötigerweise, denn die Scheinwerfer sind inzwischen so nahe, daß sie unter dem Heckfenster verschwunden sind.

»Schnell!« schreit Laura. »Er rammt uns!«

Die Geschichte ist also doch noch nicht zu Ende.

Ich gebe Gas. Die Scheinwerfer tauchen kurz auf und verschwinden, als das Auto hinter uns wieder aufschließt. Ich erschrecke, fahre langsamer. Wir werden gerammt, der Landrover gerät ins Schlingern.

»Häng ihn ab!« schreit Laura. »Er ist total betrunken!«

Ich will wieder beschleunigen, doch inzwischen verfolgen die Scheinwerfer eine andere Politik. Sie schwenken hinaus in die Straßenmitte.

»Nein, nein, laß dich nicht überholen!«

Ich trete das Gaspedal durch, so daß wir in einer wahnwitzigen Parallele nebeneinander herjagen.

»Schneller!« ruft Laura. »Schneller! Schneller!«

Typische Empfehlung, denke ich trotz meiner Panik, und sicher auch typischerweise falsch, aber mir fällt keine bessere Strategie ein. Der Ansturm der sich überstürzenden Ereignisse mündet in dieser letzten verrückten Jagd, die nur ein entgegenkommendes Fahrzeug beenden kann.

Aber es kommt uns niemand entgegen. Wir befinden uns auf der einsamsten Straße von ganz England. Sekunde um Sekunde, Jahr um Jahr donnern wir gemeinsam dahin. Gibt es denn niemand? Bitte! Kommt schon! Macht Schluß! Macht ihn kalt!

Wir rasen über eine Anhöhe, heben fast ab – und dort, endlich, kommen uns zwei Scheinwerfer in hohem Tempo entgegen, zusammengenommen mindestens zweihundert Sachen.

Und wer weicht aus? Nicht Tony, sondern ich. Typisch für mich, daß ich im letzten Moment davor zurückschrecke, ihn dem Tod auszuliefern – mein Fuß hat die Bremse schon heruntergedrückt, bevor ich über diese Frage auch nur nachdenken kann. Tony, noch typischer, schert einfach wieder nach links ein, direkt vor mir, als gäbe es mich überhaupt nicht. Der erste kolossale Krach und der erste kolossale Ruck erfolgen, glaube ich, als er den Kotflügel des Landrover erwischt, so daß mir das Lenkrad sinnlos durch die Finger wirbelt. Es folgt eine ganze Salve von Krachern, während wir die Grasböschung erklimmen und abermals über das große unwegsame Land hinwegrumpeln. Und noch ein anderes Geräusch erfüllt den Landrover – irgend jemand schreit, entweder Laura oder ich oder wir beide, denn vor uns, mitten in dieser Wüstenei, steht unerklärlicherweise das Wrack eines kaputten Lieferwagens.

Ich trete noch heftiger auf die Bremse, was jedoch nicht viel bewirkt. Alles nimmt seinen Gang, gemächlich und unausweichlich. Das Aufeinandertreffen von Gesicht und Windschutzscheibe und stehendem Lieferwagen. Die Eskalation des Lärms. Die plötzliche Dunkelheit, als die Scheinwerfer zersplittern. Die erstaunlich lange Wegstrecke, die wir und der nun nicht mehr stehende Lieferwagen gemeinsam zurücklegen, bis überhaupt nichts mehr passiert. Die Stille. Die ungewohnte Enge auf einmal im Landrover. Der vertraute Geruch nach altem Auto. Die sonderbare Stimme, mit der Laura von einem Problem berichtet, das sie mit ihrem Arm hat. Die Schwierigkeit, die Tür aufzukriegen. Die sonderbare Stimme, mit der *ich* erkläre, daß ich nachsehen werde, ob dem Bild nichts passiert ist. Das Zittern meiner Hände, als ich draußen im Dunkeln die Schnur aufzuknoten versuche. Der plötzliche Ausbruch eines flackernden, aber doch hilfreichen Lichts irgendwo im vorderen Teil des Autos. Die wiederholten Rufe, mit denen Laura mich bittet, sie herauszuholen.

Was mir Kraft gibt, ist die Gewißheit, daß ich alles im Griff habe. Ich bin in schlimmeren Situationen gewesen in den letzten Wochen, und ich habe mich nicht unterkriegen lassen. Ich weiß, es bleibt genug Zeit für all das, was ich tun muß, bevor die Flammen übermächtig werden. Zeit, die Schnur aufzubinden und das Bild herauszuholen. Zeit, die Beifahrertür aufzureißen und Laura zu befreien. Das einzige, was mich davon abhält, ist das Zittern in meinen Händen und dieser blöde Knoten, den ich nicht aufkriege. Laura schreit jetzt: »Martin! Martin! Martin! Martin!« Es ist, als hätte der Zusammenstoß eine Alarmanlage ausgelöst. Aber ich finde die Idee ganz logisch: Zuerst Laura, dann die Schnur. Wenn meine Hände etwas ruhiger geworden sind und das Feuer etwas mehr Licht gibt. Nur keine Hektik!

Aber die eingeklemmte Tür und der festgezurrte Sicherheitsgurt und der Winkel von Lauras linkem Unterarm und ihre Schreie und die Hitze machen alles so unendlich kompliziert. Ich registriere, daß jemand neben mir ist, zum Glück, der mich wegdrängt und Lauras gebrochenen Arm rücksichtlos durch das Sicherheitsgurtgewirr zieht. Ich trete beiseite, will ihm nicht im Weg sein, hoffe, daß sein grauenhaft alkoholgeschwängerter Atem nicht Feuer fangen wird. Aber nun habe ich die Gelegenheit, mich der Schnur zu widmen.

Die Reihenfolge, in der ich mich den verschiedenen Tätigkeiten widme, wird durch die Entwicklung mehr als bestätigt. Die Plastikfäden der Schnur fangen plötzlich an, zu schmelzen und sich vor meinen Augen aufzulösen, und die Hecktür fliegt auf.

Ich zerre das Bild heraus. In der Hitze ist das ziemlich mühsam, aber ich denke noch immer sehr klar. Zuallererst werde ich natürlich tun, was ich vorhatte, bevor dieser ganze Ärger anfing – nachsehen, ob der Kopf des Mannes tatsächlich zwischen den Knien festgebunden ist. In dem orangefarben flackernden Licht erkenne ich deutlich die schneebedeckten Berggipfel und den Schimmer auf den Bäumen, und dann entdecke ich die Gruppe am Mühlteich, und das ganze Tal verdüstert sich und wirft Blasen. Ein dünner gelber Schleier legt sich vom oberen Rand her über das Bild, über das Bergblau und das zarte Grün. Dem gelben Schleier folgt ein brauner und dann ein schwarzer.

Meine Augen entdecken den Mann im selben Moment, als ihn die Schwärze erreicht.

Er ist weg.

Plötzlich spüre ich den Schmerz in meinen Händen und lasse das schwelende Holz fallen.

Der Mann, die Bäume, die Berge, der Himmel – ein für allemal in der Schwärze verschwunden.

Ergebnisse und Schlußfolgerungen

Das Jahr geht seinen Gang. Auf den späten Frühling folgt der Frühsommer, auf Frühsommer Hochsommer, auf Herbst Winter, und wieder zeigen sich die ersten erdbraunen Vorboten des neuen Frühlings. Die Bäume werden grün, die Sonne wird warm, die Bauern tanzen. Meine Verbrennungen sind längst ausgeheilt.

Tilda kann laufen und fängt an zu sprechen. Sie zerrt Kates Bücher vom Küchentisch und setzt sich mit ihnen auf den Fußboden, schaut sich die Bilder an und gibt leise Kommentare von sich. Vielleicht wird ja mal eine Kunsthistorikerin aus ihr, womöglich eine Expertin für christliche Ikonographie – Kate hat sie kürzlich schon mal taufen lassen, damit sie auf den Geschmack kommt, und sonntags geht sie mit ihr zur Messe. Ich bin natürlich dagegen, sage aber nichts dazu.

Es ist kurz nach Ostern, und wir sind wieder auf dem Land, um den Beginn des alten julianischen Jahres zu feiern. Kate wird weiterhin an ihrem Buch arbeiten, obschon für Außenstehende kein Fortschritt zu erkennen ist, aber vermutlich wird sie ihr ganzes Leben daran sitzen. Es ist eben so ein Buch. Im letzten Sommer war sie sehr mager und knochig – sie sah überhaupt nicht gut aus. Jetzt nimmt sie wieder zu, und wir denken an ein zweites Baby.

Ihr »Niemals« war in diesem Fall dann doch kein »Niemals«. Zuerst kam sie nach London, um mich zu versorgen und zu waschen, solange meine Hände verbunden waren, und dann hat ihr Beichtvater sie vermutlich bearbeitet. Denn bevor sie die Kommunion empfängt, muß sie ja zur Beichte gehen. Vielleicht ist es ein bißchen demütigend, wieder angenommen zu werden, nur weil es die Christenpflicht verlangt, und festzustellen, daß man als Objekt instrumentalisiert wird, an dem sich tugendhafte Selbstaufopferung beweisen kann. Doch solange ich mich nicht selbst versorgen konnte, blieb mir eigentlich keine andere Wahl. Außerdem hätte es schlimmer kommen können – der Beichtvater hätte ja auch sagen können, daß es ihre christliche Pflicht sei, mir den ketzerischen Kopf zwischen die Knie zu binden, während sie mich in der Badewanne schrubbte, und ihn unter Wasser zu halten.

Ich halte beim Schreiben inne und sehe, daß sie vom anderen Tischende herüberschaut. Sie lächelt mich an. Ihr Lächeln besagt: Was immer ich in Zukunft schreiben, was immer ich sagen werde, was immer ich jetzt in diesem Moment denke – sie glaubt mir kein Wort. Keine einzige Silbe.

Mein Lächeln bedeutet, daß ich selber nicht weiß, ob ich mir glauben werde.

Wir normalisieren wieder.

Tatsächlich denke ich gerade, daß ich vielleicht versuchen könnte, etwas über den Normalismus zu schreiben. Ich finde, daß es ein ziemlich wichtiger Begriff ist, und mit dem Nominalismus habe ich offenbar abgeschlossen. Mein Sabbatjahr ging zu Ende, ohne daß ich ein einziges Wort zu diesem Thema geäußert hätte. Ich wollte mit Laura darüber sprechen, da der Normalismus schließlich ihre Erfindung war, aber sie sagte nur: »Jetzt bist du wieder Irving.« Es dauerte eine Weile, bis ich das in eine allgemeinverständliche Sprache übersetzt hatte. Als ich es schließlich raushatte, konnte ich nicht umhin, »Ach so, *Erwin*« zu sagen. Sie war entzückt. »Jedesmal machst du so ein komisches feierliches Gesicht dabei.«

Ihr Vater kreuzte auf, sobald er hörte, daß sie im Krankenhaus lag und sich von Tony getrennt hatte, und auch der Geldhahn wurde wieder aufgedreht. In der Karibik, wo sie sich auf dem Familiensitz irgendwelcher Bekannten erholte, lernte sie Roland Kofos kennen, eine offenbar vielbewunderte Figur der Londoner Finanzwelt, und fing diskret ein Verhältnis mit ihm an, was ganz vernünftig schien, bis er von seiner Frau wegen betrügerischer Machenschaften angezeigt und unter reichlich dramatischen Umständen in Haft genommen wurde. Also bemühe ich mich, für sie da zu sein, wenn sie mal durchhängt, das heißt meistens zum Lunch, für den, fürchte ich, der abwesende Kofos oder Lauras Familie aufkommt. Wir sind Freunde, genau wie sie gesagt hat. Wenn ich sie anlächle, denke ich jedesmal, daß ich statt Laura das Bild ansehen könnte. Jedesmal wenn sie mein Lächeln erwidert, denkt sie, daß ich ihr zuliebe auf eine siebenstellige Zahl auf meinem Bankkonto verzichtet habe. Ich tue ihr leid. Diesen kurzen schockbedingten Moment der Unsicherheit, in dem ich nicht wußte, wen oder was ich zuerst aus den Flammen retten sollte, hat sie mir längst verziehen. Ob ich mir selbst verziehen habe, steht dahin.

Sie sieht fast so umwerfend aus wie früher. Ein kaum merkliches Humpeln, das ich in mir selbst bei jedem Schritt fühle, aber der plastische Chirurg hat ganze Arbeit geleistet. Und sie raucht noch immer nicht. Vielleicht ist das ja das Beste, was bei der ganzen Sache herausgekommen ist.

Der Hund, den ich überfahren habe, mußte leider eingeschläfert werden. Meine Verhandlungen mit Tony wurden vor allem durch diesen Umstand erschwert. Daß ich mit seinem Auto, seinem Bild und seiner Frau das Weite gesucht habe, rangierte auf der Beschwerdeliste, die er der Polizei überreichte, erst weiter unten. Anfangs wollte er mich nicht nur wegen Einbruchs, Autodiebstahls und Anstiftung zum Ehebruch vor Gericht bringen, sondern wegen Tierquälerei. Lauras knallharte Anwälte drohten aber sofort mit einer Gegenklage wegen Mordversuchs, und schließlich einigten wir uns ganz vernünftig. Tony erklärte, daß ich den Landrover mit seinem Einverständnis gefahren sei, gab sich mit den beiden Holländern zufrieden, die wir in meinem Auto vergessen hatten, und verzichtete auf das dritte Bild. Und von einem Gewehr war überhaupt nicht mehr die Rede. Diese Einigung war nicht so gut wie der Deal, den ich glaubte mit ihm gemacht zu haben, aber es hätte, wie alles andere auch, viel schlimmer enden können.

Ungeklärt ist der Verbleib der Sainsbury's-Plastiktüte mit den 3150 Pfund. Wurde sie irgendwann aus meinem Auto gestohlen, das herrenlos in der Gegend herumstand? Ich habe den Verdacht, daß ich sie in meiner Verwirrung mitgenommen habe, entweder zur Sicherheit oder weil ich Tony sofort eine Anzahlung leisten wollte. Wenn ja, dann habe ich das Geld vermutlich in der Dunkelheit verloren oder in Upwood liegenlassen oder im Landrover mitgenommen, wo es dann verbrannt ist, denn seitdem ist die Tüte nicht mehr gesehen worden. Nun ja, im Grunde eine Lappalie, aber es hätte geholfen. Kate und Laura erklären nachdrücklich, daß sie auf eine Rückzahlung der mir geliehenen Summen verzichten, aber das kommt nicht in Frage. Kate wird ihre sechstausend kriegen, Laura ihre siebentausend, selbst wenn ich dafür in der Tankstelle arbeiten muß. Ich werde ihnen das Geld ganz klar zurückzahlen, so selbstverständlich, wie wir der Bank schon, Monat für Monat, die fünfzehntausend plus Zinsen abstottern – vor allem, ich muß es gestehen, von dem Geld, das Kate mit ihren Führungen für kulturell interessierte Amerikaner zusätzlich verdient, wodurch sich die Arbeit an ihrem Buch natürlich ziemlich verzögert.

Tony prozessiert weiterhin mit Laura wegen der Unterhaltsregelung und mit seinem Bruder wegen aller anderen Sachen. Er kann es sich leisten (wenngleich seine Fasane an allen denkbaren unnatürlichen Ursachen sterben, nur nicht an Schußverletzungen), denn als der bewundernswert weitsichtige und enervierend direkte Mr. Quiss diese beiden Holländer für ihn zu Christie's brachte, stellten sich die Reiter tatsächlich als ein echter Philips Wouwerman heraus. Sie brachten 162 000 Pfund. Die Pralinenschachtel-Schlittschuhläufer wurden als ein Aert van der Neer identifiziert. Dieser Name ist mir kein Begriff, im Gegensatz zu anderen Leuten anscheinend, denn das Bild ging für knapp anderthalb Millionen weg.

Nun ja, offensichtlich bin ich nicht in die Welt gesetzt worden, um Kunsthändler zu werden.

Ein Jahr ist vergangen, und es bleibt die Frage, was ich denn eigentlich entdeckt habe.

Meine Ansicht darüber hat sich mit der Zeit gewandelt. Im Frühsommer glaubte ich, daß das Bild überhaupt nicht das war, wofür ich es gehalten hatte – all die Aufregung und Zerstörung für nichts und wieder nichts. Im Hochsommer war ich ganz sicher, daß dieses verlorengegangene Bild nur für mich persönlich einen Wert besaß. Diese Gewißheit stimmte mich geradezu heiter.

Im Herbst aber, als ich von der Sommeralm an meine Arbeit zurückkehrte, änderte sich meine Meinung. Jetzt hielt ich es doch für möglich, daß es das gewesen war, wofür ich es gehalten hatte. Im tiefsten Winter wußte ich es: ich wußte, daß ich bis an mein Lebensende mit den Folgen meines Handelns würde leben müssen – und die Welt bis an das Ende der Zeit.

In den düsteren Tagen des Vorfrühlings wurde ich wieder unsicher – schwankte hin und her, mit jeder Wetteränderung. Und mir wurde klar, daß ich und die Welt mit etwas viel Schlimmerem würden leben müssen als mit der Gewißheit, daß das Bild für alle Zeit verloren war. Es war die Ungewißheit. Es war der quälende, nie auszuräumende Zweifel, dieses endlose Hin und Her zwischen Licht und Finsternis.

Und nun, im späten Frühling, da die Bäume grün werden und ich meiner lieben dicken Frau Osterglocken pflücke und mit Tilda um den kaputten Küchenstuhl herumtanze, der noch immer auf das Feuer wartet, das wir nie angezündet haben, und wieder ein altes neues Jahr beginnt, frage ich mich, was mir sonst noch unter den Händen zerronnen ist seit jenem unspektakulären Tag im letzten Frühling, wenn nicht, bedenke ich's recht, seit meiner Geburt. Kann ich denn mit Sicherheit sagen, was und wie wertvoll es war?

Und so drehen sich meine Gedanken immer weiter im Kreis, und ich kehre wieder zum Ausgangspunkt zurück. Ich habe mein Versprechen gehalten, zumindest in diesem Fall. Ich habe meine Entdeckung zu Protokoll gegeben. Ich habe vorsorglich meinen Anspruch angemeldet und bin bereit, Schimpf und Schande auf mich zu nehmen. Ich habe meine Aussage gemacht, so vollständig und so aufrichtig wie möglich, und dabei alle Aspekte erwähnt, die dem Gericht bei der Wahrheitsfindung helfen könnten.

Und nun werde ich mich von meinen Strapazen erholen, ruhig sitzen bleiben, während die Jahre vergehen, und wahrscheinlich nichts Bedeutsames mehr für den Rest meines Lebens unternehmen.

Außer auf mein Urteil zu warten. Ein Urteil, das nach Lage der Dinge wohl niemals gesprochen werden kann.

Nachbemerkung des Autors

Bei diesem Buch war ich auf viele Helfer angewiesen. Mein besonderer Dank gilt Charles Saumarez-Smith, Nicholas Penny und Michael Baxandall, die nützliche Anregungen bei meinen Recherchen gegeben haben; Robert Erskine und William Mostyn-Owen für Auskünfte über den Kunstmarkt; zahlreichen Bibliothekaren und Bibliothekarinnen, namentlich den geduldigen und hilfsbereiten Mitarbeitern der National Art Library im Victoria and Albert Museum; Francis Carey, dem stellvertretenden Leiter des Kupferstichkabinetts der British Library, der mich auf Jean-Michel Massings Buch *La Calomnie d'Apelles* aufmerksam gemacht hat; Ashok Roy von der wissenschaftlichen Abteilung der National Gallery und Catherine McLeod von der National Portrait Gallery für ihre Informationen über ältere Maltechniken und -materialien; Prof. M.G.L. Baillie vom Zentrum für Paläoökologie des Fachbereichs Geowissenschaften der Queen's University in Belfast, der mich auf dem Gebiet der Dendrochronologie beraten hat (einer Richtung, die ich dann doch nicht weiter verfolgt habe); drei alten Freunden für fremdsprachliche Hilfe – Gerda Rubinstein beim Niederländischen, Sarah Haffner beim Deutschen und Nicholas Monck beim Lateinischen; dem Bibliothekar des Pembroke College in Cambridge, der mir ein Exemplar des Nachrufs von Ortelius zur Verfügung stellte; Victoria Glendinning, die David Singmasters Informationen über mittelalterliche Kalender freundlicherweise an mich weitergab; meinem Steuerberater Darell Nightingirl und meinem Anwalt Michael Wood für Beratung in finanztechnischen und juristischen Fragen; sowie all den Kunsthistorikern und den anderen Autoren, deren Veröffentlichungen meine Hauptfigur und ich so ungeniert geplündert haben.

Inhalt